Rage of Angels

天使的愤怒

Sidney Sheldon

〔美〕西德尼·谢尔顿——著

玉叶——译

湖南文艺出版社
HUNAN LITERATURE AND ART PUBLISHING HOUSE

博集天卷
CS-BOOKY

著作权合同登记号：图字18-2023-007

图书在版编目（CIP）数据

天使的愤怒 /（美）西德尼·谢尔顿著；玉叶译
. -- 长沙：湖南文艺出版社，2023.10
书名原文：RAGE OF ANGELS
ISBN 978-7-5726-1344-9

Ⅰ.①天… Ⅱ.①西… ②玉… Ⅲ.①长篇小说—美国—现代 Ⅳ.①I712.45

中国国家版本馆 CIP 数据核字（2023）第 157134 号

上架建议：畅销·外国文学

TIANSHI DE FENNU
天使的愤怒

著　　　者：［美］西德尼·谢尔顿
译　　　者：玉　叶
出 版 人：陈新文
责任编辑：吕苗莉
监　　制：于向勇
策划编辑：布　狄
特约编辑：罗　钦　刘春晓
版权支持：王媛媛
营销编辑：时宇飞　黄璐璐　邱　天
封面设计：梁秋晨
版式设计：利　锐
出　　版：湖南文艺出版社
　　　　　（长沙市雨花区东二环一段 508 号　邮编：410014）
网　　址：www.hnwy.net
印　　刷：三河市中晟雅豪印务有限公司
经　　销：新华书店
开　　本：680 mm × 955 mm　1/16
字　　数：424 千字
印　　张：26.75
版　　次：2023 年 10 月第 1 版
印　　次：2023 年 10 月第 1 次印刷
书　　号：ISBN 978-7-5726-1344-9
定　　价：59.80 元

若有质量问题，请致电质量监督电话：010-59096394
团购电话：010-59320018

Rage of Angels

Sidney Shelton

献给

我珍爱的玛丽，她是世界第八大奇迹

"……噢，西蒙，给我们讲讲那些躲在暗处的邪恶宿主吧。"

"他们的名字不可大声说出，唯恐玷污凡人之口，因为他们从罪恶的黑暗中生出，随后又进犯天国，然而，他们被天使的愤怒驱逐了……"

——摘自《希俄斯岛对谈录》

他是全世界顶级的故事高手

西德尼·谢尔顿是当今世界顶级的故事高手，也曾是世界上作品被翻译成最多语言的作家，其作品累计被全球180多个国家引进，共计被翻译成50多种语言，全球总销量超过3亿册。这项纪录于1997年被列入《吉尼斯世界纪录大全》。

西德尼·谢尔顿是奇迹！

与很多人所想的不同，谢尔顿并非一直坐在电脑前埋头苦干，他每天的写作目标只有50页。只要写够50页，他就立刻停笔，并且会在第二天修改前一天所写的内容。每当他写完一整段情节后，他便会开启"修改模式"，对相关内容进行反复修改甚至重写。

谢尔顿曾在某次采访中说道："我的每本书大概都会这样重写12～15次，整个创作时间需要一整年……"

对西德尼·谢尔顿而言，小说创作是其最乐于尝试的领域，在好莱坞与百老汇获得颇高成就的他曾公开表示，他的脑海中一度诞生了许多情节非常复杂的东西，促使他想要进一步去探究人类的情感与行为的动机，而这已经超越了剧本所能涉及的范畴。对他而言，或许写小说便是唯一的终极解答。

好莱坞与百老汇永不落幕的传奇

西德尼·谢尔顿堪称通俗小说王国的国王，但对很多人而言，首次知道他并非因为其小说作品，而是通过大银幕上的电影。作为好莱坞最具传奇色彩的编剧与制片人，谢尔顿一生中创作了30多部电影剧本、200多部电视剧本以及8部舞台剧本。

10岁时，谢尔顿便出版了自己的第一部作品———一部诗集，17岁时便成功将自己的首部剧本卖到了好莱坞。在创作小说之前，他就已经凭借自己的作品取得了全欧美无人能及的文学成就———他的舞台剧本获得了有"戏剧界奥斯卡奖"之称的托尼奖，他的电视剧本获得了艾美奖，而他所创作的电影剧本更是斩获了奥斯卡最佳剧本奖。

之后，开始潜心写作小说的谢尔顿在这一领域继续创造他的传奇：处女作就获得了爱伦·坡奖提名以及《纽约时报》最佳年度悬疑小说奖。之后，他创作的每部小说都持续引发了全球阅读狂潮。

好莱坞自然没有"放过"谢尔顿，他的所有作品几乎都被改编成剧本搬上银幕，而与其合作的主演通常都是如奥黛丽·赫本这样能在影史上留名的超级巨星。更有甚者，当谢尔顿还在创作其代表作《假如明天来临》时，哥伦比亚公司仅凭一个书名与故事梗概，便不惜花费百万美金抢夺其改编版权。而哥伦比亚公司的这一举动，也彻底让这本书成为好莱坞电影创作的灵感宝库。斯蒂芬·金的代表作《肖申克的救赎》在被拍摄成电影时，就借鉴了这本书的相关故事框架以及情节；在香港导演吴宇森的代表作《纵横四海》中，周润发等人饰演的主角盗取博物馆藏品的情节设定与这本书中的主角特蕾西的作案手法如出一辙。

西德尼·谢尔顿的名字被刻在了好莱坞的星光大道上。如今，百老汇依旧在演出他所编剧的经典舞台剧，而这一切都在无声地告诉世人：西德尼·谢尔顿是好莱坞与百老汇永不落幕的传奇！

中国当代"通俗小说之父"

西德尼·谢尔顿在中国也有着广泛且深远的影响，尤其是对中国通俗小说的创作与发展做出了不可磨灭的贡献。早在20世纪80年代，谢尔顿的作品就曾被陆续引进中国，凭借跌宕起伏、一波三折的故事情节，复杂又烧脑的人物关系，悬念丛生、紧张刺激的阅读氛围，成功吸引了一大批读者。

文学家止庵先生更是这样评价道：谢尔顿和马里奥·普佐（《教父》作者）以及以写职业小说著称的阿瑟·黑利（《钱商》作者）可以被视为中国当代"通俗小说之父"。

甚至可以说，在以谢尔顿的作品为代表的欧美通俗小说被引进国内后，国内的通俗小说作家才逐渐将创作视角投射到都市生活这一领域，国内现实主义题材小说的流行风潮才逐渐兴起。

作为通俗小说的"教科书"，谢尔顿的作品善于塑造积极向上的，与社会不公抗争的坚强女性形象，而其多部代表作也始终围绕着女性的梦想与宿命展开描写。在其笔下，几乎所有女性都甘愿为了爱情或梦想而牺牲自我，甚至铤而走险。这样的人物设定，也令故事紧张刺激却不失趣味，让读者在体验主角的成长与蜕变中对人生产生思考，而这也是谢尔顿小说的核心魅力所在。

全新译本，再现伟大名作之经典魅力

2007年1月，西德尼·谢尔顿病逝，享年90岁。

一代传奇落幕。

作为通俗小说界的不朽巨匠，谢尔顿创作的小说经过漫长的岁月洗礼，依然有着强大的生命力。精妙绝伦的布局，波澜壮阔、气势恢宏的时代背景，犹如电影分镜般的场景刻画，真实细腻的人物塑造，这些特点都令他的小说至今依然被人们津津乐道。

此次我们重新翻译出版的这套"西德尼·谢尔顿杰作精选集"，选取了最能代表作者创作生涯各个时期的经典代表作，并根据作者遗愿由其家人做了详细的整理与修订。

希望本次重新梳理出版的西德尼·谢尔顿作品，能再现这位伟大作家的经典魅力。

编者

目 录

上部

001

下部

269

后记

415

上部

第1章

纽约：一九六九年九月四日

猎手们正在缩小包围圈，步步逼近猎物。

若是在两千年前的罗马，这种角逐本应发生在暴君尼禄的马戏团或是罗马斗兽场里，贪婪的群狮会在血迹斑斑、黄沙飞扬的竞技场中潜近受害者，伺机将其撕碎，美餐一顿。但此时已是文明的二十世纪，这场厮杀上演于曼哈顿闹市区刑事法院大楼的十六号审判庭。

一名法庭速录员充当着古罗马史官苏维托尼乌斯的角色，为子孙后代记录这一事件。该起谋杀案庭审登上了许多报纸的头条，引得好几十名新闻记者和来访者前来旁听。为了抢到一个座位，才是早晨七点，他们就在法庭外排起了长队。

猎物是坐在被告席上的迈克尔·莫雷蒂，他三十岁出头，沉默寡言，长相英俊，又高又瘦，五官棱角分明，看起来粗犷且极具野性。他的一头黑发造型时髦，翘翘的下巴上方出人意料地生了个酒窝，眼窝很深，一双眸子乌黑发亮。他身着一套量身定制的灰西装，浅蓝色衬衫配着一条深蓝色丝绸领带，脚上是一双锃亮的定制鞋。除了那双时不时扫过法庭的眼睛外，迈克尔·莫雷蒂可以说是一动不动。

袭击他的狮子是曼哈顿地区检察官罗伯特·迪·席尔瓦。这位检察官身为当地民众代表，脾气却相当火暴。如果说迈克尔·莫雷蒂散发着一种淡定的气场，那么，罗伯特·迪·席尔瓦就散发着一种片刻也不消停的气场。他做事总是匆匆忙忙，好像是赴约已经迟到了五分钟似的，一直动个不停，与脑海中各种看不见的对手对打。他个子矮小，骨架粗壮，斑白的头发被理成过时的平头。年轻时，他当过拳击手，鼻子和脸上都有当时留下的伤疤。他在拳击场上打死过一个人，而且没有半点悔意。自那以后，很多年过去了，他还是不知恻隐之心为何物。

罗伯特·迪·席尔瓦是一个野心勃勃的人，他在一没金钱，二没人脉的情况下奋力拼搏，最终获得了现在的职位。在向上爬的过程中，他将自己粉饰成一个文明的人民公仆；但在内心深处，他就是一个地痞恶棍，心胸狭窄，而且睚眦必报。

一般来说，地区检察官迪·席尔瓦不会在今天这个日子出庭。他手下有一大批工作人员，其中任何一个高级助理都有能力担任这个案件的控方律师。但迪·席尔瓦从一开始就决定好了，他要亲自处理莫雷蒂一案。

迈克尔·莫雷蒂是头版新闻的报道对象，他的岳父安东尼奥·格拉内利统领着东部五大黑手党家族中最大的一个家族。安东尼奥·格拉内利年事已高，根据街头巷尾流传的消息，其女婿迈克尔·莫雷蒂正在被扶植成他的接班人。

莫雷蒂曾参与数十起犯罪，小到制造混乱，大到谋杀；但没有一个地区检察官找得到任何证据，因为莫雷蒂和那些执行命令者之间隔着太多谨慎的中间人。迪·席尔瓦本人曾花费三年的时间，试图找到莫雷蒂的罪证，却以失望告终。再然后，他就突然走运了。

卡米洛·斯特拉是莫雷蒂手下的一个走卒，因抢劫杀人被捕。作为免于死刑的条件，斯特拉同意招供。他的供词简直是迪·席尔瓦听过的最美妙的乐曲，这首曲子足以让东部最强大的黑手党家族屈服，让迈克尔·莫雷蒂坐上电椅，让罗伯特·迪·席尔瓦登上奥尔巴尼纽约州州长的高位。之前的纽约州州长后来大都入主了白宫：马丁·范布伦、格罗弗·克利夫兰、泰迪·罗斯福和富兰克林·罗斯福。迪·席尔瓦打算成为下一个。

这次的时机也相当完美。州长选举正好要在明年举行。

纽约州最有权势的政治领袖曾经找迪·席尔瓦谈过话。"因为这个案子，你现在可是有名的新闻人物了，获得提名然后当选州长估计是十拿九稳的事，博比^①。把莫雷蒂摆平，我们就提名你当州长。"

罗伯特·迪·席尔瓦力求万无一失。他一丝不苟地准备了针对迈克尔·莫雷蒂的诉讼案。他让助手们收集证据，清理每一个漏洞，切断莫雷蒂的律师可能会探索的每一条合法的脱罪途径。就这样一个接一个地，每个漏洞都被堵住了。

挑选陪审团成员花了将近两周的时间，地区检察官坚持要选六名候补陪审员，以避免出现无效审判。众所周知，在涉及黑手党重要人物的案件中，陪审员常常会莫名其妙地失踪，或是遭遇离奇的致命事故。迪·席尔瓦确保了陪审团从一开始就被隔离起来，让他们每晚都被锁在一个严防死守到连只苍蝇都飞不进去的地方。

迈克尔·莫雷蒂一案的关键是卡米洛·斯特拉。这个主要证人受到了迪·席尔瓦的严密保护。之前有阿贝·莱雷斯一案，身为地区检察官的他对那起案件的记忆简直再清楚不过了。莱雷斯当时是一名污点证人，在受到六名警察日夜保护的情况下，他竟从科尼岛的半月酒店六楼窗户"摔下"，坠楼身亡。

罗伯特·迪·席尔瓦亲自挑选了卡米洛·斯特拉的守卫。在审判之前，斯特拉每天晚上都会被秘密转移到不同的地方。现在，随着法院审理此案的推进，斯特拉被关在一个由四名法警看守的隔离牢房里，和什么都不挨着，任谁也不能靠近，毕竟斯特拉之所以愿意作证，是因为他相信地区检察官迪·席尔瓦有能力保护他，使他免受迈克尔·莫雷蒂的报复。

直到审判开始的第五天早晨。

这是詹妮弗·帕克第一天出庭。她和另外五名年轻的助理地区检察官一起在公诉人席上就座。他们当天早上才刚刚一起宣誓就职。

詹妮弗·帕克今年二十四岁，身材苗条，皮肤白皙，留着一头深棕色长发，面容聪慧、灵动，幽幽的碧眼饱含思绪。这张面孔虽说不上惊艳，却颇具

---

① 博比是罗伯特的昵称。——编者注

吸引力，不时流露出骄傲、勇敢而又敏感的神情，令人一见难忘。她坐姿笔挺，仿佛是为了抵御来自过去的无形的妖魔鬼怪。

詹妮弗·帕克从这一天清早就遭遇了麻烦。宣誓就职仪式原定于上午八点在地区检察官办公室举行，詹妮弗在前一天晚上就仔细地备好衣服，定好早上六点的闹钟，以便留出足够的时间洗头。

但是闹钟没响。詹妮弗七点半才醒，顿时乱了阵脚。慌乱之中，她跑断了高跟鞋的鞋跟，摔跤时还把丝袜刮破了，不得不又换衣服。就在她"砰"的一声关上公寓门——她住的公寓小得像个火柴盒——的一刹那，她想起自己把钥匙忘在里面了。

她原计划搭乘公交车去刑事法院大楼，但现在时间不允许了，便只好匆匆拦了一辆出租车前往，也顾不上是否出得起车费。在车上，出租车司机全程都在跟她滔滔不绝地讲述世界末日就要到来的原委，而她只能无奈地听着。

当詹妮弗终于气喘吁吁地来到位于伦纳德街一百五十五号的刑事法院大楼时，她已经迟到了十五分钟。

二十五名律师齐聚在地区检察官办公室，他们中大多数都是刚从法学院毕业的年轻人。对于这份效力于曼哈顿地区检察官的工作，他们都感到很兴奋并且跃跃欲试。

这间办公室相当气派，嵌有镶板，装饰雅致，里面有一张很大的办公桌，桌前放着三把椅子，桌后放着一把舒适的皮革椅，还有一张会议桌，周围有十几把椅子，墙上的橱柜里摆满了法律书籍。

墙上挂着约翰·埃德加·胡佛、约翰·琳赛、理查德·尼克松和杰克·登普西的签名照片。

当詹妮弗匆匆走进办公室，口中忙不迭地道歉时，迪·席尔瓦正在发表讲话。他停下来，把注意力转向詹妮弗，说："见鬼！你把这儿当什么了？午后茶话会吗？"

"非常抱歉，我……"

"我才不管你抱不抱歉。你再敢迟到试试！"

其他人看向詹妮弗，暗暗对她表示同情。

迪·席尔瓦转过身来面对众人，厉声说道："我知道你们这些人为什么来这里。你们是想在这里待上一段时间，好从我这里学到本事，同时也学习一些法庭上的技巧。等到你们觉得自己学有所成之后，你们就会离开，成为炙手可热的刑事律师。也许——只是也许——有一天你们中的某个人会优秀到足以接替我的位置。"说罢，迪·席尔瓦向他的助手点了点头。"让他们宣誓就职吧。"

他们用低沉的声音完成了宣誓。

仪式结束后，迪·席尔瓦说："好吧。你们现在是宣过誓要忠于法庭的司法人员了。上帝保佑我们。这间办公室是干一番事业的地方，但不要不切实际，你们的工作是埋头研究法律，还有起草各种文件——传票、执行令，等等等等，也就是法学院教给你们的那一套美妙的东西。未来一两年内，你们就别想承接什么诉讼案了。"

迪·席尔瓦顿了顿，点燃了一支又短又粗的雪茄。"我现在正在担任一个案子的控方律师。你们中可能有人已经在新闻里看到过了。"他的声音中夹杂着讽刺。"我需要六个能帮我跑腿的人。"詹妮弗第一个举起了手。迪·席尔瓦犹豫了一下，然后选了她和其他五个人。

"去十六号审判庭。"

他们离开房间时，每人都领到了一个出席证。詹妮弗并没有因为地区检察官的态度而气馁。他不得不这么严苛，她想。毕竟他的工作开展起来困难重重，容不得半点懈怠。她现在在他手下办事。她是曼哈顿地区检察官的工作人员了！法学院那些没完没了、单调乏味的课业已经结束了。不知为何，在教授们口中，法律显得既抽象又古老，但詹妮弗总是能越过这一点，瞥见未来希望的光芒，即和人类及其愚蠢行为打交道的真正的法律。

詹妮弗在班上以第二名的成绩毕业，在《法律评论》上发表过文章。她一次就通过了律师资质考试，而同期报考的人有三分之一都没通过。她觉得自己理解罗伯特·迪·席尔瓦，确信自己能够胜任他交给她的任何工作。

詹妮弗做了不少前期准备。她知道在地区检察官之下设有四个不同的科室，分别负责审讯、上诉、非法交易和诈骗案件。她想知道自己将被分配到这四个科室中的哪一个。纽约市有二百多名助理地区检察官，地区检察官则有五名，五个行政区各分配到一名。但最重要的区当然是曼哈顿，这个罗伯特·迪·席尔瓦所负责的区。

此刻，詹妮弗正坐在法庭的检察官座位上，看着罗伯特·迪·席尔瓦工作。她一眼就看出他是一个强势的、不留情面的审讯官。

詹妮弗瞥了一眼被告迈克尔·莫雷蒂。她读过关于他的一切材料，但仍无法说服自己相信迈克尔·莫雷蒂是一个杀人犯。"他看起来就像一个年轻的电影明星，正在拍一场法庭上的戏。"詹妮弗心想。他一动不动地坐在那里，只有那双深邃的黑眼睛流露出了他内心的某种混乱。他的两颗眼珠子一刻也没闲着，审视着屋子里的每一个角落，好像在想办法逃跑。但逃是逃不掉的。迪·席尔瓦不会给他机会。

卡米洛·斯特拉站在证人席上。如果将斯特拉比作一种动物，那他将会是一只黄鼠狼。他有一张瘦削的脸，薄薄的嘴唇和黄色的龅牙，一双眼睛贼溜溜的，极不安分。他甚至都不用开口说话，就能让人对他起疑心。罗伯特·迪·席尔瓦意识到了证人的种种缺点，但这些缺点并不重要，重要的是斯特拉的供词。他有一些不为人知的恐怖故事要讲，而且这些故事有着明显的真实感。

地区检察官走到证人席前。卡米洛·斯特拉就是在这里起誓作证的。

"斯特拉先生，我希望陪审团知道，你其实并不愿意当证人。为了说服你作证，州政府同意你为自己被指控的谋杀罪辩护，你可以申请将其裁定为刑罚较低的非自愿过失杀人罪。是这样吗？"

"是的，先生。"他的右臂在抽搐。

"斯特拉先生，你认识被告迈克尔·莫雷蒂吗？"

"认识，先生。"他的目光故意避开迈克尔·莫雷蒂所在的被告席。

"你们之间有着什么性质的关系？"

"我之前为迈克①工作。"

"你认识迈克尔·莫雷蒂多久了？"

---

① 迈克是迈克尔的昵称。——编者注

"大约十年。"他的声音几乎听不见。

"请你大声点，好吗？"

"大约十年了。"他的脖子现在也开始抽搐了。

"你觉得你与被告关系密切吗？"

"反对！"迈克尔·莫雷蒂的律师托马斯·科尔法克斯站了起来。他身材修长，一头银发，五十多岁年纪，是他们整个财团的顾问，也是全美国最精明的刑事律师之一。"地区检察官在试图引导证人。"

法官劳伦斯·沃尔德曼说："反对有效。"

"我重新表述这个问题。你是以什么身份为莫雷蒂先生工作的？"

"我的职业？你们可以称之为障碍排除者。"

"你能说得更明确一点吗？"

"好的。比如有问题出现，像是有人不听话，坏了事之类的，迈克就会让我去把事情摆平。"

"你会怎么做？"

"你知道的，武力解决。"

"你能给陪审团举个例子吗？"

托马斯·科尔法克斯站起来了。"反对，法官大人。这种提问方式无关紧要。"

"反对无效。证人可以回答了。"

"嗯，迈克放高利贷，对吧？几年前，吉米·塞拉诺拖还欠款，所以迈克派我去'教他做人'。"

"你是怎么教的？"

"我打断了他的腿。你懂的，"斯特拉认真地解释道，"如果你轻易放过一个拖还欠款的人，那么所有人都会产生侥幸心理，然后有样学样。"

罗伯特·迪·席尔瓦用眼角余光看到了陪审员脸上的震惊反应。

"除了高利贷，迈克尔·莫雷蒂还参与了什么别的生意？"

"天哪！你能想到的都有。"

"我希望你列举出来，斯特拉先生。"

"好吧。嗯，比如在海滨，迈克和那儿的工会关系很好。服装业也是如此。迈克还开赌场、酒吧，收废品，以及供应亚麻用品，等等。"

"斯特拉先生，迈克尔·莫雷蒂是因为谋杀艾迪和艾尔伯特·拉莫斯而受审。你认识他们吗？"

"噢，当然了。"

"他们被杀时你在场吗？"

"在的。"他的全身似乎都在颤抖。

"动手杀人的是谁？"

"迈克。"有一秒钟，他的眼睛对上了迈克尔·莫雷蒂的眼睛，斯特拉很快移开了视线。

"迈克尔·莫雷蒂？"

"没错。"

"被告和你说了他为什么想杀拉莫斯兄弟吗？"

"嗯，艾迪和艾尔①当时在负责一个赌局……"

"赛马赌博登记？非法赌博？"

"是的。他们从中揩油，被迈克逮个正着。他必须给他们上一课，因为他们是他的'小孩儿'，你知道吗？他认为……"

"反对！"

"反对有效。证人只需阐述事实。"

"事实是迈克让我去请他们两个……"

"艾迪和艾尔伯特·拉莫斯？"

"是的。去鹈鹕俱乐部的一个小派对。'鹈鹕'是一个私人海滩俱乐部。"斯特拉的胳膊开始抽搐，他突然意识到了这一点，于是用另一只手紧紧按着它。

詹妮弗·帕克转过身来看着迈克尔·莫雷蒂。他无动于衷地目视着这一切，脸和身体一动不动。

"然后发生了什么事，斯特拉先生？"

"我去接艾迪和艾尔，开车送他们去停车场。迈克在那儿等着。他们下车

---

① 艾尔是艾尔伯特的昵称。——编者注

时，我让开了路，然后迈克就对他们一阵扫射。"

"你看到拉莫斯兄弟倒在地上了吗？"

"是的，先生。"

"他们死了？"

"可以肯定他们把他俩当作死人埋了。"

法庭上泛起了一串涟漪般此起彼伏的议论声。迪·席尔瓦一直等到声音消停才继续问话。

"斯特拉先生，你知道你在法庭上所陈述的证词会把自己牵连进去吗？"

"知道，先生。"

"你也知道，你宣过誓，而且你的证词可能会关系到一个人的生死吗？"

"知道，先生。"

"你目睹了被告迈克尔·莫雷蒂因为这两个人暗中偷取了他的钱而冷血地将他们枪杀，对吗？"

"反对！他在套供。"

"反对有效。"

地区检察官迪·席尔瓦看向陪审员，他从他们的脸上读到，他打赢了这场官司。他转向卡米洛·斯特拉。

"斯特拉先生，我知道你来法庭作证需要很大的勇气。我想代表这个州的人民感谢你。"迪·席尔瓦转向托马斯·科尔法克斯。"现在换你盘问证人。"

托马斯·科尔法克斯优雅地站了起来。"谢谢你，迪·席尔瓦先生。"他瞥了一眼墙上的钟，然后转向法官席。"法官大人，现在快中午了。我不希望我的盘问被打断。我可以请求先午间休庭，下午我再开始盘问吗？"

"当然可以。"法官劳伦斯·沃尔德曼在长凳上敲了敲小木槌。"本庭休庭至下午两点。"

法官站起身，穿过侧门，往他的办公室走去，同时，法庭上的众人也纷纷起身离席。陪审员们开始陆续走出法庭。四名武装法警围绕着卡米洛·斯特拉，护送他穿过法庭正前方附近的一扇门，去往证人室。

迪·席尔瓦立刻被记者团团围住。

"您能为我们发表一份声明吗？"

"地区检察官先生，您认为案件进展如何？"

"这一切结束后，您打算如何保护斯特拉？"

通常情况下，罗伯特·迪·席尔瓦不会容忍这种擅闯法庭的行为，但是，为了实现自己的政治野心，他现在要与媒体搞好关系，所以他尽可能地对他们彬彬有礼。

詹妮弗·帕克坐在一旁，看着地区检察官回应记者的提问。

"您会成功证明他有罪吗？"

"我可不是算命的。"詹妮弗听到迪·席尔瓦谦虚地说。"女士们，先生们，这就是设立陪审团制度的目的。陪审团将最终裁决莫雷蒂先生是无辜的还是有罪的。"

詹妮弗眼看着迈克尔·莫雷蒂站起身来，一副气定神闲的样子。詹妮弗脑海中浮现的是"少年感"这个词。她很难相信他真的犯下了人们指控他的那些可怕罪行。"如果非得让我选出一个有罪的人，我会选择斯特拉，那个总是在抽搐的人。"詹妮弗想。

记者们已经离开，迪·席尔瓦则开起了团队会议。要是此时能让詹妮弗听到他们的讨论内容，她简直愿意付出一切代价。

詹妮弗看到一名男子对迪·席尔瓦说了些什么，然后离开了地区检察官周围的人群，急急忙忙地向她走来。他手持一个很大的文件袋，问道："你是帕克小姐？"

詹妮弗惊讶地抬起头来。"是的。"

"首席检察官想让你把这个交给斯特拉，叫他记清楚这些日子。科尔法克斯今天下午会竭力击碎他的证词，首席检察官要确保他不会掉链子。"

他把文件袋递给詹妮弗，她接过来，看向远处的迪·席尔瓦。他记得我的名字，她想。这可是个好兆头。

"你最好现在就行动。地区检察官认为斯特拉的学习能力可不咋的。"

"好的，先生。"詹妮弗赶紧站起来。

她走到斯特拉穿过的那扇门前。一名法警挡住了她的去路。

"这位小姐，您需要帮忙吗？"

"地区检察官办公室。"詹妮弗干脆地说。她掏出自己的证件，并向对方出示。"迪·席尔瓦先生让我把一个文件袋转交给斯特拉先生。"

警卫仔细检查了她的证件，然后为她开门。詹妮弗进入了证人室。这是一个看起来很不舒服的小房间，里面有一张破旧的桌子、一张旧沙发和几把木制椅子。斯特拉坐在其中一把椅子上，手臂剧烈地抽搐着。房间里有四名法警。

詹妮弗走进去时，一名警卫说道："嘿！这里不许任何人进来。"

外面的警卫喊道："没关系，艾尔！她是检察官办公室的。"

詹妮弗把文件袋递给斯特拉，说："迪·席尔瓦先生想让你记清楚这些日子。"

斯特拉对她眨了眨眼，仍抽搐个不停。

第2章

在离开刑事法院大楼去吃午饭的路上，詹妮弗路过了一个门开着的空置审判室。她忍不住要走进去看看。

后区两侧各有十五排观众席。面对法官席的是两张长桌，左边一张标记着"原告"二字，右边一张标记着"被告"二字。陪审团席有两排椅子，每排各八张。詹妮弗想：这是一个普通的审判室，很普通，甚至可以说毫无美感，但它是"自由"的核心。这个审判室和千千万万个像它一样的审判室代表着文明与野蛮的鸿沟。每个公民都有权接受由自己同时代人组成的陪审团的裁决。这是每个自由国家的核心。

詹妮弗在心中列举了世界上没有设置这些小房间的国家，它们的公民会在睡梦中被人从床上抓走，会因无法公之于众的原因遭到匿名仇家的严刑拷打与杀戮：伊朗、乌干达、阿根廷、秘鲁、巴西、罗马尼亚、苏联、捷克斯洛伐克……这样的国家数量之多，着实让人难过。

詹妮弗认为，如果美国法院被剥夺了权力，如果公民被剥夺了接受陪审团裁决的权利，那么美国将不再是一个自由国家。她现在已经成了这个体系的一部分。站在这里，一种强烈的自豪感在詹妮弗心中油然而生。她会尽她所能去履行自己的职责，去努力维护它的神圣。她伫立良久，然后才转身离去。

从大厅的另一端传来一阵嗡嗡声，那声音越来越响，引起了一阵骚动。警报声开始响起。詹妮弗听到走廊里嘈杂的跑步声，看到好些警察持枪朝法院的正门跑去。詹妮弗当即觉得是迈克尔·莫雷蒂逃跑了，他以某种方式越过了层层防卫。

她急忙走到走廊上，只见这里已乱成一锅粥。人们疯狂地跑前跑后，各式各样的命令盖过了嘈杂的警报声。手持防暴枪的警卫已经在各个出口处就位。原本一直在打电话汇报案件进展的记者们急忙走进走廊，想知道发生了什么。远在大厅的另一边，詹妮弗看到地区检察官罗伯特·迪·席尔瓦气得脸色惨白，疯狂地向六七名警察下达指令。

我的上帝！詹妮弗想，他这是要气出心脏病来啊。

她艰难地从人群中挤过去，走向他，心想自己也许帮得上什么忙。正当詹妮弗走近之时，之前看守卡米洛·斯特拉的一名法警抬头看到了她。他抬起一只胳膊向她一指。五秒钟后，詹妮弗·帕克被人抓住，铐上手铐，正式被捕。

劳伦斯·沃尔德曼法官的办公室里有四个人：沃尔德曼法官、地区检察官罗伯特·迪·席尔瓦、托马斯·科尔法克斯和詹妮弗。

"你有权在你的律师到场之前不做出任何解释，"沃尔德曼法官告诉詹妮弗，"你也有权保持沉默。如果你——"

"我不需要律师，法官大人！我可以解释清楚整件事情。"

罗伯特·迪·席尔瓦的脸朝她凑得很近，詹妮弗可以看到他太阳穴上的一条青筋在跳动。"是谁收买了你，让你把那袋东西交给卡米洛·斯特拉的？"

"收买我？没人收买我！"詹妮弗气得声音都颤抖了起来。

迪·席尔瓦从沃尔德曼法官的办公桌上拿起一个很眼熟的文件袋。"没人收买你，你就走到我的证人面前，把这个交给了他？"他抖了抖，一只死鸟倏地落在桌子上。那是一只黄色金丝雀，脖子被人拧断了。

詹妮弗惊恐地盯着金丝雀的尸体。"我……是您的一个部下……交给我……"

"我的哪一个部下？"

"我……我不知道。"

"但你却知道他是我的一个部下。"他的声音里充满了怀疑。

"是的。我看见他和您说话，然后他走到我面前，把文件袋递给我，说您让我把它交给斯特拉先生。他甚至还知道我的名字。"

"我敢肯定他是知道的。他们付给你多少钱？"

詹妮弗想：这一定只是个噩梦，我随时可能醒来，醒来时正好是早上六点，我要换好衣服，在地区检察官办公室宣誓就职。

"多少钱？"他是如此激愤，直接把詹妮弗震慑得站了起来。

"您是在指控我？"

"指控你！"罗伯特·迪·席尔瓦紧握拳头，"女士，我都还没动手收拾你呢。等到你出狱的那一天，你一定已经老得用不着那笔钱了。"

"没人给我钱。"詹妮弗以反抗的目光回击他。

托马斯·科尔法克斯原本坐在后面静静地听着这场对话，此刻却打断了他们，说道："对不起，法官大人，这样下去恐怕我们不会取得任何进展。"

"我同意。"沃尔德曼法官答道，并转向地区检察官，"博比，你认为呢？斯特拉还愿意接受被告律师盘问吗？"

"接受盘问？别指望他了！他已经被吓到精神失常，不会再出庭作证了。"

托马斯·科尔法克斯平静地说："如果我不能盘问控方的主要证人，法官大人，我将不得不申请审判无效。"

房间里的每个人都知道这意味着什么：迈克尔·莫雷蒂将被无罪释放，以清白的身份走出法庭。

沃尔德曼法官看向地区检察官。"你有没有告诉你的证人，他会被判处藐视法庭罪？"

"说了。但比起我们，斯特拉更害怕他们。"他转过身来，恶狠狠地朝詹妮弗看了一眼。"他觉得我们已经保护不了他了。"

沃尔德曼法官缓缓地说："那么，恐怕法庭别无选择，只能批准被告的请求，宣布本次审判不具法律效力。"

罗伯特·迪·席尔瓦默默站着，听凭自己胜券在握的诉讼案被人抹得一干二净。失去了斯特拉，他就输掉了本案。迈克尔·莫雷蒂现在是鞭长莫及了，但詹妮弗·帕克可不是。他要让她为自己的所作所为付出代价。

沃尔德曼法官又说："我会做出指示，释放被告，解散陪审团。"

托马斯·科尔法克斯说："谢谢您，法官大人。"他的脸上看不出胜利的喜悦。

"如果没有别的……"沃尔德曼法官开口说道。

"我还有别的事！"罗伯特·迪·席尔瓦转向詹妮弗·帕克。"我要拘捕她！她妨碍司法公正，动摇大案要案的证人，搞阴谋破坏，她……"他愤怒得语无伦次。

愤怒的詹妮弗终于找到反击的机会。"你无法证明这些指控中的任何一项，因为它们只是恶意揣测，并非事实。如果非要说我有罪，我唯一的罪过就是太傻，被人骗了，仅此而已！没有人收买我做任何事。我以为我当时只是在为你转交文件。"

沃尔德曼法官看着詹妮弗说："无论动机是什么，它造成的后果都非常恶劣。我将要求上诉法院进行调查，如果它判定对你的指控有根据的话，我会开始走程序，撤销你的律师资质。"

詹妮弗突然感到一阵晕眩。"法官大人，我……"

"这件事情先告一段落了，帕克小姐。"

詹妮弗伫立片刻，看着他们充满恨意的脸庞，她知道，自己现在说再多也没用了。

桌子上的黄色金丝雀说明了一切。

第3章

詹妮弗·帕克不仅上了晚间新闻，还独占了整个晚间新闻。她，把一只死了的金丝雀交到了地区检察官的主要证人手里，这个故事的吸引力简直无人能抗拒。每个电视频道都播放了詹妮弗离开沃尔德曼法官办公室，好不容易挤出法庭，又被媒体和公众团团围住的照片。

突如其来的巨大关注度就像狂风暴雨，詹妮弗怎么也不能相信这样可怕的事竟发生在自己身上。包括电视记者、广播记者和报社记者在内的各方媒体都对她发起提问攻势。她拼了命地想逃走，但自尊心不允许她这么做。

"是谁给你的黄色金丝雀，帕克小姐？"

"你以前认识迈克尔·莫雷蒂吗？"

"你知道迪·席尔瓦打算利用这个案子入主州长办公室吗？"

"地区检察官说他要撤销你的律师资质。你会抗争吗？"

对于每一个问题，詹妮弗都三缄其口，一律回答"无可奉告"。

哥伦比亚广播公司的晚间新闻称她为"歧路上的帕克"——步入歧途的女孩。美国广播公司的一名记者称她为"黄色金丝雀"。美国全国广播公司的一名体育评论员将她比作罗伊·里格尔斯，这个橄榄球运动员搞了个大乌龙，把球带到了自己球队的一码线。

名叫"托尼家"的餐厅是迈克尔·莫雷蒂名下的产业，人们在这儿开起了庆典。餐厅里头有十几个人在举杯痛饮，好不热闹。

迈克尔·莫雷蒂独自坐在酒柜后头，与喧闹的外界隔绝开来，看着电视上的詹妮弗·帕克。他举起杯子向她致敬，然后一饮而尽。

各地律师都在讨论詹妮弗·帕克事件，其中一半人认为她接受了黑手党的贿赂，另一半人则认为她是无辜的受骗者。但无论他们站在哪一边，他们对这一件事的看法都完全一致，那就是詹妮弗·帕克短暂的律师生涯已经结束了。

她一共只当了四个小时的律师。

她出生于华盛顿州的凯尔索，那是一个木材小镇，创立于一八四七年，创立者是一位思乡心切的苏格兰勘测员，他用自己苏格兰家乡的名字给这个小镇命名。

詹妮弗的父亲是一名律师，他先是供职于小镇上比比皆是的木材公司，后来又为锯木厂的工人们服务。詹妮弗最初的成长记忆被喜悦填满了。华盛顿州是一个童话般的地方，到处都是壮观的山脉、冰川和国家公园。在那里，她可以滑雪，划独木舟，等到长大一点的时候，她还可以在冰川上攀冰，背着包去一些名字很美妙的地方：欧罕纳佩卡什和尼斯阔利、克利埃勒姆湖和切努斯瀑布、马之天堂和亚基马山谷。詹妮弗跟着父亲，在雷尼尔山学会了登山，在林线学会了滑雪。

她的父亲一直陪在她身边，而她的母亲则是个闲不下来的美人，总是神神秘秘地忙这忙那，很少在家。詹妮弗很崇拜父亲。她的父亲艾布纳·帕克身上流着英格兰人、爱尔兰人和苏格兰人的血液，中等身材，黑色头发，眼睛的颜色介于蓝色和绿色之间。他关心他人，淡泊名利，共情能力很强，有着不可撼动的正义感。他常常坐下来跟詹妮弗聊天，一聊就是一小时以上，和她讲述自己正在处理的案件，讲述光临他那间朴素的小办公室的人们遇到的各种问题。直到多年后，詹妮弗才意识到，他之所以常常和她聊天，是因为他已经没有别的倾诉对象了。

每天放学后，詹妮弗会赶去法院看父亲工作。如果遇到不开庭，她就会在他的办公室里闲逛，听他讨论案件和当事人。他们虽然从未提起过她将来要上法学院的事情，但父女俩都认为这是理所当然的。

到了詹妮弗十五岁的时候，她开始利用暑假为父亲工作。在别的女孩热衷于与男孩约会、处对象的年龄，詹妮弗却全身心地投入在诉讼和遗嘱之类的卷宗里。

男孩们对她很感兴趣，但她却很少出去交际。父亲问起她原因时，她总是回答："爸爸，他们年纪都太小了。"她知道自己将来会嫁给一位像她父亲一样的律师。

詹妮弗十六岁生日那天，她的母亲竟和隔壁邻居的十八岁儿子远走高飞。打那以后，詹妮弗的父亲就"死"了。他的肉体虽然还活着，心脏也在七年后才停止跳动，但自从他听说妻子和别人私奔的那一刻起，他就"死"了。这件事全镇的人都知道，也都很同情他，但是人们的同情显然只能让事情变得更糟，因为艾布纳·帕克是一个自尊心很强的人。于是，他开始借助酒精来麻痹自己。詹妮弗尽她所能去安慰他，却无济于事。所有的一切都变了个模样。

次年，到了该上大学的时候，詹妮弗想留在家陪着父亲，但父亲说什么都不同意。

"詹妮[1]，我们要合伙开事务所了，"他对她说，"你快点把法学学士学位拿下。"

高中毕业后，詹妮弗进入西雅图的华盛顿大学学习法律。大学第一年，当同学们在合同、侵权、财产、民事诉讼和刑事法律的沼泽地中一筹莫展，无法突围时，詹妮弗却感觉如鱼得水。她搬进了大学宿舍，在法律图书馆找到了一份业余工作。

詹妮弗十分热爱西雅图。每到周日，她都会和一个名叫阿米尼·威廉斯的印度学生，以及一个名叫约瑟芬·科林斯的高大瘦削的爱尔兰女孩去市中心的格林湖划船，或者参加在华盛顿湖举行的金杯赛，观看色彩鲜艳的水上飞机从头顶掠过。

西雅图有很棒的爵士乐俱乐部，詹妮弗最喜欢的是"彼得的便池甲板"，那里的桌子是用铺着木板的柳条箱子做的。

到了下午，詹妮弗、阿米尼和约瑟芬会在快美味餐厅见面，那儿供应世界

---

① 詹妮是詹妮弗的昵称。——编者注

上最好吃的炸土豆。

当时有两个小伙子追求詹妮弗：一个是年轻迷人的医学院学生诺亚·拉金，一个是法学院学生本·芒罗。有时詹妮弗会出门和他们约会，但她实在太忙了，没时间考虑发展一段认真的感情。

西雅图四季清爽、潮湿、多风，似乎一直在下雨。詹妮弗穿着一件绿蓝相间的格子布短夹克衫，毛茸茸的羊毛材质托住雨滴，衬得她的眼睛像绿宝石一样闪闪发光。她在雨中行走，沉浸在自己的秘密思绪中，丝毫没有意识到她所路过的一切会将那段记忆磨平。

到了春天，姑娘们会穿上鲜艳的棉质连衣裙，美得像是盛开的花朵。当时，学校里有六个兄弟会，兄弟会成员们会聚集在草坪上，饶有兴味地看着女孩们从他们眼前经过。但出人意料的是，詹妮弗身上的某些特质会让他们感到莫名地害羞。她有一种特殊的品质，具体是什么难以描述，他们只是感觉她已经获得了他们仍在追寻的东西。

每年暑假，詹妮弗都会回家看望父亲。他变了很多，不再醉酒，但同时也不再清醒了。他在自己的周围筑起了一道情感的壁垒，任凭什么也不能再触动他。

詹妮弗在校的最后一学期，他离开了人世。镇上的人没有忘记他的恩情，近一百人参加了他——艾布纳·帕克的葬礼，他们都是这些年来他帮助过、指导过、结交过的人。詹妮弗悄悄把痛苦埋藏进了心里。她失去的不仅仅是父亲，同时也是一位良师益友。

葬礼结束后，詹妮弗回到西雅图完成学业。父亲去世后留给她的钱只有不到一千美元，她不得不思考自己应该如何生活下去。她知道，她不能回到凯尔索去当律师，因为在那个地方，她永远都是那个与少年男子私奔的放荡女人的孩子。

由于平均绩点很高，詹妮弗获得了全国十几家顶级律师事务所的面试机会，并收到了几份工作邀请。

她的刑法教授沃伦·奥克斯告诉她："这可是很大的荣誉，年轻人。一名女性是很难进入好律师事务所工作的。"

让詹妮弗为难的是，她已经不再是有家可归的人了，就如同一株漂泊的浮萍，她不确定自己想在什么地方发展。

眼看就要毕业了，詹妮弗的难题得到了解决。一天，奥克斯教授请她下课后去见他。

"我收到曼哈顿地区检察官办公室写来的一封信，信中他们让我推荐我最聪明的毕业生。你对此有兴趣吗？"

要去纽约工作！"有，先生。"詹妮弗惊喜得脱口而出。

她先是飞到纽约参加律师资质考试，然后回到凯尔索关闭了她父亲的律师事务所。这是一次苦乐参半的经历，充满了对过去的回忆。在詹妮弗看来，她是在那个办公室里长大的。

在律师资质考试成绩出来之前，她在学校的法律图书馆充任助理，以摆脱缺钱的困境。

奥克斯教授警告她："这可是全国最难的考试之一。"

但詹妮弗知道她能过。

她得知考试通过的那一天，纽约地区检察官办公室的聘用通知也正好下来了。

一周后，詹妮弗便动身前往那座东部的城市。

她在第三大道的不繁华地段找到了一个很小的公寓（广告中说是"无电梯，带壁炉，位置佳，需要爬一小段楼的特别房间"），位于一栋无电梯的楼房中的第四层，里面有一个假壁炉。就当是锻炼身体了，詹妮弗这样对自己说。曼哈顿可是一个无山可爬，无急流可蹚的地方。

公寓由一个小客厅和一个小浴室组成。客厅里有一张沙发，被改造成了一张凹凸不平的床；浴室里有一扇窗户，很久以前有人用黑色油漆把它漆了一遍，然后封了起来。这些家具该不会是救世军捐赠的吧？哦，好吧，我不会在这个地方住太久的。这只是暂时的，等我展现出作为一名律师的实力，我也就离开了，詹妮弗想。

这原本是她的梦想。可事实是，她才在纽约待了不到七十二小时，就被开除出地区检察官的工作人员队伍，面临着被撤销律师资质的境遇。

詹妮弗不再看报纸和杂志，也不再看电视，因为无论她走到哪里，她都能看到自己。她觉得街上、公交车上和市场上的人都在盯着她看。她开始躲在自己的小公寓里，电话响了不接听，门铃响了不应答。

她考虑过收拾行李回华盛顿。她考虑过转行，另谋生计。她考虑过自杀。她花了一个又一个小时给地区检察官罗伯特·迪·席尔瓦写信，其中一半都是对他的麻木不仁和缺乏理解的严厉指责；另一半则是卑微的道歉，请求他再给她一次机会。然而，她一封也没寄出去。

前所未有的绝望感几乎要将詹妮弗淹没。她在纽约没有朋友，也没有人可以倾诉，整天将自己锁在公寓里，只有在深夜的时候，她才会悄悄出去，走在城市寂寥的街道上。总在夜间出没的无业游民们从不与她搭讪，也许他们在她的眼中读到了和自己相同的孤独和绝望。

詹妮弗走着走着，一遍又一遍地在脑海中回想法院的那个场景，一遍又一遍地变更结局。

一名男子从迪·席尔瓦周围的人群中抽身离开，匆匆向她走来，手里拿着一个文件袋。

帕克小姐？

我是。

首席检察官让你把这个交给斯特拉。

詹妮弗冷静地看着他。请先出示你的证件。

那人惊慌失措地跑了。

一名男子从迪·席尔瓦周围的人群中抽身离开，匆匆向她走来，手里拿着一个文件袋。

帕克小姐？

我是。

首席检察官让你把这个交给斯特拉。他把文件袋塞进她手中。

詹妮弗打开信封，看到了里头的死金丝雀。我要逮捕你。

一名男子从迪·席尔瓦周围的人群中抽身离开，匆匆向她走来，手里拿着一个文件袋。

他从她身边走过，来到另一个年轻的助理地区检察官面前，把信封递给了他。

首席检察官让你把这个交给斯特拉。

她可以随心所欲地改写这个场景，多少次都行。然而，这改变不了任何事实。一个愚蠢的错误毁了她。但谁说她被毁了？媒体？迪·席尔瓦？她还没有听到任何关于自己被撤销律师资质的消息，在那之前，她还是一名律师。"有多家律师事务所都曾提出要聘用我呢。"詹妮弗告诉自己。

詹妮弗重新鼓起干劲，列了一份她面试过的公司名单，开始挨个儿拨打电话。但是她要找的人都不在，也没有人给她回电话。就这样过了四天，她才意识到自己已经成了法律界的弃儿。人们对此案的愤怒已经平息，但心里对这笔账仍记得清清楚楚。

詹妮弗不断地给有可能雇用她的人打电话，心情从绝望到愤怒再到沮丧，最后又回到绝望。她思索着自己的余生应该如何过下去，但想着想着又会回归自己的初心：她想做的，她真正关心的一件事，就是当一名律师。她的确是一名律师。而且，上帝呀，在有人阻止她之前，她会想尽所有办法去做到这一点的。

她开始走访曼哈顿的律师事务所，在没有事先通知的情况下走进去，把姓名报给接待员，并要求面见人事主管。她偶尔会受到接见，但是每次她都觉得对方是出于好奇才见她。她就相当于一个怪胎，那些人想亲自看看她长什么样。大多数时候，人们都是用一句"我们这里不缺人"就将她打发走了。

眼看六周就要过去了，詹妮弗的钱已经所剩无几。她本来想搬到更便宜的公寓里，但已经找不到这样的地方了。她开始不吃早餐和午餐，在街角的一家小饭馆吃晚餐，那里的食物很糟糕，但价格低廉。她发现了"牛排啤酒"饭馆和"烧烤啤酒"饭馆，在这两家店里，只要花少量的钱，她就能买到一份主菜，还能沙拉任吃，啤酒任喝。詹妮弗讨厌喝啤酒，但它能起到饱腹的作用。

在把清单上的大型律师事务所全部询问过一遍后，詹妮弗列了一份小规模律师事务所的清单，为自己增添底气，然后开始一个一个登门拜访，但就算是小律师事务所的人，也早就听说了她的"大名"。有些对她感兴趣的男性给她提供了很多建议，但没人表示要聘用她。

她开始觉得走投无路了。好吧，如果没人想雇我，我就自己开一家律师事务所，她不服气地想。问题是这需要钱。至少一万美元。她需要足够的钱来付房租、聘请秘书、购置电话、法律书籍、桌椅、文具……可她甚至连邮票都买不起。

詹妮弗原本指望依靠地区检察官办公室发的薪水过日子，但那自然是不可能的了。遣散费也是想都别想，她不是被遣散的，是被扫地出门的。不，她不可能负担得起开办个人律师事务所的费用，不管这个律师事务所有多小。唯一的办法是找到一个可以与她共用办公室的人。

詹妮弗买了一份《纽约时报》，开始寻找合租广告。直到她快要看到最后一行字时，她才发现这样一则小广告，上面写着：一名职场男性寻求与另外两名职场男性共用一间小办公室。房屋为租用。

最后五个字对詹妮弗很有吸引力。她不是职场男性，但在这件事上，性别并不重要。她撕下广告，坐地铁前往广告所列的地址。

那是百老汇不繁华地段的一座破旧老建筑。办公室在十层，门上的招牌字迹已经开始脱落了。只见上面写着：

肯尼斯·贝利
王牌调查组

在它下方写着：

洛克菲勒债务托收机构

詹妮弗深吸一口气，打开门走了进去。她发现自己处在一间没有窗户的小办公室中央。房间里满满当当地放着三套斑痕累累的桌椅，其中的两套已经有人在使用了。

坐在其中一张桌子旁的是一个衣衫褴褛的中年秃头男子，他正在阅读一些文件。靠着另一面墙的那张桌子前坐着一个三十岁出头的男子。他有一头砖红色的头发和一双明亮的蓝眼睛，皮肤很白，长有雀斑。他身穿紧身牛仔裤、T恤和白色帆布鞋，没有穿袜子。此刻，他正在和人通电话。

"别担心，戴瑟夫人，我派了两个最好的工作人员去处理您的案子。我们现在应该随时都可能有您丈夫的情报。我恐怕得再向你收取一点费用……不，不用麻烦您邮寄了。邮寄方式太糟糕了。我今天下午正好要去您家附近办事。我会顺路去取的。"

他挂上听筒，抬头看到了詹妮弗。

他站起身来，微笑着伸出一只结实有力的手。"我是肯尼斯·贝利。有什么需要我为你效劳吗？"

詹妮弗环顾着这间不透气的小房间，不确定地说："我是冲着你的广告来的。"

"噢。"他蓝色的眼睛里充满了惊讶。

光头男人盯着詹妮弗。

肯尼斯·贝利说："这是奥托·温泽尔，他就是洛克菲勒债务托收机构的。"

詹妮弗点点头。"你好。"她回头对肯尼斯·贝利说，"那你是王牌调查组的吗？"

"没错。你干的是什么行当？"

"我？"她先是一惊，然后才明白过来，"我是一名律师。"

肯尼斯·贝利怀疑地打量着她。"你是想在这里设立事务所吗？"

詹妮弗又环顾了一下这间沉闷的办公室，想象自己坐在这两个人中间的空桌子旁的场景。

"也许我还要再找找看，"她说，"我不确定——"

"你每个月只要付九十美元租金。"

詹妮弗回答说："一个月九十美元租下这整栋楼我都觉得贵了。"她转身要走。

"嘿，等一下。"

詹妮弗站住了。

肯尼斯·贝利用手拂了一下他白皙的下巴。"租金可以再商量，六十美元，怎么样？等你生意兴隆了，我们再谈涨租金的事。"

这的确很便宜。詹妮弗知道，她找不到比这个价钱更便宜的了。然而，这个鬼地方会把客户吓跑。还有一件事她必须考虑，她没有六十美元。

"我租。"詹妮弗说。

"你不会后悔的，"肯尼斯·贝利承诺道，"你想什么时候搬东西过来？"

"所有东西都在这里了。"

肯尼斯·贝利亲自在门上漆了新招牌。文字如下：

詹妮弗·帕克

律师

詹妮弗百感交集地打量着这个招牌。即使是在最沮丧的时候，她也从来没有想到，她会让自己的名字居于私家侦探和收债人的名字之下。然而，当她看着这个微微弯曲的招牌时，不禁感到自豪。她是一名律师。门上的招牌就是证明。

既然办公室已经有了，詹妮弗现在唯一欠缺的就是客户了。

詹妮弗眼下连"牛排啤酒"饭馆也消费不起了。她在狭小浴室里的暖气片上装了一个烤盘，为自己做了吐司和咖啡，充当一天的早餐。她不吃午餐，而是熬到晚饭时间，到"坚果满满"或"尊尊餐馆"去吃，那里供应大块香肠、厚面包片和热土豆沙拉。

她每天早上九点准时到达办公桌，但除了听肯·贝利和奥托·温泽尔打电话之外，她无事可做。

肯·贝利受理的委托主要是替人找回离家而去的配偶或孩子，起初詹妮弗深信他是个骗子，只会夸下海口，做出一些假大空的承诺，还收取大笔预付款。但詹妮弗很快就发现，肯·贝利工作努力，而且说到做到，为人既聪明又机灵。

奥托·温泽尔则是个谜一样的人。他的电话经常响起。他会提起听筒，对着话筒低声喃喃几句，在一张纸上写些什么，然后出门，一消失就是好几个小时。

一天，肯·贝利向詹妮弗解释道："奥斯卡①是做回购的。"

"回购？"

"是的。收债公司雇他出去收回汽车、电视机、洗衣机——几乎所有你能想到的东西。"

肯·贝利好奇地看着詹妮弗。"你有客户吗？"

詹妮弗闪烁其词地说："我正在筹备一些事情"。

他点了点头。"别不开心了。任何人都可能犯错。"

詹妮弗感觉自己脸红了，原来他知道她的事情。

肯·贝利边说边打开一个又大又厚的烤牛肉三明治。"你要来点吗？"

看起来很美味。"不了，谢谢。"詹妮弗坚定地说，"我从来不吃午饭。"

"好吧。"

她眼巴巴地看着他啃了一口多汁的三明治。见她这副表情，肯·贝利问道："你确定……"

"不吃，谢谢。我……我有个约会。"

肯·贝利看着詹妮弗走出办公室，脸上露出若有所思的神情。他一向以自己的阅人能力为豪，可詹妮弗·帕克却让他困惑不解。从媒体报道来看，他确信有人给了这个女孩钱，让她去破坏那场针对迈克尔·莫雷蒂的官司。但见到詹妮弗后，他就不那么确定了。他有过一次地狱般的婚姻，因此对女人嗤之以鼻。不过事实告诉他，这个女孩很特殊。她漂亮，聪明，自尊心强。他对自己说："上帝啊！别傻了！你的良心被谋杀了一次难道还不够吗？"

---

① 奥斯卡是奥托的昵称。——编者注

艾玛·拉撒路①是个多愁善感的白痴，詹妮弗这样认为。

"那些疲惫、贫乏，挤在一起渴望自由呼吸的人们……那些在风浪中颠簸的无家可归的人们，都送来给我吧！"②

真的！任何想在纽约落脚谋生的人都会在一小时内磕得头破血流。在纽约，没有人关心你是生是死。别自怨自艾了！詹妮弗告诉自己。但这谈何容易。她手头的可支配资金已经减少到十八美元，她还拖欠着公寓租金，而她的办公室租金两天后也到支付期限了。她没有足够的钱再留在纽约，也没有足够的路费离开。

詹妮弗翻遍了电话黄页，按字母顺序给律师事务所打电话，想找份工作。她用的是电话亭的电话，因为她羞于让肯·贝利和奥托·温泽尔听到她的对话内容。结果总是一样，没有人愿意雇用她。她必须回到凯尔索，找一份法律助理的工作，或担任父亲某位朋友的秘书。

父亲要是在世，会有多么失望啊！詹妮弗一败涂地，但又别无选择，只能以失败者的身份回家。她面临的当务之急是交通。经过浏览下午的《纽约邮报》，她发现了一则广告，发布者在寻觅一个人，共同分担去西雅图的车费。上面有一个电话号码，詹妮弗打了过去，但没人接。她决定明天早上再试一次。

第二天，詹妮弗最后一次去她的办公室。奥托·温泽尔不在，但肯·贝利像往常一样在打电话，身上穿着蓝色牛仔裤和一件V领羊绒毛衣。

"我找到了您的妻子，"他说，"唯一的问题是，我的朋友，她不想回家……我知道。女人的心思谁能猜得透……好的，我告诉您她住在哪里，您可以试试说些好话，说服她回去。"他说出了市中心一家酒店的地址。"能帮到您我很荣幸。"他挂断电话，转身面对詹妮弗。"你今天早上迟到了。"

"贝利先生，恐怕我得走了。我会尽快把欠您的租金寄给您。"

---

① 犹太裔美国女诗人，自由女神像底座的铭牌上刻着的十四行诗《新巨人》的作者。——译者注

② 十四行诗《新巨人》中的句子。——译者注

肯·贝利靠在椅子上，打量着她。他的表情让詹妮弗很不舒服。

"那样可以吗？"她问道。

"回华盛顿？"

詹妮弗点点头。

肯·贝利说："在你离开之前，能帮我一个忙吗？我有个律师朋友一直在烦我，让我给他送传票，我没有时间。你每送一张传票，他就付你十二美元五十美分，还会给你交通补贴。你能帮帮忙吗？"

一小时后，詹妮弗·帕克出现在皮博迪父子联合律师事务所豪华舒适的办公室里。这样的地方是她曾经梦寐以求的工作场所，她日夜期盼能在这样的事务所占有一席之地，与他人平等相处。她被带到靠里的一个小房间，一个秘书不耐烦地递给她一沓传票。

"给，一定要记下你的里程。你不会没车吧？"

"我恐怕……没有……"

"好吧，如果你乘地铁，记得记下票价。"

"好的。"

天上下着倾盆大雨，詹妮弗在布朗克斯、布鲁克林和皇后区到处跑，给人送传票。到晚上八点，她已经赚了五十美元。她回到自己的小公寓，浑身冰凉，精疲力尽，但至少她赚到了一些钱，这是她来纽约后的第一份收入，而且秘书告诉她，还有好多传票在等着她去送。

这可是一份苦差事，要全城到处跑，还会遭人羞辱。有人冲她砰地摔门，有人咒骂她，有人威胁她，她还两次受到挑逗和轻薄。想到明天还要重复这样的日子，一种沮丧的感觉涌上她的心头；然而，只要让她留在纽约，事情就还有希望，无论那是多么渺茫的希望。

詹妮弗在浴缸里放了热水，跨进去，慢慢地浸入水中，尽情感受水流拍打自己的身体。她之前完全没意识到自己已是如此疲惫，似乎每一块肌肉都在发酸发疼。

她很确定自己需要一顿丰盛的晚餐，好重新振作起来。"我要奢侈一番，好好款待自己，去一家铺着桌布、摆着餐巾的上等餐厅。也许那儿还会有柔和的音乐，我会喝上一杯白葡萄酒，再……"詹妮弗心想。

詹妮弗的思绪被门铃声打断了。那是一种非常陌生的声音。打她两个月前入住以来，就不曾有人登门拜访过她。那只能是那个脾气暴躁的房东太太过来催缴房租了。詹妮弗一动不动地躺着，希望房东过一会儿自动走开，因为她实在太累了，简直动弹不得。

门铃又响了。詹妮弗拖着疲惫的身体，很不情愿地从温暖的浴缸里出来。她套上毛圈布浴袍，走到门口。

"谁呀？"

门的另一边，一个男声问道："是詹妮弗·帕克小姐吗？"

"我是。"

"我叫亚当·华纳，是一名律师。"

詹妮弗满腹狐疑地先把门上的防盗链拴好，然后将门打开了一条缝。站在过道里的男人三十多岁，高个子，金发碧眼，肩膀宽阔，戴着角框眼镜，一双灰蓝色的眼睛似乎很热衷于寻根问底。他穿着一套量身定做的西装，一看就价格不菲。

"我可以进来吗？"他问道。

抢劫犯可不会穿定制西装、古驰皮鞋，戴丝绸领带。他们没有修长而白嫩的双手，也没有精心修剪的指甲。

"请稍等。"

詹妮弗解开防盗链，打开了门。就在亚当·华纳走进来之时，詹妮弗环视了一下自己这个单间公寓。从来人的角度打量它，她不禁感到自惭形秽。他这样的人平时似乎根本不会出现在这样廉价的房子中。

"我能为您做些什么，华纳先生？"

就在说出这句话的时候，詹妮弗突然明白他为什么会出现在这里，她感到一阵兴奋。一定是她的四处求职得到了回应！她真希望自己现在穿的是一件漂亮的深蓝色定制长袍，头发也梳得整整齐齐。

亚当·华纳开口说道："我是纽约律师协会纪律委员会的成员，帕克小姐。地区检察官罗伯特·迪·席尔瓦和法官劳伦斯·沃尔德曼已请求上诉法院启动撤销你律师资质的法律程序。"

第4章

尼达姆、芬奇、皮尔斯与华纳律师联合事务所位于华尔街三十号，占了大楼的整个顶层。事务所有一百二十五名律师，办公室里散发着世袭贵族的气息，装潢优雅肃穆，很适合这样一个拥有好几位业界响当当人物的组织。

亚当·华纳和斯图尔特·尼达姆正在照例喝着早茶。斯图尔特·尼达姆是个年近七旬，衣冠楚楚，身材匀称的人。他留着整齐的范戴克胡型，穿着粗花呢料子的西装和马甲。他的模样像是属于过去的时代，但让他的数百名反对者失望了好些年的是，斯图尔特·尼达姆的思想非常现代。

他是业界巨人，不过他的名字只在他影响力所及的圈层为人所知。他比较乐意留在幕后，利用自己的巨大影响力去影响立法，影响政府高官任命和国家政治的发展方向。作为一个新英格兰人，他的天性和教养一起造就了他沉默寡言的性格。

亚当·华纳是尼达姆的门生，娶了尼达姆的侄女玛丽·贝思为妻。亚当的父亲曾是一位受人尊敬的参议员，亚当本人则是一位出色的律师。当年，他才刚刚以优异成绩从哈佛法学院毕业，全国各地的知名律师事务所就都抢着要雇用他。他选择了尼达姆、芬奇和皮尔斯联合律师事务所，七年后，他成了该律师事务所的四大合伙人之一。

亚当·华纳相貌堂堂，极具魅力，且聪明过人，别人自然对他另眼相看。他对自己有一种由内而外的自信，让女人们感到颇具挑战性。对于那些含情脉脉，过于殷勤的女性客户，亚当早就开发出了一套拒绝系统，让她们知难而退。他与玛丽·贝思结婚十四年，向来不赞成婚外情。

"你要加点茶吗，亚当？"斯图尔特·尼达姆问道。

"不了，谢谢。"亚当·华纳讨厌喝茶，然而，为了不伤害合伙人的感情，在过去的八年里，他只好每天早上都喝。那是尼达姆自己冲泡的一种茶，味道糟透了。

斯图尔特·尼达姆有两件事要说，而他通常会先说好消息。"我昨晚和几个朋友开了个会。"尼达姆说。他口中的几个朋友一般都是这个国家最顶尖的政治掮客。"他们正在考虑让你竞选联邦参议员，亚当。"

亚当欣喜若狂，因为斯图尔特·尼达姆生性谨慎，所以这些话肯定不是随意说说，否则他不可能在这个时候提起。

"当然，这件事的关键是你是否感兴趣。它意味着你的生活会发生很多变化。"

亚当·华纳明白这一点。他如果赢得选举，就要举家搬到华盛顿特区去，放弃他的律师事业，开始一种全新的生活。他确信玛丽·贝思会很乐意，但对于他自己是否乐意则不太确定。然而，他接受过的教育告诉他要担起责任。此外，他不得不承认，掌权是一种乐趣。

"我很感兴趣，斯图尔特。"

斯图尔特·尼达姆满意地点点头。"很好，他们会很高兴的。"他又给自己倒了一杯那种难喝的茶，然后漫不经心地提起了他脑子里的另一件事。"律师协会纪律委员会希望你去处理一件小事，亚当，应该最多只会占用你一两个小时。"

"什么事？"

"是关于迈克尔·莫雷蒂的审判的事。显然，之前有人盯上了博比·迪·席尔瓦的一名年轻助手，并收买了她。"

"我在报纸上读到过，那只'金丝雀'。"

"是的。沃德曼法官和博比想把她从我们这份荣光无限的职业中除名。我也想。她把我们这一行的名声都搞臭了。"

"他们想让我做什么？"

"就是快速检查一下，确认这个姓帕克的女人是否违法或违反职业道德，然后就是建议走撤销律师资质的程序。她会收到一个通知，告诉她为什么她将被撤销资质。剩下的事情他们会处理，就是走走程序而已。"

亚当觉得有点不对头。"为什么是我，斯图尔特？我们手下有十几名年轻律师，他们都可以处理这件事。"

"我们可敬的地区检察官特意提出让你来办，他想确保一切顺利。我们都知道，"他冷淡地补充道，"博比可不怎么宽容，他恨不得把这个叫帕克的女人大卸八块。"

亚当·华纳只是坐着，思考起他那繁忙的日程。

"亚当，说不定哪一天，我们可能会需要地区检察官办公室的帮助。当卖个人情，就这么定了。"

"好吧，斯图尔特。"亚当站起来。

"你确定不再多来点茶了？"

"不了，谢谢。它味道没怎么变，还是这么好喝。"

亚当·华纳一回到办公室，就打电话给他的助理律师卢辛达，她是一位聪明的年轻黑人女性。

"卢辛达，尽你所能帮我弄到一切关于詹妮弗·帕克的信息。"

她笑着说："那只黄色'金丝雀'。"

她的名字尽人皆知了。

当天下午晚些时候，亚当·华纳研究起了纽约民众诉迈克尔·莫雷蒂一案的庭审记录。那是罗伯特·迪·席尔瓦派专人送来的。亚当让玛丽·贝思独自去参加晚宴，又给自己点了三明治的外卖。待他看完，已是下半夜了。亚当阅后的结论是，毫无疑问，如果不是半路杀出个詹妮弗·帕克，迈克尔·莫雷蒂就会被陪审团裁定有罪，迪·席尔瓦发起的公诉则完美无瑕。

接着，亚当又看了后来在沃尔德曼法官议事室里录下的证词笔录。

迪·席尔瓦：你是大学毕业生？

帕克：是的，先生。

迪·席尔瓦：还是法学院毕业生？

帕克：是的，先生。

迪·席尔瓦：一个陌生人递给你一个文件袋，让你把它交给谋杀案庭审中的一个关键证人，你就照着做了？这已经无法用愚蠢来解释了吧？

帕克：事情不是这样发生的。

迪·席尔瓦：你之前说是。

帕克：我的意思是，我不认为他是陌生人，我以为他在你手下办事。

迪·席尔瓦：你怎么判断出来的？

帕克：我已经说过了。我看到他在和你说话，然后他拿着一个文件袋走到我面前，直接叫我的名字。他说你想让我把它交给证人。这一切都发生得太快了……

迪·席尔瓦：我不认为有那么快。我认为这件事是精心设计过的。找人收买你，让你转交文件袋，这些都要花时间。

帕克：那不是真的。我……

迪·席尔瓦：什么不是真的？你不知道你在转交文件袋？

帕克：我不知道里面有什么东西。

迪·席尔瓦：所以真的有人付钱给你。

帕克：我不会让你歪曲我的话。没有人付过我一分钱。

迪·席尔瓦：那你是为了助人为乐？

帕克：不，我以为我是在按照你的指示办事。

迪·席尔瓦：你说那个人叫得出你的名字。

帕克：是的。

迪·席尔瓦：他怎么知道你的名字？

帕克：我不知道。

迪·席尔瓦：噢，少来了。你一定知道点什么。也许是纯属凑巧，也许他只是环顾了一下法庭，然后告诉自己那边有个人，从长相判断，她的名字可能叫詹妮弗·帕克。你觉得对吗？

帕克：我已经说过了，我不知道。

迪·席尔瓦：你和迈克尔·莫雷蒂相恋多久了？

帕克：迪·席尔瓦先生，这事我们已经讨论过了。你已经盘问我五个小时了。我累了，没有什么要补充的了。可以让我走了吗？

迪·席尔瓦：你要是离开这张椅子，我就逮捕你。你摊上大麻烦了，帕克小姐。想要摆脱麻烦，只有一条路可走，那就是停止撒谎，开始说实话。

帕克：我已经把实话都告诉你了，也已经把我知道的一切都告诉你了。

迪·席尔瓦：你还没告诉我，把文件袋递给你的人叫什么名字。我想知道他的名字，我想知道他付了你多少钱。

后面还有三十多页的笔录。面对詹妮弗·帕克，罗伯特·迪·席尔瓦什么手段都试过了，就差没用橡胶管使劲抽她了，但她仍坚持自己的那一套说辞。

亚当合上笔录，疲惫地揉了揉眼睛，已经凌晨两点了。

明天他会处理詹妮弗·帕克的事情。

令亚当·华纳惊讶的是，詹妮弗·帕克一案可没那么容易处理。出于他有条不紊的办事风格，亚当对詹妮弗·帕克的背景进行了调查。

据他所知，她和任何一件刑事案件都没有关联，也没有任何证据表明她与迈克尔·莫雷蒂有过联系。

这个案子让亚当感到有些不安。詹妮弗·帕克的辩白太薄弱了。如果她真的在为莫雷蒂办事，后者应该会设置一个合乎情理的情节来助她脱罪。而事实是，她所讲述的情况是如此简单，听起来竟让人觉得有点天真。

中午，亚当接到了地区检察官打来的电话。"事情怎么样了，亚当？"

"还行，罗伯特。"

"我知道你正忙着帮我铲除詹妮弗·帕克。"

亚当·华纳听到这句话时不禁皱了皱眉。"是的，我已经答应会向法庭提出建议。"

"我要让她牢底坐穿。"亚当被地区检察官话里带着的仇恨吓了一跳。

"放轻松点，罗伯特。她还没有被撤销资质呢。"

迪·席尔瓦笑了。"这件事就靠你了，我的朋友。"他的语气变了，"有小道消息说你可能很快就要搬到华盛顿了。我想让你知道的是，你会得到我的全力支持。"

亚当·华纳知道，那可是相当大的支持。地区检察官在当地任职多年，对那里的情况了如指掌，也知道如何能够最大限度地利用手中的信息。

"谢谢你，罗伯特。我很感激。"

"别客气，亚当。我等你消息。"

他指的是詹妮弗·帕克一事。这就是斯图尔特·尼达姆提到的"卖个人情"，而那个女孩则是一颗被牺牲掉的棋子。亚当·华纳想起了罗伯特·迪·席尔瓦的话："我要让她牢底坐穿。"亚当从笔录中读到的信息判断，并没有实际的证据可以指控詹妮弗·帕克。除非她供认不讳，或者有人供认自己与她同谋，否则迪·席尔瓦根本无法动这个女孩分毫。他是想靠亚当来实现自己的复仇计划。

笔录上的文字清晰明了，同时又冰冷严厉。亚当希望自己能亲耳听到詹妮弗·帕克否认自己有罪时的语气。

亚当还有其他紧迫的事情要关注，包括一些涉及大客户的大案件。如果按照斯图尔特·尼达姆、劳伦斯·沃尔德曼法官和罗伯特·迪·席尔瓦的意愿去做，他就轻松多了，但某种本能却让他犹豫不决。他又拿起詹妮弗·帕克的档案，潦草地记了一些笔记，然后打了几个长途电话。

亚当既然被赋予了这样一项责任，他就打算尽其所能做到最好。作为一个过来人，亚当很清楚，要想成为一名律师并获得律师从业资质，就要经历漫长、艰苦的学习和工作过程。这是一个需要数年才能获得的勋章，除非有正当的理由，否则他不会剥夺任何人的努力。

第二天早晨，亚当·华纳登上了飞往华盛顿州西雅图的飞机。他与詹妮弗·帕克的法律系教授，一家她打过两次暑假工的律师事务所的负责人，以及她以前的一些同学进行了会面。

斯图尔特·尼达姆打电话到西雅图找亚当。"你怎么上西雅图去了，亚当？有一大堆案子还在等着你呢。帕克那件事应该一眨眼就搞定了。"

"出了一些问题，"亚当小心翼翼地说，"我过一天左右就回来，斯图尔特。"

对方一时间没有说话。"知道了。注意别在她身上浪费太多时间了。"

当亚当·华纳离开西雅图时，他觉得自己对詹妮弗·帕克已经有了很深的了解，深到足以与詹妮弗·帕克对她自身的了解相媲美。他在脑海中为她构思了一幅肖像，一幅精神上的肖像——由她的法律系教授、房东、曾工作过的律师事务所同事和同学们提供的碎片勾勒而成。

亚当脑中的画面与罗伯特·迪·席尔瓦为詹妮弗描绘的画面毫无相似之处。除非詹妮弗·帕克是有史以来演技最高超的演员，否则她不可能参与一场让迈克尔·莫雷蒂这种人逍遥法外的阴谋。

现在，距离那个与斯图尔特·尼达姆通电话的早晨已经快两周了，亚当·华纳正面对着詹妮弗·帕克，他最近一直在深挖这个女孩的背景。亚当在报纸上看到过詹妮弗的照片，但亲眼看到她本人后，他还是大受震撼。即便是身穿旧长袍，没有化妆，肩上披着一头湿答答的深棕色头发，她仍旧称得上美不可言。

亚当说："帕克小姐，我受任调查你在迈克尔·莫雷蒂一案中扮演的角色。"

"噢，是吗？"詹妮弗能感觉到她心中的怒火越燃越烈。一开始只是火花，接着变成了一团火焰，在她体内爆发开来。他们还不放过她。他们打算让她的余生都不得安宁。她真的受够了。

詹妮弗说话时，声音都在颤抖。"我没什么可对你说的！你回去想怎么汇报就怎么汇报。我是做了一件蠢事，但据我所知，没有哪条法律禁止人犯蠢。地区检察官认为有人收买了我。"她轻蔑地向空中挥了挥手，"如果我有钱，你认为我会住在这样的地方吗？"她的声音开始哽咽，"我……我不管你们如何处理。我只想一个人待着。请你马上离开！"

詹妮弗转身逃进浴室，砰地关上门。

她靠着水槽站着，深呼吸，擦去眼泪。她知道自己刚才的行为愚蠢透顶。这是第二次了，她苦笑着想。她应该以另一种方式对待亚当·华纳，应该努力解释，而不是发起语言攻击。也许那样，她就不至于被撤销律师资质。但她知道，这只是她一厢情愿的想法。派人来盘问她只是做个样子罢了，下一步就是向她下达通知，告知提起诉讼的原因，正式机制也将启动。

会有一个由三名律师组成的评审小组，他们将向纪律委员会提出建议，而纪律委员将会向理事会提交报告。建议早就事先定好了，她将被撤销律师资质，禁止在纽约州执业。詹妮弗痛苦地想：这事也有好的一面，我可以创下吉尼斯纪录，成为史上执业时间最短的律师。

她又一次跨进浴缸，躺下，让依然温热的水拍打她，缓解她的紧张情绪。此时此刻，她实在太累了，已经顾不得自身的处境。她闭上眼睛，任由思绪飘荡。不知多长时间过去了，若不是浴缸里冰凉的水唤醒了她，她都要进入梦乡了。她很不情愿地从浴缸里爬了出来，开始用毛巾擦去身上的水。饥饿的感觉消失得无影无踪，亚当·华纳的出现摧毁了她的胃口。

詹妮弗梳好头发，抹好面霜，决定不吃晚饭就上床睡觉。第二天一早，她要打电话咨询拼车去西雅图的事情。她打开浴室门，赤身裸体地走进起居室。

亚当·华纳正坐在椅子上翻杂志。就在詹妮弗走进来的那个当口，他恰好抬起头来。

"对不起，"亚当说，"我——"

詹妮弗惊叫一声，逃进浴室，穿上了长袍。接着，她怒气冲冲地再次出现在亚当面前。

"调查已经结束了，我说过让你离开！"

亚当放下杂志，平静地说："帕克小姐，我们能不能冷静地讨论一下？"

"不能！"她心中的怒火又熊熊燃烧起来，"我对你，还有你那该死的纪律委员会已经没什么可说的了。你们都把我视为罪犯，我受够了！"

"我说过你是罪犯吗？"亚当平静地问。

"你……你不就是为这事而来的吗？"

"我跟你说过我来这儿的原因。我受任调查此事，并根据调查结果向法庭提出建议，即是否启动程序，撤销你的律师资质。我想听你把事情原原本本地说一遍。"

"明白了，那我怎样才能收买你？"

亚当脸色一沉。"打扰了，帕克小姐。"他站起身向门口走去。

"等一下！"

亚当转过身来。"请原谅，"她说，"我……我现在看谁都像是敌人。我向你道歉。"

"我接受你的道歉。"

詹妮弗突然意识到自己穿的是一件很薄的长袍。"如果你还想问我问题，那等我穿好衣服再谈吧。"

"没问题。你吃晚饭了吗？"

她犹豫了。"我——"

"我知道一家法国餐厅，我们去那儿边吃边谈吧。"

那是东城五十六号街上的一家宁静怡人的小餐厅。

"知道这个地方的人可不多，"他们就座后，亚当·华纳说道，"这家店是一对年轻的法国夫妇开的，他们过去曾在比利牛斯山工作，厨艺十分高超。"

詹妮弗只能相信亚当的话，因为她这会儿什么味道都品尝不出来。虽然一整天没吃东西，但由于过度紧张，她什么都咽不下去。她试着放松，但那是不可能做到的。不管对面这个男人如何假意示好，他都是她的敌人。而且他还这么迷人，詹妮弗不得不承认这一点。他很有趣，很有魅力，如果不是在今天这种情况下，詹妮弗会非常享受这个夜晚。然而，没有如果。她的未来掌握在这个陌生人手中，接下来的一两个小时将决定她余生的走向。

亚当有意让她放松下来。他最近刚去过一趟日本，在旅途中会见了一些政府高级官员，对方还为他举办了一场特别的欢迎晚宴。

"你吃过裹着巧克力的蚂蚁吗？"亚当问道。

"没吃过。"

他咧嘴一笑。"比裹着巧克力的蚂蚱好吃。"

他聊到自己一年前在阿拉斯加的一次狩猎旅行，当时他遭到了熊的袭击。他几乎无所不谈，但就是不提他们来这儿要办的正事。

詹妮弗一直在努力调整自己，力求从容面对盘问开始的那一刻。然而，当对方终于提起这个话题时，她的整个身体还是瞬间僵硬了。

亚当吃过甜点，温和地对她说："我接下来要问你几个问题，你控制住自己，不要生气，好吗？"

詹妮弗突然感觉如鲠在喉。她点了点头，但是不确定自己还能不能说得出话来。

"我想让你一五一十地告诉我那天在法院发生的事情。一切你记得的事情，还有你的感受，全部一样不落地告诉我。不着急，慢慢说。"

詹妮弗原本想告诉他，要杀要剐都随你们便，完全没打算配合他。但不知为何，坐在亚当·华纳对面，听着他温和的声音，詹妮弗的抵触感消失了。那次的经历在她心中记忆犹新，简直不堪回首，一想到就会心痛。她花了一个多月的时间来忘记，现在他却要让她从头到尾讲上一遍。

她深吸了一口气，颤抖着说："好吧。"

詹妮弗犹犹豫豫地开始讲述在法院发生的事，渐渐地，她的语速越来越快，因为她的记忆也越来越鲜活。亚当坐着静静地听她讲述，细细地打量着她，没插一句话。

詹妮弗说完后，亚当问："那天早上你宣誓就职时，交给你文件袋的那个人也在地区检察官办公室吗？"

"我思考过这个问题。老实说，我不记得了。那天办公室里有很多人，还全部都是陌生面孔。"

"你以前在哪里见过那个人吗？"

詹妮弗无奈地摇了摇头。"我没印象，应该没见过。"

"你说你看到他前一秒钟还在和地区检察官谈话，后一秒就向你走来，把文件袋交给你。你看到地区检察官给他递文件袋了吗？"

"我……没有。"

"你真的看到那个人在和地区检察官谈话吗？还是说，他只是混在地区检察官周围的人群里？"

詹妮弗闭上眼睛想了一秒，试着在脑海中重现那一刻。"对不起，当时一切都很混乱。我……我不确定。"

"你知道他是如何知道你的名字的吗？"

"我不知道。"

"那你知道他为什么选择你吗？"

"这倒是简单。他可能有识别傻瓜的特异功能。"她说着摇了摇头，"不，对不起，华纳先生，我不知道。"

亚当说："这件事给我们带来了很大的压力。一直以来，地区检察官迪·席尔瓦都想将迈克尔·莫雷蒂绳之以法。他的那次诉讼原本滴水不漏，但是你的出现让事情出现了反转。为此，他对你可不太满意。"

"我还对我自己不满意呢。"詹妮弗说。即使亚当·华纳即将向法庭建议撤销她的律师资质，她也无法责怪他，他不过是在执行工作而已。那些人想报复她，他们做到了。亚当·华纳对此没有责任，他只是被那些人利用的工具。

詹妮弗突然有一种强烈的想要独处的冲动。她不想让别人看到她的痛苦。

"对不起，"她抱歉地说，"我……我感觉不太舒服。我想回家。"

亚当打量了她一会儿，说："如果我告诉你，我将建议不对你进行撤销律师资质的诉讼，你会稍微舒服一点吗？"

詹妮弗花了几秒钟才反应过来。她目瞪口呆地看着亚当，一言不发，一边在他的脸上搜寻着什么，一边端详着角框眼镜后面那双灰蓝色的眼睛。"你……你真的会这么做？"

"当一名律师对你来说很重要，不是吗？"亚当问道。

詹妮弗想起了父亲，还有他那间小而舒适的律师事务所，想起了他们父女俩过去的对话，想起了那段漫长的法学院时光，想起了她和父亲共同的希望和梦想。"我们要合伙开律师事务所了，你快点把法学学士学位拿下。"她重温了一遍父亲的话。

"是的。"詹妮弗低声说。

"如果你能够度过这段艰难的初始时光，我想你会成为一个非常优秀的律师。"

詹妮弗感激地笑了笑。"谢谢。我会试着做到的！"

她在心里把这句话重复了一遍：我会试着做到的！她和一个不入流的私家侦探，以及一个负责回收汽车的人共用一间又小又脏的办公室，但这有什么关系呢？那依然是一家律师事务所，她依然是法律界的一员。人们将允许她从事法律工作。她感到欣喜若狂。她看着对面的亚当，心里十分确定，她会永远感激这个男人。

服务员已经开始清走桌上的盘子了。詹妮弗试着说话，但发出来的声音既像哭又像笑。"华纳先生……"

他严肃地打断她说："鉴于我们一起经历了这么多，我想，你应该叫我亚当。"

"亚当——"

"什么事？"

"我希望这不会破坏我们的友好关系，但是……"詹妮弗呻吟道，"我饿极了！"

第5章

接下来的几周很快过去了，詹妮弗每天都很忙碌，从清晨忙到深夜——递送法庭传票，通知证人出庭作证。她知道自己进入一家大型律师事务所的机会等同于零。她卷入了一场可耻的失败，所以雇用她这件事根本不在一般人的考虑之列。她只能自己想办法树立声誉，从头开始。

与此同时，她桌上还有一大堆皮博迪父子联合律师事务所的出庭通知和传票要发。严格说来，这并不是在从事律师工作，但它是每单十二美元五十美分的收入，还会解决日常开销。

詹妮弗偶尔会工作到很晚，每当这时，肯·贝利就会带她去餐馆吃晚饭。表面上看，他是一个愤世嫉俗的人，但詹妮弗觉得他的内心并非如此。她可以感受到他的孤独。他毕业于布朗大学，才思敏捷，饱读诗书，让人很难想象他竟愿意在一间阴沉破旧的办公室里，以帮人寻找离家出走的配偶或孩子为业，就好像他已经接受了失败的命运，没有勇气再去追求成功似的。

有一次，詹妮弗问起他的婚姻状况，他竟咆哮着对她说："这不关你的事。"自此，詹妮弗再也没提过这一话题。

奥托·温泽尔则完全不同。这个矮个子、大肚腩的中年人婚姻很幸福。他把詹妮弗当成了自己的女儿，经常给她带妻子做的汤和蛋糕。不幸的是，奥托·温泽尔的妻子厨艺不佳，但詹妮弗还是会强迫自己吃掉他给她带的所有东西，因为她不想拒绝他的美意。一个周五的晚上，詹妮弗受邀到温泽尔家吃晚饭。温泽尔太太准备了她的拿手好菜——白菜肉卷，白菜煮得很烂，里面的肉却很硬，米饭也没熟透，整道菜仿佛是在一个由鸡脂肪构成的湖里游泳。詹妮弗勇敢出击，咬了小小的几口，然后将它放在盘子里推来推去，装作正在吃它的样子。

"你觉得味道怎么样？"温泽尔太太笑着问。

"简直是我吃过的最好吃的食物！"

打那以后，詹妮弗每周五晚上都会到温泽尔家吃晚饭，温泽尔太太则总是会备好这道詹妮弗"最喜欢"的菜。

一天清晨，詹妮弗接到了小皮博迪先生私人秘书的电话。

"皮博迪先生今天上午十一点想见你，请你务必准时过来。"

"好的，女士。"

过去，詹妮弗只与皮博迪事务所的秘书和办事员打过交道。那是一家很有名望的大型事务所，年轻的律师们都梦想着能够加入。在赴约的路上，詹妮弗开始想入非非。如果皮博迪先生想亲自见她，那一定是关乎某些重要的事情。他可能是看到了她的闪光点，打算聘请她担任他事务所的律师，让她有机会展示自己的能力。她要让他们所有人大吃一惊，未来的某一天，这家事务所甚至可能会更名为"皮博迪父子和帕克联合律师事务所"。

詹妮弗在事务所外的走廊里消磨了三十分钟。到了十一点整，她才走进接待室。她可不想显得过于急切。她在那儿干等了两个小时后，终于被人带进了小皮博迪先生的办公室。他又瘦又高，身上穿的三件套的西装和脚上的鞋子，都是在伦敦定制的。

他没有请她坐下。"波特小姐——"他的声音尖锐高亢，并不悦耳。

"我姓帕克。"

他从桌子上拿起一张纸。"这儿有份传票，我想让你去送。"

就在这一刻，詹妮弗才知道，对方不是想邀请她加入这家公司。

小皮博迪先生把传票递给詹妮弗，说："报酬是五百美元。"

詹妮弗肯定她听错了。"您是说五百美元吗？"

"没错。当然了，前提是你要成功送到。"

“那肯定不简单。”詹妮弗猜测道。

“嗯，是的，”小皮博迪先生承认道，“一年多来，我们试过很多次给这个人发传票。他叫威廉·卡莱尔，住在长岛的一个庄园里，从不离开自己的房子。说实话，有十几个人去送过传票，但他有一个保镖兼管家把所有人都挡在了门外。”

詹妮弗说：“那我怎么能……”

小皮博迪先生把身体往前倾了倾。“这个案件关系到一大笔钱。如果传票送不到，我就没法使他到庭，波特小姐。”詹妮弗已经懒得纠正他了。“你觉得你能搞定吗？”

詹妮弗想了想五百美元能买到什么。

“我会想办法的。”

那天下午两点，詹妮弗来到了威廉·卡莱尔的庄园门外。房子主体是乔治亚风格，坐落在十英亩①被精心照料的美丽草坪中间。一条弧形车道通往房子的正前方，房子两旁耸立着一棵棵雅致的枞树。

詹妮弗仔细想了想她将要面临的难题。她不可能进入房子里面，因此她只能设法让威廉·卡莱尔先生出来。

沿着道路在距离詹妮弗半个街区的地方停着一辆园丁用的卡车。詹妮弗打量了一下那车，然后朝它走去，想找到园丁。一共有三个园丁，都是日本人，正在干活。

詹妮弗走向他们，问道：“你们谁是这儿的负责人？”

其中一个人挺直了身子。“我是。”

“我有点小事想麻烦你们……”詹妮弗开始说。

“对不起，女士。太忙，抽不出时间。”

“只要五分钟。”

“不，这不可能——”

“我出一百美元。”

---

① 英美制地积单位，1英亩合4046.86米。——编者注

三人停下手中的活，齐刷刷地看向她。为首的园丁说："你会为五分钟的活付给我们一百美元？"

"没错。"

"那我们要做什么？"

五分钟后，园丁的卡车驶上威廉·卡莱尔庄园的车道。詹妮弗和三个园丁一起下了车。她环顾四周，在前门边选了一棵漂亮的树，对园丁们说："把它挖出来。"

他们从卡车上拿出铁锹，开始挖树。不到一分钟，前门突然打开了，一个穿着管家制服的大个子男人冲了出来。

"你们这些人在捣什么鬼？"

"我们是长岛苗圃来的，"詹妮弗干脆利落地说，"我们要把所有这些树都砍了。"

管家盯着她。"哪儿？你说你是哪儿来的？"

詹妮弗举起一张纸。"我接到一个命令，要把这些树都挖走。"

"那是不可能的！卡莱尔先生会大发雷霆的！"他转向园丁喊道，"你们快住手！"

"听着，先生，"詹妮弗说，"我只是在奉命行事。"她看向园丁们，"继续挖，伙计们。"

"不！"管家喊道，"我告诉你，你一定是搞错了！卡莱尔先生没有下令挖树。"

詹妮弗耸耸肩说："我老板说卡莱尔先生下了命令。"

"我怎么才能联系到你的老板？"

詹妮弗看了看手表。"他去布鲁克林办事了，六点钟左右应该能回办公室。"

管家怒视着她。"等一下！在我回来之前，你们什么都别做！"

"继续挖。"詹妮弗告诉园丁。

男管家转身匆匆走进屋内，砰地关上了身后的门。几分钟后，门开了，男管家回来了，身后跟着一个矮小的中年男人。

"能告诉我你们这是在干什么吗？"

詹妮弗问道："这与你有什么关系？"

"我告诉你，这与我关系可大了去了！"他厉声说道，"我是威廉·卡莱尔，这个庄园的主人。"

"是这样啊，卡莱尔先生，"詹妮弗说，"我有东西要交给你。"她把手伸进衣兜，掏出传票，塞进他手里。接着，她转向三个园丁。"你们现在可以停手了。"

第二天一早，亚当·华纳打来电话，詹妮弗立刻认出了他的声音。

"我想，你应该会很乐意知道，"亚当说，"撤销律师资质法律程序已经正式取消了。你没有什么可担心的了。"

詹妮弗闭上眼睛，满怀感激地默默祈祷。"我无法形容我有多么感激你所做的一切。"

"法亦容情嘛。"

亚当没有告诉她，他与斯图尔特·尼达姆和罗伯特·迪·席尔瓦大吵了一架。尼达姆很失望，但也看开了。

地区检察官则像一头暴怒的公牛，不依不饶地缠着他，一次又一次地骚扰他。"你居然让那个臭婊子逍遥法外？天哪，她是黑手党，亚当！你看不出来吗？她在骗你！"

终于，亚当厌倦了。"所有对她不利的证据都是推测，罗伯特，她只是在错误的时间出现在了错误的地方，她被设计陷害了。对我来说，这并不意味着她是黑手党。"

最后，罗伯特·迪·席尔瓦说："好吧，所以她仍然是一名律师。我只希望上帝保佑她能在纽约执业，因为一旦她踏进我的审讯室，我就会让她彻底消失。"

现在，与詹妮弗对话的亚当对此只字不提。詹妮弗有一个可怕的敌人，但现在说什么都于事无补。罗伯特·迪·席尔瓦是一个报复心很重的人，而詹妮弗则是一个脆弱的打击目标。她是那么聪明，那么理想主义，那么年轻可爱，令人一见倾心。

亚当知道，他必须就此打住，不能再与她见面了。

有好几天，好几个周，好几个月，詹妮弗真想关门不干了。门上的招牌仍然是"詹妮弗·帕克，律师"，但它骗不了任何人，尤其骗不了詹妮弗。她根本没有在从事法律工作：不论刮风、下雨还是下雪，她都在给人发传票，同时也招来他们的憎恶。她时不时会承接公益诉讼，帮助老年人领到食品券，为贫民窟黑人、波多黎各人和其他弱势群体提供各种法律援助，但她感觉自己处于进退维谷的境地。

夜晚比白天更难熬。长夜漫漫，仿佛没有尽头。詹妮弗失眠了，就算她好不容易睡着了，也总会梦到各种可怕的恶魔。这种情况打她母亲抛弃他们父女俩的那天晚上就开始了。从那以后，无论导致她做噩梦的原因如何变化，她都没法驱散那些恶魔。

她正在被孤独吞噬。虽然她偶尔会出门，与年轻的律师约会，但她总会不由自主地将他们与亚当相比较，结果是他们都比不上亚当。约会内容总是先共进晚餐，接着看电影或戏剧，最后，在她的公寓门前，她总会经历一番纠结。詹妮弗一直无法确定，他们是不是觉得，因为他们请她吃过饭，或者因为他们不得不爬上四层楼梯再爬下来，所以她就应该大方地留他们过夜，与他们共度春宵？有时候，她真的很想答应他们的要求，只因为她渴望有人陪她度过漫漫长夜，渴望有人可以拥抱，渴望有人可以倾诉。但她的枕边缺的不是一具会说话的温暖的身体，而是一个关心她的人，一个她可以名正言顺地关心的人。

在追求詹妮弗的男人当中，稍微有趣一点的都已经结婚了，她断然拒绝和任何一个有妇之夫约会。她记得比利·怀尔德[1]执导的精彩电影《桃色公寓》中有这样一句经典台词："当你爱上一个已婚男人时，你就不该再涂脂抹粉了。"詹妮弗的母亲毁了一段婚姻，让詹妮弗的父亲郁郁而终。这件事她永远也不会忘记。

圣诞节和新年接连降临，詹妮弗都孤零零地度过了。刚刚下过一场大雪，整座城市覆盖在雪中，看起来就像一张巨大的圣诞贺卡。詹妮弗走在街上，看

---

[1] 著名美籍犹太裔电影导演、编剧。——译者注

着行人匆匆奔向温暖的家，奔向家人的怀抱，她感到一阵空虚与心痛，对父亲的思念也成倍地增长。直到假期结束后，她才反倒轻松起来。一九七〇年会是更好的一年，詹妮弗这样安慰自己。

在詹妮弗最低落的日子里，肯·贝利总会出现，帮她振作精神。他会带她去麦迪逊广场花园球场看游骑兵队的比赛，去迪斯科舞厅跳舞，偶尔也会去看戏剧或电影。詹妮弗知道，他对自己颇有好感，但同时，他又刻意地保持着两人之间的距离。

三月，奥托·温泽尔决定和妻子移居佛罗里达州。

他告诉詹妮弗："我这把老骨头已经不适应纽约的冬天了。"

"我会想你的。"詹妮弗说的是心里话。一段时间的相处让她逐渐喜欢上了这个和蔼的男人。

"你要照顾好肯。"

詹妮弗一脸疑惑地看着他。

"噢，他没和你提起过？"

"提起过什么？"

他犹豫了一下，然后说："他的妻子自杀死了，而他觉得过错在他。"

詹妮弗大为震惊。"这太可怕了！为什么——她为什么要做傻事？"

"因为肯出轨了一个金发小伙子，被她捉奸在床。"

"哦，上帝！"

"她先是朝肯开了一枪，然后把枪口对准自己开了一枪。肯最终没死，她却没能活下来。"

"太可怕了！我不知道……"

"我明白的。虽然他经常笑呵呵的，但他的灵魂每时每刻都在经受地狱的折磨。"

"谢谢你告诉我这些。"

詹妮弗回到办公室时，肯对她说："所以……我们的奥托老兄要离开我们了。"

"是的。"

肯·贝利咧嘴一笑。"依我看，现在只剩下我们两人并肩奋斗，与这个世界苦苦抗争了。"

"我想是的。"

在某种程度上，詹妮弗认为，这句话还是很恰当的。

打这以后，詹妮弗换了一种截然不同的眼光来看待肯。他们午餐和晚餐都在一块吃，詹妮弗看不出他有任何同性恋的样子，但她知道奥托·温泽尔所言不假：肯·贝利的灵魂每时每刻都在经受地狱的折磨。

偶尔会有来自街头的人光顾她的事务所，他们通常衣着粗陋，表情痴傻，有几个甚至是彻头彻尾的疯子。妓女们也会过来委托詹妮弗帮她们办理保释，她惊讶地发现，她们中的有些人是那么年轻、漂亮。这些人成了她的客户来源，为她提供了少量但稳定的收入。到底是谁为她拉来的这批客源，她毫不知情。当她向肯·贝利说起这一疑问时，他只是耸了耸肩，表示对此一无所知，然后就走掉了。

每次詹妮弗会客时，肯·贝利都会悄悄离开。他就像一个自豪的父亲，鼓励着詹妮弗走向成功。

詹妮弗收到过几次离婚诉讼方面的委托，但她全都推掉了。她无法忘记一位法学教授曾说过的一句话："离婚案子在律师行业中的地位就等同于直肠病在医疗行业中的地位。"大多数离婚律师名声都很差。有道是："当一对夫妇争得面红耳赤的时候，律师看到的只是白花花的钞票。"人们把要价很高的离婚律师称为"轰炸机"，因为他们会使用法律方面的"烈性炸药"为客户赢得官司，在这个过程中，丈夫、妻子和孩子往往也顺带被摧毁了。

出入詹妮弗办公室的客户中，有少数几个相当与众不同，这让她感到十分困惑。他们都穿着得体，带着一种富人的气息，他们委托的案子并不是詹妮弗惯常处理的那种只涉及小钱的案子，而是那种涉及大量财产纠纷的案子，以及任何一家大型律师事务所都乐于受理的案子。

"您是如何知道我的？"詹妮弗每次都会发问。

她得到的总是些闪烁其词的答复。从一个朋友那里……我在报纸上读到了你……我从一次聚会上听说的……直到一位客户在解释问题时提到了亚当·华纳，詹妮弗才突然明白过来。

"是华纳先生让你来找我的，对吗？"

那位客户略显尴尬。"嗯，事实上，他说如果我不提他的名字可能会更好。"

詹妮弗决定给亚当打电话。毕竟，她确实欠了他一大笔人情。她会彬彬有礼、客客气气地说话，这么一来，他自然就不会觉得，除了表示感谢之外，她打电话过来还有别的意图。

她在脑海里把自己要说的话演练了一遍又一遍。待她终于鼓起勇气打电话时，接电话的秘书告诉她，华纳先生人在欧洲，估计几周内都不会回来。詹妮弗像被泼了一盆冷水，心里很是沮丧。

她发现自己想起亚当·华纳的频率越来越高了。她不断地回想起那天晚上的情景，他来到自己的公寓，当时她的表现是如此蛮横无理，只顾着向他一股脑地宣泄愤怒，可他的态度还是那么好，大方包容了她这种孩子气的行为。如今，在帮了她这么多忙之后，他还想着要照顾她的事业。

詹妮弗等了三周，然后再次给亚当打电话。这次他人在南美洲。

"您有什么消息需要我代为转达吗？"他的秘书问道。

詹妮弗犹豫了一下。"没有。"

詹妮弗试着把亚当从脑海中抹去，但这毫无可能。她想知道，他究竟结婚了没有？如果未婚的话，是否已经订婚了？她想知道成为亚当·华纳的夫人是一种什么样的感觉。她还想知道自己是不是疯了。

在报纸或周刊上，詹妮弗时不时会看到迈克尔·莫雷蒂的名字。《纽约客》杂志上有一篇关于安东尼奥·格拉内利和东部黑手党家族的深入报道。报道称，安东尼奥·格拉内利的健康每况愈下，其女婿迈克尔·莫雷蒂正准备接管他的黑手党帝国。

《生活》杂志刊登了一篇关于迈克尔·莫雷蒂生活方式的报道，并在报道的最后谈到了那次审判。卡米洛·斯特拉目前正在莱文沃思县的监狱服刑，而迈克尔·莫雷蒂却是自由之身。这篇报道还不忘提醒读者詹妮弗·帕克毁掉这个案子的经过。要不是因为她，这个案子原本是能够把莫雷蒂送进监狱甚至送上电椅的。在读这篇报道时，詹妮弗的胃里一阵翻腾。电椅？她要是能亲自为迈克尔·莫雷蒂拉下电椅开关才好呢！

詹妮弗的客户大多数都是小人物，但是，这些工作经历给她带来的知识是无价的。几个月过去了，对于坐落在中央街一百号的刑事法院大楼里的每一个房间，以及这些房间里的每一号人物，詹妮弗都已经了然于胸。

每当当事人因行窃、抢劫、卖淫或吸毒被捕时，詹妮弗都会前往市中心办理保释，为保释的金额讨价还价已成了她的家常便饭。

"保释金为五百美元。"

"法官大人，被告没有那么多钱。恳请法庭将保释金减少到二百美元，好让他回去工作，继续养家糊口。"

"好吧，那就二百美元。"

"谢谢您，法官大人。"

詹妮弗结识了控诉室的主管，逮捕通告的副本都往他那儿送。

"又是你，帕克！上帝啊，你这人都不用睡觉的吗？"

"嘿，主管先生。我的一个委托人因流浪罪被逮捕了。我可以看看逮捕单吗？他叫康纳利，克拉伦斯·康纳利。"

"你先告诉我一件事，亲爱的，你为什么要凌晨三点来这里为一个流浪汉辩护？"

詹妮弗露齿一笑。"为了不至于流浪街头。"

夜间法庭经常在中央街刑事法院大楼二百一十八号室开审，詹妮弗对它已经相当了解了。这是一个臭气熏天、拥挤不堪的世界，自带一套晦涩难懂的行话。詹妮弗起初根本听不明白。

"帕克，你的当事人因床痛被记录在案。"

"我的当事人因什么被记录在案？"

"床痛。就是在夜间持枪闯入民宅，企图行凶的那一类入室抢劫。懂了吗？"

"懂了。"

"我是露娜·塔纳小姐的代理律师。"

"我的老天爷！"

"你能告诉我她的罪名是什么吗？"

"等一下。让我找找她的那张单子。露娜·塔纳。她的罪名可了不得……噢，找到了。原来是个普洛斯。是被CWAC^①在下边逮到的。"

"庸医？"

"你是新来吧？CWAC是全市反犯罪部门^②的简称。'普洛斯'的意思是妓女，'下边'的意思是四十二号街以南。懂？"

"懂了。"

夜间法庭让詹妮弗感到很消沉。人们像潮水般不断流进来又涌出去，在正义的海岸上经受冲洗。

每天晚上都有超过一百五十起案件在夜间法庭接受审理，犯事的基本都是些妓女、异装癖者、臭烘烘的醉汉和瘾君子。他们中有波多黎各人、墨西哥人、犹太人、爱尔兰人、希腊人和意大利人，所犯的罪行包括强奸、盗窃、非法持枪、携带毒品、斗殴和卖淫等。他们有一个共同点：贫穷，大多来自哈莱姆区中部。他们既穷困，又失败，还很迷惘。他们是渣滓败类，是被社会淘汰的人。上流阶层不曾用正眼瞧过他们。

由于监狱系统已经人满为患，所以除了重案罪犯之外，其他人都会被释放或者罚款了事，然后各自回到位于圣·尼古拉斯大道、晨曦大道和曼哈顿大道的家中，在那些地方，三点五平方英里^③的面积里拥拥挤挤地住着二十三万三千名黑人、八千名波多黎各人，以及约莫一百万只老鼠。

詹妮弗的当事人大多数是被贫困、社会制度和自身击倒的人，他们早就已经认了命。詹妮弗发现，他们内心的恐惧反而助长了她的自信心。当然，她并

不觉得自己比他们优越，也没有把自己视作闪闪发光的成功榜样，但她知道，她和她的当事人之间有一个很大的区别，那就是她永远都不会自暴自弃。

在肯·贝利的介绍下，詹妮弗结识了弗朗西斯·约瑟夫·瑞安神父。瑞安神父年近六十，容光焕发，活力四射，耳旁鬈曲着灰黑色的头发。他总是把头发留得很长，教人很想带他去修剪一番。詹妮弗见到他觉得倍感亲切。

每当瑞安神父的教区内有居民失踪时，他总会来找肯请求帮助。这样的事情时有发生。肯总能找回那些离家而去的丈夫、妻子、女儿或儿子，而且从来不收取费用。

"这是我以后上天堂的预付款。"肯解释道。

一天下午，詹妮弗独自一人在办公室，瑞安神父正好顺道过来走访。

"肯有事出去了，瑞安神父。他今天不回来了。"

"我想找的是你，詹妮弗，"瑞安神父说着，在詹妮弗书桌前那张并不舒适的旧木椅上坐了下来，"我有一个朋友遇到了点麻烦。"

他来找肯谈事情的时候，也是用这样的开场白。

"什么麻烦，神父？"

"她是我教区一位上了年纪的居民，这位受人爱戴的可怜的女士在领取社会保障金方面遇到了困难。几个月前，她搬到了我家附近，一台该死的电脑出现故障，弄丢了她所有的社保记录。唉，愿它下到地狱里，生锈烂掉才好。"

"我明白了。"

"我就知道你会挺身而出的，"瑞安神父站起身来说道，"怕就怕这位老太太付不起你应得的报酬。"

詹妮弗笑了。"别担心，我会设法解决问题的。"

她原以为这件事没有多复杂，但没想到的是，她花了将近三天的时间才修复那台电脑的内部程序。

一个月后的一天早上，瑞安神父走进詹妮弗的办公室，说："我真不愿意来打扰你，亲爱的，但我有个朋友遇到了点麻烦。而且恐怕他没有——"他犹豫了一下。

"没有钱。"詹妮弗猜道。

"啊，就是这样！没错，但这个可怜的家伙急需帮助。"

"好吧，告诉我他的情况。"

"他叫亚伯拉罕，亚伯拉罕·威尔逊，是我教区一位居民的儿子，被判了无期徒刑，正在辛辛监狱服刑，原因是他在抢劫过程中杀害了一名酒店老板。"

"如果他被定了罪，而且已经在服刑了，我不知道我还能帮上什么忙，神父。"

瑞安神父看着詹妮弗，叹了口气。"眼下他的问题不止这一点。"

"是吗？"

"是啊。几周前，亚伯拉罕又杀了一个人——他的一个狱友，名叫雷蒙德·索普。他们要告他谋杀，还要判他死刑。"

詹妮弗曾经在哪儿读到过这个案子的相关信息。"如果我没记错的话，他把那个人活活打死了。"

"据说是的。"

詹妮弗拿起笔记本和笔。"现场有目击者吗？"

"恐怕是有的。"

"有多少？"

"嗯，大约一百人。这件事发生在监狱的院子里，你懂的。"

"太好了。你想让我做点什么？"

瑞安神父言简意赅地说："帮帮亚伯拉罕。"

詹妮弗放下手中的笔。"神父，这事除了您那万能的上帝之外，谁也帮不上忙。"她重新在椅子上坐好。"对他不利的因素有三点。第一，他是黑人；第二，他有杀人前科；第三，他在一百来名目击者面前又杀了人。如果他真这么做了，那就不存在任何可以为他辩护的理由。如果当时是那个囚犯威胁他在先，那么他本可以向在场的警卫寻求帮助，可他却选择了用武力为自己讨回公道。这个世界上根本没有哪个陪审团会裁定他无罪。"

"可他毕竟是人类的一员。你能去和他谈谈吗？"

詹妮弗叹了口气。"如果你希望我去，那我就去，但我对结果可不做任何保证。"

瑞安神父点了点头。"我能理解。毕竟，这件事的媒体曝光度可能会很大。"

两人想到一块去了。面临着一系列不利因素的可不止亚伯拉罕·威尔逊一个人。

辛辛监狱位于曼哈顿以北三十英里的奥西宁镇，这座小镇坐落在哈德逊河东岸，俯瞰塔潘齐桥和哈弗斯特罗湾。

詹妮弗是乘公共汽车去的。她提前给助理监狱长打了电话，请他帮忙安排她与亚伯拉罕·威尔逊的会面。亚伯拉罕眼下正在被单独监禁。

在乘车过程中，詹妮弗充分感受到了一种久违的目标感。她此刻正前往辛辛监狱，去见一个身负谋杀指控的潜在当事人。她多年的学习与准备正是为了受理这样的案子。这一年来，她第一次感觉到自己是一名律师，然而，她也知道这样的想法很不现实。她并不是去见当事人的，而是要去告诉那个人，她不能担任他的辩护律师。对于这样一个备受媒体关注的案件，她毫无胜算，也无法承担败诉的后果。亚伯拉罕·威尔逊只能另寻他人为他辩护。

一辆破旧的出租车载着詹妮弗从公交车站直奔监狱。监狱位于河边，占地七十英亩。詹妮弗按响侧门的门铃，一名警卫打开门，照着手上的名单核对她的名字后，又把她带到了助理监狱长的办公室。

助理监狱长名叫霍华德·帕特森，高大魁梧，留着老式的军人发型，脸上痘坑很多。

詹妮弗开口说道："如果您能告诉我一些有关亚伯拉罕·威尔逊的事情，我将不胜感激。"

"如果你是要听安心的话，我怕是帮不到你了。"帕特森瞥了一眼前方桌子上的档案，"威尔逊这辈子不是在监狱，便是在进监狱的路上。他十一岁偷车被逮到，十三岁因抢劫被捕，十五岁因强奸被抓，到了十八岁又拉皮条，将他手下的一个女孩害得进了医院，被判了刑……"他边翻阅档案边说，"持刀伤人，持械抢劫，等等，最后是那个最重的罪行——谋杀，就没有什么是他没干过的。"

这一条条罪行列举出来，可真叫人寒心。

詹妮弗问："有没有可能，亚伯拉罕·威尔逊没有杀雷蒙德·索普？"

"别想啦。威尔逊第一时间就承认了，但即使他否认，结果也还是那样。我们有一百二十号人可以作证呢。"

"我可以见见威尔逊先生吗？"

霍华德·帕特森站起身来。"当然可以，只不过，见他纯属浪费时间。"

亚伯拉罕·威尔逊是詹妮弗·帕克见过的相貌最丑陋的人。他的肤色像炭一样黑，鼻骨有好几处断过，门牙也有好几颗没了，一双贼溜溜的绿豆眼嵌在布满伤疤的脸上。他身高约六英尺四英寸[①]，体格健壮，长着一双巨大的扁平足，这使得他行动起来并不是很灵活。如果让詹妮弗找一个词来形容亚伯拉罕，那她应该会选择"凶险歹毒"这个词。这个人会给陪审团带来什么样的印象是可想而知的。

亚伯拉罕和詹妮弗坐在一个安保级别很高的探视室里，两人之间隔着一道厚厚的铁丝网，门口站着一名警卫。亚伯拉罕刚从单人牢房中被带出来，还未适应这里的亮光，一双豆大的眼睛在灯光下直眨巴。如果说在此次会面之前，詹妮弗就料想到她可能不会受理这个案子，那么在见到亚伯拉罕后，她就百分之百确认自己不会插手了。仅仅是面对面坐着，她都能感受到这个男人身上散发出的恨意。

詹妮弗率先打破沉默："我叫詹妮弗·帕克，是一名律师。瑞安神父让我来见见你。"

亚伯拉罕隔着铁丝网朝她啐了一口，溅了她一脸唾沫星子。"那个傻子大善人。"

好一个美妙的开端，詹妮弗想。她强忍着不去擦拭脸上的唾液。"威尔逊先生，你在这儿有没有什么需要？"

[①] 英尺、英寸为英美制长度单位，1英尺合0.3048米，1英寸等于1英尺的1/12。——编者注

057

他冲她咧嘴一笑，嘴里看不到牙。"我想要一个性感大美女，你能提供吗，宝贝？"

她不予理会。"你想不想告诉我事情的经过？"

"嘿，如果你想听我的人生故事，就得先付钱。我要把它卖给电影导演，也许还会亲自出演。"

他怒气冲冲的样子很是吓人。詹妮弗简直一刻也不想再待下去了。助理监狱长说得对，这只是在浪费时间。

"恐怕就算我想帮你，我也无计可施，除非你先配合我，威尔逊先生。我答应过瑞安神父，至少得和你谈谈。"

亚伯拉罕·威尔逊咧开看不到牙的嘴一笑。"你可真白呀，亲爱的。我刚才说的性感大美女，你真的不考虑一下吗？"

詹妮弗倏地站起身来，她受够了。"你是不是看谁都不顺眼？"

"这么告诉你吧，大美妞儿，你我先好好缠绵一番，接着咱俩就能聊聊顺不顺眼啦。"

詹妮弗站在那儿，观察着那张丑陋的黑脸，仔细回味他说过的话，然后缓慢地坐下。"你愿意告诉我你的遭遇吗，亚伯拉罕？"

亚伯拉罕凝视着詹妮弗的眼睛，一言不发。詹妮弗则静静地等待，注视着亚伯拉罕。她想知道，披着这样一副疤痕累累的黑色皮囊是一种什么样的体验。她想知道，这个人的心底到底还隐藏着多少道伤痕。

他们两人面对面坐着，沉默了很长时间。最后，亚伯拉罕·威尔逊说："我杀了那个狗娘养的。"

"你为什么要杀他？"

他耸了耸肩。"那个死畜生拿着一把大砍刀向我扑来，而且——"

"别骗我。囚犯怎么可能拿着砍刀到处走？"

威尔逊的脸绷紧了，吼道："给我滚出去，女人！我不需要你！"他站起身来。"别再来这儿打扰我了，听到了吗？我很忙。"

他转过身，朝警卫走去。不一会儿，他们就都离开了。就这样了。至少詹妮弗可以告诉瑞安神父，她已经尽自己最大的努力和这个人聊过了。

一名警卫领着詹妮弗离开了大楼。她穿过院子朝正门走去，心里想着亚伯拉罕，以及她刚才对他的反应。她不喜欢这个人，因此，她做了一件她没有资格去做的事：她审判了他。他还没有接受审判，她就已经宣布他有罪。也许确实有人袭击了他，当然不是用刀，但可能是用石头或砖头。

詹妮弗停下脚步，犹豫不决地站在那里。她体内的每一种本能都在对她说：回到曼哈顿吧，忘掉亚伯拉罕·威尔逊。

然而，詹妮弗最终还是转过身，走回助理监狱长的办公室。

"亚伯拉罕的事情确实很令人犯难。"霍华德·帕特森说，"如果我们有的选，我们都会尝试对犯人进行心理开导，而不是惩罚，但他的情况真的太恶劣了，电椅才是唯一能让他平静下来的东西。"

这种逻辑也太奇怪了，詹妮弗想。"他告诉我，他杀死的那个人曾用砍刀袭击他。"

"我认为有这个可能。"

这个回答吓了她一跳。"您这话是什么意思？'有这个可能'？您是说这里的罪犯可以带刀，而且还是带砍刀？"

霍华德·帕特森耸了耸肩。"帕克小姐，我们这里有一千二百四十个犯人，其中一些人简直是能工巧匠。跟我来，我给你看点东西。"

帕特森领着詹妮弗走过一条长长的走廊，来到一扇紧锁的门前。他从一个大钥匙圈里选了一把钥匙，打开了门，又把灯打开。詹妮弗跟着他走进了一个空荡荡的小房间，房间的墙上钉着架子。

"这是我们存放囚犯私人物品的地方。"他走到一个大箱子前，揭开了它的盖子。

詹妮弗盯着箱子底部，不敢相信自己的眼睛。

她抬起头，看着霍华德·帕特森，说道："我想再见见我的当事人。"

第6章

詹妮弗一头扎进为亚伯拉罕·的审判做准备的工作中，她这辈子还从未如此尽心尽力地准备过任何事情。她花了不计其数的时间，不是在法律图书馆查阅法律程序和辩护手段的相关资料，就是和她的当事人待在一起，尽可能多地从他那里获取信息。这绝非易事。从一开始，威尔逊就很喜欢挑衅抬杠，冷嘲热讽。

"你想了解我吗，亲爱的？我十岁的时候就睡过别人了。你是多少岁？"

詹妮弗强迫自己忽略他的仇恨与蔑视，因为她知道，那只是他用来掩盖恐惧的手段，而恐惧就藏在他的心灵深处。于是，詹妮弗坚持要了解威尔逊的早年生活是什么样子，他的父母是什么样的人，当年的男孩是如何被塑造成今天这个样子的。

好几周过去了，亚伯拉罕·威尔逊从不情不愿逐渐变为略感兴趣，继而竟变得沉迷于此。此前，他从未被哪件事驱使着去思考自己是什么样的人，为什么会陷入当前这种处境。

詹妮弗有针对性的提问起到了唤醒记忆的效果，有些记忆仅仅是不愉快，有些则是难以忍受的痛苦。有几次，詹妮弗问到亚伯拉罕关于他父亲的问题，他总会命令詹妮弗离开，试图独自一个人待着。詹妮弗走开了，但最终都会返回来。

在以前，詹妮弗的私人生活时间就很少，现在更是彻底没有了。她要么是在亚伯拉罕身边，要么就是在办公室里，一周七天，从清晨一直到后半夜，阅读她所能找到的关于谋杀和过失杀人的一切资料，无论是蓄意的还是被迫的。

她研究了数百份上诉法院的裁定、案情摘要、书面证词、证据、动议和笔录，还仔细阅读了关于犯罪动机、预谋、正当防卫、双重追诉和暂时性精神错乱等方面的文件。

她努力思考如何才能将故意杀人罪降为过失杀人罪。

亚伯拉罕并没有蓄意杀人。但是陪审团会相信吗？特别是当地的陪审团，镇上的人原本就憎恶有囚犯生活在他们周边。詹妮弗提出了更换审判地点的要求，并获得了批准。审判将在曼哈顿进行。

詹妮弗还面临一个重要抉择：她是否应该让亚伯拉罕·威尔逊出庭作证？他的外表令人恐惧，但如果陪审员们能够听他亲口说出自己的遭遇和感受，他们或许会对他产生些许同情。问题是，一旦亚伯拉罕·威尔逊出庭，控方就可以将他的背景和过往记录一一抖出，包括他之前犯下的谋杀案。

詹妮弗很想知道，迪·席尔瓦会指派哪一个助理地区检察官当她的对手。他手下有六名专门受理谋杀案的优秀律师，詹妮弗特意提前熟悉了他们的法庭技巧。

她花了很多时间在辛辛监狱，考察杀人现场，与狱警和亚伯拉罕交谈，并采访了数十名目睹这起杀人案的罪犯。

"雷蒙德·索普用刀袭击了亚伯拉罕·威尔逊。"詹妮弗说，"一把大砍刀。你一定见过。"

"我？我没看见什么刀。"

"你一定看到了。你就在现场。"

"大姐！我可什么都没看到。"

他们都不愿意被牵涉其中。

詹妮弗偶尔会抽出时间正正经经地吃顿饭，但通常都是在法院主楼的咖啡厅随便点一份快餐三明治应付了事。她的体重开始下降，随之而来的还有低血糖带来的间歇性晕眩。

肯·贝利开始担心了。他把她带到法院对面的福里尼饭店，为她点了一顿丰盛的午餐。

"你是想来个自我了断吗？"他问道。

"当然不是。"

"你最近照过镜子吗？"

"没照过。"

他打量了她一番，然后说："如果你稍微有一点点判断力，你就应该懂得放弃这个案子。"

"为什么？"

"因为你这是要成为众矢之的啊！詹妮弗，我听说了一些传言。媒体都是一个鼻孔出气，他们等不及要劈头盖脸地抨击你呢。"

"我是一名律师，"詹妮弗固执地说，"亚伯拉罕·威尔逊有权获得公正的审判。我会努力确保他的这一权利不被剥夺。"她看到肯·贝利一脸担忧的表情。"别担心，这个案子的媒体关注度不会很高的。"

"不会很高？你知道控方律师是谁吗？"

"不知道。"

"罗伯特·迪·席尔瓦。"

詹妮弗来到刑事法院大楼位于伦纳德街上的那个入口，费劲地穿过大堂内熙熙攘攘的人群，路过身着制服的警察，打扮得像嬉皮士的侦探，以及提着公文包的律师——携带公文包是他们区别于其他人的一个标志。詹妮弗走向一个从未有人值班的巨大的圆形问讯台，然后乘电梯去六层。她要去会见地区检察官。距离詹妮弗上一次见到罗伯特·迪·席尔瓦已经快一年了，她并不期待此次见面，她只是想告诉他，她将放弃担任亚伯拉罕·威尔逊的辩护律师。

在做出决定之前，詹妮弗一直在纠结，足足有三个晚上都睡不着觉。最终她得出结论，她必须优先考虑当事人的最大利益。威尔逊案对迪·席尔瓦来说并不是很重要，还不至于让他亲自出马。因此，引得地区检察官亲自关注此事的唯一原因只能是詹妮弗的参与。迪·席尔瓦想要复仇，打算给詹妮弗一点厉害瞧瞧。于是，她断定自己别无选择，只能放弃为威尔逊辩护。她可不能让威尔逊因为她曾犯下的一个错误被处决。只要她与此案无关，迪·席尔瓦就有可能对威尔逊宽大处理。詹妮弗此行是为了挽救威尔逊的生命。

六层到了。当她从电梯下来，走向那扇熟悉的标有"曼哈顿地区检察官"的门时，她有一种回到过去的异样感觉。门另一边的办公桌前坐着的仍是原来的秘书。

"我是詹妮弗·帕克，我约好了——"

"直接进去就是，"秘书说，"地区检察官在等着你。"

罗伯特·迪·席尔瓦正站在桌后，嚼着一支湿雪茄，向两个助手发号施令。詹妮弗进来时，他马上收住了话头。

"我还以为你不会来。"

"我还是来了。"

"我还以为，你这时早就已经夹着尾巴逃出城了。你有什么事？"

罗伯特·迪·席尔瓦的桌子对面有两把椅子，但他没有请詹妮弗坐下。

"我是为我的当事人而来，他叫亚伯拉罕·威尔逊。"

罗伯特·迪·席尔瓦坐了下来，靠在椅背上佯装思考。"亚伯拉罕·威尔逊……噢，我想起来了。那个在监狱里活活把人打死的黑鬼杀人犯。为他辩护对你来说肯定是轻而易举的事。"他瞥了一眼他的两个助手，两人随即离开了房间。

"怎么样，律师？"

"我有个提议。"

罗伯特·迪·席尔瓦惊讶地看着她。"你的意思是，你想做一笔交易？你真让我吃惊。我本以为，像你这么有法律才能的人，让他逍遥法外肯定不成问题。"

"迪·席尔瓦先生，我知道这个案子看起来毫无悬念，"詹妮弗解释道，"但被告是有苦衷的。亚伯拉罕·威尔逊……"

地区检察官迪·席尔瓦打断了她的话。"让我用你听得懂的法律语言说吧，律师。你，和你说的狗屁苦衷，通通给我滚蛋！"他站起身来，声音因愤怒而颤抖，"跟你做个交易？你可是把我的人生搞砸了！这个案子出了人命，你的宝贝当事人要为此下地狱。你听明白了吗？我要亲自确保他坐上电椅。"

"我到这儿来，是想退出这个案子。你可以把指控降为过失杀人。威尔逊本来就被判了无期徒刑。你可以……"

"不可能！他犯了不折不扣的谋杀罪！"

詹妮弗努力压制住心中的怒火。"做出裁决的应该是陪审团，不是吗？"

罗伯特·迪·席尔瓦皮笑肉不笑地对着她。"你知不知道，你这么一位专业人士走进我的办公室，向我解释法律，可是让我感觉到了春天般的温暖啊！"

"我们就不能放下私人恩怨吗？我……"

"只要我还活着，就没有那个可能。代我向你的朋友迈克尔·莫雷蒂问好。"

半小时后，詹妮弗和肯·贝利凑在一起喝咖啡。

"我已经不知道该怎么办了，"詹妮弗坦言，"本以为，如果我退出这个案子，威尔逊就有机会被轻判。但迪·席尔瓦不接受这个提议，他不是在针对威尔逊，而是在针对我。"

肯·贝利若有所思地看着她。"也许他是想在精神上压垮你，让你落荒而逃。"

"我已经落荒而逃了。"她抿了一口咖啡，味道很是苦涩。"这是一个非常棘手的案子。你真应该去看看亚伯拉罕·威尔逊的样子，陪审团只消看着他的脸，就会直接投票，赞同定罪了。"

"审判什么时候开始？"

"还有不到四周的时间了。"

"我能帮上什么忙吗？"

"嗯，雇人暗杀迪·席尔瓦。"

"你有多大的把握能让威尔逊被无罪释放？"

"从悲观主义者的角度看，这是我正式受理的第一个案子，对手是全国最精明的地区检察官。他与我不共戴天，而我的当事人是一个黑人，有过杀人前科，而且他在一百二十个目击者面前再次杀了人。"

"真棒，那从乐观主义者的角度看呢？"

"我宁可今天下午被卡车撞死。"

离审判日只有三周了。在詹妮弗的安排下，亚伯拉罕·威尔逊被转移到了里克斯岛，关在岛上最大、最古老的监狱的男看守所里。这个看守所百分之九十五的在押犯都犯了重罪，正等待审判，他们的罪行包括谋杀、纵火、强奸、持械抢劫和鸡奸等。

岛上禁止私家车通行，詹妮弗被一辆绿色小巴士送到用灰砖砌成的监视大楼前，在这里她需要出示证件。大楼左边的一个绿色岗亭里有两名武装警卫，再过去就是大门，所有未获许可的来访者都必须止步于此。

詹妮弗被车载着，从监视大楼出发，沿着哈森街——一条穿过监狱操场的小路——来到安娜·M.克罗斯中心大楼。亚伯拉罕·威尔逊会被人押送到楼里的律师室去见她，律师室共有八个隔间，专门供律师与当事人会面。

去见亚伯拉罕·威尔逊时，詹妮弗穿过一条长长的走廊，边走边想：在这里的等候室等待，一定会有在等着下地狱的感觉吧。周围的嘈杂声异常刺耳。牢房是用砖头、钢铁、石头和瓷砖筑成的。钢门总是开开关关，哐哐作响。每间牢房里都关着一百多人，他们一边说话一边大喊大叫。两台电视机放的节目不同，还有一个音乐播放系统放着乡村摇滚乐。有三百名警卫被分配到这栋大楼，他们的怒吼声夹杂在监狱的"交响乐"中。

一名狱警曾经告诉詹妮弗："监狱可以说是世界上最彬彬有礼的地方了。如果一个囚犯不小心撞到了另一个囚犯，他会立即说对不起。囚犯们心中都装着许多大事，几乎不去想小事……"

詹妮弗在亚伯拉罕·威尔逊的正对面坐下，心想："这个人的生命掌握在我手中。如果他死了，原因只能是我辜负了他。"她直视他的双眸，看到了其中的绝望。

"我会尽我最大的努力。"詹妮弗许下承诺。

距离亚伯拉罕·威尔逊一案开庭还有三天的时候，詹妮弗得知审判长将由劳伦斯·沃尔德曼法官出任，他就是之前迈克尔·莫雷蒂一案的审判长，曾试图撤销詹妮弗的律师资质。

第7章

一九七○年九月下旬的一个周一，詹妮弗在早晨四点醒来，整个人十分疲惫，眼皮像灌了铅似的，怎么也睁不开。

这一天是亚伯拉罕·威尔逊一案开庭的日子，她整夜都没睡好，总是梦到审判的现场。梦中，有一次罗伯特·迪·席尔瓦命令她坐在证人席上，追问她迈克尔·莫雷蒂的情况。每次詹妮弗要张口回答问题时，陪审员们就会齐声打断她，反复冲她喊："骗子！骗子！骗子！"

每个梦都不一样，结果却是相似的。在最后一个梦中，亚伯拉罕·威尔逊被绑到了电椅上。詹妮弗俯下身去安慰他，他反而朝她脸上吐口水。詹妮弗瞬间惊醒，浑身颤抖。

要再次入睡是不可能的了。她索性坐在椅子上等天亮，看着太阳冉冉升起。由于精神过于紧张，她根本吃不下东西。"早知如此，前一个晚上就应该好好睡觉的……我要是不那么紧张就好了……要是今天已经成为过去就好了。"她心想。

洗完澡，穿衣服的时候，她有一种末日即将降临的预感。她很想穿一身黑，但还是选择了在洛曼百货商店打折时购买的仿制绿色香奈儿套装。

上午八点三十分，詹妮弗·帕克抵达刑事法院大楼，开始为纽约州人民诉亚伯拉罕·威尔逊一案进行辩护。看到大楼门口乌泱泱的人群，詹妮弗的第一反应是有意外事故发生了。一组组电视摄像机和麦克风映入眼帘，她还没来得及细想发生了什么，就被记者团团包围了。

一个记者说："帕克小姐，从你搞砸地区检察官受理的迈克尔·莫雷蒂一案算起，这是你第一次出庭，对吗？"

肯·贝利事先警告过詹妮弗，她才是人们关注的焦点，而不是她的当事人。记者们来到这里，并不是要充当客观的观察者，而是像嗅到了死亡气息的秃鹫一般，等待着啄食她的遗骸。

一个穿着牛仔裤的年轻女记者将麦克风伸到詹妮弗面前。"地区检察官迪·席尔瓦真的要整你一顿吗？"

"无可奉告。"詹妮弗开始奋力向大楼入口走去。

"地区检察官昨晚发表了一份声明，他认为不应该允许你在纽约州的法庭上担任律师。你对此有什么看法吗？"

"无可奉告。"詹妮弗差不多到了入口处。

"去年沃尔德曼法官试图撤销你的律师资质。你打算要求他撤销自己的……"

詹妮弗成功踏进了法院大门。

审判定在三十七号审判庭进行。外面的走廊上挤满了人，他们迫切地想进来，但法庭内早就没了位置，现场一片喧嚣，空气中弥漫着狂欢节的气氛。有几排座位是专门留给媒体记者的。这一定是迪·席尔瓦的特意安排，詹妮弗心想。

亚伯拉罕·威尔逊坐在被告席上，他活像一座邪恶的大山，压制着周围的每一个人。他穿着一套对他来说有些小的深蓝色西装，白色衬衫和蓝色领带还是詹妮弗给他买的。不过即使是这身装束，也没有帮到他多少，他看起来还是很像一个丑陋的杀手。他还不如穿囚服呢，詹妮弗沮丧地想。

威尔逊目中无人地注视着法庭的每一个角落，对每一个与他目光交汇的人都怒目相向。詹妮弗现在相当了解她的当事人了。她明白他之所以表现得如此好斗，是为了掩饰他的恐惧；但是，其他人，包括法官和陪审员在内，只会将他的行为解读成敌意与仇恨——这个大块头男人是个危险人物，他让人害怕，必须被消灭。

论性格，亚伯拉罕·威尔逊身上没有一星半点的可爱之处。论外表，他也没有任何招人怜悯的地方。他只有那张丑陋的脸——它伤痕累累，鼻梁折断，牙齿缺失，以及那具令人害怕的庞大身躯。

詹妮弗走到被告席，在亚伯拉罕·威尔逊身旁的座位坐下。"早上好，亚伯拉罕。"

他瞥了她一眼，说："我没想到你会来。"

詹妮弗想起了她昨晚的噩梦。她凝视着他那双狭长的小眼睛说："你知道我会来的。"

他冷漠地耸了耸肩。"来不来都一样。我逃不掉的，宝贝。他们会判我谋杀，然后通过一项法律，好让他们能够合法地把我放进油锅里煎。他们才不会认真审，只是作作秀罢了。你准备好爆米花看着就是。"

忽然，原告席四周一阵骚动。詹妮弗抬起头，看到迪·席尔瓦已在检察官席就座，身旁坐着一众助手。迪·席尔瓦看向詹妮弗，笑了。詹妮弗顿时倍感恐慌。

不一会儿，一名法院工作人员说了声："全体起立。"劳伦斯·沃尔德曼从法官更衣室走进了审判庭。

"诸位听好了。所有与本法院三十七号审判庭有关的人，请靠过来，集中注意力，我们将听取各位的发言。此次的审判长由尊敬的劳伦斯·沃尔德曼法官先生担任。"

只有亚伯拉罕·威尔逊一个人拒绝起立。詹妮弗动了动嘴角，悄声说："快起立！"

"让他们见鬼去吧，宝贝。他们有本事的话，就过来把我拽起来。"

詹妮弗握住他的大手，说："站起来，亚伯拉罕。我们会赢的。"

他久久地注视着她，然后缓缓地站起身来，个子远远超过了她。

沃尔德曼法官在法官席上就座，观众们也纷纷坐下。法庭书记员将法庭日程表呈递给法官，上面写着：

纽约州人民诉亚伯拉罕·威尔逊谋杀雷蒙德·索普案正式开庭。

如果按直觉行事，詹妮弗会觉得陪审团中的黑人越多越好。但鉴于当事人是亚伯拉罕·威尔逊，她对此就不那么确定了。黑人恨不得与威尔逊撇清关系。他是一个叛徒，一个杀人犯，是"他们种族的耻辱"。他们给他定罪的意愿，可能比白人还要强烈。詹妮弗所能做的，就是尽量避免陪审团中出现思想顽固的人，但又没人会把思想顽固写在脸上。他们只会绝口不提自己的偏见，然后伺机背地里捅刀子。

　　到第二天下午将近傍晚的时候，詹妮弗已经用尽她那十次无因回避①机会。她觉得自己的陪审员预筛，即对陪审员们进行提问，做得毫无技巧，不够专业。相比之下，迪·席尔瓦的提问则非常流畅、娴熟。对于如何让陪审员们放宽心，赢得陪审员们的信任，并与陪审员们交朋友，他可谓深得要领。

　　"我怎么忘了迪·席尔瓦有多么会演戏呢？"詹妮弗烦闷地想。

　　迪·席尔瓦一直留着自己的无因回避次数，待詹妮弗用尽她的次数后，他才开始启用。一开始詹妮弗想不明白迪·席尔瓦这样做的原因，等她反应过来时却为时已晚。迪·席尔瓦的计谋已经得逞了。

　　最后一批接受提问的待选陪审员中，有一个私家侦探、一个银行经理和一个医生的母亲，这类人通常都反对变革，站在官方一边。詹妮弗现在已没法阻止他们加入陪审团了。地区检察官让她吃了个哑巴亏。

　　罗伯特·迪·席尔瓦站起身，开始了他的开场陈述。

　　"如果法庭，"说着他转向陪审团，"以及陪审团的女士们、先生们不介意的话，我首先想感谢你们抽出宝贵的时间出席此案的审理。"他满脸同情地微微一笑，"我知道担任陪审员会给一个人的日常生活带来多大的麻烦。你们都有工作要做，有家人要照顾。"

　　就好像他也是其中一员，是第十三位陪审员似的，詹妮弗想。

　　"我在此承诺，会尽可能少占用你们的时间。本案其实非常简单，坐在那里的是被告——亚伯拉罕·威尔逊。纽约州指控被告谋杀了雷蒙德·索普——当时与被告同在辛辛监狱服刑的一名囚犯。人是他杀死的，这一点毫无疑问。

---

① 在欧美司法体系中，当事人可以不说明理由，拒绝某人充任案件陪审员，法院应当更换并召集其他陪审员的一种制度设计。——译者注

他对此也供认不讳。威尔逊先生的律师将以正当防卫为由为他进行辩护。"

地区检察官转过身来看着身材高大的亚伯拉罕·威尔逊，陪审员们的目光也自然而然地跟了过去。詹妮弗可以看到他们脸上的表情变化。她强迫自己集中精力听迪·席尔瓦的发言。

"几年前，有十二位像你们一样的公民，他们投票决定将亚伯拉罕·威尔逊关进监狱。因为法律上有些技术性细则禁止，所以我无法与你们讨论亚伯拉罕·威尔逊之前犯下的罪行。我可以告诉你们的是，当时的陪审团真诚地相信，将亚伯拉罕·威尔逊关在监狱里就能阻止他犯下更多的罪行。不幸的是，他们错了。因为即使被关在狱中，亚伯拉罕·威尔逊还是会打人、杀人，以满足他内心对血腥暴力的渴望。我们现在终于知道，只有一种方法可以防止亚伯拉罕·威尔逊再次杀人。那就是处决他。虽然这一做法无法让雷蒙德·索普死而复生，却可以避免其他人成为下一个受害者，以此挽救他们的生命。"

迪·席尔瓦在陪审团席前走了一圈，直视每一位陪审员的眼睛。"我说过，这个案子不会占用各位太多时间。其中的原因，我会告诉大家。坐在那里的被告亚伯拉罕·威尔逊蓄意杀害了一名男子。他已经承认人是他杀的。而且即使他没有认罪，我们也有证人目睹了他行凶的过程。事实上，目击证人有一百多名。

"让我们仔细审视一下'蓄意'这个词。谋杀，无论是出于何种动机，都令我非常反感。相信各位也和我一样。但有时，我们至少能够理解有些人犯下谋杀罪的原因。比如，在有人手持武器威胁你们的亲人——孩子、丈夫或妻子——的情况下，假如你们有枪，你们或许会扣动扳机，以挽救你们所珍视的人的生命。

"你我或许都不会宽恕此类事件，但我确定，我们至少可以理解它们背后的动机。或者，让我们再看一个例子。如果你们半夜突然惊醒，发现一个破门而入的家伙威胁着要取你们的性命，而你们有机会抢先一步杀死他，让自己活下来，于是你们就杀了他——好吧，我想我们都能理解这一切是如何发生的。

"这样做并不会使我们成为穷凶极恶的歹徒或者道德败坏的人，不是吗？这是我们在情急之下做出的选择。"迪·席尔瓦的声音变得很威严，"但蓄意谋杀则是另一回事了。没有任何感情方面的因素驱使，就夺走另一个人的生命，从而换取金钱、毒品或纯粹的杀人快感……"

他刻意地向陪审团灌输偏见，但又没有说过头话，因此也就不会犯下错误，不会造成审判无效或撤销判决的后果。

詹妮弗注视着一众陪审员脸上的表情，毫无疑问，罗伯特·迪·席尔瓦赢得了他们的支持。他们对他说的每一句话都表示赞同。他们时而摇头，时而点头，时而皱眉，该配合的都配合了，就差为他鼓掌了。如果说他是交响乐指挥，那么陪审团就是他的交响乐团。此等场面，詹妮弗还是头一回见到。每次地区检察官提到亚伯拉罕·威尔逊的名字——他几乎每一句话都要捎上这个名字，陪审员们都会自发地把目光投向被告。

詹妮弗事先警告过威尔逊，不要望向陪审团那边。她千叮咛万嘱咐，让他往哪儿看都行，就是不能看陪审团席，因为他那副挑衅的模样只会招来愤恨。让詹妮弗感到惊恐的是，亚伯拉罕·威尔逊的目光正死死地锁定在一众陪审员身上，他肆无忌惮地与他们对视，攻击性倾泻而出。

"亚伯拉罕……"詹妮弗轻声唤道。

他没有回头。

地区检察官的开场陈述已将近尾声。"《圣经》上说：'以眼还眼，以牙还牙。'那是报复。然而，我们州要的不是报复，而是正义。请为亚伯拉罕·威尔逊蓄意杀害——注意，是蓄意杀害——的可怜人伸张正义。谢谢。"

地区检察官坐回了自己的座位。

轮到詹妮弗起立向陪审团发言，她感受到了他们的敌意与焦躁。她曾在书上读到过律师能够看穿陪审员的心思，并一直对此持怀疑态度，可她现在相信了。整个陪审团向她传递的信息明确而又清晰。他们认定她的当事人有罪，而且他们已经没了耐心，因为他们本可以起身离开，像他们的地区检察官朋友说的那样，去做更重要的事情，而詹妮弗却在浪费他们的时间，让他们不得不留在法庭上。詹妮弗和亚伯拉罕·威尔逊是他们的敌人。

詹妮弗深吸了一口气。"请法官大人允许我发言，"然后，她转身面向陪审团，"女士们，先生们，我们之所以会设立法庭，我们之所以今天会齐聚在这里，是因为法律，如明镜一般的法律。它知道每一桩案件都有两面性。但是，听了地区检察官对我当事人的攻击，听了他在陪审团没有裁决的情况下，也就是在各位还没有做出裁决的情况下就宣布我的当事人有罪，这只能让人认为法律是片面的。"

她看着他们的脸庞，想找到一丝认同或支持，但他们没有任何表示。她只好硬着头皮继续说下去。"地区检察官罗迪·席尔瓦多次说过这句话：'亚伯拉罕·威尔逊有罪。'这是一个谎言。沃尔德曼法官会告诉你们，在法官或陪审团宣布被告有罪之前，被告都是无罪的。我们今天就是为了弄清楚这一点才聚在这里，不是吗？

"亚伯拉罕·威尔逊被指控谋杀了一名同监狱的犯人。但他这么做并不是为了钱或毒品，他是为了挽救自己的性命。刚才，地区检察官在解释蓄意杀人和受情感因素影响而杀人的区别时，给各位举了一些很典型的例子，各位都还记得吧。后者是发生在一个人为了保护自己所爱之人的时候，或者是在保护自己的时候。亚伯拉罕·威尔逊正是出于自我防卫才杀人的，而且，我现在要告诉各位，我们在座的每一个人，在同样的情况下都会做出和他同样的事。

"地区检察官和我都认同一件事：每个人都有权利保护自己的生命。如果亚伯拉罕·威尔逊没有做出那样的反应，那么，死的人就会是他。"詹妮弗的声音充满真诚。她的信念使她情绪高涨，忘记了紧张。"我请你们所有人都记住一件事情：根据本州的法律，控方必须以无可置疑的事实证明杀人行为并非出于自我防卫。在审判结束之前，我方将拿出确凿证据，向各位证明雷蒙德·索普之所以被杀，是因为只有这样，才能阻止他谋杀我的当事人。谢谢。"

向州证人提问的环节开始了。罗伯特·迪·席尔瓦不会放过任何一次机会。他为死者雷蒙德·索普挑选的人格证人包括一个牧师、几个狱警以及死者的几个狱友。他们一个接一个地站到证人席上，为死者的高尚品格以及温和的天性作证。

每盘问完一个证人，地区检察官都会转向詹妮弗说："轮到你盘问证人了。"

詹妮弗每次都回答："我没有什么要问的。"

她知道，试图推翻人格证人的证词是没有意义的。待他们作完证后，人们或许会认为雷蒙德·索普生前原是一名品行高洁的圣徒，只不过后来蒙受冤屈，被剥夺了圣徒身份。在罗伯特·迪·席尔瓦的精心指导下，狱警们作证称索普是模范囚犯，他在辛辛监狱行善积德，一心只想帮助别人。至于雷蒙·索普被判入狱的原因——抢劫银行和强奸，那只能说是他人生中仅有的污点，人无完人，不能太过苛责。

控方证人对雷蒙德·索普体型的描述给詹妮弗本来就缺乏说服力的辩护造成了严重损害。索普生前身材矮小，只有五英尺九英寸高。罗伯特·迪·席尔瓦对此大做文章，时不时地提起，教人想忘记都难。他绘声绘色地描绘了亚伯拉罕·威尔逊杀害索普的场景：个子小得多的索普被亚伯拉罕·威尔逊恶毒地扑倒，头被拽着撞向监狱活动场上的一座混凝土建筑，瞬间断了气儿。迪·席尔瓦发言时，一众陪审员紧盯着坐在桌子旁的被告，在那巨大身形的对比下，他身边的人们一个个简直都成了侏儒。

此时，地区检察官说："我们可能永远无法知道，是什么原因促使亚伯拉罕·威尔逊下手袭击这个心无歹意、手无寸铁的小个子男人的……"

詹妮弗的心跳突然加速了。迪·席尔瓦刚才说的一句话给了她所需要的机会。

"……我们可能永远无法知道被告恶意发动袭击的原因，但是，女士们，先生们，有一个原因我们是可以排除的，即肯定不是因为死者曾对亚伯拉罕·威尔逊构成过威胁。"

"正当防卫？"他转向沃尔德曼法官，"法官大人，请您指示被告站起来，可以吗？"

沃尔德曼法官看着詹妮弗。"辩方律师有异议吗？"

詹妮弗知道接下来会发生什么，但她知道自己的任何反对都只会带来不利的影响。"不反对，法官大人。"

沃尔德曼法官说："请被告站起来，好吗？"

亚伯拉罕·威尔逊只是坐着，一脸轻蔑。好一会儿后，他才缓缓地站起来，于是，足足六英尺四英寸的高大身躯屹立在被告席上。

迪·席尔瓦说："我们这儿有一名法庭书记员——加林先生，他五英尺九英寸高，与被谋杀的雷蒙·索普的身高完全相同。加林先生，请你走过去，站在被告旁边好吗？"

法庭书记员走向亚伯拉罕·威尔逊，在他身旁站住了。他们二人之间的对比很是荒唐可笑。詹妮弗知道自己又被攻下一城，但她对此无能为力。如此强烈的视觉印象是永远无法抹去的了。地区检察官站在较远处看了这两人一会儿，然后用耳语般的音量对陪审团说："自卫？"

审判进行得比詹妮弗最糟糕的噩梦还要糟糕。她能感觉到陪审团正巴不得审判立即结束，好让他们做出有罪裁决。

肯·贝利在观众席上坐着。休庭期间，詹妮弗趁机和他说了几句话。

"这个案子可不容易，"肯同情地说，"真希望你的当事人不是这么一个凶神恶煞的金刚。上帝啊，谁看了他都会被吓得灵魂出窍啊。"

"他也不想的。"

"就像那个老掉牙的笑话说的那样，他就该乖乖待在家里别出门。话说，你和我们尊敬的地区检察官相处得怎么样？"

詹妮弗的脸上挤出一丝苦笑："迪·席尔瓦先生今天早上给我带话了，他打算把我驱逐出律师界。"

控方证人出庭环节结束，迪·席尔瓦宣布他要在法庭上呈现的内容已告一段落。此时，詹妮弗站起身说："我想请霍华德·帕特森出庭。"

辛辛监狱的副监狱长一脸不情愿地站起身，走向证人席，众人的目光都聚焦在他身上。罗伯特·迪·席尔瓦全神贯注地看着帕特森宣誓，同时脑子飞速运转，计算所有的可能性，然后得出结论，相信自己将赢得稳稳当当，连获胜后演讲的内容他都全部构思好了。

詹妮弗正在向证人提问。"请把你的背景告诉陪审团，好吗，帕特森先生？"

地区检察官迪·席尔瓦站了起来。"为了节省时间，州政府放弃对证人的背景进行审查，我们都知道帕特森先生是辛辛监狱的副监狱长。"

"谢谢你，"詹妮弗说，"帕特森先生今天是被传票传唤出庭的。我想有必要让陪审团知道这一点。他是作为敌对证人来的。"詹妮弗转向帕特森。

"当我要求你自发地来到这儿为我的当事人作证时，你拒绝了。是这样吗？"

"是的。"

"为什么你非要收到传票才肯出庭作证呢？你能把原因告诉陪审团吗？"

"我很乐意。那是因为我这辈子都在和亚伯拉罕·威尔逊这样的人打交道。他们生来就是给别人制造祸端的人。"

罗伯特·迪·席尔瓦坐在椅子上，身体前倾，笑容满面，紧紧盯着陪审员们的表情。他对一名助手耳语道："好好看着她是怎么作茧自缚的。"

詹妮弗说："帕特森先生，亚伯拉罕·威尔逊不是因为制造祸端才在此受审。这场审判将决定他的生死。作为人类的一员，你难道不愿意帮助一个蒙冤被控死罪的同胞吗？"

"如果他确实是蒙冤，我愿意帮忙。"他将重音放在"蒙冤"两个字上，陪审员们露出了会心的表情。

"在本案之前，监狱里就发生过杀人事件，不是吗？"

"当你把数百个有暴力倾向的男人关在这样的环境中，肯定会有很多人互相看不顺眼，而且……"

"你只需回答是还是不是，帕特森先生。"

"是。"

"在你经历过的那些杀人事件中，你认为杀人动机是多种多样的吗？"

"嗯，我想是的。有时——"

"请回答是或不是。"

"是。"

"在这些监狱杀人事件中，曾经有过以自我防卫为动机的吗？"

"嗯，有时候……"他看到了詹妮弗脸上的表情，连忙改口说："是。"

"所以，根据你丰富的阅历，亚伯拉罕·威尔逊在杀死雷蒙德·索普时，完全有可能是在捍卫自己的生命，不是吗？"

"我不这样认为……"

"我问的是有没有可能。有还是没有。"

帕特森执拗地说："可能性极小。"。

詹妮弗转向沃尔德曼法官。"法官大人，请您指示证人回答这个问题，好吗？"

沃尔德曼法官低头看着霍华德·帕特森。"请证人回答这个问题。"

"有。"

然而，陪审团从他的态度能看得出来，他想说的其实是"没有"。

詹妮弗说："如果法庭不介意的话，我通过传票从证人那里取得了一些东西，我想现在呈上来，作为证据。"

地区检察官迪·席尔瓦站了起来。"什么东西？"

"可以证明我方当事人是自我防卫的物证。"

"反对，法官大人。"

"你反对什么？"詹妮弗问，"你连东西都还没见到。"

沃尔德曼法官说："法庭在看到物证之前将不予裁决。此案关乎一个人的性命。被告有权得到一切可能的照顾。"

"谢谢您，法官大人。"詹妮弗转向霍华德·帕特森，问道："你带来了吗？"

他点了点头，紧闭着嘴。"带来了，但我对此十分不满。"

"我想，这一点你已经说得够清楚了，帕特森先生。可以把它交给我们了吗？"

霍华德·帕特森看向观众席上坐着的一名身穿狱警制服的男子，朝他点了点头。那狱警站起身，手里捧着一个带盖的木箱。

詹妮弗接过木箱。"辩方希望将此件物品认定为证据甲，法官大人。"

"这是什么？"地区检察官迪·席尔瓦问道。

"百宝箱。"

观众席上传来一阵窃笑声。

沃尔德曼法官低头看着詹妮弗，慢条斯理地说："你刚才说的是'百宝箱'？箱子里装的是什么，帕克小姐？"

"武器。囚犯们在辛辛监狱私造的武器，目的是……"

"反对！"只见地区检察官站起身，愤怒地吼道。他急忙走向法官席，对法官说："法官大人，考虑到我这位同行缺乏经验，这一点我可以体谅，但如果她打算从事刑事诉讼方面的工作，那么我建议她从提供证据的基本规则学起。现有的证据不能将这个所谓'百宝箱'中的任何东西与本庭正在审理的案件联系起来。"

"这个箱子证明了……"

"这个箱子什么都证明不了。"地区检察官训斥的口吻足以让听者无地自容。他转向沃尔德曼法官。"本州反对引入这一物证，原因是它与本案无关。"

"反对有效。"

詹妮弗一动不动地站在那儿，眼看着这场官司即将溃败。一切都在和她作对：法官、陪审团、迪·席尔瓦、证人。她的当事人要被送去坐电椅了，除非……

詹妮弗深吸了一口气。"法官大人，这一物证对我们的辩护至关重要。我觉得……"

沃尔德曼法官打断了她的话。"帕克小姐，本庭没有时间也没有意愿向你提供法律上的指导。地区检察官说得很对。在出庭之前，你应该熟悉提供证据的基本规则。第一条规则就是，你不能引入未经充分准备的证据。本案的记录中没有任何内容提及死者是否携带武器。因此，这些武器的问题就变得与本案没有直接联系。你的提议被驳回了。"

詹妮弗站着不动，血液涌上了脸颊。"很抱歉，"她固执地说，"但并非没有直接联系。"

"够了！你可以提出请求，将其作例外情况处理。"

"法官大人，我不想提出这种请求。您剥夺了我当事人应有的权利。"

"帕克小姐，如果你再继续纠缠不休，我就要指控你藐视法庭了。"

"我不在乎你们如何对待我，"詹妮弗说，"引入这一物证的依据早就备好了，而且还是地区检察官亲自备好的。"

迪·席尔瓦说："什么？我从来没有……"

詹妮弗转向法庭速录员。"请你读一下迪·席尔瓦先生的陈述，从这句话开始：'我们可能永远无法知道，是什么原因促使亚伯拉罕·威尔逊下手袭击……"

地区检察官抬头看着沃尔德曼法官。"法官大人，你真的要允许……"

沃尔德曼法官举起一只手，接着转向詹妮弗。"帕克小姐，本庭并不需要你解释法律。待审判结束，你将面临藐视法庭的指控。因为这是一起重大案件，所以我会听你把话说完。"他转向法庭速录员。"你可以开始了。"

法庭速录员先是翻了几页纸，然后开始读道："我们可能永远无法知道，是什么原因促使亚伯拉罕·威尔逊下手袭击这个心无歹意、手无寸铁的小个子男人……"

"好了，就读到这儿，"詹妮弗打断道，"谢谢你。"

她看着罗伯特·迪·席尔瓦，缓缓地说："这是你的原话，迪·席尔瓦先生。我们可能永远无法知道，是什么原因促使亚伯拉罕·威尔逊下手袭击这个心无歹意、手无寸铁的小个子男人的……"接着，她转向沃尔德曼法官。"法官大人，这里面的关键词是手无寸铁。由于地区检察官本人告诉陪审团受害者手无寸铁，这为我们敞开了一扇门，让我们可以去质疑：有没有可能受害者当时并非手无寸铁？有没有可能他当时其实是带着武器的？只要是在直接盘问中提到过的事情，在交叉盘问中就也可以提及。"

没有人说话。沉默持续了很长一段时间。

沃尔德曼法官转向罗伯特·迪·席尔瓦。"帕克小姐说得有道理。你确实敞开了这扇门。"

罗伯特·迪·席尔瓦难以置信地看着法官。"但我只是……"

"本庭同意将箱子作为证据甲登记在案。"

詹妮弗感激地长舒一口气。"谢谢您，法官大人。"她双手捧起那个合上的箱子，转身面对陪审团。"女士们，先生们，在最后的总结陈述中，地区检察官会告诉各位，你们即将在这个箱子里看到的东西并不是直接证据。这话说得没错。他还会告诉各位，没有任何事实可以证明，这些武器与死者有任何联系。这话说得也没错。我之所以引入这一物证，是出于另一个目的。

"几天以来，你们听到的都是心狠手辣、惹是生非、身高六英尺四英寸的被告蓄意袭击了身高仅五英尺九英寸的雷蒙德·索普。控方为你们精心描绘了一幅不实图景：一个有虐杀倾向的恶霸毫无缘由地杀害了一名同牢囚犯。但是，请各位扪心自问：凡事都是有动机的，不是吗？贪婪、仇恨、欲望，各种各样的动机。

"我相信我的当事人是出于某种动机才杀人的，我对此坚信不疑，所以才将我当事人的生死押在这一信念之上。这种动机，就是正当防卫，正如地区检察官亲口告诉各位的那样，它是可以合理化杀人的唯一一种动机。一个人为了保护自己的生命而与人搏斗。

"各位已经听过霍华德·帕特森的证词，根据他的经验，杀人事件确实会在监狱中发生，囚犯们也确实会制造致命武器。这意味着雷蒙德·索普可能携带了这样的武器，意味着事实上有可能是他袭击被告在先，而被告为了保护自己，不得已才杀死了他，即自卫杀人。

"如果你们认定亚伯拉罕·威尔逊毫无动机地残忍杀害了雷蒙德·索普，那么你们就必须按照目前的指控，做出有罪裁决。然而，如果在看到这些证据后，你们心中产生了合理的怀疑，那么你们就有责任推翻指控，做出无罪裁决。"

那个合上了的箱子在她手中似乎变得越来越沉重了。"第一次朝这个箱子里看的时候，我简直不敢相信自己的眼睛。你们可能也会觉得难以置信，但我想请各位记住，它是在辛辛监狱副监狱长的抗议之下被带到这儿的。女士们，先生们，这是一箱辛辛监狱没收的由囚犯私自制造的武器。"

詹妮弗朝陪审团席走去，此时她似乎被绊了一下，失去了平衡。箱子从她手中摔了出去，箱盖也被震飞了，里头的东西散落一地。人们惊讶地倒抽一口凉气。陪审员们纷纷站起来，好看得更清楚一些。他们紧紧地盯着从箱子里掉出来的一堆可怕的武器，约莫有一百件，各种大小、形状、式样都有，包括斧头、砍刀、匕首，也有锋利得吓人的夺命大剪刀、霰弹枪、凶险异常的巨型剁肉刀，还有那种用于勒人脖子的两头带木柄的金属丝，一根皮制大头短棒，以及一把削尖的冰镐和一把弯刀。

观众和记者坐不住了，全都站了起来，伸长脖子，想好好看一看散落在地上的武器。沃尔德曼法官愤怒地敲打着小木槌，要大家遵守秩序，同时注视着詹妮弗，脸上的表情让她无法参透。一名法警急忙上前，要帮着拾起散落在地的箱中物品。

詹妮弗挥手示意他退到一边。"谢谢你，"她说，"我来就好。"

在众人的注视下，詹妮弗跪到地上，开始拾起一件件武器，再把它们放回箱子。她动作缓慢，轻拿轻放，在把每一件武器放回箱子之前，她都会面无表情地看上两眼。

陪审员们坐回了座位上，但仍注视着她的每一个举动。詹妮弗花了整整五分钟才把所有武器放回箱子，地区检察官迪·席尔瓦则坐在一旁，怒不可遏。

将致命武器中的最后一件放回箱子时，她站起身，看着帕特森，然后转身对迪·席尔瓦说："轮到你盘问证人了。"

现在要想弥补损失已经太迟了。"我没有什么要问的。"地区检察官说。

"那么，我想请亚伯拉罕·威尔逊作证了。"

第8章

"你的名字？"

"亚伯拉罕·威尔逊。"

"请你大声点，好吗？"

"亚伯拉罕·威尔逊。"

"威尔逊先生，你杀了雷蒙德·索普，是吗？"

"是的，女士。"

"你能告诉法庭为什么吗？"

"因为他要杀我。"

"雷蒙德·索普个子比你小得多。你当时真的相信他杀得了你吗？"

"他拿着一把刀向我扑来，那把刀显得他特别高大威猛。"

詹妮弗特意留了两件百宝箱中的物品在外头。一件是磨得很锋利的砍刀，另一件是一把大金属钳。她举起那把刀问道："这是雷蒙德·索普用来威胁你的那把刀吗？"

"反对！被告根本无从知道……"

"我会重新表述这个问题。这把刀和雷蒙德·索普用来威胁你的那把相似吗？"

"相似，女士。"

"这把钳子呢？"

"也相似，女士。"

"你以前和索普有过矛盾吗？"

"有过，女士。"

"当他挥着这两件武器扑向你的时候，你为了保住自己的性命，被迫杀死了他？"

"是的，女士。"

"谢谢。"

詹妮弗转向迪·席尔瓦。"现在轮到你了。"

罗伯特·迪·席尔瓦站起身来，慢慢走向证人席。

"威尔逊先生，你以前杀过人，不是吗？我是说，这并非你第一次杀人，是吗？"

"我过去是犯了错，但我已经在受罚了。我……"

"不必对我们说教了，回答是或者不是就行了。"

"是。"

"所以人命对你来说并不珍贵。"

"不是这么回事，我……"

"你认为，犯下两起凶杀案算得上是珍视人命吗？如果你不珍视人命，你会杀多少人？五个？十个？二十个？"

地区检察官在诱导威尔逊，而威尔逊正踏入圈套。只见威尔逊咬紧牙关，露出一脸愤怒的表情。当心啊！

"我只杀了两个人。"

"只杀了两个！你只杀了两个人！"地区检察官故作沮丧地摇了摇头。他走近证人席，抬头看着被告。"我敢打赌，你魁梧的身材会带给你一种凌驾于他人之上的感觉。你准是觉得自己有点像上帝了。只要你愿意，你随时可以一会儿在这里杀一个人，一会儿又在那里杀一个人……"

亚伯拉罕·威尔逊站直身子，骂了一句："你这个狗杂种！"

不！詹妮弗暗暗祈祷。千万别！

"坐下！"迪·席尔瓦怒喝道，"你杀害雷蒙德·索普时，就是这样控制不住冲动吧？"

"是索普当时想杀我。"

"用这些东西？"迪·席尔瓦举起砍刀和钳子，"我敢肯定，你本可以夺下他的刀。"他挥舞着那把钳子在空中画了一圈，"而且你还害怕这个？"他接着又转向陪审团，轻蔑地举起钳子。"这看起来可没那么致命。如果死者当时用它打你的头，可能只会造成一个小肿块。威尔逊先生，这把钳子到底能干什么用？"

亚伯拉罕·威尔逊轻声说："它是用来钳碎睾丸的。"

陪审团离席讨论了八个小时。

罗伯特·迪·席尔瓦和他的一众助手离开审判庭稍做休息，詹妮弗则留在座位上，不忍离去。

当陪审员们齐刷刷地走出审判庭时，肯·贝利走到了詹妮弗面前。"来杯咖啡如何？"

"我现在什么都咽不下去。"

她坐在审判庭里，不敢动弹，也没心思去在意周围的人。一切都结束了。她已经尽力了。她闭上眼祈祷，但内心的恐惧实在过于强烈。她觉得自己好像马上就要和亚伯拉罕·威尔逊一起被判处死刑了。

陪审员们齐刷刷地回到审判庭，脸色阴沉，给人一种不祥的预感。詹妮弗的心跳开始加快。从他们的脸上，她可以看出，他们将会裁定威尔逊有罪。她觉得她会晕过去。一个男人就要因为她而被处决了。从一开始，她就不该接手这个案子。她有什么权利去掌控一个人的生死？她一定是疯了，竟然以为自己能打败像罗伯特·迪·席尔瓦这样老谋深算的人。她想抢在陪审员们做出裁决之前，跑到他们面前说："等等！亚伯拉罕·威尔逊没有得到公正的审判。请让另一位律师为他辩护，另一位比我优秀的律师！"

可一切都为时已晚。詹妮弗偷瞄了一眼亚伯拉罕·威尔逊的脸。他坐在那儿一动不动，好似一座雕像。她现在已经感觉不到他身上散发的恨意了，有的只是深深的绝望。她想说些安慰他的话，但又不知该怎么说。

沃尔德曼法官发话了。"陪审团做出裁决了吗？"

"是的，法官大人。"

法官点了点头。他的一个秘书走向陪审长，接过一张字条，然后递给法官。詹妮弗觉得她的心好像要从胸膛里跳出来了。她无法呼吸。她想留住这一刻，让时间永远停滞在宣布裁决之前。

沃尔德曼法官仔细确认了手中的字条，然后，他慢慢地环顾法庭，目光落在陪审团员身上，落在罗伯特·迪·席尔瓦身上，落在詹妮弗身上，最后落在亚伯拉罕·威尔逊身上。

"被告请起立。"

亚伯拉罕·威尔逊站起身来，动作缓慢而疲惫，仿佛全身精力都已经耗尽了。

沃尔德曼法官宣读了字条内容："本陪审团裁定被告亚伯拉罕·威尔逊被指控的罪名不成立。"

全场先是一片沉默，紧接着，观众席上爆发出雷鸣般的喧闹声，把法官后来说的话都淹没了。詹妮弗目瞪口呆地站在那儿，无法相信自己亲耳听到的内容。她转向亚伯拉罕·威尔逊，一句话也说不出来。他则用那双又小又贼的眼睛盯着她看了一会儿。然后，那张丑陋的脸上绽开了笑容，那是詹妮弗有生以来见到过的最灿烂的笑容。他向詹妮弗伸出双臂，拥抱了她，她则拼命强忍着泪水。

记者们团团围住詹妮弗，请她对此发表声明，并开启了疯狂提问模式。

"击败地区检察官是一种什么感觉？"

"你事先认为你会打赢这场官司吗？"

"如果他们把威尔逊送去坐电椅，你会怎么做？"

面对所有提问，詹妮弗都摇头不答。她无法违背自己的意愿去同他们交谈。他们来这里是想看一场好戏，看一个人如何被围剿至死。如果裁决结果相反……她不忍心去想这件事，只是开始收拾自己的文件，把它们都塞进公文包里。

一名法警走到她跟前。"沃尔德曼法官想见你，就在他的议事室，帕克小姐。"

她都忘了还有一张藐视法庭罪的传票等着她呢，但这似乎变得不再重要了。唯一重要的是，她挽救了亚伯拉罕·威尔逊的生命。

詹妮弗远远地瞥了一眼原告席，只见地区检察官迪·席尔瓦正一边粗暴地把文件塞进公文包，一边斥责他的一个助手。他感受到了詹妮弗的目光，并与她四目相对，他的眼神已经传达了一切。

法官劳伦斯·沃尔德曼正坐在办公桌前，此时，詹妮弗走了进来。他简短地说："坐吧，帕克小姐。"

詹妮弗找了个座位坐下。"我不会允许你，或是任何人，把我的法庭变成一个杂耍场。"

詹妮弗羞红了脸。"我当时被绊了一下，没拿稳……"

沃尔德曼法官举起一只手。"你不用解释了。"詹妮弗马上紧紧闭上了嘴巴。

沃尔德曼法官坐在椅子上，身子前倾。"在法庭上还有一件事我不能容忍。那就是傲慢无礼。"詹妮弗小心翼翼地看着他，没有搭腔。"你今天下午的言行越界了。我意识到，你的过分热情是为了保护一个人的生命。因此，我决定不以藐视法庭罪对你进行传讯。"

"谢谢你，法官大人。"詹妮弗费了好大劲才说出这句话。

法官用一种令人揣摩不透的表情继续说："每次审理完一个案件，我都能清楚地感知到正义是否得到了伸张。几乎无一例外。但是，对于今天这个案子，坦率地说，我无法确定。"詹妮弗等着他继续说下去。

"没别的事了，帕克小姐。"

在当天的晚报和晚间新闻节目中，詹妮弗·帕克再次登上头条，但这次她是作为女英雄出现的。她，就是法律界的大卫，杀死了巨人哥利亚。[①]她与亚伯拉罕·威尔逊以及地区检察官迪·席尔瓦的照片贴满了报纸头版。詹妮弗如饥似渴地阅读报道中的每一个字，细细地品味。在遭受过之前的种种耻辱之后，这次的胜利带给她的感觉分外甜蜜。

肯·贝利把她带到吕肖氏餐厅吃饭庆祝，她当即被领班和几个顾客认了出来。有陌生人能直接叫出詹妮弗的名字，还向她表示祝贺，这样的经历可真叫

---

① 根据《圣经》记载，大卫王少年时曾杀死入侵的非利士勇士哥利亚。——译者注

人忘乎所以。

"成为名人的感觉如何？"肯笑嘻嘻地问。

"我都麻木了。"

有人还买了一瓶酒送到他们桌上。

"我什么都不想喝，"詹妮弗说，"我觉得自己好像已经醉了。"

可是她口干舌燥，一口气三杯酒，一边喝，一边和肯一起把庭审的前前后后回顾了一遍。

"我当时很害怕。你知道把别人的生命掌握在自己手中是什么感觉吗？就像在扮演上帝一样。你能想到比这更可怕的事情吗？我是说，我明明是从凯尔索来的……我们能再要一瓶酒吗，肯？"

"可以，你想要什么都行。"

肯点了一大桌丰盛的菜肴，但詹妮弗太兴奋了，吃不下东西。

"你知道我第一次见到亚伯拉罕·威尔逊时，他对我说了什么吗？他说：'你我先好好缠绵一番，接着咱俩就能聊聊顺不顺眼啦。'肯，我今天在法庭上还真和他拥抱了一会儿，而且你知道吗？我还以为陪审团是在对我进行裁决呢。我当时觉得我好像要被处决了。我爱亚伯拉罕·威尔逊。我们能再来点酒吗？"

"你还什么都没吃。"

"我渴了。"

詹妮弗不停地斟满酒一饮而尽。肯看在眼里，心里很是担忧。"你别喝多了。"

她挥了挥一只手，轻快地打发了他的劝告。"这是加州葡萄酒。跟水没什么差别。"她又咽了一口下肚，"你是我最好的朋友。你知道谁不是我最好的朋友吗？伟大的罗伯特·迪·斯利瓦。哦不，迪·西夫拉。"

"迪·席尔瓦。"

"对，就是他。他恨我。你今天看到他那张脸了吗？噢，他气坏了！他说他要把我赶出法庭。但他没有成功，不是吗？"

"是的，他——"

"你知道我在想什么吗？你知道我真正的想法吗？"

"我……"

"迪·斯利瓦认为我是亚哈，他是那条白鲸。"[1]

"依我看，你说反了。"

"谢谢你，肯。你向来都这么可靠。我们再来一瓶酒吧。"

"你不觉得你已经喝得够多了吗？"

"鲸鱼容易口渴。"詹妮弗咯咯笑道，"就是我，那条又大又老的白鲸。我告诉过你我爱亚伯拉罕·威尔逊吗？他是我见过的最俊美的男人。我看着他的眼睛，肯，我的朋友，他可真美！你注视过迪·西夫拉的眼睛吗？呜噢！他的眼神冷冰冰的！我是说，他是座冰山。不过，他倒不是坏人。我告诉过你亚哈和白鲸的事吗？"

"说过了。"

"我爱老亚哈。我爱每一个人。你知道这是为什么吗，肯？因为亚伯拉罕·威尔逊今晚还活着。他还活着。我们再来一瓶酒庆祝……"

肯·贝利送詹妮弗回家的时候已是凌晨两点了。他扶着她爬上四层楼，进到她的小公寓，累得有些喘不过气。

"你知道吗，"肯说，"连我都有点醉了。"

詹妮弗一脸同情地望着他。"不会喝酒的人就不该喝酒。"

说完，她直接晕了过去。

她是被一阵尖叫般刺耳的电话铃声吵醒的。她小心翼翼地伸手去够听筒，因为哪怕是最细微的动作，都会将疼痛飞速传递到她全身的每一个神经末梢。

"喂……"

"詹妮弗吗？我是肯。"

"噢，肯。"

"你的声音听起来糟透了。你没事吧？"

---

[1] 亚哈是美国著名作家赫尔曼·梅尔维尔代表作《白鲸》中的角色，在故事中亚哈最终与白鲸同归于尽。——译者注

她想了想。"我觉得有事。现在几点了？"

"快中午了。你最好赶紧到这儿来。一切都乱了套了。"

"肯——我觉得我快死了。"

"听我说。你先慢慢起床，然后吃两片阿司匹林，洗个冷水澡，喝杯不加糖的热咖啡，你或许就活下来了。"

一小时后，詹妮弗来到了办公室。她感觉好点了，但还是不舒服。毕竟好点了，詹妮弗想。

她走进办公室时，两部电话同时在响。

"全是找你的。"肯咧嘴一笑，"一直响个不停！你需要一个电话交换机了。"

报纸、国家级杂志、电视台和广播电台都打来电话，希望对詹妮弗进行深入报道。一夜之间，她成了炙手可热的新闻人物。也有其他的电话，是她曾经梦寐以求的那种——之前给她吃过闭门羹的律师事务所现在纷纷来电，洽询她何时方便与他们会面。

此时，罗伯特·迪·席尔瓦正在他位于闹市区的办公室里，对着他的首席助手大吼大叫。"我要你从今天开始建一份关于詹妮弗·帕克的机密档案。我要知道她担任辩护律师的每一个当事人的情况。明白了吗？"

"是，先生。"

"还不快去！"

第9章

"他已经不再是一个'纽扣人^①'了，而我他妈的还是个新手。他这辈子都在给别人免费干活。"

"那个混蛋来巴结我，想让我在迈克尔耳旁吹吹风。我说：'嘿，兄弟，我只是一名走卒，明白吗？'如果迈克尔想再物色一名枪手，他完全没必要来这鸟不拉屎的巷子里找。"

"他是想骗你钱财呢，萨尔^②。"

"嗯，我对着他的脸就是狠狠一拳。他没什么靠山。在这行如果没有靠山，你就什么都不是。"

在新泽西州北郊一个有三百年历史的荷兰庄园的餐厅里，有三个男人正在交谈，他们是尼克·维托、约瑟夫·科莱拉和人称"小花"的萨尔瓦多·菲奥雷。

尼克·维托脸色苍白，嘴唇薄得几乎看不见，深绿色的眼睛透露着冷漠。他脚上穿着一双两百美元的鞋子和一双白色袜子。

约瑟夫·科莱拉的诨名叫"大个子乔"。他壮得像一堵墙，也像一块巨大的花岗岩，走起路来就像一座会动的建筑。曾经也有人叫他"菜园子"，因为"科莱拉长着一个土豆鼻、两只花椰菜状的耳朵和一个豌豆状的脑袋"。

科莱拉讲起话来声音轻轻的，尖声尖气，看起来还挺温和。他有一匹赛

---

① 原文为"button guy"，指美国和西西里黑手党的正式成员。——译者注
② 萨尔是萨尔瓦多的昵称。——编者注

马，他在挑选优胜马匹方面有着不可思议的本领。他是一个家庭型男人，家中有妻子和六个孩子。他的专长是使枪、泼酸、甩链条。乔[①]的妻子卡梅丽娜是个恪守教规的天主教徒。周日，科莱拉不工作的时候，他总会带着家人去教堂做礼拜。

第三个男人萨尔瓦多·菲奥雷几乎是个侏儒，高五英尺三英寸，重一百一十五磅[②]。他看起来清纯无邪，像唱诗班的男童，但舞刀弄枪却样样在行。这个小个子男人的女人缘极好，他也常常炫耀自己有一个妻子、六个女朋友和一个貌美如花的情妇。菲奥雷曾是赛马骑师，在皮姆利科与蒂华纳之间的赛道上工作。好莱坞公园的赛马委员长曾封杀过菲奥雷，因为他给马服用兴奋剂。一周后，人们发现这位委员长的尸体漂浮在太浩湖上。

这三个人是安东尼奥·格拉内利黑手党家族的走卒，但收编他们的是迈克尔·莫雷蒂，所以他们死心塌地地效忠于他。

餐厅里正在举行家庭会议。位于上座的是东海岸最强大的黑手党家族的首领安东尼奥·格拉内利。七十二岁的他顶着一头浓密的白发，看起来仍然孔武有力。他的肩膀和胸膛很宽阔，与干体力活的劳工身材颇为相似。

安东尼奥·格拉内利出生于西西里岛的巴勒莫，十五岁时来到美国，在下曼哈顿西边的海滨工作。等到二十一岁的时候，他已经当上码头老板的副官了。两人曾发生过一场争执，随后老板神秘失踪，于是安东尼奥·格拉内利接替了他的位置。凡是想在码头混饭吃的人都必须交保护费给格拉内利。

靠着这些钱，格拉内利迅速扩大了自己的势力范围，涉足高利贷、黑彩票、卖淫、赌博、贩毒和谋杀等领域。多年来，他被起诉了三十二次，但只有一次被定罪，而且还是袭击罪这样的轻罪。格拉内利是个冷酷无情的人，没有道德底线，有的只是富裕的地主那种务实的狡猾。

格拉内利的左边坐着家族军师托马斯·科尔法克斯。二十五年前，科尔法克斯在一家公司做过律师，当时他前途一片辉煌。在为一家小型橄榄油公司担

① 乔是约瑟夫的昵称。——编者注
② 英美制质量或重量单位，1磅约合0.45千克。——编者注

任辩护律师，发现这家公司其实是黑手党控制的之后，他一点一点地受到引诱，为黑手党处理其他案件。最终，格拉内利家族成了他多年以来唯一的客户。这个客户付起律师费来常常一掷千金，托马斯·科尔法克斯很快就大发其财，在世界各地拥有大量房产和银行账户。

格拉内利的右边坐着他的女婿迈克尔·莫雷蒂。迈克尔野心勃勃，与家族中其他人的行事风格截然不同，这一特质让格拉内利有点不放心。迈克尔的父亲乔瓦尼是安东尼奥·格拉内利的远房表亲，出生在佛罗伦萨，而不是西西里岛。光是这一点，就足以让莫雷蒂一家不被人信任——众所周知，佛罗伦萨人不值得被信赖。

作为鞋匠，乔瓦尼·莫雷蒂初来美国时开了一家制鞋店，一直诚信经营，连个用于赌博、放高利贷、卖淫的隐秘空间也没有，活像个有钱不会赚的傻瓜。

乔瓦尼的儿子迈克尔则完全不同。他先后就学于耶鲁大学和沃顿商学院，完成学业后，他特意找到父亲，提出了一个要求——想见见远亲安东尼奥·格拉内利。于是，老鞋匠去拜访了他的表亲，并为儿子安排了一次会面。格拉内利原以为迈克尔是来借钱做生意的，也许是像他的蠢父亲一样开一家鞋店。然而，这次会面却令格拉内利惊讶不已。

"我知道如何能够让你富有起来。"迈克尔·莫雷蒂开门见山地说。

安东尼奥·格拉内利看着这个无礼的年轻人，宽容地笑了笑。"我已经很富有了。"

"不，你只是自以为很富有。"

他的笑容消失了。"你在说什么鬼话，孩子？"

迈克尔·莫雷蒂向他和盘托出了自己的构想。

安东尼奥·格拉内利一开始颇为谨慎，他测试了迈克尔的每一条建议，结果都取得了辉煌的成功。此前，格拉内利家族只是参与有利可图的非法活动。而在迈克尔·莫雷蒂的管理下，活动范围迅速扩大。不到五年时间，这个家族就做起了数十种合法生意，包括肉类包装、亚麻用品供应、餐厅、卡车运输公司和制药厂等。迈克尔找到那些境况不佳、亟待融资的公司，让格拉内利家族作为小型合伙人入股，然后逐渐接管这些公司，同时剥去所有原先的资产。就这样，一些誉满全国的老公司突然就走到了破产的境地。对于那些利润令人满意的企业，迈克尔牢牢握在手中，还做到了快速提升利润，因为这些企业的工人是由他的工会控制的。公司通过格拉内利家族开办的保险公司为员工购买保险，又通过格拉内利家族控制的汽车经销商购置汽车。迈克尔创造了一个庞大的体系，通过一系列工厂和企业，不断地从消费者身上榨取利润，收入格拉内利家族的囊中。

尽管取得了成功，但迈克尔·莫雷蒂十分清楚自己面临着一个问题：安东尼奥·格拉内利一旦清楚赚大钱的合法而又可行的途径，就不再需要他了。他索要的回报可不便宜，因为从一开始，他就说服了格拉内利按比例给他分成。当时每个人都认为，那点分成只是九牛一毛。但是，随着迈克尔的想法开始奏效，利润不断增加，格拉内利又有了新的想法。通过一次偶然的机会，迈克尔得知格拉内利专门召开了一次会议，讨论家族应该如何处置他。

"我不想看到这么多钱都流进那孩子的口袋，"格拉内利说，"我们设法甩掉他吧。"

通过与格拉内利家族联姻，迈克尔击碎了这一计划。安东尼奥·格拉内利的独生女罗莎芳龄十九，她的母亲在生她的时候因难产去世了。罗莎是在一所修道院长大的，只有在节假日才获准回家。她父亲很珍视她，将她保护得很好。

有一次复活节，学校放假，罗莎偶遇了迈克尔·莫雷蒂。待她在家过完节日回到修道院时，她已经无可救药地爱上了他。一想起他那英俊、黝黑的模样，她就不禁在四下无人之时做出一些事情来，而修女们告诉过她，那些事是对上帝的亵渎和冒犯。

安东尼奥·格拉内利自欺欺人地认为，自己的女儿只知道他是个成功的商人，但多年来，报纸杂志上报道他和他的真实行当的那些文章，罗莎的同班同学们早就拿给她看过了。每一回政府准备起诉和裁决格拉内利家族的成员时，罗莎总是知道得一清二楚。她从不与她父亲讨论此类事情，因此，格拉内利一直愉快地相信自己的女儿单纯得像一片新雪，不会受到真相败露带来的冲击。

事实上，罗莎一想到她父亲的事业就非常兴奋。如果格拉内利知道这一真相的话，他准会大吃一惊。罗莎很讨厌修道院那些修女定下的清规戒律，这进而又引导她憎恨一切权威。她幻想自己的父亲是一个罗宾汉式的人物，敢于挑战当权者，和政府对着干。迈克尔·莫雷蒂是她父亲组织中的一个重要人物，这一点更是让她激动不已。

从一开始，迈克尔就非常谨慎地经营他与罗莎之间的关系。当他好不容易抓住机会与她独处时，他们也只是热吻和拥抱。迈克尔不曾有过过火的举动。罗莎还是处女之身，但她愿意，甚至可以说是渴望，把自己献给她所爱的男人。倒是迈克尔克制住了自己。

"我对你十足尊重，罗莎，所以，在结婚之前，我不能和你上床。"

事实上，他是对安东尼奥·格拉内利十足尊重。"那样做的话，老头子非把我的睾丸剁掉不可。"迈克尔心想。

于是，正当格拉内利和人讨论摆脱迈克尔的方法时，迈克尔和罗莎双双来到他身边，宣告他们深爱着彼此并打算结婚。老头子气得大叫大嚷，给出了上百个反对的理由，说什么除非自己死了，否则他们休想结婚。但最终，真爱占据了上风，迈克尔和罗莎如愿在一场精心举办的婚礼中结为夫妇。

婚礼过后，老头子把迈克尔叫到一边。"罗莎是我的全世界，迈克。你会好好照顾她的，是吗？"

"我会的，托尼①。"

"我会在一旁看着你。你最好能让她开心。你懂我的意思吗，迈克？"

"我懂你的意思。"

"不许拈花惹草，也不许吃垃圾食品。明白吗？罗莎喜欢做饭。你要保证每天晚上都在家里吃饭。你要成为一个模范女婿。"

"我会非常努力的，托尼。"

安东尼奥·格拉内利接着随口提了一句："哦，顺便说一下，迈克，既然你已经是家族的一分子了，那么我给你的分成比例也许也应该变一下了。"

迈克尔拍了拍他的手臂。"谢了，爸爸，但我们的钱已经够花了。罗莎想

---

① 托尼是安东尼奥的昵称。——编者注

要的一切，我都可以买给她。"

说完迈克尔就走了，只留下老头子一个人望着他离去的背影。

那已经是七年前的事了。婚后的几年是迈克尔人生中的美好时光。罗莎很讨人喜欢，性格随和，又很崇拜丈夫，但迈克尔知道，如果有一天，她离开人世或远走高飞，他的生活也不会有什么两样。他只需另找一个能够为他做同样事情的女人就好了。说白了，他并不爱罗莎。迈克尔自认没有爱上他人的能力，就好像他的灵魂里缺了点什么似的。

迈克尔对人没什么感情，对动物倒很是喜欢。他十岁的生日礼物是一只小牧羊犬。一人一犬可谓形影不离。谁知六周后，这只狗在一次肇事逃逸事故中丧生。迈克尔的父亲答应给他再买一只狗，但他拒绝了，从此以后他再也没养过狗。

迈克尔从小看着父亲为了一点微薄的酬劳而为人当牛做马，便下定决心不再走父亲的老路。从头一次听说那著名的远房表亲安东尼奥·格拉内利的事迹起，他就清楚地知道自己想要的是什么。美国有二十六个黑手党家族，其中五个在纽约市，而这五个家族中又数安东尼奥家族最为强大。

迈克尔从小就喜欢听黑手党的故事。父亲给他讲了一九三一年九月十日西西里晚祷之夜发生的事情。那天晚上，权力的天平易了手，黑手党中的"少壮派"发动了一场血腥暴动，铲除了四十多个来自意大利和西西里的初代黑手党移民，即被称为"胡子派"的老古董黑手党成员。

迈克尔属于年轻的一代。他摆脱了旧思想，吸收了大量新思想。现在，一个由九人组成的全国委员会控制着所有黑手党家庭。迈克尔知道，总有一天，他会掌管这个委员会。

此刻，迈克尔转而研究起新泽西州一个庄园的餐厅的饭桌旁坐着的两个人。安东尼奥·格拉内利还能活个几年的时间，但幸运的是，不会太久了。

托马斯·科尔法克斯才是迈克尔的劲敌。这个律师从一开始就和迈克尔对着干。随着迈克尔对老头子的影响与日俱增，科尔法克斯的影响力也就随之降低了。

迈克尔把越来越多的自己人带进了组织，比如尼克·维托、萨尔瓦多·菲奥雷和约瑟夫·科莱拉，他们对他忠心不二。托马斯·科尔法克斯对此颇为不满。

当迈克尔因谋杀拉莫斯兄弟被起诉，而卡米洛·斯特拉又同意出庭作证时，这老律师相信，他终于要摆脱迈克尔了，毕竟地区检察官为这次诉讼做了滴水不漏的准备。

迈克尔在大半夜的时候想到了一条出路。凌晨四点，他跑去电话亭给约瑟夫·科莱拉打了电话。

"下周会有一批新律师在地区检察官办公室宣誓就职。你能帮我搞到他们的名单吗？"

"当然，迈克。包在我身上。"

"还有件事。打电话到底特律，让他们派一个'童男'飞到这儿来——就是他们手下那种从未被盯上的人。"说完，迈克尔立刻挂断了电话。

两周后，迈克尔·莫雷蒂在法庭上研究起了新入职的几个助理地区检察官。他仔细地打量着他们，目光从一个面孔跳到另一个面孔，搜寻着，判断着。他在策划一个危险的计划，而正是这一计划的冒险性使它极有可能成功。他要从初出茅庐的年轻人入手，他们的特点是紧张，不敢多问，渴望立功，然后一战成名。好吧，肯定有人是要出名的。

迈克尔看着地区检察官盘问卡米洛·斯特拉那个狗杂种。然后，检察官转向托马斯·科尔法克斯说："现在换你盘问证人。"托马斯·科尔法克斯站起身来，说："法官大人，现在快中午了。我不希望我的盘问被打断。我可以请求先午间休庭，下午我再开始盘问吗？"

法官真的宣布休庭了。是时候了！

迈克尔最终选中了詹妮弗·帕克。她缺乏经验，又很紧张，还试图掩饰自己的紧张。这一点正中他的下怀。她是女性，会比男性承受更大的压力。这一点也正中他的下怀。迈克尔就这样发现了一个令他满意的工具人。他朝观众席上一个身穿灰色西装的人看了一眼，又朝詹妮弗的方向点了点头。事情就这么发生了。

迈克尔看到他派来的人若无其事地混进了地区检察官周围的人群，自然地融入了那个团队。几分钟后，那人走到詹妮弗身边，递给她一个文件袋。迈克尔坐在远处，屏住呼吸，恨不得用意念控制詹妮弗接过文件袋，走向证人室。她真这么做了。直到看到她空手返回，迈克尔·莫雷蒂才松了口气。

这事已经过去一年了。那个女孩受到了新闻媒体的严厉批评，但那是她的问题。迈克尔后来再也没想到过詹妮弗·帕克，直到最近报纸开始专题报道亚伯拉罕·威尔逊一案。他们又提起迈克尔·莫雷蒂一案，以及詹妮弗·帕克在其中扮演的角色。它们一遍遍地刊登她的照片。她外表非常漂亮，但又不只是漂亮——她还具有一种独立感，足以触动他内心深处的某些东西。他盯着她的照片，目光久久不能移开。

迈克尔开始饶有兴味地关注起亚伯拉罕·威尔逊一案。在法庭宣布迈克尔一案为无效审判后，他的心腹们聚在一起吃晚餐，以欢庆胜利。萨尔瓦多·菲奥雷提议举杯庆贺，"庆祝这个世界又少了一个该死的律师"。

可这个世界并没有摆脱她，迈克尔心想。詹妮弗·帕克已经触底反弹，重回战场战斗了。迈克尔很欣赏这一点。前一天晚上，迈克尔看到詹妮弗出现在电视上，谈论自己击败迪·席尔瓦的经过。不知为何，他居然感到莫名的愉快。

安东尼奥·格拉内利曾问他："迈克，她不就是你之前利用过的工具人吗？"

"嗯，她很有头脑，托尼。也许有一天，我们会用得着她。"

第10章

亚伯拉罕·威尔逊一案宣判后的第二天，亚当·华纳就打来电话："我只是想来电祝贺你。"

詹妮弗立刻听出了他的声音，她之前从未想过这个声音会对她有这么大的的影响力。

"我是……"

"我知道你是谁。"哦，天哪，我干吗要这么说？詹妮弗想。没有理由让亚当知道，在过去的几个月里她有多么挂念他。

"我想告诉你，我认为你出色地处理了亚伯拉罕·威尔逊的案子。这次胜利是你应得的。"

"谢谢。"他怕是要挂断电话了，我再也见不到他了，说不定他的妻室正等着他呢，詹妮弗想。

接着，亚当·华纳说："不知你是否愿意哪天跟我一起吃顿晚饭？"

男人可不待见过分热情的女孩，她想。"今晚怎么样？"

詹妮弗听出了他声音中的笑意。"恐怕我最早也要到周五晚上才有空。那晚你有事吗？"

"没有。"她差点就说出"当然没有"了。

"那到时候我去你家接你？"

詹妮弗想到了她那又小又闷的公寓，里面有一张凹凸不平的沙发，还有一块烫衣板放在角落。"也许我们选个地方碰面会比较方便。"

"你喜欢卢泰斯餐厅的菜品吗？"

"等我吃过之后再告诉你，行吗？"

他笑了。"八点钟怎么样？"

"很好。"

好极了。詹妮弗将听筒放回原位，坐在椅子上，欢喜得满面红光。我可真是荒唐，他说不定是个有妇之夫，孩子都生了一大堆了，她这样想着。上次他们共进晚餐时，詹妮弗注意到的第一件事就是亚当没戴婚戒。这个证据没有说服力，法律应该强制所有已婚男人都佩戴婚戒，她闷闷不乐地想着。

这时，肯·贝利走进了办公室。"我们的天才大律师怎么样啦？"他凑近观察了一下她的样子，"你活像是刚刚生吞了一个当事人。"

詹妮弗犹豫了一下，然后说道："肯，你能不能帮我打听个人？"

他走到她的办公桌前，拿起笔记本和铅笔。"说吧，打听谁？"

她正要开口说出亚当的名字，然后又止住了，觉得自己这样做简直像个傻瓜。她干吗要打听亚当的私生活？她告诉自己：看在上帝的分儿上，他只不过是请你吃顿晚饭，又不是让你嫁给他。"还是算了。"

肯放下了手中的铅笔。"你说怎样就怎样吧。"

"肯——"

"嗯？"

"亚当·华纳，他的名字是亚当·华纳。"

肯惊讶地看着她。"见鬼，这个人还要打听？你只要看报纸就都知道了。"

"你对他了解多少？"

肯·贝利扑通一声坐到詹妮弗对面的椅子上，十指交叉着放在胸前。"让我想想。毕业于哈佛大学法学院，和尼达姆、芬奇和皮尔斯联合开办了一家律师事务所，富裕的上流社会家庭出身，目前三十多岁……"

詹妮弗好奇地看着他。"你怎么这么了解他？"

他冲她眨了眨眼睛。"我有一些上流社会的朋友。有传言说他们要力捧华纳竞选联邦参议员，甚至还有不少人想选他当总统。他具有人们所说的那种领袖魅力。"

他绝对是有的，詹妮弗心想。她努力使自己的下一个问题听起来像是随便问问。"那他的个人生活怎么样？"

肯·贝利用奇怪的眼光看着她。"他娶了前海军参谋长的女儿为妻。她是华纳的律师事务所合伙人斯图尔特·尼达姆的侄女。"

原来是这样！詹妮弗的心为之一沉。

肯困惑地看着她。"为什么突然对亚当·华纳这么感兴趣？"

"纯属好奇。"

肯·贝利离开后，詹妮弗久久地坐在椅子上，心中想着亚当。他请我吃饭是出于职业上的礼貌。他想祝贺我，但他已经打电话祝贺过了。我干吗要关心其中的原因？我只管赴约就是了。不知到时他会不会记得提一嘴说他有个妻子。当然不会。好吧，周五晚上我会和亚当共进晚餐，之后就不再和他有任何交集了。

当天下午晚些时候，詹妮弗接到了皮博迪父子联合律师事务所那位老合伙人亲自打来的电话。

"我想提这事已经有好一阵子了，只是一直抽不出时间，"他说，"不知你近期能否和我一起吃顿午餐？"

他漫不经心的语气可骗不了詹妮弗。她确信，要不是读到了亚伯拉罕·威尔逊一案相关的报道，他才不会想到要和她共进午餐。他约她见面肯定不是要讨论送传票的事情。

"明天怎么样？"他提议，"就在我的俱乐部。"

他们第二天一起吃了顿午餐。老皮博迪是个面色苍白、拘泥谨慎的人，与他的儿子没什么两样，只是年纪更大而已。西服马甲掩盖不住他那微微鼓起的啤酒肚。詹妮弗对他们父子俩都没什么好感。

"帕克小姐，我们公司有意聘请一位年轻有为的出庭律师。你只要入职，年薪就可以达到一万五千美元。"

詹妮弗坐在座位上，一边听他说话，一边想着一年前，在她迫切需要收入，需要信任她的人时，一份工作对她来说意味着什么。

他说："我相信你几年内就会成为我们公司的合伙人。"

一万五千美元的年薪，还有合伙人的地位。詹妮弗想到了她和肯共用的小办公室，以及她那又小又乱的破公寓——不但要爬四层楼梯，而且连壁炉都是假的。

皮博迪先生把她的沉默当成了同意。"很好。我们希望你尽快入职。也许你周一就可以来上班。我……"

"不了。"

"哦。好吧，如果周一对你来说不方便的话……"

"我的意思是，不，我不能接受你的提议，皮博迪先生。"詹妮弗的这一回答连她自己都有些吃惊。

"我明白了。"他顿了顿，"也许我们可以把起薪提高到一年两万美元。"他看到了她脸上的表情，"或者两万五千美元。你为什么不好好考虑一下呢？"

"我已经考虑好了，我打算经营自己的事务所。"

开始有客户上门了。数量不是很多，经济条件也不是很好，但他们是实实在在的客户。那间小办公室已经不足以让她开展业务了。

一天早上，詹妮弗在办公室里接待一个客户，同时让另外两个客户在外头的走廊上等候。肯对她说："这样下去可不行啊，你恐怕应该快些搬离这里，在市中心找一个像样的办公室了。"

詹妮弗点了点头。"我知道。我一直在考虑这事呢。"

肯刻意埋头处理文件，这样就不用与她四目相对了。"我会想你的。"

"你在说什么？你必须和我一块搬走。"

过了一会儿，他才理解这句话的意思。他抬起头灿烂一笑，满脸雀斑的脸上顿时出现好多褶子。

"和你一块搬走？"他扫视了一圈这间狭窄的、没有窗户的办公室，"抛下这一切吗？"

第二周，詹妮弗和肯·贝利搬进了第五大道五百号街区的一套房子。这里装修简洁，由三个较小的房间组成：一间是詹妮弗专用，一间是肯专用，还有一间是秘书专用。

他们雇的秘书是一个刚从纽约大学毕业的年轻女孩，名叫辛西娅·埃尔曼。

詹妮弗抱歉地说："你暂时不会有太多事情可做，但是业务会渐渐多起来的。"

"噢，我知道肯定会的，帕克小姐。"女孩的声音里充满了对英雄的崇拜。

她在以我为榜样，可千万别！詹妮弗心想。

肯·贝利走进来说："嘿，我一个人待在大办公室里可寂寞了。今晚一起吃晚饭和看戏，怎么样？"

"我恐怕……"詹妮弗有些累，而且还有一些案情摘要要看，但肯是她最好的朋友，她无法拒绝他的邀请。

"好的，我还挺想去的。"

他们去看了《掌声响起》，詹妮弗很喜欢这部音乐剧。劳伦·巴考尔实在太迷人了。詹妮弗和肯后来在剧院附近的萨蒂斯餐厅吃了晚饭。

点菜的时候，肯说："我有两张周五晚上的芭蕾舞票。我想我们可以……"

詹妮弗说："很抱歉，肯。我周五晚上没时间。"

"噢。"他的声音出奇地平淡。

詹妮弗发现，肯在自以为没被注意的时候会盯着她看，脸上不时流露出难以名状的神情。她知道肯很孤独，他从没聊过他的朋友，也绝口不提他的个人生活。她无法忘记奥托告诉她的那件事。她想知道肯到底有没有什么人生愿望。她希望自己能有办法帮助到他。

在詹妮弗看来，周五好像永远不会到来似的。与亚当·华纳约好共进晚餐的日子越来越近了，詹妮弗也越来越难以集中精力工作了。她发现自己一直在想着亚当。她也知道这很可笑。她只见过那个男人一次，却无法让他离开自己的脑海。她试着为自己找理由，告诉自己之所以会这样，是因为在她面临被撤销律师资质的关键时刻，他拯救了她，后续还给她送来客户。这些都是事实，但詹妮弗知道，原因不止这些。还有一些她无法解释的事情，她甚至都无法对自己交代清楚。这是她从未有过的感觉，她此前从未对哪个男人这么着迷过。她想知道亚当·华纳的妻子是个什么样的人。毫无疑问，她肯定是伊丽莎白·雅顿美容沙龙的尊贵会员之一，每周三都会走进那道红色的大门，享受一天从头到脚的精细护理服务。她一定是个美丽时髦的女子，有着富家名流的优雅光环。

魔法般的周五到了。上午十点，詹妮弗预约了一个新的意大利发型师。辛西娅告诉她，所有的模特都在找那意大利人做发型。十点半，詹妮弗打电话取消了预约。十一点，她又重新进行了预约。

肯·贝利邀请詹妮弗一起吃午饭，但她太紧张了，什么都吃不下。她索性改去班德尔百货商店购物，在那儿，她买了一件与她瞳孔颜色相配的深绿色雪纺短裙，一双显得脚背很纤细的棕色高跟鞋，还买了一只钱包来搭配全身的穿搭。她知道买这些东西远远超出了自己的预算，但她就是无法忍住不买。

在往出口走去的时候，她路过了香水柜台，一时冲动买了一瓶Joy香水[①]。这简直就是在发疯，那个男人已经结婚了啊！

詹妮弗五点钟就离开了办公室，回家换衣服。为了见亚当，她花了两个小时洗澡、换装。打扮妥当后，她站在镜子前，挑剔地审视着自己。然后，她像在反抗什么似的，将打理精致的发型又梳回原样，并用绿色丝带将头发一股脑扎到脑后。这样好多了，她想。我是一名律师，即将和另一名律师共进晚餐。可她关上门时，身后却留下了一股淡淡的玫瑰和茉莉花香。

卢泰斯餐厅与詹妮弗预想的完全不同。餐厅的外表像一座小镇房屋，入口处飘着一面三色旗。里头有一条狭窄的过道，通向一个小小的吧台。再往里走就是一个阳光房，明亮而舒适，桌椅是柳条编织的，桌上铺着方格桌布。店主安德烈·索尔特纳在门口迎接了詹妮弗。

---

① 世界上成本最高的香水之一，香味浓郁是这款香水的一大特点。——译者注

"我能为你做点什么吗？"

"我是来见亚当·华纳先生的。我想我到得有点早了。"

他指着詹妮弗向吧台挥了挥手。"帕克小姐，你在等候的时候要不要先喝一杯？"

"那太好了，"詹妮弗说，"谢谢。"

"我会派一个服务员过来。"

詹妮弗找了个位子坐下，看着那些珠光宝气、身披貂皮大衣的女人在一众随从的护送下进来用餐，她觉得很是有趣。詹妮弗在报纸、书籍上读到过，也听说过卢泰斯餐厅。它之所以出名，是因为它是杰奎琳·肯尼迪[①]最喜爱的餐厅，食物也很美味。

一个气度不凡的银发男子走到詹妮弗面前说道："介意我和你一起坐会儿吗？"

詹妮弗怔住了。"我在等人，"她开口说道，"他大概……"

他微笑着坐下了。"我不是在搭讪女孩，帕克小姐。"詹妮弗惊讶地看着这个人，但就是不记得在哪里见过他。"我是来自霍兰德和布朗宁联合律师事务所的李·布朗宁。"那可是纽约最负盛名的律师事务所之一。"我只是想向你表示祝贺，因为你应对威尔逊一案的方式十分出色。"

"谢谢你，布朗宁先生。"

"你冒了很大的风险。那个案子在当时看来根本没有胜算。"他打量了她一会儿，"这一行的惯常做法是，当你站在没有胜算的那一边时，要确保这个案子没有任何公众关注度。其中的诀窍是让胜出者出尽风头，同时让落败者保持低调。你可是骗过了我们中的许多人呀。你点酒水了吗？"

"没……"

"我可以代劳吗？"他向一个服务员招了招手。"维克多，给我们拿瓶香槟来，好吗？要唐培里侬香槟王。"

"马上来，布朗宁先生。"

詹妮弗笑了。"你是要给我留下深刻印象吗？"

---

① 美国第三十五任总统约翰·肯尼迪的夫人。——译者注

他放声大笑。"我是想聘用你。我猜你已经收到很多工作邀约了。"

"是有几个。"

"帕克小姐,我们的事务所主要受理企业业务,但我们的一些较为富足的客户经常会忘乎所以,不够克己,所以需要用到刑事辩护律师。我认为我们给你开出的条件将会非常有吸引力。你愿意到我的办公室来讨论一下吗?"

"谢谢你,布朗宁先生。我真是受宠若惊,但我刚刚搬进我自己开设的事务所。我希望自己的事务所能取得成功。"

他注视着她,良久才说了一句:"会成功的。"这时,有人朝他走来,他抬眼一看,立刻站起身,伸出了一只手。"亚当,近来可好?"詹妮弗仰起头,只见亚当·华纳正站在一旁和李·布朗宁握手。詹妮弗的心跳开始加快,脸也唰地红了。我还真是个痴傻的小女生!她心想。

亚当·华纳看着詹妮弗和布朗宁说:"你们认识吗?"

"我们刚刚开始相互认识呢,"李·布朗宁轻快地说,"你来得有点太早了。"

"我看我来得正是时候。"亚当挽起詹妮弗的胳膊,"祝你下次运气再好点,李。"

餐厅领班走到亚当面前。"华纳先生,你们要上桌吃饭了吗?还是想先在吧台喝一杯?"

"我们想上桌吃饭了,亨利。"

他们坐好后,詹妮弗环顾整间屋子,认出了六位名人。

"这个地方就像'名人之夜'的举办地。"她说。

亚当看着她说:"它现在是了。"

詹妮弗感到自己又脸红了。"快打住,你这个笨蛋!"她在心里告诫自己。她想知道,亚当·华纳究竟带过多少女孩来这里,并任凭他的妻子待在家里等他回去。她想知道,这些女孩中,是否有人知道他已经结婚了,或者他是否总有办法不让她们知道。嗯,她是有优势的。你等着大吃一惊吧,华纳先生,詹妮弗心想。

他们点了酒水和菜品,然后把时间都花在了闲聊上。詹妮弗有意让亚当多说话,自己则尽量少说。他机智又迷人,不过,对于他的魅力,她已经开启了防御机制。这么做很难。她发现，在他讲述生活经历以及种种故事时，她会情不自禁地时而面露微笑，时而开怀大笑。

这对他没有任何好处，詹妮弗告诉自己。一段短暂的风流韵事并不是她想要的。母亲的幽灵不断在她的脑海中出现。詹妮弗内心深处有一种激情，可她不敢去探究，也不敢去释放。

甜点端上来了，亚当仍然一句容易招人误解的暧昧话也没说。詹妮弗此前的防御毫无意义，因为对方从未有过任何实际的"进攻"。她觉得自己像个傻瓜。如果对方知道，她这个晚上经历了如此复杂的内心活动，他会说些什么呢？詹妮弗想着想着，不禁被自己的虚荣心逗乐了。

"我之前没找着机会谢谢你给我带来客户，"詹妮弗说，"我确实给你打过几次电话，但是……"

"我知道。"亚当犹豫了一下，然后尴尬地补充道，"我不想回你的电话。"詹妮弗惊讶地看着他。"我怕给你打电话。"他简单地说。

这不就撞枪口上了。趁她毫无防备的时候，他冷不防地来了这么一句，吓了她一跳，让她措手不及。然而，他的意思是明确无误的。

詹妮弗知道接下来他要说什么，而她并不想让他说出口。她不希望他变成一个假装单身的已婚男人，因为那样一来，他就和之前她遇到的那些人没什么两样了。她十分鄙视这类人，但她唯独不想鄙视他。

亚当平静地说："詹妮弗，我想让你知道，我已经结婚了。"她坐在椅子上，瞪大双眼看着他，嘴巴因为惊讶而张开。

"对不起，我应该早点告诉你。"他苦笑着说，"好吧，再早也早不到哪儿去了，不是吗？"

詹妮弗的心被一种奇怪的困惑填满了。"那你为什么要约我吃饭呢，亚当？"

"因为我非得再见你一面不可。"

詹妮弗觉得一切都变得不真实起来，就好像她被滔天巨浪拍到了海里。她静静地坐着，听亚当坦白他的一切感受，她知道那些都是他的肺腑之言。她之所以知道，是因为她也有同样的感受。她既希望他能够适可而止，又希望他继续说下去。

"我希望我没有冒犯到你，"亚当说。

对方那突如其来的羞怯使詹妮弗十分震惊。

"亚当，我……"

他望着她，尽管他们没有碰触对方，但感觉就像两个人在相拥。

詹妮弗颤抖着说："跟我说说你妻子的事情吧。"

"玛丽·贝思和我结婚十五年了。我们没有孩子。"

"明白了。"

"她……我们决定不生孩子。结婚时我们都很年轻。我很早就认识她了。我家在缅因州有一座避暑山庄，她家就在隔壁。在她十八岁时，她的父母在一次飞机失事中丧生。玛丽·贝思几乎悲痛到精神失常。她成了孤身一人。我……我们就结婚了。"

他是出于同情才和她结婚的，但他不会承认这一点，因为他是个绅士，詹妮弗心想。

"她是个很棒的女人。我们的关系一直很好。"

他告诉詹妮弗的，比她想知道的多，也比她能接受的多。她身上的每一种本能都在警告她快些离开，逃得远远的。在以前，打发那些企图与她交往的已婚男人对她来说只是小菜一碟，但是直觉告诉她，这次不一样。一旦她允许自己爱上这个男人，就再也没有退路了。她一定是发疯了才会想与他展开什么暧昧的关系。

詹妮弗小心翼翼地说："亚当，我很喜欢你，但是我不会破坏别人的家庭。"

他微微一笑，眼镜后面的双眼闪耀着诚实和温暖。"我不是要搞婚外情，在背地里偷偷摸摸。我只是喜欢你的陪伴。我为你感到骄傲。我希望我们能偶尔见个面。"

詹妮弗刚想说："那有什么意义吗？"然而，话到嘴边却成了："这样挺好的。"

所以我们每个月会聚在一起吃一次午饭，这不会带来什么伤害的，詹妮弗心想。

第11章

第一批造访詹妮弗新事务所的人中有瑞安神父。他在三个小办公室里转了转，说："这地方真的很好。詹妮弗，你这是飞黄腾达了。"

詹妮弗被逗乐了。"这不是真正的飞黄腾达，神父。我还有很长的路要走呢。"

他热忱地注视着她。"你会成功的。顺便说一下，我上周去拜访了亚伯拉罕·威尔逊。"

"他过得怎么样？"

"还不错。他们让他在监狱里的机器车间工作。他让我代他向你问好。"

"我会尽快找一天亲自去看他的。"

瑞安神父坐在椅子上，注视着她。詹妮弗不禁开口问道："神父，你有什么事需要我帮忙吗？"

他面露喜色。"啊，好吧，我知道你一定很忙，但既然你主动提了……我的一个朋友确实遇到了点麻烦。她出了场车祸。我想，你是最适合帮助她的人。"

詹妮弗不假思索地说道："那让她过来和我见面吧，神父。"

"我想，还得你去找她。她是一个被截去四肢的人。"

康妮·加勒特住在休斯敦街上一个整洁的小公寓里。一位系着围裙的白发老妇人为詹妮弗开了门。

"我是玛莎·斯蒂尔，康妮的阿姨。我和康妮住在一起。您请进。她在

107

等您。"

詹妮弗走进陈设简陋的客厅。康妮坐在一把大扶手椅上，好几个枕头支撑着她的身体。看到她十分年轻，詹妮弗感到很惊讶。出于某种原因，詹妮弗原以为对方是个年长的女人，但康妮大约只有二十四岁，和詹妮弗一样大。她的脸上有一种奇妙的神采，可她没有双臂和双腿，只有躯体的样子还是让詹妮弗感到些许不适。詹妮弗硬是将一个寒战克制住了。

康妮冲詹妮弗露出了温暖的微笑，然后说："请坐，詹妮弗。我可以叫你詹妮弗吗？瑞安神父和我说了许多关于你的事。当然了，我也在电视上看过你。你能来我真的很高兴。"

詹妮弗脱口而出："我也很高兴。"但她很快意识到这样的客套话听起来是那么空洞、愚蠢。她默默地在这个年轻女孩对面的一把柔软的椅子上坐了下来。

"瑞安神父说几年前你出了车祸。你能告诉我事情的经过吗？"

"那恐怕责任在我。我当时正穿过十字路口，然后我偏离了人行道，滑了一跤，正好摔在一辆卡车前面。"

"这是多久前的事了？"

"三年前的十二月，我当时是在去布鲁明代尔百货商场采购圣诞用品的路上。"

"卡车撞上你之后发生了什么？"

"我什么都不记得了。我在医院里醒来，他们告诉我，是救护车把我送来的。我的脊椎受了伤，后来他们发现骨骼也有损伤，而且伤势一直在扩散，直到……"她没继续说下去，只是试着耸了耸肩。这个肢体动作真是让人心生怜悯。"他们试过给我安装假肢，可是没有成功。"

"你后来起诉谁了吗？"

她困惑地看着詹妮弗。"瑞安神父没有告诉你？"

"告诉我什么？"

"我的律师起诉了一家公用事业公司，是那家公司的卡车撞了我。我们败诉后又上诉，但都失败了。"

詹妮弗说："他应该早点说的。如果连上诉法院都驳回了你的诉求，那怕是没有什么办法了。"

康妮点了点头。"我之前也不相信还有什么办法。我只是想……好吧，是瑞安神父说你可以创造奇迹。"

"创造奇迹是他们神职人员的事。我只是一名律师。"

瑞安神父给了康妮一个虚幻的希望，詹妮弗因此有些生气，暗暗决定要和神父谈谈这事。

那位年长的妇人一直在附近忙前忙后。"我能给您拿点吃的或者喝的吗，帕克小姐？来点茶和蛋糕怎么样？"

詹妮弗突然意识到自己饿了，因为她没来得及吃午饭。可她一想到康妮坐在她对面，只能靠别人喂才能进食的样子，她就觉得接受不了。

"不了，谢谢，"詹妮弗说了个谎，"我刚刚吃过午饭。"

詹妮弗现在只想尽快离开这儿。她很想留下一两句鼓励的话，但实在是什么都想不出来。该死的瑞安神父！

"我……我真的很抱歉。真希望我……"

康妮·加勒特笑着说："请不要为这件事烦心。"

这个微笑打动了詹妮弗。她确信，如果她处于康妮·加勒特现在的境地，她是绝对笑不出来的。

"你的律师是谁？"詹妮弗不由得问道。

"梅尔文·赫彻森。你认识他吗？"

"不认识，但我会去找他的。"她随口说道，"我会和他谈一谈。"

"你肯这样做真是太好了。"康妮·加勒特的声音里满是谢意，让人感到很温暖。

詹妮弗想象着这个女孩的真实生活状态，她只能全然无助地坐在那儿，日复一日，月复一月，年复一年，生活完全不能自理。

"恐怕我无法保证能取得什么成果。"

"当然，你无须保证。但是，詹妮弗你知道吗？你能来，我就已经感觉好多了。"

詹妮弗站起身。这本该是握手告别的时刻，可对方却无手可握。她尴尬地说："见到你我很高兴，康妮。我会再联系你的。"

在回事务所的路上，詹妮弗想起了瑞安神父。她暗下决心，无论他以后说上多少好话，她都不会再信以为真了。对于那个可怜的残疾女孩，任何人都无能为力，给她任何希望都是不道德的。不过，詹妮弗还是会信守诺言，去和梅尔文·赫切森谈谈。

詹妮弗回到事务所，发现自己收到了好多条留言。她迅速把它们都过了一遍，想看看有没有哪一条是亚当·华纳的。可是，一条都没有找到。

第12章

梅尔文·赫切森身材矮小，秃顶，鼻子小而塌，像个纽扣，淡蓝色的眼睛总是显得无精打采。他有一间破旧的办公室，位于散发着贫穷气息的西城。前台接待员的座位上空无一人。

"人去吃午饭了。"梅尔文·赫切森解释道。

詹妮弗怀疑他根本没有秘书。他把她领进了他的办公室，办公室可能还没有接待室大。

"你在电话里说，你想谈谈康妮·加勒特的事情。"

"没错。"

他耸了耸肩。"这件事没有什么复杂的内情。我们起诉了人家，然后输了。相信我，我当时为她尽心尽力，非常出色地履行了职责。"

"再次上诉也是你受理的吗？"

"是的，但我们还是败诉了。恐怕你也会白忙活。"他注视了她一会儿，"你为什么要把时间浪费在这样的事情上？你现在炙手可热，满可以去受理那些既轻松又能挣大钱的案子。"

"我在帮一个朋友的忙。你介意让我看看庭审记录吗？"

"请便，"赫切森耸耸肩，"那属于公共财产。"

詹妮弗当晚把有关康妮·加勒特的庭审记录前前后后看了一遍。让詹妮弗惊讶的是，梅尔文·赫切森没有瞎说——他确实很好地履行了职责。他将市政府和全国汽车公司列为共同被告，并要求陪审团进行裁决，结果陪审团宣布两个被告全部无罪。

为应对当年十二月份席卷全市的暴风雪，卫生部门倾尽全力，出动了所有设备。因此，市政府辩称，暴风雪是天灾，他们不存在任何渎职行为，是康妮·加勒特自己不小心。

詹妮弗翻到对卡车公司的指控部分。三名目击者作证称，司机曾尝试停下卡车，以避免撞到受害者，但他未能及时刹车，卡车不受控制地发生了打滑和转向，接着撞到了受害者。法院做出了有利于被告的判决，随后上诉法院又维持原判，案件就此结案。

詹妮弗读完庭审记录时已是凌晨三点。她熄了灯，却无法入睡。从纸面上看，没有人背离公平正义的原则。然而，康妮·加勒特的样子一直浮现在她的脑海中。一个二十多岁的女孩，没有胳膊，也没有腿。詹妮弗想象着卡车撞上这个年轻女孩的场景，她一定遭受了骇人的痛苦，经历了一系列可怕的手术，每一次手术都会切除她的一部分肢体。詹妮弗重新打开灯，坐在床上。她拨通了梅尔文·赫彻森家里的电话。

"庭审记录上没有任何关于医生的内容。"詹妮弗在电话中说，"你有没有调查过医生失职的可能性？"

一个昏沉沉的声音说："可恶，你谁啊你？"

"詹妮弗·帕克。你有没有……"

"上帝啊！现在是凌晨四点！你有没有时间概念？"

"我有很重要的事要说。庭审记录没有提到医院。在康妮·加勒特身上进行的那些手术，你调查过了吗？"

梅尔文·赫切森停顿了一下，尝试着集中思想。"我和医院的神经内科和骨科负责人交谈过，他们当时给她治疗并照顾她。那些手术是挽救她的生命所必需的，而且都是由医院里的顶尖医生执行，过程也很规范。这就是这家医院在庭审记录中没有被提及的原因。"

詹妮弗感到一种强烈的挫败感。"明白了。"

"听着，我告诉过你，你是在这件事上浪费时间。现在我们还是各自回去睡觉吧！"

电话咔嗒一声挂掉的声音在詹妮弗耳边响起。她关掉灯躺下，但比任何时候都清醒。过了一会儿，詹妮弗不再挣扎着想入睡，而是站起来给自己煮了一壶咖啡。她坐在沙发上喝着咖啡，看着冉冉升起的太阳在曼哈顿的天际作画，天际线上淡淡的粉色逐渐变成了明亮的火焰一样的红色。

詹妮弗感到不安。按理说，对于每一种不公，法律方面都应该提供补救措施。康妮·加勒特的案子是否得到了公正处理呢？詹妮弗瞥了一眼墙上的钟，时间是六点半，她再次拿起电话，拨通了梅尔文·赫切森的号码。

"你调查过卡车司机的行车记录吗？"詹妮弗问。

一个不耐烦的声音说："上帝啊！你疯了吗？你平时到底睡不睡觉？"

"那辆公共事业公司的卡车。你查过司机的行车记录吗？"

"我的姑奶奶，你这已经是在侮辱我了。"

"很抱歉，"詹妮弗坚持说，"但我必须知道。"

"答案是肯定的。他之前的驾驶记录堪称完美。这是他出的第一起车祸。"

所以，这条道也走不通。"我明白了。"詹妮弗苦苦思索着。

"帕克小姐，"梅尔文·赫切森说，"帮我个忙，好吗？如果你还有什么问题，请在办公时间打电话给我。"

"对不起，"詹妮弗心不在焉地说，"你继续睡吧。"

"非常感谢！"

詹妮弗挂断了电话。是时候穿好衣服去上班了。

第13章

距离詹妮弗上次在卢泰斯餐厅和亚当共进晚餐已经三周了。她强迫自己不要去想他，然而她看到的一切事物都让她联想到他：一个偶然的短语，一个陌生人的后脑勺，一条和他戴过的相似的领带。她的追求者其实很多，客户、法庭上遇到的对方律师以及夜间法庭的法官都提出过想和她交往，但詹妮弗对他们没有任何兴趣。律师们邀请她外出"吃吃乐乐"，她也不感兴趣。她身上有一种独立性，这对男人来说是一种挑战。

肯·贝利一直陪在她身边，但这并不能缓解詹妮弗的孤独。只有一个人可以，就是那个可恶的他！

周一一大早，他打来电话。"我想我应该碰碰运气，看看你今天是否有空。我们一起吃午饭，好吗？"

她没空。可她说的是："当然有空。"

詹妮弗曾对自己发过誓，如果亚当再给她打电话，她会表现得很友好、很疏远、很有礼貌，但绝对不会答应他的见面要求。

然而，她一听到亚当的声音，就把这些通通抛到了脑后。她回答说："当然有空。"

这是她最不该做出的回应。

他们在唐人街的一家小餐厅吃午饭，两人不间断地聊了两个小时，却好像只聊了两分钟。他们从法律、政治聊到戏剧，仿佛解开了世界上所有复杂的难题。亚当才华横溢，思维敏锐，令人着迷。对于詹妮弗手头上的案件，他由衷地觉得有趣，并为她的成功感到骄傲。詹妮弗心想："他有权自豪，如果不是他，我早就回华盛顿的凯尔索了。"

詹妮弗回到办公室时，肯·贝利正等着她。
"午餐吃得很不错？"
"是的，谢谢。"
"亚当·华纳会成为客户之一吗？"他的语气好像随便过了头。
"不会的，肯。我们只是朋友。"
这确实是事实。

接下来的一周，亚当邀请詹妮弗去他的律师事务所的内部餐厅吃午饭。詹妮弗对那栋庞大的现代化复合型办公楼印象深刻。亚当把詹妮弗介绍给了事务所的许多成员，这让她感觉自己像是小有名气，因为他们似乎都对她有所了解。

她还遇到了这家事务所的高级合伙人斯图尔特·尼达姆。他对詹妮弗彬彬有礼，但并不热情。詹妮弗突然意识到亚当是和他的侄女结的婚。

餐厅饰有胡桃木嵌板，由一名厨师和两名服务员经营，亚当和詹妮弗就是在这样一个地方共进午餐。
"这儿就是我们合作人带着问题来互相讨论的地方。"
詹妮弗不知道他指的是不是她。她也很难集中精力吃饭。

那之后的整个下午，詹妮弗满脑子都是亚当。她知道自己必须忘记他，必须停止与他见面，因为他是属于另一个女人的。

当天晚上，詹妮弗和肯·贝利一起去看理查德·罗杰斯[①]的新作《二乘以二》。
他们步入大厅时，人群中响起了一阵叽叽喳喳的议论声。詹妮弗转过身想

---

① 美国著名音乐剧作曲家。——译者注

看看发生了什么，只见一辆长长的黑色豪华轿车停在路边，一对男女正从车里走出来。

"是他！"一个女人喊道，人们开始把车团团围住。身材魁梧的司机站到一边，詹妮弗看到了迈克尔·莫雷蒂和他的妻子。原来迈克尔就是人们关注的焦点。他是众人心中的英雄，长相俊美，堪比电影明星；行事大胆，足以激发每个人的想象力。詹妮弗站在大厅，看着迈克尔·莫雷蒂夫妇穿过人群。迈克尔从距离詹妮弗不到三英尺的地方经过，在某个瞬间两人目光相遇。詹妮弗注意到他的眼睛颜色很黑，黑得无法看出瞳孔。过了一会儿，他就走入表演厅，不见了人影。

詹妮弗没法好好欣赏这场演出。极度屈辱的回忆如同潮水一般向她涌来，而这都是拜迈克尔·莫雷蒂所赐。她让肯在第一幕结束后就送她回家。

第二天，亚当给詹妮弗打来电话。詹妮弗下定决心谢绝他的邀请。她打算说："谢谢你，亚当，但我真的很忙。"

然而，亚当告诉她的是："我要出国一段时间。"

詹妮弗仿佛肚子上挨了一拳。"你要去多久？"

"就几周。我回来后会给你打电话的。"

"好吧，"詹妮弗爽朗地说，"祝你旅途愉快。"

这对她来说简直是个噩耗。她想象着亚当在里约热内卢的海滩上，被半裸的女孩们包围着；或是在墨西哥城的高级顶层公寓里，与一个深色眼珠的性感美女共饮玛格丽塔酒；又或是在瑞士山上的小木屋里向人示爱……快停下！詹妮弗告诉自己。她应该问问他要去的地方是哪里。这可能只是一次商务旅行，去的地方很没意思，也没时间和女人搞在一起，也许他要待在沙漠中央每天工作二十四小时。

她确实该引入这个话题了——当然，语气必须非常随意。"你要坐长途飞机吗？你会说外语吗？如果你是去巴黎，给我捎一些马鞭草茶回来。出境前打疫苗一定很疼吧。你妻子会和你同去吗？"我是疯了吗？她心想。

肯来到她的办公室好一会儿了，他盯着她说："你怎么自言自语的，你还好吧？"

不好！詹妮弗想大声喊出来："我需要看医生。我需要洗个冷水澡。我需要亚当·华纳！"

然而，她说的是："我很好，只是有点累。"

"今晚早点睡吧。"

她想知道亚当是否会早睡。

瑞安神父打来了电话。"我去看望了康妮·加勒特。她告诉我，你去过好几次。"

"是的。"这些拜访是为了减轻她内心的内疚感，因为她一点忙都帮不上。这事简直太让人沮丧了。

詹妮弗一头扎进了工作中，但这几周对她来说还是过得很慢。她几乎每天都在上法庭，晚上则看案情摘要。

"慢点，你这样下去会英年早逝的。"肯好言相劝。

可是，詹妮弗偏偏就是要把自己弄得身心俱疲，她可不想让自己有时间去胡思乱想。我是个傻瓜，一个不折不扣的傻瓜，她心想。

四周后亚当才打电话过来。

"我刚回来。"他说。他的声音让她高兴坏了。"我们找个地方一起吃午饭吧？"

"好的。我很乐意，亚当。"她觉得自己做得挺好，没有过度暴露需求，只是简单回复了对方。

"广场酒店里的橡木房餐厅？"

"好的。"

这是世界上最商业化、最不浪漫的餐厅，里面坐满了富裕的投机者、商人、股票经纪人和银行家。长期以来，它一直是为数不多的仅对男性开放的私密场所，直到最近才向女性敞开大门。

詹妮弗提前到了，便先入座。几分钟后，亚当出现了。詹妮弗望着这个颀长的身影向她走来，突然觉得口干舌燥。他好像晒黑了，这让詹妮弗不禁怀疑，她的那些关于他在海滩上被美女包围的臆想可能是真的。他冲着她微微一笑,牵起了她的手。就在那一刻,詹妮弗知道,她用什么逻辑来看待亚当·华纳或者说已婚男人并不重要。因为她根本无法控制自己。就好像有人在指导她,告诉她应该做什么事情,又告诉她必须做什么事情。

她无法解释自己身上到底发生了什么,因为她从未经历过类似的事情。就称它为化学反应,就称它为业力或者天堂吧,她心想。詹妮弗现在只知道一件事情,那就是她想投入亚当·华纳的怀抱,她此生从未有过如此强烈的渴望。

看着他,她想象着他向自己示爱,拥她入怀,两人双双躺倒在床上……她感觉到自己的脸颊正在变红。

亚当自我检讨说:"很抱歉,这么突然地约你出来。一位客户临时取消了午餐会面。"

詹妮弗暗自祝福这位客户。

"我给你带了礼物。"亚当说。是一条漂亮的绿金双色丝巾。"在米兰买的。"

所以,那就是他出差的地方。意大利女孩。"太美了,亚当。谢谢你。"

"你去过米兰吗?"

"没有。我看过米兰大教堂的照片。很漂亮。"

"我不太喜欢看风景。我想,只要看过一座教堂,就等于看过了所有的教堂。"

事后,詹妮弗回想那顿午餐,她试着记起他们聊了哪些内容,吃过哪些食物,有哪些人路过并向亚当打了招呼,但她能想起来的只有亚当离她有多么近,以及被他碰触的感觉和他当时的表情。就好像他对她施了什么咒语,把她迷得神魂颠倒,无法自拔。

詹妮弗一度在想:"我知道该怎么做。我该先与他发生肉体上的关系,就一次。它肯定不如我幻想的那样美妙,这样我自然就对他失去兴趣了。"

当他们的手在无意中相互触碰时,那感觉就像是两人之间产生了一个电荷。他们坐在那儿,无所不谈,但又好像什么都没说,他们的对话毫无意义。他们人虽隔桌对坐,但在无形的思绪里,他们紧紧拥抱,相互爱抚,全然赤裸,迷失在激情之中。

他们对吃了什么或是说了什么全然不知。他们有一种前所未有的、极为迫切的饥饿感，这种饥饿感不断高涨，直到两人都再也无法忍受了。

午餐进行到一半，亚当把手置于詹妮弗的手上，哑着嗓子说："詹妮弗……"

她低声说："好，我们走吧。"

詹妮弗在拥挤繁忙的大厅里等候，亚当则在前台登记。他们的房间位于广场酒店较旧的一个区域，能够俯瞰五十八号街。他们乘的是后排电梯，詹妮弗觉得电梯上升得很慢，迟迟到不了他们要去的那一层。

詹妮弗不大记得午餐时发生的事了，却清楚记得他们房间里的一切。多年后，她还能回想起窗外的景色，窗帘和地毯的颜色，以及每一幅画和每一件家具的模样。她还能记得从大街上传来的隐隐约约的城市的喧闹声。

那天下午的景象将伴随她度过余生。它好似一场缓慢发生的爆炸，神奇，五彩缤纷，充满欢笑与激情。亚当褪去她的衣服，他那壮实且毫无赘肉的身体在欢愉中尽显不羁与温柔。饥饿感演变为贪婪，他们唯一能做的就是满足这种贪婪。在亚当开始示爱的那一刻，詹妮弗脑海中闪过的一句话是："我已迷失了自我。"

他们就这样恣意地沉浸在激情带来的狂喜之中。

几个小时后，他们静静地躺在床上，亚当说："我好像有生以来第一次觉得自己是活着的。"

詹妮弗轻轻地抚摸着他的胸膛，大声笑了出来。

亚当疑惑地看着她。"什么事这么好笑？"

"你知道我之前是怎么想的吗？我想，我只需与你发生一次肉体上的关系，就可以对你断了念想。"

他转过身来，低头看着她。"然后呢？"

"然后我发现我错了。我觉得你是我的一部分。至少……"她犹豫了一下，"你的一部分是属于我的。"

他知道她在想什么。

"我们会想出办法来的，"亚当说，"玛丽·贝思下周一要和她的姑姑去欧洲，一去就是一个月。"

第14章

詹妮弗和亚当·华纳几乎每晚都待在一起。

他先是在她那不舒服的小公寓里住了一个晚上，然后第二天一早便宣布："我们要休假一天，去为你找个像样的地方住。"

他们一起去挑选公寓。当天下午近傍晚的时候，詹妮弗租下了萨顿广场附近名为贝尔蒙特大厦的新高层建筑的一套房子。然而，大楼前面的牌子上明明白白地写着"售出"。

"我们干吗还要进去？"詹妮弗问。

"你待会儿就明白了。"

这是一套漂亮的五居室复式公寓，装修精美，是詹妮弗见过的最豪华的公寓。楼上有一间带浴室的主卧，楼下则是一间带独立卫浴的客卧和客厅，在客厅可以欣赏到窗外伊斯特河与纽约市的美丽景色。公寓还配有一个大阳台、一间厨房和一间餐厅。

"喜欢吗？"亚当问。

"何止喜欢，我可太爱了，"詹妮弗惊呼道，"但有两个问题，亲爱的。首先，我不可能买得起。其次，即使我买得起，它也已经被别人抢先买走了。"

"这是我们事务所买下的。我们将它租给来访的贵宾。我让他们另找地方住就行了。"

"那租金呢？"

"我会处理好的。我……"

"不行。"

"别傻了，亲爱的。这对我来说没多少钱，而且……"

她摇了摇头。"你不明白，亚当。除了我自己，我拿不出什么东西可以送你。我想把自己当作礼物送给你。"

他把她揽入怀中，詹妮弗则依偎着他说："我知道了……我晚上也工作就行了。"

周六，他们搞了一次大采购。亚当在邦维特·特勒百货公司给詹妮弗买了一件漂亮的丝绸长袍睡衣，詹妮弗则给亚当买了一件滕博-阿瑟衬衫。他们在金贝尔百货店买了一副国际象棋，在亚伯拉罕-施特劳斯百货公司附近的朱尼尔休闲餐厅买了芝士蛋糕。在阿尔特曼餐厅，他们买了一个福特纳姆和玛森公司出产的李子布丁。在双日书店，他们买了书。他们还去逛了盖蒙商店和凯玛士香氛店，在那儿亚当给詹妮弗买了足以用上十年的百花香。最后，他们在离公寓很近的地方吃了晚饭。

晚上下班后，他们就会在公寓里见面，谈论当天的见闻。詹妮弗会下厨做饭，亚当则帮忙摆放餐具。之后，他们就看书、看电视，或是玩金拉米纸牌游戏，要不就下下棋。詹妮弗做的总是亚当最喜欢的菜。

"我脸皮可真厚，"她对他说，"不知道适可而止。"

他紧紧地抱着她。"请不要适可而止。"

在发生关系之前，他们都是光明正大地见面，这让詹妮弗觉得有点怪。而现在他们已是情人关系，却不敢双双出现在公共场合了。所以他们开始去一些不容易碰到朋友的地方，比如去市中心的小型家庭餐厅吃饭，去三号街音乐睦邻学校的小型音乐厅听音乐，去十八号街的欧姆尼剧院俱乐部看新上演的戏。有一次他们在布鲁姆街的蓝洞餐厅吃了晚饭，由于吃得太撑，他们发誓一个月之内都不碰意大利菜了。我们只有不到一个月的时间了，玛丽·贝思十四天后就要回来了，詹妮弗心想。

他们去二分音符爵士俱乐部欣赏了村里的先锋爵士乐，又从各种小型艺术画廊的窗子外面向内窥视展品。

亚当喜欢运动，他常常带着詹妮弗去看纽约尼克斯队的比赛，詹妮弗看得很投入，一直加油呐喊，直到嗓子都喊哑了。

到了周日，他们就懒洋洋地度过，穿着长袍吃早餐，彼此交流在《泰晤士报》上读到的有趣内容，谛听响彻曼哈顿的教堂钟声。每一阵钟声都在向上帝献上不同的祈祷。

詹妮弗朝亚当望去，只见他正在全神贯注地玩填字游戏。她心想，为我祈祷吧。她知道自己的行为是错误的。她知道这段关系不会长久。然而，她从未经历过这样的幸福和喜悦。恋人们生活在一个特殊的世界里，在那儿，每一种感官都得到了加强。詹妮弗觉得，只要现在能快快乐乐地和亚当在一起，无论将来要付出什么样的代价，都是值得的。而且她知道，她欠下的这笔债是注定要偿还的。

时间呈现出不同的维度。之前，詹妮弗以小时为单位计算她的时间，大多数时候都在与客户会面。现在，她的时间是以她能与亚当相处的分钟数来计算的。当他与她待在一起时，她在想他。当他不在她身边时，她仍然在想他。

詹妮弗曾在书刊上读到，有时男人们会在情人的怀抱中突发心脏病，所以她把亚当私人医生的电话号码抄到自己的电话簿上，置于床边。这样一来，如果发生不测，她就可以不动声色地处理好，亚当也就不会感到尴尬。

现在，詹妮弗的内心充满了各种陌生的情感。她以前从未想过自己会是个家庭型的女人，而现在，她想为亚当做所有事情。她想给他做饭，为他打扫卫生，早上给他准备衣服，照顾他的一切。

亚当在公寓里放了一套换洗的衣服，大多数晚上，他都会和詹妮弗在一起。她会躺在他身边，看着他睡着，而且，她会尽量久地保持清醒，因为二人共处的每分每秒都是如此珍贵，她要牢牢地把握住。直到困得再也睁不开眼的时候，詹妮弗才会依偎在亚当的怀里安然入睡。

多年来困扰着詹妮弗的失眠消失了。曾经让她受尽折磨的夜间恶魔也消失了。只要她一蜷缩在亚当的臂弯里，她就会立刻平静下来。

詹妮弗喜欢穿亚当的衬衫在公寓里走来走去，而到了晚上，她还会穿他的睡衣的入睡。如果早上他出门时，她还没起床，那么她就会滚到他睡的那一侧，去感受被窝中他留下的余温。

在詹妮弗看来，所有流行情歌都是为她和亚当写的。她觉得诺埃尔·考沃德①说得很对，受普罗大众喜爱的音乐有着惊人的感染力。

一开始，詹妮弗以为，他们对彼此这种难以抗拒的生理快感会随着时间的推移而减弱，可事实上这种感觉却越来越强烈。

她向亚当吐露了许多自己的秘密，她之前从未把这些事说给别人听。在亚当面前，她不需要伪装。她就是詹妮弗·帕克，即使她把自己的一切都袒露在他面前，他也仍然爱她。这简直就是奇迹。他们还有一个共同之处，那就是欢笑。

仿佛无可救药似的，她对亚当的爱一天天地加深。她希望他们之间所拥有的一切永远不会结束。但她知道这是不可能的。她有生以来第一次变迷信了。亚当喜欢喝肯尼亚咖啡的一种特定口味。詹妮弗每隔几天就会买一些回来。

但她每次只买一小罐。

詹妮弗会在当亚不在她身边时感到担惊受怕。她害怕他会出事，而她就只能在报纸上或是新闻节目中读到或听到这一消息。她从未将这种恐慌告诉亚当。

每当亚当上班要迟到，来不及说再见的时候，他都会在公寓的各个角落给詹妮弗留字条，詹妮弗总会在不经意间发现它们。它们会出现在面包盒、电冰箱，甚至她的鞋子里；这些字条让詹妮弗欣喜若狂，她一张都没舍得扔，而是将它们珍藏起来。

他们在一起的最后时光在一阵模糊不清的欢乐中匆匆流逝。终于，玛丽·贝思计划归来的前一个夜晚到了。詹妮弗和亚当在公寓里吃饭，听音乐，尽情地享受二人世界。詹妮弗整夜未眠，双手搂着亚当，脑海中尽是他们共同拥有的幸福记忆。

---

① 英国演员、剧作家、流行音乐作曲家。——译者注

分别的痛苦暂时还没到来呢。

吃早饭时，亚当说："不管以后发生什么事情，我想让你知道，你是我唯一真正爱过的女人。"

接着，分别的痛苦就来临了。

第15章

詹妮弗的止痛药是工作，她完全沉浸在工作中，让自己没有时间思考。

她已经成了媒体的宠儿，打赢的官司也得到了高度的宣传。来找她的客户已经多到她应付不过来的程度，虽然她的主要兴趣在于刑事案件，但在肯的大力劝说之下，她开始接受一些其他案件。

肯·贝利如今对詹妮弗的重要性可以说是前所未有的。他负责她所承接的案子的调查工作，而且他足智多谋，就像一个军师，所以她得以在某些问题上与他进行探讨，也很重视他的建议。

詹妮弗和肯又换了办公地点，这次是搬到了公园大道上的一套大房子里。詹妮弗聘请了两位年轻律师——丹·马丁和泰德·哈里斯，都来自罗伯特·迪·席尔瓦的工作团队，另外还加聘了两位秘书。

丹·马丁曾效力于西北大学的橄榄球队，有着运动员的外形和学者的头脑。

泰德·哈里斯年轻，身材瘦小，缺乏自信，戴着一副镜片像酒瓶底那么厚的眼镜，是个高智商天才。

马丁和哈里斯负责跑腿，詹妮弗负责出庭。

门上的牌子上写着：詹妮弗·帕克联合律师事务所。

各种大大小小的案件找上门来，大到为大型工业公司面临的污染指控做辩护，小到为被酒馆赶出门时遭受鞭笞的醉汉维权。毫无疑问，这种人是瑞安神父送来的"礼物"。

"他遇上了一点麻烦。"瑞安神父告诉詹妮弗，"他真的是一个体面的顾家男人，但这个可怜的家伙承受着巨大的压力，有时会喝得太多。"

詹妮弗忍不住笑了。在瑞安神父看来，他的教区居民就没有一个是罪人，他们之所以陷入困境，是因为一时大意，而他唯一的心愿就是帮助他们摆脱困境。詹妮弗之所以如此理解神父，一个主要的原因是，她和神父的感受是基本一致的。这些人遇上了困难，却找不到求助的对象，他们既没有钱，也没有力量与既有体制相抗衡。最后，他们都被体制压垮了。

大多数时候，人们是通过破坏正义来"维护"正义。在法庭上，控方律师和辩方律师都不是在寻求正义。他们较量的目的是获胜。

詹妮弗和瑞安神父时不时会聊到康妮·加勒特，但这个话题总是让詹妮弗感到很沮丧。康妮没有获得公正的对待，詹妮弗对此难以释怀。

迈克尔·莫雷蒂在他位于托尼广场住宅后院的办公室里，看着尼克·维托用电子设备来来回回地扫过室内的每一个角落，以排查吉卜赛窃听器。从安插在警察中的线人那里，迈克尔得知，政府并没有批准对他进行电子监控，但偶尔会有一两个对工作过度热情的"热狗"——年轻的侦探——会安装吉卜赛窃听器，也就是非法窃听器，希望借此获取情报。

迈克尔是个小心谨慎的人。他的办公室和住宅每天早晚都会像这样被"清扫"一遍。他知道自己现在是六个不同法律机构的头号目标，但他并不担心。他了解他们的动向，而他们却无从得知他的动向；即使他们知道，他们也无法拿出证据。

有时在深夜，迈克尔会透过餐厅后门的窥视孔，看着联邦调查局探员捡起他的生活垃圾拿回去做分析，并用其他垃圾代替原有的垃圾放在原位，以免露出破绽。

一天晚上，尼克·维托说："天哪，头儿，如果这些蠢货真的搞到什么东西怎么办？"

迈克尔笑了。"我倒希望他们搞到点什么呢。早在他们过来之前，我就把我们的垃圾和隔壁餐厅的垃圾对调了。"

可以肯定，联邦特工们不会碰他的。家族的活动正在扩张，而且迈克尔甚至还有一些尚未透露的计划。唯一的绊脚石是托马斯·科尔法克斯。迈克尔知道他必须摆脱这个老律师。他需要一个有新鲜想法的年轻头脑。他的思绪一次又一次地转向了詹妮弗·帕克。

亚当和詹妮弗每周共进一次午餐，这对他们来说都是一种折磨，因为他们没有时间单独在一起，也不能私下相处。他们每天都通电话，以代号称呼对方。他是亚当斯先生，而她是杰伊夫人。

"我讨厌这样偷偷摸摸的。"亚当说。

"我也是。"一想到会失去他，她就吓坏了。

在法庭上，詹妮弗得以暂时逃脱自己私生活中的痛苦。法庭是一个舞台，在这个舞台上，她与对手中最优秀的人斗智斗勇。法庭是她的学校，而且她学得很好。审判就像比赛，要在严格的特定规则下进行，较优秀的一方将赢得胜利，詹妮弗决心成为较优秀的一方。

詹妮弗的间接盘问越发地像戏剧表演了，因为她在把握速度、节奏和时机等方面都很熟练。她学会了辨认陪审团的领头者，并将注意力集中在他身上，因为她知道，他可以动摇其他人的意见。

一个人脚下的鞋可以反映出他的性格。詹妮弗会挑选穿着舒适鞋子的陪审员，因为这类人的性格可能会偏随和。

她学会了运用策略，即辩护的总体战略布局，也学会了运用战术，即循序渐进地运用计谋。她成了挑选友好陪审员的一个行家。

詹妮弗会花数不清的时间为每一个案件做准备，她时刻以这样一句话为行动准则："大多数案件在审判开始之前就分出了胜负。"她变得精于记忆术，这样就能记住陪审员的名字：史密斯——能使铁砧的肌肉男[1]，海尔姆——驾

---

[1] 史密斯（Smith）在英文中有"铁匠"的意思。——译者注

驶船只的人①，纽曼——新生婴儿②。

法庭通常在下午四点休庭，每次詹妮弗在较晚的时候盘问证人，她都会拖延到四点前几分钟，然后对证人提出一些振聋发聩的问题，这会给陪审团留下强烈的印象，而且这种印象会一直持续到第二天开庭。

詹妮弗学会了阅读肢体语言。如果一个证人说谎的话，他肯定会做出一些暴露心理的举动：抚摸下巴、抿嘴、捂嘴、拉耳垂或整理头发。她已成为洞察这些举动的专家，而且她会毫不犹豫地瞄准对方的这些破绽，然后出击。

詹妮弗发现，在涉及刑事犯罪时，女性身份是一个劣势。她身处一片男人主导的领地。很少有女性刑事律师，而且一些男性律师对她十分不满。有一天，詹妮弗在公文包上发现了一张贴纸，上面写着："女律师最应该出现的地方是电影里。"作为反击，辛西娅在詹妮弗桌上放了一块牌子，上面写着："女人就应该出现在众议院……还有参议院里。"

大多数陪审团一开始都对詹妮弗有偏见，因为她受理的许多案件的当事人都出身低微，而且他们倾向于将她和她的当事人联系起来。人们期望她按照简·爱的样子穿着打扮，她拒不接受，但她确实在穿搭方面十分小心：她不能穿得太讲究，以免引起女陪审员的嫉妒；同时，她也要打扮得足够有女性感，以免让男陪审员以为她是同性恋，从而厌恶她。

曾几何时，詹妮弗会嘲笑这些太在意他人看法的考量。但在法庭上，她发现这些都是严峻的现实。因为她进入了一个男性的领域，所以她必须加倍努力，必须比竞争对手强上一倍。

通过实战学习，詹妮弗还知道，她不仅要为从自己的角度为案子做充足的准备，也要从对手的角度对案子进行详细的思考。她晚上会躺在床上，或者坐在办公室的办公桌前，研究对手的策略。如果她处在对手那一边，她会怎么做？她会使出什么出其不意的手段？她就像一名将军，为双方分别策划了一场

---

① 海尔姆（Helm）在英文中有"舵轮"的意思。——译者注
② Newman是由"new"（新）和"man"（人）两个单词组成。——译者注

极具杀伤力的战斗。

内线电话嗡嗡地传出辛西娅的声音。"有个男人想和你谈谈，但他不愿意透露姓名，也不愿意告诉我他打电话过来的原因。"

要是在六个月前，辛西娅会直接挂断电话，但詹妮弗一直教导她不要把任何人拒之门外。

"把他的电话转过来吧。"詹妮弗说。

过了一会儿，她听到一个男人小心翼翼地问："你是詹妮弗·帕克吗？"

"我是。"

他犹豫了一下。"这通电话安全吗？"

"安全。请问我能为你做些什么？"

"我不需要帮助，是我朋友需要。"

"我明白了。你的朋友遇到了什么问题？"

"这件事必须保密，你能理解吗？"

"我理解。"

辛西娅走进来，把一份邮件递给詹妮弗。"等会儿。"詹妮弗对她比了个口型。

"我朋友的家人把我朋友关到精神病院里了。她是个神志正常的人。这是一场阴谋。政府当局也参与了。"

詹妮弗相当敷衍地听着，一边用肩膀支撑着听筒，一边处理上午的邮件。

这人继续说："她很有钱，她的家人都在图她的钱。"

詹妮弗说："请继续说。"然后继续埋头处理邮件。

"如果他们发现我在帮她，他们可能会把我也关起来。我可能会有危险，帕克小姐。"

詹妮弗断定，这人是个疯子。她说："恐怕我无能为力，我建议你找一位好的心理医生来帮助你的朋友。"

"你不明白。他们都是一伙的。"

"我明白，"詹妮弗安抚他说，"我……"

"你会帮她吗？"

"我帮不上——这么说吧，你把你朋友的姓名和地址告诉我，如果有机会，我会调查一下的。"

对方沉默了很长时间。最后，他开口了："请记得务必保密。"

詹妮弗希望他能挂了电话，第一个预约的客户还在接待室等着见她呢。"我会记得的。"

"库珀。海伦·库珀。她在长岛有个大庄园，但他们把它夺走了。"

詹妮弗听着，在面前的便笺簿上做了记录。"好。你刚才说她现在是在哪家疗养院？"咔嚓一声，电话挂断了。詹妮弗将那张做了记录的纸扔进了废纸篓。

詹妮弗和辛西娅交换眼神。"真是世界之大，无奇不有。"辛西娅说，"马歇尔小姐还在等着见你。"

詹妮弗一周前和洛蕾塔·马歇尔通了电话。马歇尔小姐请詹妮弗作为代理律师，对富有的上流社会名人柯蒂斯·兰德尔三世发起确认他是自己孩子生父的诉讼。

詹妮弗和肯·贝利谈过了。"我们需要有关柯蒂斯·兰德尔三世的情报。他住在纽约，但我知道他很多时候还会在棕榈滩出没。我想知道他的背景，以及他是否和一个叫洛蕾塔·马歇尔的女孩同居过。"

詹妮弗把这位女士提供给她的棕榈滩酒店名字告诉了肯。两天后，她收到了肯·贝利的汇报。

"都对得上。他们在棕榈滩、迈阿密和大西洋城的酒店同居过两周。八个月前，洛蕾塔·马歇尔生下了一个女婴。"

詹妮弗往椅背上一靠，若有所思地看着他。"这么看来，我们可以接手这个案子。"

"我不这么认为。"

"有什么问题吗？"

"问题是我们的当事人。她几乎跟谁都有一腿，包括纽约扬基队的队员。"

"你是说，谁都有可能是孩子的父亲？"

"依我看，全世界一半的人都有可能。"

"另外那些人有没有足够的钱来抚养孩子？"

"当然，扬基队队员很有钱，但职业棒球联盟的大金主是柯蒂斯·兰德尔三世。"

他将一长串名单递给她。

洛蕾塔·马歇尔走进了办公室。此前，詹妮弗一直不能确定她是个什么样的人，很可能是一个外表漂亮、头脑简单的妓女。然而，洛蕾塔·马歇尔的实际相貌着实让人大吃一惊。她不仅长得不漂亮，而且几乎可以说有点难看，身材也很普通。从她征服的男人数量来看，詹妮弗猜她是个性感迷人的美女，而她实际上却是个朴素的小学老师，穿着格纹羊毛裙、纽扣领衬衫、深蓝色开衫和朴素舒适的鞋。

起初，詹妮弗以为洛蕾塔·马歇尔是想利用她来迫使柯蒂斯·兰德尔承担孩子的抚养费——即使他并不是孩子真正的父亲。但是，在与这个女人交谈了一个小时后，詹妮弗改变了看法，洛蕾塔·马歇尔这个人非常耿直。

"当然，我没有证据证明柯蒂斯是梅兰妮的父亲，"她害羞地笑了笑，"我并非只和柯蒂斯一个男人发生过关系。"

"那是什么让你认为他是孩子父亲的呢，马歇尔小姐？"

"我不是认为，而是十分确定。这很难解释，可我甚至知道梅兰妮是在哪一天晚上被怀上的。有时候，女人能够感知这类事情。"

詹妮弗打量着她，试着找到欺诈行骗的迹象，但没找到，这个女人完全没有伪装。詹妮弗心想，也许这正是她对男人们的吸引力之一。

"你爱柯蒂斯·兰德尔吗？"

"哦，我爱他。柯蒂斯也说过他爱我。当然，在发生了这么多事之后，我不确定他现在是否还爱我。"

詹妮弗不解地想，如果你爱他，你怎么还能和这么多别的男人交往呢？答案可能就在那张悲哀、朴实的脸以及普通的身材上。

"你能帮我吗，帕克小姐？"

詹妮弗谨慎地说："确认生父的案件向来很棘手。我有一份名单，上面列出了你过去一年交往过的十几个男人的名字，而实际人数可能更多。既然我能拿到这样一份名单，那么，可以肯定柯蒂斯·兰德尔的律师也会拿到一份。"

洛蕾塔·马歇尔皱了皱眉。"那血液样本呢，或者类似的东西……"

"血液检测只能证明一个人不可能是某个孩子的父亲，但不能证明他一定是这个孩子的父亲。在法律上，血液检测不是决定性证据。"

"我自己过得怎样都无所谓，我想保护的是梅兰妮。柯蒂斯给他的女儿应有的照顾是理所应当的事情。"

詹妮弗斟酌着她的决定。她已经对洛蕾塔·马歇尔实话实说了，确认生父案件很棘手，仿佛一地鸡毛，双方还会闹得很不愉快。辩方的律师一定会在这个女人出庭的时候对她的行为大做文章。他们会一一列举她的姘头们的名字，一边列举，一边把她的形象塑造成一个荡妇。

这不是詹妮弗想要卷入的案件。然而，另一方面，她相信洛蕾塔·马歇尔。这不是那种常见的拜金女敲诈前任的案件。这个女人确信柯蒂斯·兰德尔是她孩子的父亲。詹妮弗做出了决定。

"好吧，"她说，"我们试试看。"

詹妮弗约见了柯蒂斯·兰德尔的代理律师罗杰·戴维斯。戴维斯是华尔街一家大型律师事务所的合伙人，他那间宽敞的办公室表明了他在事务所的重要地位。他看起来傲慢又自大，詹妮弗从看到他的第一眼起就很不喜欢他。

"我能为你做些什么？"罗杰·戴维斯问道。

"正如我在电话中说明过的，我是代表洛蕾塔·马歇尔到这儿来的。"

他看着她，不耐烦地说："所以呢？"

"她请我作为辩护律师，对柯蒂斯·兰德尔三世先生提起确认生父的诉讼。我不想这么做。"

"如果你真提了，你就是个十足的大傻瓜。"

詹妮弗维持住了表面的平和。"我们可不想让你的客户因为官司缠身而名誉受损。我相信你知道，这种案件总是难以收场。因此，我们准备接受合理的庭外和解。"

罗杰·戴维斯冲着詹妮弗冷笑一声。"你们当然接受了。因为你们根本就不占理。一点支持你们的证据都没有。"

"我认为有。"

"帕克小姐，我没时间跟你好好说话了。你的当事人是个荡妇。她恨不得和所有会动的东西交配。我有一张她的姘头们的名单，那名单比我的胳膊还长。你以为我的当事人会名誉受损？你的当事人会身败名裂还差不多。她是个老师，没错吧？很好，等我处置完她这档事之后，她此生就再也别想在任何地方教书了。再告诉你一些其他的事。兰德尔本人也确信，他就是那个孩子的父亲。但即使花上一百万年，你也无法证明这一点。"

詹妮弗靠在椅背上，面无表情地听着。

"我们的立场是，整个第三军团中的人都可能是你当事人的孩子的生父。你想和我们做交易？好吧。我会告诉你我们的条件。我们会给你的当事人买避孕药，这样就不会再发生此类事情了。"

詹妮弗站起身来，脸颊火辣辣的。"戴维斯先生，"她说，"你刚才那段小小的演讲会让你的当事人损失五十万美元。"

然后，詹妮弗走了出去。

肯·贝利和三名助手找不出柯蒂斯·兰德尔三世的任何污点，他是个鳏夫，是社交界的宠儿，而且他的私生活并不混乱。

肯·贝利抱怨道："这个狗杂种简直是清教徒转世。"

案子开庭前夜，他们于午夜时分坐在会议室里。"詹妮弗，我已经和戴维斯事务所的一个律师谈过了。他们要让我们的当事人身败名裂。这可不是说来吓唬人的。"

"你为什么要为这个女孩如此拼命？"丹·马丁问。

"我不想对她的私生活品头论足，丹。她相信柯蒂斯·兰德尔是她孩子的父亲。我的意思是，她真的相信这一点。她要钱只是为了她的女儿，而不是为了自己。我认为这值得她到法庭上去争取。"

"我们不是在为她考虑，"肯回复说，"我们是在为你考虑。你现在势头正盛，每个人都在关注你。我认为这是一个没有胜算的案子。它将是你人生中的一个污点。"

"我们都回去睡会儿吧。"詹妮弗说,"法庭见。"

庭审的走向比肯·贝利预测的还要糟糕。詹妮弗让洛蕾塔·马歇尔把她的孩子带进法庭,但现在她觉得自己犯了一个战术上的错误。

罗杰·戴维斯带着一个又一个证人出庭作证,迫使他们每个人都承认和洛蕾塔·马歇尔发生过关系。而与此同时,詹妮弗只能坐在一旁,束手无策。她没敢对他们进行交叉盘问。他们都是受害者,是在法庭的强制要求下在众目睽睽下作证。在当事人受到诋毁的时候,她只能旁观。她看着一众陪审员的脸,从中读到了渐渐增强的敌意。罗杰·戴维斯这么精明的一个人,根本不用费心去证明洛蕾塔·马歇尔的荡妇形象,他根本没必要这么做,证人席上的人已经帮他做到了。

詹妮弗请来了自己的人格证人,证明洛蕾塔·马歇尔出色地履行了她作为老师的天职,证明她定时参加教堂集会,是一位好母亲;但是,对比洛蕾塔·马歇尔那骇人的姘头数量,这一切并不能给人留下什么印象。詹妮弗原本希望通过描绘洛蕾塔·马歇尔的困境——她被一个始乱终弃的花花公子背叛,然后在怀孕后惨遭抛弃——来博得陪审团的同情,但庭审并没有按照詹妮弗的这一预期发展。

柯蒂斯·兰德尔三世坐在被告席上。如果有星探看到他,肯定会请他去拍戏的。他年近五十岁,外表优雅,有着醒目的灰色头发和晒黑了的周正五官。他出身上流社会,是所有合法合规的俱乐部的会员,既富有又成功。詹妮弗能感觉到,女陪审员们都想将他据为己有。

詹妮弗心想:当然了,她们认为她们才配得上这位白马王子,而不是那个坐在法庭上怀里抱着一个十个月大婴儿的荡妇,她们肯定在想,天知道他看上她哪一点了。

不幸的是,洛蕾塔·马歇尔的孩子长得一点也不像父亲,也不像母亲,活像一个不相干的人的孩子。

罗杰·戴维斯仿佛能窥见詹妮弗的想法似的,他对陪审团说:"女士们,先生们,那位母亲和孩子,她们就坐在那里。啊!但那是谁的孩子呢?你们都见过被告了。我不相信法庭上有人能指出被告和这个婴儿之间有半点相像之处。如果我的当事人是这个孩子的父亲，那么他们肯定会有某些地方相像的，比如眼睛、鼻子、下巴……

"这相像之处在哪里？不存在，原因很简单，被告不是这个孩子的父亲。不，恐怕我们在此看到的，是以下情况的一个典型例子：一个放荡的女人不小心怀孕了，然后她环顾四周，想从她的姘头们中挑一个最富有的当她的提款机。"

接着，他的声音柔和了一些。"现在，我们在此并不是为了评判她。洛蕾塔·马歇尔在个人私生活方面做何选择是她的自由。好吧，她是一名老师，能够影响幼儿的思想，但这也不在我的评判范围内。我来这里不是为了道德说教，我只是为了维护一个无辜男人的利益。"

詹妮弗仔细观察了陪审团，她有一种沮丧的感觉，他们每个人都站在柯蒂斯·兰德尔那一边。然而，詹妮弗仍然相信洛蕾塔·马歇尔。要是这个孩子长得像爸爸就好了！罗杰·戴维斯是对的。他们之间完全没有相像之处，而且他已经确保陪审团意识到了这一点。

詹妮弗将柯蒂斯·兰德尔叫上前接受盘问。她知道，这是她挽回败局的最后机会。她审视了这个坐在证人席上的男人好一会儿。

"兰德尔先生，你结过婚吗？"

"结过。我妻子死于一场火灾。"陪审团不由得对他产生了同情。

该死！詹妮弗赶紧快进到下一个问题。"你从未再婚？"

"没有，我非常爱我的妻子，我……"

"你和你的妻子育有孩子吗？"

"没有。很不幸，她不能生育。"

詹妮弗用手势示意他看向那个婴儿。"那么梅兰妮是你唯一的……"

"反对！"

"反对有效。原告律师，这种错误请不要明知故犯。"

"很抱歉，法官大人，我是无意中脱口而出的。"詹妮弗转身对柯蒂斯·兰德尔说："你喜欢孩子吗？"

"是的，非常喜欢。"

"兰德尔先生，你是自己公司的董事会主席，对吗？"

"是的。"

"你难道不希望有个儿子当你的继承人吗？"

"我想，这是每个男人都想要的。"

"所以，如果梅兰妮生下来的是个男孩，而不是……"

"反对！"

"反对有效。"法官转向詹妮弗，"帕克小姐，我再次要求你停止这种错误的提问。"

"对不起，法官大人。"詹妮弗回头对柯蒂斯·兰德尔说："兰德尔先生，你有没有搭讪陌生女人，然后带她们去酒店的习惯？"

柯蒂斯·兰德尔紧张地用舌头舔了一遍下嘴唇。"不，我没有。"

"你第一次见到洛蕾塔·马歇尔是在一个酒吧，再然后你就带她去了酒店，这不是事实吗？"

他又在舔嘴唇了。"是的，女士，但那只是出于肉体上的欲望。"

詹妮弗盯着他。"听你的语气，好像你觉得这是一种肮脏的交易。"

"不是的，女士。"他的舌头飞快地弹出，收回。

詹妮弗被这一情景惊住了。她盯着他用舌头舔着他的嘴唇。突然间，她觉得自己有希望了，而且越来越强烈。她知道自己该做些什么了，她必须继续给他压力。然而，她又不能把他逼得太紧，以免陪审团对她产生敌意。

"你在酒吧里勾搭过多少女人？"

罗杰·戴维斯站了起来。"这与本案无关，法官大人。我反对这种提问方式。本案涉及的唯一女性是洛蕾塔·马歇尔。我们已经明确地知道，被告与她曾发生过性关系。除此之外，被告的个人生活与本案无关。"

"不，法官大人。如果被告是那种……"

"反对有效。请停止提出此类问题，帕克小姐。"

詹妮弗耸了耸肩。"好的，法官大人。"她转身对柯蒂斯·兰德尔说："让我们回顾一下你在酒吧搭讪洛蕾塔·马歇尔那晚的情景。那是个什么类型的酒吧？"

"我……我是真不知道。我以前从未去过那里。"

"那是个专为单身男女开设的酒吧，不是吗？"

"我不知道。"

"好吧，让我来告诉你，'花花围栏'在过去和现在都是一个单身酒吧，是一个尽人皆知的艳遇场所，男人和女人们到那儿去都是为了寻找艳遇对象。兰德尔先生，这不就是你去那儿的目的吗？"

柯蒂斯·兰德尔又开始舔嘴唇。"可能是吧。我不记得了。"

"你不记得了？"詹妮弗的声音里充满了讽刺，"那你还记得你第一次在酒吧里见到洛蕾塔·马歇尔是哪一天吗？"

"不，记不太清楚了。"

"那让我帮你回想一下吧。"

詹妮弗走到原告席前，开始翻阅一些文件。她在一张字条上草草地做了个记录，像是在抄写一个日期，然后把字条交给了肯·贝利。他仔细看了看字条，脸上露出困惑的表情。

詹妮弗向证人席走去。"那天是一月十八日，兰德尔先生。"

詹妮弗用眼角余光看到肯·贝利离开了法庭。

"我想可能是的。正如我刚才所说，我记不太清楚了。"

在接下来的十五分钟里，詹妮弗继续盘问柯蒂斯·兰德尔。由于问得漫无边际，又比较温和，罗杰·戴维斯没有打断，他已经看出詹妮弗没有给陪审团留下任何印象，他们都开始有些意兴阑珊了。

詹妮弗一边把盘问进行下去，一边留意肯·贝利离开的方向。正问到某个问题之时，詹妮弗终于看到肯带着一个小包裹匆匆走进法庭。

詹妮弗转向法官。"法官大人，我可以请求休庭十五分钟吗？"

法官看了看墙上的时钟。"既然快到午餐时间了，就休庭到下午一点半吧。"

下午一点三十分，法庭再次开庭。詹妮弗让洛蕾塔·马歇尔坐到离陪审团席更近的座位上，那个婴儿则坐在她的腿上。

法官说："兰德尔先生，你早上宣的誓仍然有效，不必再次宣誓。请到证人席就座。"

詹妮弗看着柯蒂斯·兰德尔坐到证人席上，走到他面前说道："兰德尔先生，你一共有多少个私生子？"

罗杰·戴维斯倏地站了起来。"反对！这简直不可理喻，法官大人。我不会让我的当事人受到这种羞辱。"

法官说："反对有效。"接着，他转向詹妮弗。"帕克小姐，我警告过你——"

詹妮弗懊悔地说："对不起，法官大人。"

她看向柯蒂斯·兰德尔，发现自己的计谋已经奏效，他正紧张地舔着嘴唇。詹妮弗转向洛蕾塔·马歇尔和她的孩子，那个婴儿也正不停地舔着自己的嘴唇。詹妮弗慢慢走向婴儿，在她面前站了很长一段时间，将陪审员们的注意力集中了过来。

"看看这个孩子。"詹妮弗轻声说道。

陪审员们都盯着小梅兰妮，她正用粉红色的舌头舔着下嘴唇。

詹妮弗转身走回证人席。"再看看这个男人。"

十二双眼睛转而看向柯蒂斯·兰德尔。他紧张地坐在那儿，也正舔着下嘴唇，二者外表的相像之处突然间就这么明白无误地显现出来了。人们瞬间忘记了洛蕾塔·马歇尔的那些妖头，也忘记了柯蒂斯·兰德尔是社交界的宠儿这一事实。

"这是一个有地位和财富的男人，"詹妮弗悲伤地说，"一个人人都敬仰的男人。但我只想问你们一个问题：什么样的男人会不认自己的亲生骨肉？"

陪审团离庭讨论，不到一小时后又回来了，他们给出的裁决是原告胜诉。洛蕾塔·马歇尔将获得二十万美元现金和每月两千美元的儿童抚养费。

判决结果出来时，罗杰·戴维斯大步走向詹妮弗，脸颊因愤怒而发红。"你是不是对那个孩子做了什么？"

"你这话是什么意思？"

罗杰·戴维斯犹豫了一下，他也不是很有把握。"就是舔嘴唇的动作。那就是陪审团支持你的原因，那个孩子为什么会这样舔嘴唇，你能解释一下吗？”

“事实上，”詹妮弗充满自信地说，“我可以解释，那叫作遗传。”接着，她便扬长而去。

詹妮弗和肯·贝利在回事务所的路上将一瓶玉米糖浆处理掉了。

第16章

亚当·华纳几乎从一开始就知道，他与玛丽·贝思的婚姻是一个错误。他当时过于冲动，过于理想主义，想要保护一个年轻女孩，只因她在面对这个世界时显得如此脆弱与不知所措。

如果能够不伤害玛丽·贝思，亚当愿意付出一切，但他深深地爱上了詹妮弗。他需要找个人倾诉，于是想到了斯图尔特·尼达姆。斯图尔特共情能力一直很强，他会理解自己的立场的，亚当心想。

会面结果与亚当想象的完全是两回事。当亚当走进斯图尔特·尼达姆的办公室时，尼达姆说："你来得正好。我刚刚和选举委员会通了电话。他们正式要求你竞选联邦参议员。你将得到全党的支持。"

"我……这真是太好了。"亚当说。

"我们有很多事情要做，孩子。我们必须开始组织谋划了。我将成立一个筹款委员会。我认为我们应该从这里开始……"

在接下来的两个小时里，他们讨论的都是竞选计划。

待讨论结束后，亚当说："斯图尔特，我想和你谈谈一些私人问题。"

"恐怕我见客户要迟到了，亚当。"

亚当突然有一种感觉，斯图尔特·尼达姆早就知道他在想什么。

亚当和詹妮弗约好在西城的一家乳制品餐厅共进午餐。她在餐厅深处的一个隔间里等着他。

亚当精神抖擞地走了进来，詹妮弗从他的表情猜出一定是有好事发生了。

"我个消息要告诉你，"亚当对她说，"我被正式举荐去参加联邦参议员竞选了。"

"噢，亚当！"詹妮弗突然兴奋起来，"这真是太棒了！你会成为一个出色的参议员的！"

"竞争会很激烈。在纽约州想胜出可不容易。"

"没关系，你一定会所向披靡。"詹妮弗对此非常有把握。亚当机智勇敢，愿意为自己的信仰而战，就像他曾经为她挺身而出一样。

詹妮弗牵起他的手，热切地说："亲爱的，我很是为你感到骄傲。"

"别太激动了，我还没当选呢。你知道，煮熟的鸭子也可能会飞走的。"

"这并不影响我为你感到骄傲。我真的很爱你，亚当。"

"我也爱你。"

亚当想过将他差点和斯图尔特·尼达姆倾诉却没倾诉成的事告诉詹妮弗，不过他最终还是决定算了，等把事情理清楚的时候再说吧。

"你什么时候开始竞选？"

"他们希望我马上对外界宣布参选。我会得到全党的一致支持。"

"那也太棒了！"

有一种不太美妙的东西牵动着詹妮弗的心。她当下说不出口，但她知道，她迟早要面对它。她希望亚当获胜，但参议院选举将是悬在她头上的达摩克利斯之剑。如果亚当获胜了，詹妮弗就会失去他。亚当是被委员会提名参选的，他的生活不允许有任何丑闻。他是一个已婚男人，如果被人知道他有情人，那么他的政治生涯将会被断送。

那天晚上，自打爱上亚当以来，詹妮弗第一次失眠了。她一直醒着，与夜间的恶魔战斗，直到黎明。

辛西娅说："有你的电话，又是那个火星人打来的。"

詹妮弗茫然地看着她。

"你知道的，就是那个讲精神病院故事的人。"

詹妮弗已经彻底忘掉那个男人了，他显然是一个需要接受精神治疗的人。

"你告诉他……"她叹了口气，"没事了，我自己告诉他吧。"

她拿起了电话。"我是詹妮弗·帕克。"

那个熟悉的声音说："你去调查过我告诉你的信息了吗？"

"还没有机会呢。"她记得她把自己做的记录扔掉了，"我愿意帮你。你能告诉我你的名字吗？"

"不行，"他低声说道，"我也是他们的目标。你只管去查查看吧。海伦·库珀。长岛。"

"我可以推荐一位医生……"这时电话挂断了。

詹妮弗呆坐着，思考了好一会儿，然后把肯·贝利叫进了办公室。

"怎么了，头儿？"

"我想……没什么。我接到了一个不愿透露姓名的怪人打来的几个电话，想请你看看能不能打听到一个叫海伦·库珀的女人的信息。她应该是在长岛有一个大庄园。"

"她现在在哪儿？"

"要么是在某个精神病院里，要么就是在火星上。"

两个小时后，肯·贝利走进来，对詹妮弗说："你的火星人已经登陆地球了。有个叫海伦·库珀的被关在威斯彻斯特的希斯精神病院。"

"你确定吗？"

肯·贝利看起来很受打击。

"我不是那个意思。"詹妮弗说。肯是她认识的最优秀的调查员。对于不确定的事情，他绝不会乱说，而且他从不把事实弄混。

"我们为什么要关注这位女士？"肯问道。

"有人认为她是受迫害进精神病院的。我想让你查查她的背景。我需要知道她的家庭情况。"

第二天一早，这些信息出现在了詹妮弗的办公桌上。海伦·库珀是一个孀居贵妇，她已故的丈夫将四百万美元遗产留给了她。她的女儿嫁给了他们家大房子的管家。接着，结婚六个月后，新娘和新郎找上了法庭，要求法官宣布他们的母亲不具备民事行为能力，将房产交由他们管理。他们找来了三个精神科医生出庭作证，证明海伦·库珀已无民事行为能力。最终，法庭做出了将她送进精神病院的裁决。

詹妮弗看完调查报告，抬头看着肯·贝利。"整件事听起来有点可疑，不是吗？"

"有点可疑？这是可疑到家了。你打算怎么办？"

这可就难办了。詹妮弗找不到当事人。如果库珀夫人的家人将她关了起来，那他们肯定不欢迎詹妮弗出手干涉。同时，这位女士已被认定为精神失常者，她也就没有能力雇詹妮弗做她的律师。

这个问题虽然困难，却引起了詹妮弗的兴趣。有一件事她是可以肯定的：不管有没有当事人，有人被强行送进精神病院，她绝对不会袖手旁观。

"我要去拜访库珀夫人。"詹妮弗在心里做出了决定。

希斯精神病院位于威斯彻斯特的一片茂密的树林之中，四周都围着栅栏，只能从设有门卫的大门出入。詹妮弗不想让那家人发现她的企图，所以她四处打电话打听，终于找到一个跟精神病院有来往的熟人，这人安排她来到这里看望库珀夫人。

精神病院的负责人富兰克林夫人是个表情严肃、不苟言笑的女人，她让詹妮弗想起了《丽贝卡》一书中的丹弗斯太太。

"严格说来，"富兰克林夫人颇有怨言地说，"我不该让你和库珀夫人交谈。不过，我们会把它当作一次非正式的造访，不将它记录在案。"

"谢谢。"

"我让人带她进来。"

海伦·库珀年近六旬，苗条迷人，一双蓝眼睛炯炯有神，里头闪烁着智慧的光芒。她的言行举止十分优雅大方，就好像她是在自己家里接待詹妮弗一样。

"你人真好，还特意过来看我，"库珀夫人说，"但我不太明白你为什么要到这儿来。"

"我是一名律师，库珀夫人。有人打了两次匿名电话给我，告诉我你在这

143

儿，他还说你不该被关在这里。"

库珀夫人温和地笑了笑。"那一定是艾伯特。"

"艾伯特?"

"他给我当了二十五年的管家。可是，我女儿多萝西结婚时，她把他解雇了。"她叹了口气，"可怜的艾伯特。他其实属于过去，属于另一个世界。我想，从某种意义上说，我也是。你很年轻，亲爱的，所以也许你没有意识到世道发生了多大的变化。你知道今天这个世界缺少什么吗? 仁爱。我担心，它已经被贪婪取代了。"

詹妮弗轻声问道: "你的女儿?"

库珀夫人的眼神中满是悲哀。"我不怪多萝西。这一切都是因她的丈夫而起。他并不是很招人喜欢的人，至少在道德方面不是。我女儿在外形方面不是很有魅力。赫伯特是为了钱才和多萝西结婚的，但他发现，所有遗产都掌握在我手中。他为此很不乐意。"

"他当着你的面说过他的不满吗?"

"嗯，是的。我的女婿对此毫不掩饰。他以为我当时就会把遗产交给女儿，而不是等到去世后再交。我本来也想这么做，但我就是不信任他。我知道如果让他拿到所有的钱，后果将不堪设想。"

"库珀夫人，你有精神病史吗?"

海伦·库珀看着詹妮弗，苦笑道: "据医生们说，我患有精神分裂症和妄想症。"

詹妮弗有一种感觉，在她这辈子交谈过的人之中，库珀夫人是神智最清醒的一个。

"你知道有三个医生作证，说你不具民事行为能力吗?"

"库珀庄园价值四百万美元，帕克小姐。你可以用这笔钱对很多医生施加影响。我担心你是在浪费时间。我女婿现在控制着那个庄园。他绝不可能让我离开这里。"

"我想见见你的女婿。"

广场塔楼位于东七十二号街，所在地段是纽约最美丽的住宅区之一。海伦·库珀的私人顶层公寓就在大厦里。如今，公寓门上的铭牌上写的却是"赫伯特·霍桑夫妇"。

詹妮弗事先给库珀夫人的女儿多萝西打了电话。当她到达时，多萝西与其丈夫都在等她。海伦·库珀对女儿的评价很中肯。她没有迷人的外表，身材干瘪，看起来羞怯胆小，缺乏主见，下巴短而后缩，右眼还有斜视的毛病。她丈夫赫伯特看起来就像和阿尔奇·邦克①是一个模子里刻出来的，至少要比多萝西大二十岁。

"进来吧。"他咕哝道。他领着詹妮弗从接待厅走进一个巨大的起居室，墙上挂满了法国和荷兰绘画大师的画作。

霍桑直截了当地对詹妮弗说："现在请告诉我，你到底有什么事？"

詹妮弗转身对多萝西说："是关于你妈妈的事情。"

"她怎么了？"

"她是从什么时候开始出现精神错乱的症状的？"

"她……"

赫伯特·霍桑打断了她的话。"就在多萝西和我结婚之后。那老太婆容不下我。"

这不正是她没疯的证明嘛，詹妮弗心想。

"我看了医生出具的报告，"詹妮弗说，"那些报告似乎并不公正。"

"不公正？你什么意思？"他的语气显得咄咄逼人。

"我的意思是，那些报告很模糊，无法用于界定一个人神志是否清醒。他们得出这样的结论，很大程度上是受你们夫妇一面之词的影响。"

"你想说什么？"

"我的意思是，你们的证据并不充分。如果再找三个医生，可能会得出完全不同的结论。"

"嘿，听着，"赫伯特·霍桑说，"我不知道你葫芦里卖的是什么药，但是，那老太婆确实是个疯子。这是医生亲口说的，法庭也认可。"

---

① 美国电视剧《全家福》中的人物，是一个持保守观点、满脑子陈规陋习的一家之主。——译者注

"我看了庭审记录，"詹妮弗回答，"法院还建议定期检查她的情况。"

赫伯特·霍桑满脸惊恐。"你是说，他们可能会放她出去？"

"他们会让她出去的，"詹妮弗不容置疑地说，"我会确保这件事发生。"

"等等！这到底是怎么回事？"

"我就是想把这件事查个水落石出。"詹妮弗转向多萝西，"我查了你母亲以前的病史。无论是在精神上还是情感上，她都没有任何创伤。她……"

赫伯特·霍桑再次插话："这并不能说明什么！精神病发病很快的，她……"

"此外，"詹妮弗继续对多萝西说，"我还调查了在你们把她关起来之前她的社交活动。她过着完全正常的生活。"

"我不管你或是其他人怎么说，她就是疯了！"赫伯特·霍桑喊道。

詹妮弗转身打量了他一会儿。"你有没有向库珀夫人要过遗产？"

"这不关你的事！"

"这事我管定了。今天就先这样吧。"詹妮弗朝门口走去。

赫伯特·霍桑跑到她前面，挡住了她的去路。"等一下。你这是在多管闲事。你是想得到一些好处，对吧？好吧，我明白，亲爱的。我有个提议。我现在给你一张一千美元的支票，就当是你的服务费，以后你别再过问这件事了，怎么样？"

"对不起，"詹妮弗答道，"没商量。"

"你是觉得老太婆会给你更多吗？"

"不，"詹妮弗说着，直视他的双眼，"我们两人之间只有一个是为了钱。"

听证会，精神科医生咨询，以及与州内四个不同机构会晤花了六周时间。詹妮弗请来了自己挑选的精神科医师。他们完成各项检查后，詹妮弗把手头所有查清楚的事实都呈给了法庭。法官推翻了先前的裁决。海伦·库珀得以从精神病院出来，收回了她对庄园的控制权。

从医院出来的那天早上，库珀夫人给詹妮弗打了电话。

"我想请你去二十一餐厅吃午饭。"

詹妮弗看了看她的日程表，上午被安排得满满当当，午餐也有约了，下午还要在法庭上忙碌，但她知道这件事对这位长辈来说有多重要。"好的，那就在那儿见。"詹妮弗说。

海伦·库珀的声音听起来很愉快。"我们要小小地庆祝一番。"

午饭吃得很愉快。库珀夫人的招待很是体贴周到，而且二十一餐厅的人显然都和她很熟。

杰里·伯恩斯将她们带到楼上的一张桌子旁，在那儿，她们周遭都是精致的古董和乔治王时代的银器。同时，食物和服务都是一流的。

海伦·库珀直到喝咖啡的时候才对詹妮弗说："我非常感激你，亲爱的。我不知道你打算收取多少费用，但是，我想给你比那还多的东西。"

"我的律师费已经足够高了。"

库珀太太摇了摇头。"那不打紧。"她朝前靠了靠，握住詹妮弗的手，把声音压低到耳语的程度。

"我要给你整个怀俄明州。"

第17章

《纽约时报》头版并排刊登了两则有趣的报道。其中一则说的是詹妮弗·帕克成功让一名身负弑夫指控的女子被无罪释放，另一则说的是亚当·华纳宣布要竞选联邦参议院议员。

詹妮弗把关于亚当的那篇报道读了一遍又一遍。文章介绍了他的背景，讲述了他在越南战争中担任飞行员，以及因英勇获得杰出飞行十字勋章的经过。高度赞扬是这篇报道的总体基调，文中还引用了不少知名人士的话，说亚当·华纳将会为联邦参议院争光，为国家争光。文末还有一个强烈的暗示：如果亚当竞选成功，那将来他竞选总统就会具备良好的基础。

在新泽西州安东尼奥·格拉内利的庄园里，迈克尔·莫雷蒂和老头子即将吃完早饭。迈克尔正在阅读关于詹妮弗·帕克的报道。

他抬头看着岳父说："托尼，她再一次成功了。"

安东尼奥·格拉内利用勺子舀起一只荷包蛋。"谁再一次成功了？"

"那个律师。詹妮弗·帕克。她生来就是这块料。"

安东尼奥·格拉内利咕哝道："我不喜欢找女律师为我们工作。女人很软弱。你永远无法预见她们将会做出什么事来。"

迈克尔谨慎地说："你说得对，很多女人确实是这样，托尼。"

要是惹怒岳父，那可就得不偿失了。只要安东尼奥·格拉内利还有一口气在，他就是个危险人物；但看他现在的样子，迈克尔知道自己不用等太久了。这老头子曾好几次轻度中风，双手到现在还颤巍巍的，话说不利索，走路需要拄拐杖，皮肤则像干燥、发黄的羊皮纸。他的所有精气神好像都被抽光了。

格拉内利在联邦犯罪榜上排名第一，如今却成了一只没有牙齿的老虎。他的名字令无数黑手党成员闻风丧胆，而这些人的遗孀则对他恨之入骨。现在，很少有人能见到安东尼奥·格拉内利了，他躲在迈克尔、托马斯·科尔法克斯和其他几个亲信身后。

迈克尔目前还没有正式接棒，即被认定为家族的领头人，但这只是时间问题。"三指布朗"卢切斯曾是东部黑手党五大头目中最强大的，后来他让位给安东尼奥·格拉内利，而很快……迈克尔等得起。

当年，在迈克尔还是自命不凡的新人时，他曾站在纽约各大黑手党头目面前，手握一张熊熊燃烧的纸片起誓："如果我泄露了科萨·诺斯特拉①的秘密，我的下场就会和这张纸片一样，被烧成灰烬。"距离那时已经过去很长时间，他也走过了很长很长的一段路。

现在，迈克尔和眼前的老头子坐在同一张桌子上享用早餐，他说："或许，我们可以先利用这个叫帕克的女人做些小事。看看她的表现怎么样。"

格拉内利耸了耸肩。"你可要小心点，迈克。我不想让外人知道我们家族的秘密。"

"我会处理好的。"

迈克尔那天下午就打了电话过去。

当辛西娅告诉詹妮弗迈克尔·莫雷蒂来电时，一连串不愉快的回忆立刻在她的脑海中翻腾起来。詹妮弗实在猜不透迈克尔·莫雷蒂为什么要给她打电话。

出于好奇，她接了电话。"你要干什么？"

她这尖锐带刺的语气吓了迈克尔·莫雷蒂一跳。"我想和你见个面。我觉得我们应该谈一谈。"

"谈什么，莫雷蒂先生？"

"我不想在电话里讨论这件事。我可以告诉你的是，帕克小姐，这件事非

---

① 美国黑手党犯罪集团的秘密代号，意为"咱们的行当"。——译者注

常符合你的利益。"

詹妮弗平静地说："我可以告诉你的是，莫雷蒂先生。我对你所要做的或要说的任何事都没有兴趣。"说完，她砰地撂下了电话听筒。

迈克尔·莫雷蒂坐在办公桌前，看着手中被挂掉的电话，内心一阵激动。这倒不是愤怒，他不确定这种感觉是因何而起，也不确定它到底是好是坏。他一生都在利用女人，他那黝黑的外表和天生的无情使无数女人为他倾倒，对他投怀送抱。

总的来说，迈克尔·莫雷蒂看不起女性。她们太软弱了，没什么气魄。罗莎就是一个例子。迈克尔心想，她就像一只小小的宠物狗，别人让她做什么，她就做什么。她为我守家，为我做饭，我需要她时就去找她，不需要时就让她走开。

迈克尔以前从来没遇到过有气魄的女人，没有哪个女人敢反抗他。然而，詹妮弗·帕克竟然有胆子挂断他的电话。她刚才说了什么？"我对你所要做的或要说的任何事都没有兴趣。"迈克尔·莫雷蒂想了想，不由得笑了。她错了。他要向她证明，她这话简直大错特错。

他挨着椅背，回想着她在法庭上的样子，回想着她的面孔和身段。他开始想象她一丝不挂的样子。他突然很想知道，她有没有可能变身成一只性感小野猫。他拿起电话，拨通了一个号码。

电话那头传来一个女人的声音。他说："你先准备好，我这就过去。"

詹妮弗吃过午饭，正要返回事务所，却在穿过第三大道时差点被一辆卡车撞倒。司机猛踩刹车，卡车的尾部发生侧滑，几乎就轧到她了。

"天哪，我的姑奶奶！"司机喊道，"你为什么不好好看路？！"

詹妮弗没有听进司机的话，只是双眼盯着卡车后面的铭牌，上面写着"全国汽车公司"。她站在那里愣愣地看了很久，直到那辆卡车从视线中消失。随后，她转身匆匆回到事务所。

"肯在吗？"她问辛西娅。

"在的。他在办公室里。"

她走进肯的办公室。"肯，你能帮我查查全国汽车公司吗？我需要一份过去五年他们的卡车牵涉的所有交通事故的清单。"

"这要调查好久。"

"用法律全文数据库。"那是一个全国法律数据库。

"能和我说说这是怎么回事吗？"

"我还不太确定，肯。这只是一个预感。如果得出什么结论，我会告诉你的。"

她忽略了康妮·加勒特一案中的某些东西。康妮这个亲切和善、失去四肢的残疾人注定要以一副怪胎的模样度过余生。肇事司机或许有良好的行驶记录，但是卡车呢？归根到底，总该有人对此负有责任。

第二天一早，肯·贝利将一份报告摆在詹妮弗眼前。"不管你是出于什么目的，从数据来看，你确实中了大奖。在过去五年里，全国汽车公司造成过十五起交通事故，而且，他们生产的一些卡车被召回了。"

兴奋的感觉在詹妮弗心中越堆越高。"问题出在哪里？"

"制动系统中的一个缺陷。卡车的后端在急刹车时会发生摆动。"

是卡车的后端撞上了康妮·加勒特。

詹妮弗马上召集丹·马丁、泰德·哈里斯和肯·贝利开会。詹妮弗宣布："我们要为康妮·加勒特打一场官司。"。

泰德·哈里斯透过酒瓶底一般厚的眼镜望着她。"等一下，詹妮弗，我查过了。她的案子有过上诉失败的记录。根据既判力的规则，我们肯定会碰壁。"

"什么是既判力？"肯·贝利问道。

詹妮弗解释道："相当于刑事案件中的'重复起诉'，只不过它专门用于民事案件。就是说，不能没完没了地上诉。"

泰德·哈里斯补充道："一旦法院对案件的是非曲直做出了最终裁决，就只有在非常特殊的情况下才会再次开庭。我们没有理由要求重新开庭。"

"我们有理由。我们要根据事证开示制度跟他们论争。"

事证开示制度是这样的，有关双方收集到的所有相关事实必须让对方了解，这对规范的诉讼至关重要。

"被告是财力雄厚的全国汽车公司。他们对康妮·加勒特的律师隐瞒了信息。他们的卡车制动系统存在缺陷，这一点他们故意没有放进记录里。"

她看着手下的两位律师说："我认为我们应该这样行动……"

两个小时后，詹妮弗再次坐在康妮·加勒特家的客厅里。

"我想提出开庭重审关于你的案子。我相信我们有正当的理由。"

"不，我不想再经历一次庭审了。"

"康妮……"

"看看我，詹妮弗。我是个四肢残缺的怪物。每次照镜子时，我都想自杀。你知道我为什么不自杀吗？"她声音一沉，近乎耳语地说，"因为我做不到。我做不到！"

詹妮弗坐在一旁，开始动摇。她先前怎能对他人的痛苦如此全然不觉？

"那要不我试试庭外和解？我想，当他们看到证据时，他们会愿意不打官司，直接和解的。"

全国汽车公司的代理律师是马奎尔和格思里，他们的事务所位于第五大道上的一座现代大楼里，大楼由玻璃和铬构成，前方建有不停喷水的喷泉。詹妮弗在前台表明了自己的身份，接待员让她先坐下等候。十五分钟后，詹妮弗被带到了帕特里克·马奎尔的办公室。他是这家事务所的主要合伙人，为人严厉刻薄，有爱尔兰血统，目光敏锐，仿佛什么都逃不过他的眼睛。

他示意詹妮弗坐到一把椅子上。"很高兴见到你，帕克小姐。你在我们当地的名声可是如雷贯耳啊。"

"希望不全是坏名声。"

"他们说你很强势，不过看起来不是那么回事。"

"这样挺好的。"

"来点咖啡？还是爱尔兰威士忌？"

"咖啡，谢谢。"

帕特里克·马奎尔按了一下铃，只见一个秘书端来了两杯放在纯银托盘上的咖啡。

马奎尔说："现在我能为你做些什么？"

"我是为康妮·加勒特的案子而来的。"

"啊，是的。我记得，她败诉了，后来的上诉也败诉了。"

我记得！詹妮弗敢用自己的生命打赌，帕特里克·马奎尔背得出这个案子中的每一个统计数字。

"我想申请一次新的庭审。"

"真的吗？基于什么理由？"马奎尔礼貌地问道。

詹妮弗打开公文包，拿出她准备好的案情摘要，递给了他。

"我要求重审，因为你们没有履行信息披露的义务。"

马奎尔不慌不忙地翻阅文件。"哦，是的，"他说，"刹车的事。"

"你知道这事？"

"当然。"他伸出粗壮的手指轻轻敲了敲手上的文件，"帕克小姐，这不会让你取得任何进展。你需要证明事故中的那辆卡车当时的制动系统有故障。事故发生至今，它可能已经被检修了十几次了，因此根本无法证明它当时的状况。"他把文件推回到她面前，"你没有正当理由。"

詹妮弗喝了一口咖啡。"我所要做的就是证明这些卡车的安全记录有多么糟糕。你的当事人哪怕是只做过一次普通的尽职调查，就能知道他们生产的卡车有缺陷。"

马奎尔用轻松的口吻说："那你有什么提议？"

"我的当事人才二十多岁，她被困在一个房间里，永远出不了门，因为她没有胳膊和腿。我想得到一个和解方案，补偿她所经历的痛苦。"

帕特里克·马奎尔喝了一口咖啡。"你想要什么样的和解方案？"

"两百万美元。"

他笑了。"一个没有正当理由的人竟索要这么大一笔钱。"

"如果我要打这场官司，马奎尔先生，我向你保证，我会有正当理由。而且我会赢得比这还多的赔偿。如果你逼得我们去起诉，我们会提五百万美元的赔偿要求。"

他又笑了。"你可吓死我了。再来杯咖啡吗？"

153

"不了，谢谢。"詹妮弗站了起来。

"等一下！快请坐。我又没说不行。"

"你也没说行。"

"再来点咖啡吧。我们自己煮的。"

詹妮弗想到了亚当和肯尼亚咖啡。

"两百万美元可是一大笔钱，帕克小姐。"

詹妮弗什么也没说。

"现在，如果数目少一点，我或许可以……"他意味深长地挥了挥手。

詹妮弗还是沉默不语。

最后，帕特里克·马奎尔说："你是真的想要两百万美元，对吗？"

"我其实想要五百万美元，马奎尔先生。"

"好吧。我想，也许我们能够安排好。"

这么简单吗？！

"我早上有事要前往伦敦，但下周我会回来的。"

"我想尽快将这件事情收尾。如果你能尽快和你的当事人谈谈，我将不胜感激。我想下周就把支票给我的当事人。"

帕特里克·马奎尔点了点头。"这事我们应该可以办到。"

在回事务所的路上，詹妮弗心里一直不安。这也太轻而易举了。

当天夜里，在回家的路上，詹妮弗在一家药店停了下来。当她走出药店，正要横穿街道时，她看到肯·贝利和一个英俊的金发小伙子走在一起。詹妮弗踟蹰了一下，然后拐进了一条小巷，这样她就不会被发现了。肯的私生活她可没资格过问。

到了约定会面的那一天，詹妮弗接到了帕特里克·马奎尔的秘书打来的电话。

"马奎尔先生让我向你道歉，帕克小姐。他要开一整天的会。明天在你方便的时候，他很乐意与你见面。"

"好吧，"詹妮弗说，"谢谢。"

这个电话在詹妮弗心中敲响了警钟。她的直觉是正确的，帕特里克·马奎尔在耍花招。

"今天打电话找我的，一律让他们等。"她对辛西娅说。

她把自己锁在办公室里，来回踱步，试图想出每一种可能出现的情况。帕特里克·马奎尔先是告诉詹妮弗，她没有正当理由；接着，在几乎没有劝阻詹妮弗的情况下，他就同意向康妮·加勒特支付两百万美元。詹妮弗还记得当时她是多么不安。从那时起，帕特里克·马奎尔就销声匿迹了，先是去了伦敦——是不是真的去了还不一定，然后又要参加一连串的会议，整周都没时间回詹妮弗的电话。而现在，他又要延期。

他为什么这么做？唯一可能的原因是……詹妮弗停止踱步，拿起办公室的内线电话，拨通了丹·马丁的号码。

"丹，查一下康妮·加勒特出车祸那天的日期，好吗？我想知道诉讼时效何时到期。"

二十分钟后，丹·马丁走进詹妮弗的办公室，脸色发白。

"我们搞砸了，"他说，"你的直觉是对的。诉讼时效今天就到期了。"

她突然感到胃里一阵翻江倒海。"有没有可能是弄错了？"

"没有。我很抱歉，詹妮弗。我们中理应有人事先调查的。我……我纯粹是没有想到这一点。"

"我也没想到。"詹妮弗拿起电话拨通了一个号码，"请让帕特里克·马奎尔接电话，我是詹妮弗·帕克。"

经历一段似乎没完没了的等待之后，她终于能够对着电话假装爽朗地寒暄道："你好，马奎尔先生。伦敦怎么样？"听罢对方的回复，她继续说："没有，我从来没有去过伦敦……嗯嗯，总有一天会去……我打电话的原因，"她随口说着，"我刚刚和康妮·加勒特谈过。正如我之前告诉过你的，除非迫于无奈，否则她真的不想出庭。所以，如果我们今天能达成和解……"

帕特里克·马奎尔在电话的另一头哈哈大笑。"你这招不错，但我可不傻，帕克小姐。诉讼时效今天就到期了。谁也别想起诉谁了。如果你愿意的话，我们可以用一顿午饭来和解，到时我们可以谈谈命运女神那代表无常的手指。"

詹妮弗努力不流露出自己的愤怒。"这是很低级的把戏，朋友。"

"这个世界本来就不高级，朋友。"帕特里克·马奎尔笑道。

"为了赢，你可以不择手段，对不对？"

"你很优秀，亲爱的，但我在这一行的资历比你老多了。请转告你的当事人，我祝她下次运气会更好。"

然后，他挂断了电话。

詹妮弗呆坐着，手里还握着电话。她想到康妮·加勒特还坐在家里等她的消息。她的头开始砰砰作痛，额上沁出一层细小的汗珠。她把手伸进抽屉里拿了一片阿司匹林，然后抬头看墙上的时钟。现在是四点钟。他们必须在五点钟之前向高级法院的书记员提交申请。

"你需要多长时间来走完程序？"詹妮弗问一旁的丹·马丁，他和詹妮弗一样非常痛心。

他也看向时钟。"至少三个小时。也许四个小时。我们搞不定了。"

一定还有什么办法，詹妮弗心想。

詹妮弗说："全国汽车公司不是在美国各地都有分公司吗？"

"是的。"

"按照旧金山时间，现在才一点钟。我们就在那儿告他们，随后再要求更改地点。"

丹·马丁摇了摇头。"詹妮弗，所有的文件都在我们这里。如果我们在旧金山找到一家事务所，向他们简要介绍我们所需的东西，他们就要从头起草新的文件，这样一来，他们绝不可能在五点前完成。"

她体内有一股不服输的精神。"夏威夷现在是几点？"

"早上十一点。"

詹妮弗的头痛魔法般地消失了，她兴奋地从椅子上跳了下来。"那就行了！看看全国汽车公司是否有在那儿开展业务。他们肯定会设工厂、销售处、车库……什么都行。如果有，我们就在那儿提交诉状。"

丹·马丁盯着她看了一会儿，然后脸上的阴霾一扫而空。"明白了！"他第一时间朝门口跑去。

帕特里克·马奎尔电话里那自鸣得意的语气仍在詹妮弗的耳畔作响。"请转告你的当事人，我祝她下次运气会更好。"康妮·加勒特不会再需要下次机会了，必须把握现在的机会！

三十分钟后，詹妮弗的电话响起，丹·马丁激动地说："全国汽车公司在欧湖岛生产驱动轴。"

"终于给我们抓到了！联系那里的律师事务所，让他们立即递交诉状。"

"你有想到哪家特别合适的公司吗？"

"没有。从马丁代尔–哈贝尔律师点评网上挑一个。只要确保他们把诉状副本交给全国汽车公司当地的代表律师就行了。让他们在递交成功后马上给我们回电话。我会一直在办公室等着。"

"还有什么是我能做的？"

"祈祷吧。"

夏威夷方面在当晚十点钟才打来电话。詹妮弗一把抓起电话听筒，听到一个声音轻声说道："我找詹妮弗·帕克小姐。"

"我就是。"

"我是欧湖岛葛雷格与霍伊律师事务所的宋小姐。我们想通知你，十五分钟前，我们将你指定的文件送到了全国汽车公司代表律师的手上。"

詹妮弗长舒一口气。"谢谢。非常感谢。"

辛西娅将一个叫乔伊·拉·瓜迪亚的人领了进来。詹妮弗以前从未见过这个人。他打来过电话，请她在一起袭击案中担任他的代理律师。他身材矮小壮实，身穿一套昂贵的西装，但不合身，像是为别人精心定制的。他的小拇指上还戴着一枚巨大的钻戒。

拉·瓜迪亚微微一笑，露出一口黄牙，说："我来找你，是因为我需要一点帮助。人人都会犯错，对吧，帕克小姐？只因我打伤了几个人，警察就把我给抓了，但我认为那些人是来害我的，你知道吗？当时那条小巷很黑，而且我一看到他们向我扑来……好吧，那片街区很不安宁。所以我在他们攻击我之前攻击了他们。"

詹妮弗觉得他的举止有些表里不一，令人厌恶，还殷勤得过了头。

他掏出一大沓钞票。

157

"给。先预付你一千美元，上法庭的时候再给一千美元，可以吗？"

"我接下来几个月的日程都已经排满了。我很乐意向你推荐其他律师。"

他的态度变得很坚决。"不，我不想要别人。你是最棒的。"

"这种简单的袭击指控用不着最棒的律师。"

"嘿，听着，"他说，"我付你更多的钱。"他的声音听起来非常迫切，"两千美元，还有——"

詹妮弗按下桌下的蜂鸣器，辛西娅走了进来。"拉·瓜迪亚先生要走了，辛西娅。"

乔伊·拉·瓜迪亚盯着詹妮弗看了很久，一把拿起钱塞回口袋，随后一言不发地走出了办公室。詹妮弗按下了对讲机按钮。

"肯，你能进来一下吗？"

肯·贝利花了不到三十钟的时间就做好了一份关于乔伊·拉·瓜迪亚的完整报告。

"这个人的犯罪记录有一英里那么长，"他告诉詹妮弗，"他从十六岁起就是监狱的常客。"他瞥了一眼手中的那张纸，"他是被保释出来的。上周他因暴力伤害罪被捕。他殴打了两名欠黑手党钱的老人。"

所有的一切突然都说得通了。"乔伊·拉·瓜迪亚为黑手党做事？"

"他是迈克尔·莫雷蒂的一个小喽啰。"

詹妮弗身上顿时涌起了满腔怒火。"你能帮我找找迈克尔·莫雷蒂的电话号码吗？"

五分钟后，詹妮弗拨通了莫雷蒂的电话。

"呵，这真是件令人意想不到的好事啊，帕克小姐。我……"

"莫雷蒂先生，我不喜欢有人给我设陷阱。"

"你在说什么？"

"你听着。听好了。我不是一件待价而沽的商品。现在不是，以后永远也不会是。我不会当你或者你手下任何人的代理律师。我只想让你别来烦我。我说得够清楚了吗？"

"我能问你一个问题吗？"

"你问。"

"你愿意和我一起吃顿午饭吗？"

詹妮弗二话不说挂断了电话。

辛西娅的声音通过内线电话传了过来。"帕克小姐，一位叫帕特里克·马奎尔的先生要见你。他没有预约，但他说……"

詹妮弗暗自发笑。"让马奎尔先生等一下。"

她还记得他们在电话里的话。"为了赢，你可以不择手段，对不对？""你很优秀，亲爱的，但我在这一行的资历比你老多了。请转告你的当事人，我祝她下次运气会更好。"

詹妮弗让帕特里克·马奎尔等了四十五分钟，然后才用内线电话通知辛西娅。

"让马奎尔先生进来。"

帕特里克·马奎尔的和蔼态度消失了。詹妮弗智胜了他，他很是生气，连掩饰都懒得掩饰。

他走到詹妮弗桌前，厉声说道："朋友，你给我带来了很多麻烦！"

"我有吗，朋友？"

他未经邀请就直接坐下了。"我们别玩游戏了。我接到了全国汽车公司首席律师的电话。是我低估了你。我的当事人愿意和解。"他把手伸进口袋，拿出一个信封递给詹妮弗。她打开了它，里头是一张付给康妮·加勒特的支票，数额是十万美元。

詹妮弗把支票放回信封，还给帕特里克·马奎尔。

"这个数目不够。我们要向法院申请获得五百万美元的赔偿。"

马奎尔咧嘴一笑。"不，你们做不到。因为你的当事人不会出庭。我刚刚去拜访过她。那个女孩说什么都不会再上法庭了。她很害怕，而且，如果她不在场，你就没有胜算。"

詹妮弗生气地说："在我不在场的情况下，你无权和康妮·加勒特谈话。"

"我只是想帮大家的忙。拿着这些钱收手吧，朋友。"

詹妮弗站了起来。"请你离开。你让我感到恶心。"

帕特里克·马奎尔站了起来。"我都不知道你还会恶心。"

接着,他带着支票走了。

看着他离开的同时,詹妮弗怀疑自己犯了可怕的错误。她心想,十万美元可以给康妮·加勒特带来很多好处,但那是远远不够的,不足以补偿这个女孩余生所要忍受的痛苦。

詹妮弗知道,帕特里克·马奎尔有一件事说对了。如果康妮·加勒特不出现在法庭上,陪审团就不可能做出五百万美元赔偿金的裁决。仅靠言语不够有说服力,这无法使陪审团相信她生活的惨状。詹妮弗需要康妮·加勒特出场,让陪审团每天都能看到她,这样他们才会留下深刻的印象。然而,詹妮弗无法说服这个女孩上法庭。她必须找到其他解决方案。

亚当打了电话过来。

"很抱歉我现在才给你打电话,"他道歉道,"我一直在开会讨论竞选参议员的事情,而且……"

"没关系,亲爱的。我理解你。"我除了理解,别无选择,她心想。

"我真的很想你。"

"我也想你,亚当。"是你根本想象不到的程度,她心想。

"我想见你。"

詹妮弗想问一句什么时候,但她还是等对方自己开口。

亚当继续说道:"我今天下午必须去趟奥尔巴尼。我回来后会给你打电话的。"

"好吧。"她还能说什么呢,她对此无能为力。

凌晨四点,詹妮弗从噩梦中醒来,她知道该如何为康妮·加勒特赢得五百万美元的赔偿金了!

第18章

"我们在全国范围内举办了一系列筹款晚宴。我们将在较大的城市进行活动，还将通过《面对全国》《今日秀》《会见新闻界》等全国性电视节目向一些小地方传播影响。我们想我们可以顺便……亚当，你在听吗？"

亚当转向斯图尔特·尼达姆和会议室里的其他三个人说："嗯，当然在听，斯图尔特。"尼达姆向他保证过，这三个人都是顶级媒体专家。

事实上，他一直在想别的事情，那就是詹妮弗。他希望她在他身边，分享竞选过程中激动人心的时刻，分享他的生活。

亚当曾多次想与斯图尔特·尼达姆讨论自己的处境，但他的这位合伙人每次都设法改变话题。

亚当端坐着，心里想着詹妮弗和玛丽·贝思。他知道，拿她们做比较是不公平的，但他又无法不去比较。

和詹妮弗在一起的时候趣味盎然。她对一切都很感兴趣，让我感觉自己充满活力。玛丽·贝思则活在她自己的小世界里……

詹妮弗和我有一千个共同之处。玛丽·贝思和我除了有共同的婚姻之外没有任何相似之处……

我喜欢詹妮弗的幽默感。她是一个敢于自嘲的人。玛丽·贝思对一切事物都很较真……

詹妮弗使我感到年轻。玛丽·贝思看起来比她的实际年龄要大……

詹妮弗很独立。玛丽·贝思需要我去告诉她该怎么做……

以上是我所爱的女人和我的妻子之间的五个重要区别。

也是我绝对不能离开玛丽·贝思的五个原因。

第19章

八月初的一个周三上午，康妮·加勒特诉全国汽车公司案正式开庭。通常情况下，报纸只会简单地用一两段话报道这类案件，但由于詹妮弗·帕克是原告的代理律师，媒体对此进行了全方位报道。

帕特里克·马奎尔坐在被告席上，周围是一群身着款式保守的灰西装的助手。

挑选陪审员的过程开始了。马奎尔对此很随意，几乎到了漠不关心的地步，因为他知道康妮·加勒特不会出庭。一个年轻漂亮的女孩被截去了四肢，这幅景象本可以成为强大的情感杠杆，用于打动陪审团，从而撬动一大笔钱，但这个女孩不会出现，自然也就不会有什么杠杆。

马奎尔认为，这一次，詹妮弗·帕克的聪明才智用错了地方。

陪审团选任完毕，庭审开始了。帕特里克·马奎尔做了开场陈述，詹妮弗不得不承认他确实很有实力。他长篇大论地讲述了可怜的年轻人康妮·加勒特的困境，说出了詹妮弗计划要说的所有话，偷走了她的感情牌。他谈到了那起车祸，强调康妮·加勒特在冰上滑倒了，卡车司机没有过错。

"女士们，先生们，原告要求你们裁定判她获得五百万美元的赔偿。"马奎尔难以置信地摇了摇头，"五百万美元！你们见过这么多钱吗？我反正没有。我的事务所会受理一些富裕客户的业务，但我想告诉你们，在我从事法律工作的这些年间，我从未见过一百万美元，甚至都没见过五十万美元。"

他从一众陪审员脸上的表情可以看出，他们也没见过这么多钱。

"被告即将带证人出庭，他们会告诉你们事故是如何发生的。它就是一场意外。在庭审结束前，我们将向各位证明，全国汽车公司在这件事上没有任何过错。你们可能已经注意到了，诉讼的提起人康妮·加勒特今天没有到庭。她的律师已经通知西尔弗曼法官，原告本人将全程不露面。康妮·加勒特今天缺席了她自己的诉讼，但我可以告诉你们她人在哪儿。此刻，我站在这里和诸位说话，康妮·加勒特则正坐在家里，计算着你们将会裁定判给她多少钱。她在等待电话铃声响起，然后从她的律师口中得知她从诸位那儿骗到了多少美元。大家心里都清楚，每次只要有大公司牵涉进事故之中，无论是多么间接的牵涉，都会有人站出来说："噢，那家公司很有钱。它能负担得起。让我们尽可能多地向它索赔吧。'"

帕特里克·马奎尔稍微停顿了一下。

"康妮·加勒特今天不在法庭上，因为她无法面对各位。她知道她的所图所想是不道德的。好吧，我们要让她空手而归，不然，未来可能会有其他人怀着同样的意图，尝试去做同样的事情。一个人必须为自己的行为负责。如果你在结冰的街道上滑倒了，你不能把责任抛给政府或大企业，也不应该狮子大开口地向他们索要五百万美元。谢谢。"

他转身向詹妮弗鞠了一躬，然后走到被告席坐下。

詹妮弗站起身来，走近陪审团席。她端详着他们的脸，试着评估刚才帕特里克·马奎尔的话给他们留下的印象。

"我可敬的同行刚刚已经告诉诸位，康妮·加勒特在庭审期间不会亲自到场。他说得没错。"詹妮弗指了指原告席上的一个空位，"康妮·加勒特如果能来的话，这儿将会是她的座位。不过不是坐在这把椅子上，而是坐在一张特殊的轮椅上。她每时每刻都离不开轮椅。康妮·加勒特不会来到法庭，但在庭审结束之前，你们都有机会见到她，并像我一样了解她。"

帕特里克·马奎尔困惑地皱起眉毛，俯身对他的一名助手一阵耳语。

詹妮弗继续说道："马奎尔先生刚才那段激昂的发言，我都认真听了，我想告诉各位，我被感动了。我发现我的心在为这家市值数十亿美元的公司滴血，这家公司正遭到一名缺少胳膊和腿的二十四岁女孩的无情攻击。这个女孩此刻正坐在家里，贪婪地等待一个电话，等待电话中有人通知她，她暴富了。"说到这儿，詹妮弗的声音变低沉了。

"她暴富之后能做什么呢？出门去买钻石，戴在她不存在的手上？去买舞鞋，穿在她不存在的脚上？买她永远穿不了的漂亮的连衣裙？买一辆劳斯莱斯，在无人邀请的情况下，载她去参加各种派对？大家想一想，她拿到这笔钱后，能享受到多少乐趣？"

詹妮弗的语气平和、真诚，同时，她的目光缓慢地扫过众陪审员的面孔。

"马奎尔先生从来没有在单个案件中见过五百万美元。我也没有。但我告诉诸位，如果我现在给你们中任何一个人五百万美元现金，条件是你们必须切断自己的双臂和双腿，那么我认为，在这种情况下，五百万美元看起来也并不是很多……"

"本案背后的法律依据是非常明确的。"詹妮弗解释道，"在原告败诉的两次诉讼中，被告就已经意识到他们的卡车制动系统存在缺陷，而他们选择向原告和法庭隐瞒了这一情况。他们这样做是违法的。以此为基础，才有了这次的重新审判。根据最近的一项政府调查，造成卡车事故的最大因素是车轮、车胎、刹车和转向系统。如果诸位稍微分析一下以下这些数字……"

此时，帕特里克·马奎尔正暗暗揣摩陪审员们的心理，他可是这方面的专家。在詹妮弗喋喋不休地谈论统计数据时，马奎尔看出陪审员们有些意兴索然了。这场审判突然变得过于技术化，偏离了残疾女孩这一议题，转而讨论起卡车、制动距离和制动鼓故障等问题。陪审员们渐渐失去了兴趣。

马奎尔瞥了詹妮弗一眼，心想：她并不像人们所说的那样聪明。马奎尔知道，如果他是康妮·加勒特的辩护律师，他会选择忽略统计数据和技术问题，着重在陪审团员的情感上做文章。詹妮弗·帕克的做法正好相反。

帕特里克·马奎尔往椅背上一靠，放宽了心。

詹妮弗则朝法官席走去。"法官大人，在法庭允许的情况下，我想引入一件物证。"

"什么样的物证？"西尔弗曼法官问道。

"庭审刚开始不久，我向陪审团保证过，他们将会了解康妮·加勒特的为人。由于她无法亲自到场，我希望法庭能允许我展示一些她的照片。"

西尔弗曼法官说："我对此没有异议。"说着他转向帕特里克·马奎尔。"被告律师有异议吗？"

帕特里克·马奎尔站起身来，动作缓慢，思维却在飞速运转。"是什么样的照片？"

詹妮弗说："几张康妮·加勒特在家中的照片。"

虽说帕特里克·马奎尔并不乐意让她展示照片，但是，看到一个残疾女孩坐在轮椅上的照片，其冲击力肯定远远不如看到女孩本人来得强烈。另外，还有一个因素需要考虑：如果他反对，他在陪审团眼中就会显得毫无同情心。

他慷慨地说："当然可以，请开始展示吧。"

"谢谢。"

詹妮弗转身对丹·马丁点了点头，坐在后排的两个人拿着便携式屏幕和投影仪向前走来，然后开始动手安装。

帕特里克·马奎尔惊讶地站了起来。"等等！这是什么？"

詹妮弗一脸无辜地答道："就是你刚才同意让我展示的照片。"

帕特里克·马奎尔愣愣地站着，气不打一处来，但又不好发作。詹妮弗刚才可压根没提到过要放影片啊，不过现在反对为时已晚了。他稍微点了点头，然后又坐下了。

詹妮弗调整了屏幕的角度，让陪审团和西尔弗曼法官都能看得清楚。

"法官大人，我们可以把屋子里的光线调暗吗？"

法官示意法警放下窗帘。詹妮弗走到十六毫米投影仪前，按下开关，接着屏幕开始闪动起来。

在接下来的三十分钟里，法庭上一片静默。詹妮弗请了专业摄影师和年轻的广告导演来拍摄这部短片。他们拍摄了康妮·加勒特生命中的一天，那简直是一个真实、残酷又毫无掩饰的恐怖故事。

短片展示了一个被截去四肢的漂亮女孩早晨只能被人抱下床，被人抱着去上厕所，像一个无助的婴儿一样依靠他人才能洗漱……才能洗澡……才能吃饭……才能穿衣……詹妮弗事先已经将这部短片看了一遍又一遍，而现在，当她又一次观看时，她仍能感觉到喉咙像是被什么东西堵住了，眼睛里噙满了泪水。她知道，这部短片对法官、陪审团和法庭上的观众也会产生同样的影响。

短片放映完毕，詹妮弗转身面向西尔弗曼法官。"原告已完成证据的出示。"

陪审团离席讨论了十多个小时，随着时间的流逝，詹妮弗的情绪变得越来越低落。她原本确信陪审团会立即做出裁决。他们如果像她一样，都被这部短片触动了，那么就应该在一两个小时内做出裁决。

当陪审员们齐刷刷地走出法庭时，帕特里克·马奎尔的内心很狂躁，他确信自己要败诉了，而且他这次又低估了詹妮弗·帕克。但随着时间的流逝，陪审团还是没有返回，马奎尔又渐渐看到了希望。做出情绪化的裁决不需要陪审团花上这么长的时间。"我们会没事的。他们争论的时间越长，就会变得越冷静。"

午夜前几分钟，陪审长才将一张字条呈给西尔弗曼法官，请求做出法庭裁决。法官仔细看了一会儿，然后抬起头来。"请两位律师走近法官席。"

当詹妮弗和帕特里克·马奎尔都走过来了时，西尔弗曼法官说："我想告诉你们，我刚刚从陪审长那里收到了一张字条。陪审团问，法律是否允许他们裁决判给康妮·加勒特比其律师所要求的五百万美元更高的赔偿金。"

詹妮弗顿时头昏目眩。突如其来的喜悦让她的心跳频率开始飙升。她转身看向脸色一片惨白的帕特里克·马奎尔。

"我会通知他们，"西尔弗曼法官说，"只要他们认为合理，他们定下多少数额都是被允许的。"

三十分钟后，陪审团回到了法庭。陪审长宣布，他们决定支持原告。原告有权获得的赔偿金为六百万美元。

这是纽约州史上金额最大的人身伤害赔偿裁定。

第20章

第二天早上，詹妮弗走进办公室，发现桌子上堆满了报纸。每张报纸的头版都是她。花瓶里放着四打漂亮的红玫瑰。詹妮弗笑了。亚当百忙之中还特意找时间给她送花呢。

她打开花上的卡片。上面写着：向你祝贺，迈克尔·莫雷蒂。

此时，内线电话响了，辛西娅说："亚当斯先生来电。"

詹妮弗一把抓起电话，努力保持平静。"你好，亲爱的。"

"你又成功了。"

"运气而已。"

"是你的当事人运气好。他们很幸运能够遇到你这样一位律师。你现在心情一定很棒。"

胜诉让她感觉良好。和亚当在一起让她飘飘然。"是的。"

"我有重要的事情要告诉你，"亚当说，"今天下午我们一起去喝点什么吧？"

詹妮弗的心沉了下去。亚当非要对她说的事情只有一件：他要和她断绝往来了。

"好的。好的，当然可以……"

"在马里奥见面怎么样？六点钟行吗？"

"好的。"

她把玫瑰送给了辛西娅。

亚当在餐厅里等着，坐在靠后的一张桌子旁。这里挺好，如果我闹起来，他也不会感到尴尬，詹妮弗心想。嗯，她决定不哭。不能在亚当面前哭。

亚当脸色蜡黄，形容憔悴，这让她可以轻而易举地猜到他经历了什么。她想让他尽可能地放松些。詹妮弗一坐下来，亚当就握住了她的手。

"玛丽·贝思要和我离婚。"亚当说。詹妮弗盯着他，说不出话来。

是玛丽·贝思先提出离婚的。当时，他们刚刚参加完一个硕果累累的筹款晚宴，亚当是主要发言人。在回家的路上，玛丽·贝思一直很沉默，气氛莫名其妙地有些紧张。

亚当说："我觉得今天晚上很顺利，不是吗？"

"是的，亚当。"

直到回到家，两个人都没再多说什么。

亚当问："你要来杯睡前饮料吗？"。

"不了，谢谢。我认为我们应该好好聊聊。"

"哦？聊什么？"

她看着他说："聊聊你和詹妮弗·帕克。"

这句话犹如一记重拳。亚当犹豫了一会儿，不知道应该否认还是……

"我知道这件事已经有一段时间了。我没有说破，因为我需要时间做决定。"

"玛丽·贝思，我……"

"请让我把话说完。我知道我们的关系并没有……好吧，没有达到我们预期的那样。从某些方面来说，也许我并不是一个好妻子。"

"无论发生了什么，那都不是你的错。我……"

"别说了，亚当。这对我来说很难。我已经做了决定。我不会妨碍你的。"

他难以置信地看着她。"我没有……"

"我非常爱你，所以不会做出伤害你的事情来。你的政治前途一片辉煌。我不希望看到它被任何事情毁掉。很显然，我并不能带给你足够多的快乐。如果詹妮弗·帕克能让你快乐，我愿意把你让给她。"

他感到这一切都很不真实，仿佛整个对话是在梦幻中发生的。"那你怎么办？"

玛丽·贝思笑了。"我会没事的，亚当。别担心我。我有自己的计划。"

"我……我不知道说什么才好。"

"没必要再说什么。我已经把话都说完了。如果我拒绝放手，让你继续痛苦下去，这对我们都没有好处，不是吗？我敢肯定詹妮弗是个可爱的女孩，不然你也不会如此割舍不下她。"玛丽·贝思走到他身边，把他搂在怀里，"不要这样一脸苦闷的样子，亚当。我这么做对所有人都好。"

"你真是个了不起的女人。"

"谢谢。"她微笑着用指尖轻轻地抚过他的脸颊，"我最亲爱的亚当。我永远是你最好的朋友。永远。"她朝他靠得更近了，还把头搭在他的肩膀上。他几乎听不到她的轻声低语。"你已经很久没有把我抱在怀里了，亚当。你不必对我说你爱我，但你能不能……你愿不愿意……再次把我抱进怀里，亲热一番，作为最后的告别？"

亚当一边对詹妮弗讲，一边回想当时的情景。"离婚是玛丽·贝思的主意。"

亚当仍在说着什么，但詹妮弗已经听不进去了，她听到的只是美妙的乐曲。她觉得自己好像在飘浮、翱翔。她原本已经做好心理准备，等着亚当告诉她，以后再也不见面了——没想到竟是现在这种情况！这一转变太过突然，令她难以应对。

詹妮弗知道，面对玛丽·贝思的那一幕对亚当来说一定很痛苦。她此刻对亚当的爱比任何时候都强烈。她现在的感觉就像是卸掉了压在胸口的千斤重负似的，又能再次呼吸了。

亚当说："玛丽·贝思在这件事情上处理得很体面。她是个了不起的女人。她是真心为我们感到高兴。"

"真叫人难以置信。"

"你不明白。很长一段时间以来，我和她的相处模式更像是……兄妹。我从来没有和你讨论过这件事，但是……"他犹豫了一下，小心翼翼地说，"玛丽·贝思那方面有点……冷淡。"

"我明白了。"

"她想见见你。"

这件事让詹妮弗感到很困扰。"我想我办不到，亚当。我会觉得……不舒服。"

"相信我。"

"如果……如果你希望我见她的话，当然可以，亚当。"

"好的，亲爱的。我们去喝茶好了，到时我开车送你过去。"

詹妮弗想了一会儿。"我一个人去不是更好吗？"

第二天早上，詹妮弗开车离开锯木河公路，前往纽约州北部。这是一个晴朗的早晨，很适合开车。詹妮弗打开了车载收音机，试图甩掉即将到来的会面给她带来的紧张感。

华纳家的住宅是一座保存完好的荷兰式房子，俯瞰哈德逊河畔的克罗顿镇，坐落在一大片连绵起伏的绿色庄园中。詹妮弗把车开到了气派的大门前的车道上。她按了门铃，过了一会儿，一位三十五六岁的美貌女子打开了门。这个害羞的南方女人拉着她的手，热情地笑了笑，说："我是玛丽·贝思。你比亚当形容的漂亮多了。请进。"詹妮弗来之前可万万没想到自己能受到这样的接待。

亚当的妻子穿着一条柔软宽松的米色羊毛裙，上装是一件丝绸衬衫，纽扣开到的位置正好露出她丰满有致的胸脯。她留着米金色的长发，发丝在脸颊周围微微卷曲，衬得她蓝色的双眸更加迷人。她脖子上的珍珠项链一看就是纯天然的。玛丽·贝思身上散发着一种古典式的高贵。

室内的陈设很漂亮，宽敞的房间里摆满了古董和漂亮的油画。

一位男管家在客厅里用乔治王时期的银制茶具为她们奉茶。

男管家走开后，玛丽·贝思说道："我相信你一定非常爱亚当。"

詹妮弗尴尬地说："我想让你知道，华纳夫人，我们是无心……"

玛丽·贝思把一只手放在詹妮弗的手臂上。"你不必和我解释这些。我不知道亚当是否告诉过你，其实我和他的婚姻现在仅靠礼貌和义务维系着。亚当

171

和我从小就认识。我对他应该是一见钟情。我们出席相同的聚会，有着共同的朋友，所以我认为，总有一天我们会不可避免地走到结婚这一步。请不要误会，我仍然很敬慕亚当，我相信他也很敬慕我。但人是会变的，不是吗？"

"是的。"

詹妮弗看着玛丽·贝思，心中充满了深深的感激之情。本以为这样一种会面可能要闹得不可开交，场面丑陋，实际上却充满了友好愉快的气氛。亚当是对的。玛丽·贝思是一位善良可爱的女士。

"我真的很感谢你。"詹妮弗说。

"我也很感谢你，"玛丽·贝思羞涩一笑，坦诚说道，"要知道，我也深爱着一个人。我本来打算马上离婚，但我后来又想，考虑到亚当的事业，我们最好是等到选举之后再离。"

詹妮弗忙于梳理自己的情绪，把选举这档事都忘得一干二净了。

玛丽·贝思继续说："似乎所有人都确信，亚当将成为我们的下一任参议员，而现在离婚将会严重降低他胜出的概率。距离选举结束只有六个月的时间了，所以我想推迟离婚对他来说会更好。"

她看向詹妮弗。"请原谅，你会同意这么做吗？"

"当然同意。"詹妮弗说。

她不得不重头调整自己的规划。她的未来将会与亚当的未来联系在一起。如果他当选参议员，他们就要一同搬去华盛顿特区。这就意味着她要放弃在纽约执业，但这并不重要。只要能和亚当在一起，其他的事都不重要。

詹妮弗说："亚当会成为出色的参议员的。"

玛丽·贝思抬起头笑了笑。"亲爱的，总有一天，亚当·华纳会成为出色的总统。"

詹妮弗回到公寓时，电话响了，是亚当打来的。"你和玛丽·贝思相处得怎么样？"

"亚当，她人真好！"

"她也是这么评价你的。"

"我虽然经常在书上读到古老的南方魅力，却很难一遇，玛丽·贝思就有这种魅力。她真是一个优雅体面的淑女。"

"你也一样，亲爱的。你想在哪里结婚呢？"

詹妮弗说："时代广场，其实我觉得哪里都行，但我认为我们应该等一等，亚当。"

"等什么？"

"等到选举结束。你的职业生涯很重要。离婚可能会损害你的声誉。"

"我的私生活……"

"你的私生活很快就要接受公众的监督。我们不能做任何可能让你落选的事情。我们可以等上六个月。"

"我不想等了。"

"我也不想，亲爱的。"詹妮弗笑了，"可我们只是做做表面功夫呀，对吧？"

第21章

詹妮弗和亚当现在几乎每天都一起吃午饭，亚当每周都会在他们的公寓里过夜一两次。他们必须比以往任何时候都更加谨慎，因为亚当的竞选活动正如火如荼地开展，他也逐渐成为一个全国知名的人物。他会在政治集会和筹款晚宴上发表演讲，而他对国家问题的看法也越来越频繁地被媒体所引用。

那天，亚当和斯图尔特·尼达姆正依惯例品着早茶。

"今天一早在《今日秀》上看到你了，"尼达姆说，"干得好，亚当。你的每个观点都表达得很好。我能理解他们为什么会再次邀请你。"

"斯图尔特，我讨厌上那些节目。我感觉自己像个臭演员，是去那儿演戏的。"

斯图尔特不慌不忙地点点头。"这就是政客，亚当。政客就是演员，扮演角色，成为公众希望他们成为的样子。见鬼，如果政客在公众面前表现出真我本色……现在的孩子是怎么形容的来着？放飞自我？这个国家就会变成该死的君主制国家。"

"如今，竞选公职已经演变成品格竞赛了，我不喜欢这样。"

斯图尔特·尼达姆笑了。"你应该感到庆幸，你拥有这样的品格，我的孩子。你在民调中的支持率每周都在上升。"他顿了顿，给自己添了点茶。"相信我，这只是开始。首先是参议院，接着就是第一把交椅。没有什么能够阻止你。"说完，他喝了一口茶。"当然了，除非你脑子进水，做出一些愚蠢的事情来。"

亚当抬头看着他。"你的意思是？"

斯图尔特·尼达姆用锦缎餐巾轻轻地擦了擦嘴唇。

"你的对手是街头恶霸出身。我敢打赌，他现在正恨不得把你的整个人生都放到显微镜底下去观察。他不会真的找到什么污点的，对吗？"

"不会的。"这几个字自然而然地从亚当嘴里说了出来。

"很好，"斯图尔特·尼达姆说，"玛丽·贝思最近好吗？"

詹妮弗和亚当在佛蒙特州的一所乡村别墅度过了周末，那是亚当的一个朋友租给他用的。空气十分清新，预示着冬天即将到来。这是一个完美的周末，既舒适又放松，白天他们长途徒步旅行，晚上他们在篝火前一边玩游戏，一边轻松地交谈。

他们仔细地把周日的所有报纸过了一遍。亚当的支持率在每一轮投票中都有所上升。除去极个别例外，所有媒体都在支持亚当。他们喜欢他的风格，他的诚实，他的智慧和坦率。他们一个劲地把他比作约翰·肯尼迪。

亚当趴在壁炉前，看着火焰的阴影在詹妮弗的脸庞上舞动。"你想成为总统夫人吗？"

"很遗憾，我已经在和一位参议员谈恋爱了。"

"如果我没有胜出，你会失望吗，詹妮弗？"

"不会，只因为这是你的心愿，所以它才是我的心愿，亲爱的。"

"如果我真的赢得了选举，那就意味着我们要住在华盛顿。"

"只要我们能够在一块，其他的事情都不重要。"

"那你的律师事业呢？"

詹妮弗笑了。"我上次明明还听说，华盛顿也有律师呢。"

"如果我让你放弃呢？"

"那我就放弃。"

"我不想让你放弃。你太擅长这一行了。"

"我只在乎能不能和你在一起。我真的很爱你，亚当。"

他抚摸着她柔软的深棕色头发，说道："我也爱你。很爱很爱。"

接着，他们回到卧室休息，双双进入了梦乡。

周日晚上，他们驱车回到纽约。他们先是来到詹妮弗停车的车库取车，然后亚当回到了自己家，詹妮弗则回到了他们在纽约的公寓。

詹妮弗的日子过得非常充实。她之前以为自己够忙的了，但现在的她简直是被重重包围了。她为形形色色的人或法人担任辩护律师，包括因违反某些法律而被查的国际公司、监守自盗的参议员、惹了麻烦的电影明星。银行行长、银行抢劫犯、政治家和工会领袖也找她做过辩护律师。

金钱源源不断地涌入，但这对詹妮弗来说并不重要。她给事务所的工作人员发放了大量奖金，赠送了各种奢华的礼物。

跟詹妮弗打官司的公司不再选派普通律师与她出庭较量了。因此，詹妮弗发现自己的对手都是一些世界顶尖的法律人才。

她被吸纳为美国出庭律师学会的成员，连肯·贝利都知道这有多厉害。

"上帝啊，"他说，"这个国家只有百分之一的律师能加入这一组织，你知道的吧？"

"他们只是想象征性地吸纳一个女律师，所以才选了我。"詹妮弗笑道。

每次詹妮弗在曼哈顿担任某个被告的辩护律师时，她都可以肯定，罗伯特·迪·席尔瓦会亲自担任控方律师，或是在暗地里为控方出谋划策。詹妮弗每取得一次胜利，他对詹妮弗的仇恨就增进一分。

有一次，詹妮弗再次与地区检察官对簿公堂，迪·席尔瓦让十几个顶级专家为控方出庭作证。

詹妮弗没有找任何专家。她对陪审团说："如果我们想建造一艘太空船或测量某一恒星到地球的距离，我们会请专家。如果我们只是想做一些真正重要的事情，我们则会召集十二个普通人来做。我记得，基督教的创始人就是这么做的。"

詹妮弗打赢了这场官司。

詹妮弗发现，有一个技巧能让陪审团十分受用，她会对他们说："我知

176

道'法律'和'法庭'这两个词听起来有点吓人，似乎和各位的生活相去甚远，但如果我们静下心想一想，我们就会发现，我们在这里所做的只是在处理人——像我们一样的普通人——遇到的或公正或不公正的现象。朋友们，让我们忘掉自己正身处法庭之上。让我们想象自己正坐在我家的客厅里，谈论这位可怜的被告，一个和我们同样的人所遭遇的事情。"

就这样，在陪审员们的脑海中，他们正坐在詹妮弗家的客厅里，像着了迷似的赞同她的每一个观点。

詹妮弗一直觉得这一招非常好用，直到有一天，她为一个当事人辩护，而她的对手是罗伯特·迪·席尔瓦。这位地区检察官站起身来，向陪审团做开场陈述。

"女士们，先生们，"迪·席尔瓦说，"我希望你们可以忘记自己正身处法庭之上。我希望你们想象一下，你们正坐在我家的客厅里，我们聚在一起，私下谈论被告所做的可怕的事情。"

肯·贝利俯身对詹妮弗耳语道："你听到了那个混蛋在说什么吗？他在复制你的策略！"

"别担心。"詹妮弗平心静气地说。

轮到詹妮弗起身对陪审团发言。"女士们，先生们，我从来没有听过比地区检察官的言论更离谱的话。"她愤慨地说道，"足足有一分钟，我都怀疑自己是不是听错了。他怎么敢让各位忘记我们现在正坐在神圣的法庭之上！这个法庭是我们国家最珍贵的财产之一！它是我们自由的基石。你们的自由，我的自由，还有被告的自由。地区检察官建议各位忘掉自己所处的地点，忘掉各位宣誓要履行的职责，我觉得这二者同样骇人听闻、教人鄙夷。女士们，先生们，我请求你们记住自己身处的场所，记住我们所有人来这儿是为了见证正义的伸张，以及确保被告获得公正的待遇。"

陪审员们点头表示赞许。

詹妮弗瞥了一眼罗伯特·迪·席尔瓦的座位。他正凝视前方，眼神呆滞。

詹妮弗的当事人被判无罪。

每次打赢官司后，詹妮弗的桌上都会出现四打红玫瑰，上面附有迈克尔·莫雷蒂写的卡片。每次詹妮弗都会撕掉卡片，让辛西娅把鲜花带走。不知怎么，他送的玫瑰就是让人觉得恶心。最后，詹妮弗找人给迈克尔·莫雷蒂送去一张字条，要求他别再给她送花了。

然而，当詹妮弗又一次打赢官司回到办公室时，竟然有五打红玫瑰迎接着她。

第22章

雨天抢劫案让詹妮弗再一次登上了头条新闻，而且又是瑞安神父介绍的被告。

"我的一个朋友遇到了点麻烦……"他开口说道，说完两人哈哈大笑起来。

这位朋友原来是保罗·理查兹，一个被指控抢劫了一家银行十五万美元的流浪汉。当时，一个劫匪穿着黑色长雨衣走进银行，雨衣下藏着一把锯短了枪身的猎枪。雨衣的领子是立起来的，遮住了他的半张脸。一进入银行，劫匪便挥舞猎枪，逼迫出纳员交出所有现金。接着，劫匪乘坐一辆在路边等候的汽车逃离了现场。几名目击者看到了逃跑的汽车，那是一辆绿色的轿车，但车牌号被泥土盖住了。

由于银行抢劫案属于联邦管辖范畴，所以联邦调查局接手了此案。他们将罪犯的作案手法输入中央电脑，电脑最终给出了保罗·理查兹的名字。

詹妮弗到赖克斯岛监狱看望了理查兹。

保罗·理查兹说："我向上帝起誓，不是我干的。"他五十多岁年纪，一张红红的脸上长着一对天真无邪的蓝眼睛。他这个年纪，没法到处乱窜犯下抢劫银行罪。

"我不在乎你到底有没有犯罪，"詹妮弗解释道，"但我有一条规矩。我不会帮对我撒谎的人打官司。"

"我以我母亲的生命起誓，真不是我干的。"

誓言早就已经无法打动詹妮弗了。不少当事人会拿他们母亲、妻子、友人和孩子的生命对她发誓称他们是清白的。如果上帝把这些誓言当了真，那么人口数量肯定会大幅减少。

詹妮弗问："依你看来，联邦调查局为什么逮捕你？"

保罗·理查兹想都没想就说："因为大约十年前，我抢过一次银行，当时我太傻，被抓了。"

"你当时也是把锯短了枪身的猎枪藏在雨衣下面？"

"没错。我特意等到下雨天，然后抢了一家银行。"

"但最近这次不是你干的？"

"不是，是某个聪明的混蛋模仿了我的手法。"

预审会由主张对一切罪犯从严处理的弗雷德·史蒂文斯法官主持。有传言称，他赞成将所有罪犯运送到某个无人会去的荒岛，让他们在那里度过余生。史蒂文斯法官还认为，无论是谁，凡第一次因盗窃被抓，都应该按照古老的伊斯兰传统，砍下右手，如果再次被抓到，则砍下左手。在这个案件上，他是詹妮弗最不想遇到的法官。于是，她找来了肯·贝利商量对策。

"肯，我想让你尽你所能去调查史蒂文斯法官。"

"史蒂文斯法官？他刚正不阿，疾恶如仇。他……"

"我知道。你照着办就是了。"

处理此案的联邦检察官是一位名叫卡特·吉福德的老行家。

吉福德问："你打算怎么为他辩护？"

詹妮弗惊讶地看了他一眼，故作天真地回答道："当然是要求判他无罪啊。"

他不无嘲讽地笑了起来。"那史蒂文斯法官可就要来劲了。我猜，你会申请陪审团裁决吧。"

"不会。"

吉福德一脸狐疑地端详着詹妮弗。"你是说，你要把你的当事人交给这个恨不得绞死一切罪犯的法官处置？"

"没错。"

吉福德咧嘴一笑。"我就知道你总有一天会发疯的，詹妮弗。我等不及要看到这一幕了。"

"美利坚合众国政府诉保罗·理查兹案正式开庭。被告在场吗？"

法庭书记员说："在的，法官大人。"

"请律师们走近法官席，表明自己的身份。"

詹妮弗和卡特·吉福德走向史蒂文斯法官。

"詹妮弗·帕克代表被告。"

"卡特·吉福德代表美国政府。"

史蒂文斯法官转向詹妮弗，不客气地说："我听说过你的名声，帕克小姐。所以我现在要告诉你，我不打算浪费本庭的时间，不会容忍本案的拖延。这次预审，我想一审到底，顺带把传讯也一起完成。我打算尽快确定审判日期。我想，你会提出需要陪审团裁决，而且——"

"不需要，法官大人。"

史蒂文斯法官惊讶地看着她。"你不要求进行陪审团裁决吗？"

"不要求。因为我不认为会有传讯。"

卡特·吉福德盯着她。"你说什么？"

"在我看来，你没有足够的证据传唤我的当事人接受审判。"

卡特·吉福德厉声说道："你需要听听其他人的意见！"他转向史蒂文斯法官。"法官大人，政府手握非常有力的证据。被告有过一次前科，他当时以相同的方式犯下相同的罪行。我们的中央电脑从两千多个嫌疑人中选出了他。现在我们已经把罪犯带上法庭，检方无意放弃对他的指控。"

史蒂文斯法官转向詹妮弗。"在本庭看来，似乎有充足的初步证据支持传讯和发起控诉。你还有什么要说的吗？"

"有的，法官大人。目前，证人当中没人能够指认保罗·理查兹。联邦调查局也一直没能找到任何赃款。事实上，唯一能将被告与这次犯罪联系起来的只有检察官的想象。"

法官低头看着詹妮弗，用绵里藏针的口吻说："那把被告挑出来的中央电脑该怎么解释呢？"

詹妮弗叹了口气。"这就给我们带来了一个难题，法官大人。"

史蒂文斯法官严肃地说："我想是的。要迷惑一个活生生的证人很简单，但要迷惑一台电脑却很难。"

卡特·吉福德得意地点头。"没错，法官大人。"

詹妮弗转身面对吉福德。"联邦调查局使用了国际商业机器公司制造的370/168型电脑，不是吗？"

"没错。这是世界上最先进的设备。"

史蒂文斯法官问詹妮弗："辩方是打算质疑那台电脑的功效？"

"恰好相反，法官大人。我今天邀请了一位电脑专家到庭，他是制造370/168型电脑工厂的工作人员。那个给出我当事人名字的程序就是他在已有信息的基础上编写的。"

"他在哪里？"

詹妮弗转过身，向坐在一把长椅上的一个瘦高男人示意。他紧张地走上前来。

詹妮弗说："这位是爱德华·门罗先生。"

"如果你贿赂或威胁过我的证人，"联邦检察官爆发了，"我会……"

"我只是想请门罗先生问问那台电脑，看看是否还有其他嫌疑人。我挑选了十个与我的当事人具有某些共同特征的人。为了进行指认，门罗先生编入了年龄、身高、体重、眼睛颜色和出生地这几项统计数据——当时，那台电脑就是依据这几样数据给出我当事人的名字的。"

史蒂文斯法官不耐烦地问道："帕克小姐，这一切有什么意义？"

"重点是，电脑指认了这十个人中的一个是本次银行抢劫案的头号嫌疑人。"

史蒂文斯法官转向爱德华·门罗。"这是真的吗？"

"是的，法官大人。"爱德华·门罗打开公文包，拿出一份电脑的计算结果。

法警从门罗手中接过数据单，交给了法官。只见史蒂文斯法官瞥了它一眼，瞬间涨红了脸。

他看着爱德华·门罗。"这是在开什么玩笑吗？"

"不是，先生。"

史蒂文斯法官问道："这台电脑竟然把我选为嫌疑人？"

"是的，先生。"

詹妮弗解释道："法官大人，这台电脑没有推理能力。它只能对所输入的信息做出反应。你和我的当事人恰好有相同的体重、身高和年龄。你们平时都开绿色轿车，而且你们来自同一个州。联邦检察官所掌握的证据也就只有这么多。最后一个因素是犯罪方式。十年前，保罗·理查兹犯下银行抢劫罪，有数百万人在报纸上读到了关于那起案件的报道，其中任何一个人都可能模仿他的作案手法。有人确实这么做了。"詹妮弗指了指史蒂文斯法官手中的那张纸。"这表明，原告的控诉理由是多么薄弱。"

卡特·吉福德气急败坏地说："法官大人……"然后，他又打住不说了。他不知道还能说什么。

史蒂文斯法官又看了看手中的电脑计算结果，然后看向詹妮弗说："如果本庭法官是个更年轻、更纤瘦，开蓝色轿车的人，你会怎么做？"他问道。

"电脑给了我另外十个嫌疑人人选。"詹妮弗说，"我的备用选择是纽约地区检察官罗伯特·迪·席尔瓦。"

詹妮弗正坐在办公室里看新闻，辛西娅通知她说："保罗·理查兹先生来了。"

"让他进来吧，辛西娅。"

他穿着黑色雨衣，拎着一个系着红丝带的糖果盒走进办公室。

"我只是想和你说谢谢。"

"你看到了吧？有时候，正义会胜出的。"

"我要离开这地方了。我决定给自己稍微放个假。"他把糖果盒递给詹妮弗，"这是我的一点心意，代表我的感激之情。"

"谢谢你，保罗。"

他一脸钦佩地看着她。"我觉得你很棒。"

然后，他就走了。

詹妮弗看着桌上的那盒糖果，笑了。她拿到过比这还少的报酬，大多是在为瑞安神父的朋友们打官司后收到的。如果她变胖了，那得记在瑞安神父的账上。

詹妮弗解开丝带，打开盒子，里面装的竟是一万美元的旧货币。

一天下午，詹妮弗离开法庭时，注意到路边停着一辆黑色凯迪拉克豪华轿车。她正要从车边走过，这时，迈克尔·莫雷蒂一脚踏出了车门。"我一直在等你呢。"

近距离看，这人身上有一股电流般的生命力，几乎让人无法抗拒。

"让开。"詹妮弗说着，脸因恼怒而发红。迈克尔·莫雷蒂觉得她甚至比记忆中的还要漂亮。

"嘿，"他笑道，"冷静点。我只是想和你说说话。你只需听着就好。耽误的时间我会用钱赔给你。"

"你所有的钱都不够赔。"

她继续要走。迈克尔·莫雷蒂想和解似的挽住她的手臂，仅仅是碰触她就让他觉得兴奋不已。

他进入了魅力全开模式。"你理智一点嘛。如果你不听我说，又如何能知道自己拒绝的是什么呢？十分钟。我就只需要十分钟。我会把你送到你的事务所。咱们可以在路上谈。"

詹妮弗打量了他一会儿，说："我可以跟你走，但有个条件，你先回答我一个问题。"

迈克尔点点头。"当然可以。你问吧。"

"用死金丝雀陷害我是谁的主意？"

他毫不犹豫地回答："我的。"

就这样，她终于知道了，她气得想杀了他。她绷着一张脸踏入豪华轿车，迈克尔·莫雷蒂则坐到她旁边的位置上。詹妮弗注意到，他问都不问，就把她事务所的地址报给了司机。

豪华轿车启动后，迈克尔·莫雷蒂说："对于发生在你身上的每一件好事，我都为你感到高兴。"

詹妮弗懒得回话。

"我是发自内心的。"

"你还没有告诉我，你到底想要什么？"

"我想让你暴富。"

"谢谢。我已经足够富有了。"她的声音中充满了对他的蔑视。

迈克尔·莫雷蒂的脸涨得通红。"我想帮你，你却一直拒我于千里之外。"

詹妮弗扭头看着他。"我不需要你的任何帮助。"

他用息事宁人的语气说："好吧。也许我是想稍微弥补一下我对你犯下的错。听着，我可以给你介绍很多客户。重要客户。大钱。你根本想不到……"

詹妮弗打断了他的话。"莫雷蒂先生，不要再白费口舌了，这对我们双方都好。"

"但我可以……"

"我不想代表你或者你的任何朋友去打官司。"

"为什么不呢？"

"因为一旦我代表了你们中的一员，我就成了你们的同党。"

"你完全弄错了，"迈克尔很是不服，"我朋友干的都是些合法生意。我指的是银行、保险公司……"

"省省吧，我不向黑手党提供服务。"

"谁说要为黑手党服务了？"

"随便你称它为什么都行。反正除了我自己，我不受制于任何人。我打算一直这样保持下去。"

前方红灯，豪华轿车停了下来。

詹妮弗说："可以了，这里已经够近了。谢谢你的顺风车。"她打开门走了出去。

迈克尔说："我什么时候能再见你？"

"不会再见了，莫雷蒂先生。"

迈克尔看着她渐渐走远。

我的上帝，这女人真了不得！他心想。突然，他兴奋地笑了，因为他知道，不论用上什么方法，他都一定要拥有她。

第23章

到了十月底，距离选举还有两周，竞选活动正如火如荼地进行着。亚当的竞争对手是资深政治家、现任参议员约翰·特罗布里奇，专家们一致认为这将是一场势均力敌的争斗。

一天晚上，詹妮弗坐在家里，看着亚当和他的对手进行电视辩论。玛丽·贝思是对的，现在离婚很容易破坏亚当日益攀升的胜利势头。

吃完一顿漫长的商务午餐后，詹妮弗刚刚回到事务所就收到了一条紧急信息：马上给里克·阿伦打电话。

辛西娅说："里克在过去半小时里打了三次电话过来。"。

里克·阿伦是摇滚明星，他几乎是在一夜之间成了全世界最红的歌手。詹妮弗早就听说过，摇滚明星的收入是天文数字，但在她受理里克·阿伦的官司之前，她根本不知道这到底意味着什么。

从发行唱片、商业演出、商品授权再到现在的电影拍摄，里克·阿伦一年能赚超过一千五百万美元。里克只有二十五岁，出身于亚拉巴马州的农场家庭，天生就有一副宝藏歌喉。

"帮我打电话给他。"詹妮弗说。

五分钟后，里克·阿伦的电话接通了。"嘿，伙计，我找你都找了好几个小时了。"

"对不起，里克。我刚才在开会。"

"出问题了。我要见你。"

“今天下午你能来我的事务所吗？”

“我看不行。我现在在蒙特卡洛，要在格蕾丝王妃和王子的慈善晚会上表演。你多久能到这里？”

“我现在不可能离开，”詹妮弗抗议道，“我桌上堆满了……”

“宝贝，我需要你。今天下午，你飞也要飞到这里来。”

然后，他挂了电话。

詹妮弗揣摩了一下这通电话。里克·阿伦不想在电话里讨论他遇到的问题，那可能是毒品、女友、男友等诸如此类的事情。她考虑过派泰德·哈里斯或丹·马丁去解决，但她挺喜欢里克·阿伦这个人。最后，詹妮弗决定亲自出马。

她离开之前想先联系亚当，但他没在办公室。

她对辛西娅说：“给我预订一张飞往尼斯的法国航空公司机票。我着陆后需要一辆车来接我，然后载我去蒙特卡洛。”

二十分钟后，她成功订上了当晚七点的机票。

“从尼斯到蒙特卡洛有直升机直达服务。”辛西娅说，“我已经给你预订好了。”

“太好了，谢谢。”

当肯·贝利得知詹妮弗离开的原因时，他不屑地说：“那个摇滚混混以为自己是谁？”

“他很清楚自己的定位，肯。他是我们最重要的客户之一。”

“你什么时候回来？”

“应该在三四天之内。”

“你不在的时候一切都像变了个样。我会想你的。”

詹妮弗很好奇他是否还在和那个金发小伙子来往。

“好好守着我们的大本营，直到我回来。”

通常来说，詹妮弗是喜欢坐飞机的。她认为，在空中的这段时间可以让她摆脱压力，暂时逃离地面上困扰她的各种问题，它就像是太空中的一片宁静绿洲，远离客户那些没完没了的需求。然而，这次穿越大西洋的飞行并不愉悦。它异常颠簸，詹妮弗有些恶心，情绪也比较低落。

第二天早上飞机降落在尼斯时，她感觉好多了。一架直升机等着把她送到蒙特卡洛。詹妮弗以前从来没有坐过直升机，所以心里很是期待。然而，陡然上升和俯冲的动作让她又一次晕机了，即使下方是壮丽的阿尔卑斯山和大峭壁公路，还有在陡峭山坡上蜿蜒行进的玩具一般大的汽车，她也失去了欣赏的兴致。

蒙特卡洛的建筑物映入眼帘，几分钟后，直升机降落在海滩上白色的现代化避暑娱乐场所前方。

辛西娅事先打了电话，里克·阿伦就在那儿接詹妮弗。

他给了她一个热情的拥抱。"旅途顺利吗？"

"有点艰难。"

他仔细看了她一眼，说："你看起来是不太好。我带你去我住的地方，你可以好好休息，为今晚的盛大表演做准备。"

"什么盛大表演？"

"就是那场晚会。这就是让你来这儿的原因。"

"什么？"

"是的。格蕾丝说了，我喜欢谁就邀请谁，而我喜欢你。"

"哦，里克！"

詹妮弗要是能掐死他，一定会很解气。他根本不知道，他这么做完全扰乱了她的生活。她现在离亚当有三千英里远，她还有一堆没她不行的客户，还要参加各种庭审，可现在她竟被诱骗到蒙特卡洛来参加晚会！

詹妮弗说："里克，你怎能……"

看着他喜气洋洋的脸，她转而开怀大笑。

好吧，来都来了。另外，晚会可能会很有趣呢。

晚会确实精彩壮观。这是一场为孤儿举办的牛奶基金音乐会，由摩纳哥亲王雷尼尔三世与王妃格蕾丝·凯莉两位殿下赞助，晚会在户外避暑娱乐场所进行。这个夜晚十分美好，气温暖和，从地中海吹来的微风轻轻摇动着高大的棕桐树，现场的一千五百个座位上坐满了欢呼的观众。詹妮弗真希望亚当也在场，和她共同感受这一切。

共有六位国际明星登台表演，但主角是里克·阿伦。他身后是一支喧闹的三人乐队，闪烁着的迷幻灯光晕染着丝绒般的天空。待他表演结束后，全场掌声经久不息。

随后，主办方在巴黎酒店下面的游泳池举行了小型晚宴。巨大的水池周围摆上了鸡尾酒和自助晚餐，几十支点燃的蜡烛漂浮在池中的睡莲叶上。

詹妮弗估计现场有三百多人。她没有带晚会礼服，只能眼巴巴地看着衣着华丽的女人们争奇斗艳，自己则像个卖火柴的可怜女孩。里克把她介绍给了在场的王公贵族们。在詹妮弗看来，似乎欧洲一半的皇室成员都来了。她还遇到了几位卡特尔领头人和著名歌剧演员。参加派对的还有不少时装设计师和千金小姐，以及伟大的足球运动员贝利。正当詹妮弗与两位瑞士银行家交谈时，一阵眩晕感吞没了她。

"失陪一下……"詹妮弗说。

她找到了里克·阿伦。"里克，我……"

他看了她一眼，说："你脸色苍白得像张纸，宝贝。我们赶紧撤吧。"

三十分钟后，詹妮弗来到里克·阿伦租住的别墅中，躺倒在床上。

"医生已经在路上了。"里克对她说。

"我不需要看医生。这可能只是某种病毒或其他什么原因引起的。"

"嗯，必须得查查到底有没有'其他什么原因'。"

安德烈·蒙特医生瘦瘦的，八十岁上下，留着整整齐齐的络腮胡，手提一个黑色的医疗箱。

医生转向里克·阿伦。"你可否回避一下，谢谢了。"

"当然。我在外面等着。"

医生向床边靠过来。"好啦，你现在是什么情况？"

"我要是知道的话，"詹妮弗虚弱地说，"出诊的医生就该是我，而你则是躺在这儿的人。"

他在床边坐下。"你现在感觉怎么样？"

"感觉像得了黑死病一样。"

"请把舌头伸出来。"

詹妮弗伸出舌头，开始干呕。蒙特医生检查了她的脉搏，然后测量了体温。

他走完这些程序后，詹妮弗问道："我得的是什么病，医生？"

"这有很多种可能，美丽的女士。如果你明天精神足够好的话，我希望你能来我的办公室，我可以在那儿做一次彻底的检查。"

詹妮弗病得没力气多说了。"好吧，"她说，"我会去的。"

第二天一早，里克·阿伦开车把詹妮弗送到蒙特卡洛市内，蒙特医生给她做了一次全面检查。

"我是被毒虫咬了，对吗？"詹妮弗问道。

"如果你要的是预言，"老医生回答说，"我会派人去买那种里头有幸运签的饼干。如果你想知道你身体出了什么问题，我们就得耐心等待，直到实验室检验结果出来。"

"多久出结果？"

"通常需要两三天。"

詹妮弗知道她不可能在这儿待上两三天。亚当可能会需要她，她也需要亚当。

"在此期间，我希望你躺在床上休息。"他递给她一瓶药片，"这些药能让你放松下来。"

"谢谢。"詹妮弗在一张纸上潦草地写了几个字，"你可以打我的这个电话。"

詹妮弗走后，蒙特医生才看了那张字条，上面写着一个纽约的电话号码。

在巴黎戴高乐机场转机时，詹妮弗服用了两片蒙特医生给她的药片和一颗安眠药。在回纽约途中，她大部分时间都在断断续续地睡觉，但下飞机时，她感觉病情并没有好转。她没有安排任何人来接她，只是乘坐出租车回到自己的公寓。

下午晚些时候，电话铃响了，是亚当打来的。

"詹妮弗！你到哪儿……"

她试图让自己的声音听起来精神点。"对不起，亲爱的。我不得不去蒙特卡洛见客户，然后我又联系不上你。"

"我快担心死了。你没事吧？"

"我还好，我……一直在到处跑。"

"上帝保佑！我还以为发生了可怕的事情。"

"没什么可担心的，"詹妮弗安慰道，"竞选活动进展如何？"

"挺好的。我什么时候可以来看你？我本来打算去华盛顿，但我可以推迟……"

"别，你去吧。"詹妮弗说。她不希望亚当看到她这副样子。"我会很忙的。接下来我们可以一起过周末。"

"好吧。"他的语气有些勉强，"你如果十一点没有要紧事要办的话，可以在电视新闻节目上看到我。"

"我会收看的，亲爱的。"

詹妮弗挂上听筒后过了五分钟就睡着了。

第二天早上，詹妮弗打电话通知辛西娅说自己不会去事务所了。她昨晚睡得很不安稳，醒来后也没有感觉症状有好转。她试着吃早餐，但什么也咽不下去。她感到很虚弱，同时意识到自己已经三天没吃东西了。

她不情愿地把一连串可能发生在自己身上的可怕问题都想了一遍。癌症自然是排第一位的。她先是自己试着排除乳腺癌。然而，癌症可以存在于任何部位。也可能是某种病毒，但病毒是当即就能查出来的。问题就在于这事有太多种可能性了。

詹妮弗既失落又无助。她并不是那种整天怀疑自己生了病的疑病患者，也一直都很健康，而现在，她觉得自己的身体似乎背叛了她。当下的生活一切都是那么美好，如果自己有个三长两短，她可接受不了。

她会没事的。肯定会。

恶心的感觉再次向她袭来。

那天上午十一点，安德烈·蒙特医生从蒙特卡洛打来电话。接线员的声音说："请稍等一会儿，我在连接医生的电话。"

这一会儿就像一百年那么漫长，詹妮弗紧紧抓住电话，着急得近乎崩溃。

最后，蒙特医生的声音终于传了过来，他说："你现在感觉怎么样了？"

"几乎是老样子，"詹妮弗紧张地回答，"检测结果出来了吗？"

"好消息，"蒙特医生说，"不是黑死病。"

詹妮弗再也受不了了。"那是什么？我到底怎么了？"

"你有喜了，帕克夫人。"

詹妮弗呆呆地坐在那里，眼睛盯着电话。当她好不容易发出声音时，她问道："你……你确定吗？"

"兔子实验从来不会出错。我想，这是你的第一个孩子吧？"

"是的。"

"我建议你尽快去看产科医生。从早期症状的严重程度来看，你可能会遇到一些困难。"

"我会的，"詹妮弗答道，"谢谢你的来电，蒙特医生。"

她把听筒放回原位，静静坐着，心里一片混乱。她不知道自己是什么时候怀上的，也不知道自己现在是何感受。她没法冷静思考了。

她要为亚当生孩子了。突然间，詹妮弗知道了自己的感受。她感觉好极了，她觉得自己好像得到了某种难以形容的珍贵馈赠。

时机很完美，仿佛众神都站在他们这边。选举很快就会结束，她和亚当会尽快结婚。这个胎儿肯定是个男孩。詹妮弗对此很有把握。她等不及要通知亚当了。

她打电话到亚当的办公室。

"华纳先生不在，"他的秘书告诉她，"你可以试试拨打他的住宅电话。"

詹妮弗不太愿意打电话到亚当家里，但她实在按捺不住自己喜悦的心情了。她拨通了他家里的号码，是玛丽·贝思接的电话。

"很抱歉打扰到你，"詹妮弗表达了歉意，"有件事我必须和亚当谈谈。我是詹妮弗·帕克。"

"你打电话过来我很高兴，"玛丽·贝思声音里透露出的温暖令人心安，"亚当在处理一些演讲事务，不过，他今晚会回来的。你为什么不到家里来？我们可以一起吃饭。约在七点钟怎么样？"

詹妮弗犹豫了一会儿。"那真是太好了。"

詹妮弗开车前往哈德逊河畔的克罗顿镇，一路上没有发生意外也算是个奇迹了。她的心思飘得很遥远，憧憬着未来。她和亚当经常讨论要孩子的事情。她还记得他的话："我想要两三个长得和你一模一样的孩子。"

沿着公路开着车时，詹妮弗仿佛感觉到子宫里有轻微的震动，但她告诉自己这只是胡思乱想。现在还太早了。不过也不会太久了。亚当的孩子在她体内。它是一个活生生的生命，而且很快就会蹬腿了。这太棒了，她要被喜悦淹没了。她……

詹妮弗听到有人向她按喇叭，她抬头一看，原来自己差点把一辆卡车挤到了路旁。她抱歉地笑了笑，继续开车。这一天注定是美好的，什么都破坏不了。

詹妮弗的车子开到华纳家门口时已是黄昏。这时下起了细细的小雪，雪花像粉末一样轻轻地落在树木上。身穿蓝色织锦长袍的玛丽·贝思打开前门迎接詹妮弗，并挽起她的胳膊，热情地欢迎她进屋，这让詹妮弗想起了她们第一次见面的场景。

玛丽·贝思看起来容光焕发，喜气洋洋。她一个劲地寒暄，让来访者感到安心自在。她们走进了书房，那儿的壁炉里有一团欢快的火焰正噼啪作响。

"亚当还没有联系我，"玛丽·贝思说，"他可能被什么事耽搁了。在这种时候，我们正好可以好好聊一聊。你刚才在电话里好像很兴奋。"玛丽·贝思神秘兮兮地向前倾了倾身子，"是有什么重大喜讯吗？"

詹妮弗看着对面这位友善的女人，脱口而出："我怀上亚当的孩子了。"

玛丽·贝思靠在椅背上笑了。"哇！这可真了不得！我也一样呢！"

詹妮弗愣愣地看着她。"我……我不明白……"

玛丽·贝思笑了。"这事并不复杂,亲爱的。你也知道,亚当和我是夫妻。"

詹妮弗慢吞吞地说:"可……可你和亚当马上就要离婚了。"

"我亲爱的姑娘,我干吗要和亚当离婚?我这么爱他。"

詹妮弗感到一阵天旋地转,这些话让她摸不着头脑。"你……你爱的另有其人。你说你……"

"我说我深爱着一个人。那确实是。我爱的人是亚当。我告诉过你,我从看到亚当的第一眼就爱上了他。"

她这话一定不是认真的。她是在和詹妮弗逗着玩呢,这一定是某种愚蠢的游戏。

"别说了!"詹妮弗说,"你们就像兄妹一样相处。亚当和你并不同房……"

玛丽·贝思笑着说:"我亲爱的小可怜!我真的好震惊,像你这么聪明的人居然……"她关切地向前倾了倾身子。"你居然相信他!我很抱歉。真的。"

詹妮弗努力让自己不失控。"亚当爱的是我。我们要结婚了。"

玛丽·贝思摇了摇头,一双蓝眼睛正好对上了詹妮弗的双眼。詹妮弗看到她眼里不加掩饰的仇恨,心跳顿时停了半拍。

"那会让亚当犯下重婚罪的。我绝不会同意跟他离婚。如果我让亚当和我离婚,再娶你为妻,他就会输掉选举。事实上,他会胜出的。接着,我们就要去白宫了,亚当和我。像你这样的人,在他的人生中注定找不到位置。从来就不存在你的位置。他不过是以为他爱你。但是,当他发现我怀着他的骨肉时,他就会忘了你。亚当一直想要个孩子。"

詹妮弗紧闭双眼,试图止住头部的剧痛。

"需要我给你拿点什么吗?"玛丽·贝思关切地问。

詹妮弗睁开了眼睛。"你跟他说过你怀着他的孩子吗?"

"还没有。"玛丽·贝思微微一笑,"我想等他今晚回家,我们上床睡觉时再告诉他。"

詹妮弗的心中满是憎恶。"你这个怪物……"

"这就取决于是从谁的角度来看了，不是吗，亲爱的？我是亚当的妻子，而你是他的姘头。"

詹妮弗站起身来，又感到一阵天旋地转。她的脑袋里仿佛有个小锤子在砰砰乱砸，疼得她难以忍受，双耳也轰鸣不止。她跟跟跄跄、步履艰难地朝门口走去。

詹妮弗在门边停住了，她重重地倚在门上，设法理清思路。亚当说过他爱的是她，但他竟转身就与这个女人有了肌肤之亲，还令其怀上了孩子。

詹妮弗转身走进了寒风凛冽的雪夜中。

第24章

亚当正在本州范围内开展最后阶段的竞选宣传活动。他给詹妮弗打了几次电话，但他总是被随行人员包围，没法好好交谈，詹妮弗也无法对他诉说自己的事情。

詹妮弗知道玛丽·贝思怀孕的事应该如何解释了：是她诱骗了亚当。不过詹妮弗想听亚当亲口说出来。

"我过几天就回来，到时候我们再谈。"亚当说。

距离选举只有五天了。亚当理应胜出，因为他比对手更优秀。玛丽·贝思曾说，此次胜利或许会成为他日后当选美国总统的跳板。詹妮弗觉得这话说得没错。等待的过程虽然很煎熬，但她还是说服自己要静观其变。

如果亚当当选参议员，詹妮弗就会失去他。亚当会和玛丽·贝思一起搬去华盛顿。那样他就不可能离婚。一个新人参议员与处于孕期的妻子离婚，而去跟一个怀着私生子的情妇结婚，这样的丑闻实在是太过狗血，他将一辈子都无法扭转舆论。但如果亚当输掉选举，他就会获得自由，可以尽情地当一个律师，自由地与詹妮弗结婚，不必担心或在意别人会怎么想。他们将长相厮守，开枝散叶。

选举当天，天寒多雨。参议院选举与民众利益息息相关，所以尽管天气不好，预计仍有大量选民会到场投票。

早晨的时候，肯·贝利问道："你今天要去投票吗？"

"要去的。"

"看起来双方实力很接近，不是吗？"

"非常接近。"

那天早上晚些时候，她去了投票站，走进投票亭时，她没精打采地想：投给亚当·华纳的赞同票就是投给詹妮弗·帕克的反对票。她把票投给了亚当，然后离开了站点。她没心情再返回事务所了。整个下午，她都在街上漫无目的地闲逛，尽量不动脑思考，不理会周遭的一切，然而她仍能深切地感知到，接下来的几个小时将决定她余生的走向。

第25章

"这是我们州多年来票数最接近的选举。"电视里的播报员说道。

詹妮弗独自一人在家观看全国广播公司播报的选举节目。她给自己做了炒蛋和烤面包,然后又紧张得什么都吃不下。她穿着长袍,蜷缩在沙发上,和数百万观众一道,看着事关她命运的选举直播。每位观众都有自己的观看理由,都有寄希望于某个候选人的理由,但詹妮弗确信,他们中没有谁会像她这样深刻地受到此次选举结果的影响。如果亚当胜出,那就意味着他们关系的结束……以及她腹中胎儿生命的结束。

屏幕上快速地闪过亚当的一组镜头,而他身边的人是玛丽·贝思。詹妮弗一向对自己的阅人能力,以及看穿他人动机的能力十分自豪,但这次她竟被这个声音甜美的坏女人用那种柔情蜜意的伎俩给欺骗了。她一次又一次地驱除脑海中浮现的亚当与这个女人亲热的画面。

电视中的埃德温·纽曼说道:"以下是现任参议员约翰·特罗布里奇和竞选者亚当·华纳竞选参议员的最新得票数据。在曼哈顿,约翰·特罗布里奇共获得二十二万一千三百七十五张选票,亚当·华纳共获得二十一万四千八百九十五张选票。在皇后区第二十九选区的第四十五基层选区,约翰·特罗布里奇领先两个百分点。"

詹妮弗的人生正被人用百分比来衡量。

"布朗克斯、布鲁克林、皇后区、里士满四个区以及拿骚、罗克兰、萨福克和威斯彻斯特四个县的总票数加起来,投给约翰·特罗布里奇的有二百三十万票,投给亚当·华纳的有二百一十二万票。纽约州北部的选票统计即将出炉。亚当·华纳在对阵参议员特罗布里奇时表现强劲，而特罗布里奇已连任三届参议员。从一开始，民意调查就显示，双方的支持者人数几乎相等。到目前为止，百分之六十二的选票箱已经计算过票数。根据最新的数据统计，特罗布里奇渐渐领先。一个小时前，特罗布里奇领先两个百分点，而现在他已经将领先优势提高到二点五个百分点。如果这一趋势持续下去，全国广播公司的电脑将预测特罗布里奇成为联邦参议员竞选的胜利者。接下来是……"

詹妮弗端坐着，盯着电视机，心脏怦怦直跳。就好像数百万人正投票决定亚当到底和詹妮弗是一对还是和玛丽·贝思是一对一样。詹妮弗感到头晕目眩。她必须时不时吃点东西补充营养，可现在不能吃。除了眼前的屏幕上发生的事情以外，别的什么都不重要。选举的悬念每分每秒都在增加。

午夜时分，参议员约翰·特罗布里奇领先三个百分点。凌晨两点，百分之七十一的选票箱计算过票数后，特罗布里奇以三点五个百分点的优势领先。电脑宣布约翰·特罗布里奇赢得了选举。

詹妮弗坐在一旁凝视着电视。她耗光了所有的感情和精神。亚当输了。詹妮弗赢了。她赢得了亚当，赢得了他们的儿子。她可以毫无顾虑地把孩子的事情告诉亚当了，也可以为他们的未来做计划了。

詹妮弗为亚当感到痛心，因为她知道这次选举对他来说有多重要。但总有一天，亚当会走出失败的阴影。总有一天，他会再次参选，到时她会帮助他的。他还年轻。他们都有大好的前程。应该说，他们一家三口都有大好的前程。

詹妮弗在沙发上睡着了，在睡梦中，她梦到了亚当，选举，还有白宫。她和亚当以及他们的儿子置身于椭圆形办公室里。亚当在发表胜选感言。玛丽·贝思闯了进来，开始搅局。亚当斥责她，声音越来越大。詹妮弗醒了。原来这个声音来自电视中的埃德温·纽曼。电视机还开着，天已经亮了。

埃德温·纽曼看起来疲惫不堪，他正在公布最终的选举结果。詹妮弗听着他说话，还没完全清醒过来。

她正要从沙发上起身，纽曼说道："以下是纽约州参议员选举的最终结果。作为多年来最惊人的政治新闻，亚当·华纳以不到百分之一的优势击败了现任参议员约翰·特罗布里奇。"

选举结束了。詹妮弗输了。

第26章

那天上午，詹妮弗很晚才到事务所。辛西娅说："亚当斯先生打来电话了，帕克小姐。他整个上午都在往这儿打电话。"

詹妮弗犹豫了一下，然后说："好吧，辛西娅，接进来。"她走进自己的办公室，拿起电话。"你好，亚当。祝贺你。"

"谢谢。我们得谈谈。你有空一起吃午饭吗？"

詹妮弗犹豫了一下。"有的。"

迟早都要面对的。

这是詹妮弗时隔三周后第一次见到亚当。她端详着他的面孔，他看起来憔悴不堪。他竞选获胜，本应该红光满面，可如今却异常紧张，很不自在。他们点了菜，但谁都没吃，只是聊了聊选举，用一些话来掩饰自己的心中所想。

这种打哑谜的游戏变得越来越难以忍受，最后，亚当终于开口："詹妮弗……"他深吸一口气，鼓起勇气说，"玛丽·贝思要生孩子了。"

不知为何，这件事经他亲口说出来，就变成了难以忍受的现实。"对不起，亲爱的。它就这么发生了。很难解释。"

"你不必解释。"詹妮弗可以清楚地联想到这一幕：玛丽·贝思穿着极具挑逗性的睡衣，甚至干脆就是裸体，和亚当……

"我觉得自己像个傻瓜。"亚当说。此时的沉默令人难堪，于是他继续说下去。"今天早上我接到了全国竞选委员会主席的电话。他们在讨论推举我参加下一届总统竞选。"他犹豫了一下，"问题是，玛丽·贝思怀孕了，这时候离婚对我来说会很尴尬。我不知道该怎么办。我已经三个晚上没合眼了。"他看着詹妮弗说，"我很不想把问题抛给你，但……你觉得我们的事情可以再缓一缓吗，直到事情稳定下来为止？"

詹妮弗看着桌子对面的亚当，心如刀割，难以忍受。

"在此期间，我们会尽可能地经常见面。"亚当对她说，"我们……"

詹妮弗强迫自己开口："不，亚当。我们结束了。"

他凝视着她。"你肯定不是认真的。我爱你，亲爱的。我们会想办法……"

"办法并不存在。你的妻子和孩子不会凭空消失。你和我就到此为止。我很享受我们在一起的每一分每一秒。"

她站起身来，她知道如果不马上离开餐厅的话，她就会忍不住尖叫。"我们绝不能再见面了。"

她不忍去看他那充满痛苦的双眼。

"啊，上帝！詹妮弗！不要这样。请不要这样做！我们……"

她没有听到后面的话。当时的她正急急忙忙地奔向门口，逃出亚当的人生。

第27章

亚当打来的电话她一概不接，也不会回拨过去。他寄来的信也被她原封不动地原路退回。在上一封来信的信封上，詹妮弗写下了"已故"两个字，然后把它丢回了邮筒里。这是真的，我已经死了，詹妮弗心想。

她没想到这种沉重的痛苦是真实存在的。她想一个人待着，但她又没法一个人待着。她体内有另一个人，那是她和亚当的一部分。她决定摧毁它。

她强迫自己想出一个合适的堕胎地点。如果是几年前，堕胎可能意味着要找个无正规执照的庸医，在一个脏兮兮的后院房间里动手术。如今已经没这个必要了，她可以上医院找一位声誉良好的医生来进行手术。

要去纽约州之外的某个地方。詹妮弗的照片上过太多次报纸了，她本人也上过很多次电视。她需要匿名去一个没人对她问这问那的地方。绝不能让人把她和亚当·华纳——联邦参议员亚当·华纳——联系起来。他们的孩子必须不具名地死去。

詹妮弗稍微想象了一下孩子的相貌，然后崩溃大哭，气都喘不过来。

天下起雨来，詹妮弗抬头看向天空，心想是不是连上帝都在为她哭泣。

肯·贝利是詹妮弗唯一可以放心地寻求帮助的人。

"我要去堕胎，"詹妮弗没有任何铺垫地说，"你有好的医生推荐吗？"

他试着掩饰自己的惊讶，但詹妮弗可以看出他脸上来回闪过的各种情绪。

"要在纽约州之外的某个地方，肯。一个没人认识我的地方。"

"斐济群岛怎么样？"他的声音里带着怒气。

“我是认真的。”

“对不起，我……我一点思想准备都没有。”这消息让他大吃一惊。他打心底崇拜詹妮弗，也知道自己很爱她，有时他还以为自己的心上人就是她。然而，他没勇气承认。这对他来说是一种折磨。他绝不能让妻子的悲剧在詹妮弗身上重演。上帝啊，我到底是哪种人，你就不能给个定论吗？肯心想。

他捋了捋自己的红头发，说：“如果你不想在纽约州，我建议你去北卡罗来纳州。那里不太远。”

“你能帮我打听打听吗？”

“可以。好。我……”

“什么？”

他把目光从她身上移开。“没什么。”

接下来，肯·贝利一连消失了三天。到了第三天，他走进詹妮弗的办公室，胡子没刮，眼神空洞，眼圈发红。

詹妮弗看了他一眼，问道：“你还好吧？”

“我想还好。”

“需要我帮什么忙吗？”

“不必了。”连上帝都帮不了我，亲爱的，更别说你了，肯心想。

他递给詹妮弗一张字条，上面写着：北卡罗来纳州夏洛特市纪念医院埃里克·林登医生。

“谢谢你，肯。”

“不客气。你打算什么时候去？”

“我这个周末过去。”

他尴尬地说：“需要我和你一起去吗？”

“不了，谢谢。我一个人可以的。”

“那还有返程呢？”

“不会有事的。”

他站在那里犹豫了一会儿。“虽然这不关我的事，但你确定你真想这么做？”

"我确定。"

她别无选择。亚当的孩子对她来说是世界上最珍贵的宝物，但她心里明白，自己一个人把孩子抚养长大简直太愚蠢了。

她看着肯，又说了一次："我确定。"

那家医院位于夏洛特市郊区，是一座外观宜人的老式两层砖房。

登记台后方坐着一个头发花白、年近六旬的女人。"我能帮你什么忙吗？"

"嗯，"詹妮弗说，"我是帕克夫人。我和林登医生约好了要……"她说不出那两个字来。

接待员理解地点了点头。"医生在等你呢，帕克夫人。我会让人给你指路的。"

一位动作麻利的年轻护士把詹妮弗带到大厅后头的一间检查室，对她说："我会告诉林登医生你来了。你可否先脱下衣服，换上我们医院的长袍？衣架上就有一件。"

慢慢地，詹妮弗仿佛被某种虚幻的感觉附了身。她脱下衣服，穿上了白色的医院病号服。她觉得自己好像穿上了屠夫的围裙。她要杀死她体内的生命。在她心里，围裙上溅满了血，那是她孩子的血。詹妮感觉到自己在发抖。

一个声音说："好了，现在请放松。"

詹妮弗抬头看到一个身材魁梧的光头男子，角框眼镜让他的脸看起来有点像猫头鹰。

"我是林登医生。"他看了看手中的图表，"你是帕克夫人？"

詹妮弗点了点头。

医生摸了摸她的胳膊，安抚着说："坐下吧。"他走到水槽边用一个纸杯接水。"喝了它。"

詹妮弗服从地喝了水。林登医生坐在椅子上，看着她，直到她不再发抖。

"所以，你想要打胎？"

"是的。"

"帕克夫人，你和你丈夫讨论过这个问题吗？"

"讨论过。我们……我们都不想要这个孩子。"

他端详着她。"你看起来身体很好。"

"我感觉……我感觉还可以。"

"那是经济问题吗？"

"不。"詹妮弗尖锐地说。他问题怎么这么多？真烦人。"我们……我们就是不能生下这个孩子。"

林登医生拿出一个烟斗。"介意我抽烟吗？"

"不介意。"

林登医生点燃烟斗，说："这习惯真难改。"他向后靠了靠，嘴里喷出一团烟。

"能快些把这事解决了吗？"詹妮弗问。

她的神经紧张到了极点，她觉得自己随时可能会尖叫。

林登医生不慌不忙地又深深吸了一口烟。"我认为我们应该聊上几分钟。"

詹妮弗用强大的意志力控制住了自己的焦虑。"好吧。"

林登博士说："关于堕胎，有一个问题。它是个不可逆的过程。你现在还能改变主意，但是，孩子被流掉之后，你就无法再反悔了。"

"我不会改变主意的。"

他点了点头，又慢悠悠地吸了一口烟。"很好。"

烟草的气味渐渐让詹妮弗感到恶心。她希望他赶快把烟斗收起来。"林登医生……"

他不情愿地站起身来，说："好吧，年轻的夫人，让我给你检查一下。"

詹妮弗躺到检测台上，双脚踩住冰冷的金属镫。她感觉到他的手指在她体内试探，动作很轻柔，很熟练，她没有感到尴尬，只是一种无法形容的失落和悲哀涌上了她的心头。她的大脑不受控制地幻想着她年幼的儿子，因为她十分肯定，那是个男孩，他在她脑海中奔跑，玩闹，欢笑，然后渐渐长大，长成他父亲的模样。

林登医生检查完毕。"你可以穿上衣服了，帕克夫人。如果你愿意的话，可以在这儿住一晚，我们将在明天早上进行手术。"

"不！"詹妮弗的声音有些凄厉，她自己也没预料到，"我想现在就做手术。"

林登医生又开始打量她，脸上露出诧异的表情。

"我还有两个病人排在你前面。我让护士进来给你做个全面体检，然后把你带到手术室。大约不到四小时我们就能进行手术了。好吗？"

詹妮弗低声说："好吧。"

她躺在狭窄的病床上，闭着眼睛，等待林登医生回来。墙上有一个老式的钟，它的嘀嗒声回荡在房间里。接着，这嘀嗒声变成了细语声：小亚当，小亚当，小亚当，我们的儿子，我们的儿子，我们的儿子。

詹妮弗无法将胎儿的画面从脑海中抹去。此刻，小生命正安然地待在她温暖、舒适的体内，在羊膜子宫的保护下好端端地活着。她想知道胎儿是否会预先知道即将降临的厄运。她想知道胎儿被手术刀杀死时是否会感到疼痛。她用手捂住耳朵，拒绝去听时钟的嘀嗒声。她感到呼吸愈发困难，全身汗流不止。

一个声音传来，她睁开了眼睛。

林登医生站在她身边俯视着她，脸上露出担忧的神色。"你没事吧，帕克夫人？"

"没事，"詹妮弗小声说，"我就想赶快结束。"

林登医生点了点头。"我们接下来就这么做。"他从她床边的桌子上拿了一个注射器，朝她走去。

"这里面是什么？"

"德美罗和费耐根，能让你放松。我们几分钟后就要进手术室了。"他给詹妮弗打了一针，"依我看，你是第一次打胎？"

"是的。"

"那让我给你解释一下这个过程。它是无痛的，而且相对简单。在手术室里，你会戴上面罩，通过它呼吸一氧化二氮，一种通用麻醉剂。当你失去知觉时，阴道窥镜会被放进你的阴道，以便我们能够看清楚具体的情况。然后，我们会开始用一系列金属扩张器逐步撑开你的宫颈，用刮匙进行刮宫。你有什么

207

问题要问吗？"

"没有。"

一种温暖、困倦的感觉悄悄地笼罩住她。她能感觉到紧张感消失了，好像被人施了魔法一般，房间的墙壁也开始模糊起来。她想问医生一些事情，但又想不起来要问什么……是关于胎儿的一些事情……这些似乎都不再重要了。重要的是，她正在做她不得不做的事情。几分钟后，一切都会结束，她将可以开始新的生活。

她发现自己进入了一种奇妙的、梦一般的状态……她意识到有人走进房间，把她抬到一张带轮子的金属台上……金属的冰冷透过薄薄的病号服直抵她的背部。她躺在金属台上，被人推往走廊深处。她开始数头顶上的灯。数对数字似乎很重要，但她也说不上为什么。她被推进一个白色的无菌手术室。詹妮弗心想，我的孩子就要在这儿死去了……别担心，小亚当……我不会让他们伤害你的……不知怎么，她抽抽搭搭地哭了起来。

林登医生拍了拍她的手臂。"没关系，不疼。"

不带痛苦地死去，那倒挺不错，詹妮弗心想。她爱她的孩子，她不愿让他承受痛苦。

有人给她戴上了面罩，只听那人说："深呼吸。"

詹妮弗感觉到有双手撩起了她的病号服，然后分开了她的双腿。

要开始了。马上就要开始了。小亚当，小亚当，小亚当。

"放轻松点。"林登医生说。

詹妮弗点了点头。再见，我的宝贝。她感觉到一个冷冰冰的金属器具开始在她的大腿之间移动，然后慢慢向上滑进了她的体内。是外来的索命工具要来处死亚当的孩子了。

她听到一个陌生的声音在尖叫："住手！住手！住手！"

詹妮弗抬眼一看，几张人脸正向下惊讶地看着她，她这才意识到尖叫声是她发出来的。面罩在她的脸上压得更紧了。她想坐起来，但身上的皮带把她扯住了。她被卷入了一个漩涡，漩涡旋转的速度越来越快，她好像要被淹死了。

她能记起的最后一件事是天花板上那巨大的白光，它在她的头顶旋转着，然后下降，最后转入她的头骨深处。

詹妮弗醒来时，发现自己躺在病床上。透过窗户，她可以看到外头很黑。她觉得身上又酸又痛，也不知道自己昏迷了多久。她还活着，但她的孩子……

她伸手去够床边的电铃，然后按了下去。她一直按，一直按，仿佛发狂似的，无法控制自己。

一名护士出现在门口，然后迅速离开了。几分钟后，林登医生匆匆忙忙地走了进来。他走到床边，轻轻地将詹妮弗的手指从电铃上掰开。

詹妮弗用力抓住他的胳膊，用嘶哑的声音说："我的孩子……他死了！"

林登医生说："不，帕克夫人。他还活着。我希望他是个男孩。你一个劲地叫他亚当。"

第28章

圣诞节匆匆而来，又匆匆而去，紧接着是全新的一九七三年。二月的飞雪让位于三月的春风，詹妮弗知道，是时候该放下工作了。

她召开了事务所职工会议。

"我要休假了，"詹妮弗宣布，"接下来的五个月，我都不会来上班。"

人们发出了惊讶的低语。

丹·马丁问："我们能联系得到你，对吗？"

"不能，丹。我会是失联状态。"

泰德·哈里斯透过厚厚的眼镜看着她。"詹妮弗，你不能就这么……"

"我这个周末就动身。"

她的语气里有一种决绝的意味，容不下更多的问题。会议的其余部分讨论了当下的未决案件。

趁其他人都离开了，肯·贝利问道："你真的考虑好了吗？"

"我别无选择，肯。"

他望着她。"我不知道这个狗杂种是谁，但我是真恨他。"

詹妮弗把手放在他的手臂上。"谢谢，我会没事的。"

"事情会越发不好处理的。你懂的，孩子总有一天要长大，他会问问题，会想知道自己的父亲是谁。"

"我会想办法对付的。"

"好的。"他的语气缓和了，"如果有什么是我能做的……什么都行，我一定随叫随到。"

她搂着他的肩说："谢谢你，肯。我……谢谢你。"

其他人都下班后，詹妮弗仍待在办公室里，独自坐在黑暗中思考，久久不愿离开。她会永远爱着亚当。没有什么能改变这一点，而且她确信，他也依然爱着她。不知怎么，詹妮弗反倒有些希望他把她忘了。

他们相爱却不能在一起，只能天各一方地活下去，这真是生命中难以承受的讽刺。亚当会与玛丽·贝思还有他们的孩子一起生活在华盛顿。也许有一天亚当会入主白宫。詹妮弗想象着自己的孩子长大了，追着她问他的生父是谁，而她绝不能告诉他。他也绝不能让亚当知道，她给他生了一个孩子，因为这样做会毁了他。

然而，万一其他人知道了这件事，亚当同样会被毁掉，只不过毁灭的方式不同而已。

詹妮弗决定在曼哈顿郊外的某个乡村买一栋房子，在那里她可以和孩子一起生活，拥有自己的小天地。

她发现这栋房子的经过纯属偶然。当时，她去长岛见客户，在三十六号出口出了长岛高速公路，接着她拐错了弯，发现自己竟到了沙点村。那里的街道很安静，绿树成荫，房子离公路有一段距离，而且每栋房子互不相邻。沙点路上有一栋殖民地时期的白色房子，房子前方立着一个"出售"铭牌。庭院被栅栏包围着，宽阔的车道前方是漂亮的锻铁大门，一排排灯柱照亮了道路。房子前方还有一块很大的草坪，草坪上栽着一排紫杉，起到了遮阴挡风的作用。从外部看，它很是迷人。詹妮弗抄下了房产经纪人的名字，并预约第二天下午去看房。

房产经纪人是推销员那一类型的，一个劲地想促成交易，根本不考虑买家的实际利益。詹妮弗向来最讨厌这类经纪人。不过，她要买的是一栋房子，又不是房产经纪人的人品。

他说："这房子真是美极了。千真万确，一栋真正的美宅。大约有一百年的历史。现在仍处于顶级状态。绝对顶级。"

顶级状态肯定是瞎吹的。房间通风宽敞，但需要翻修。把房子好好修整一下，再装饰一番，应该会很有趣，詹妮弗心想。

楼上的主卧对面是一间可以改建成婴儿房的房间。她会刷成蓝色和……

"要去庭院走走吗？"

是院子里的树屋让詹妮弗下了买下这栋房子的决心。它建在一棵结实的橡树之上，被一个高高的平台托着。这树屋将属于她的儿子。整栋房子共占地三英亩，房后的草坪坡度平缓，一直延伸到海湾，海湾处还有一个码头。这会是她儿子成长的好地方，有足够的空间让他四处奔跑。不久的将来，他还会有一艘小船。这里足以保护他们的隐私，因为詹妮弗决定，这将是一个只属于他们母子的世界。

她第二天就买下了这栋房子。

詹妮弗怎么也没想到，搬离她和亚当共同生活过的曼哈顿公寓竟会这般痛苦。他的浴袍和睡衣还在，拖鞋和剃须用具还在。每个房间都承载着无数关于亚当的回忆，关于那不复存在的美好过去的回忆。詹妮弗尽快收拾好东西，匆匆离开了那里。

在新房子里，詹妮弗每天从早忙到晚，这样就没有时间去想亚当了。她在沙点县和华盛顿港的商店里进进出出，订购家具和窗帘。她买了博豪牌亚麻家居织品、银器和瓷器。她雇了当地工人前来修理有故障的水管、漏水的屋顶和破旧的电气设备。从清晨到黄昏，房子里都是油漆工、木匠、电工和糊墙纸的师傅的身影。詹妮弗总是亲临现场，监督工程。她白天把自己弄得精疲力尽，好让自己晚上能睡个好觉，但那些夜晚的恶魔又回来了，它们在难以言说的噩梦中折磨着她。

她经常光顾古董店，购买灯具、桌子和艺术品。为了装饰花园，她买了人造喷泉和三个雕像，分别是利普希茨、野口勇和胡安·米罗的作品。

房子内部的一切都开始呈现出美丽的样子。

鲍勃·克莱门特是詹妮弗的一位来自加利福尼亚州的客户，他为詹妮弗的客厅和婴儿房专门设计的地毯使室内散发出柔和的色彩。

詹妮弗的腹部越来越大了，她在村子里买了孕妇装，安装了一部不录入电话簿的电话。那只是为了紧急情况，她没有给过任何人电话号码，也不想接到任何电话。事务所里唯一知道她住处的人是肯·贝利，而他发过誓会保密。

一天下午，他开车去看詹妮弗。詹妮弗带他参观了房子和庭院，看到他愉快的样子，詹妮弗很是得意。

"真漂亮，詹妮弗。真漂亮。你装修得太好了。"他看着她隆起的腹部问道，"还要多久？"

"还要两个月。"她把他的一只手放在她的肚子上，"你来感受一下。"

他感到有东西隔着肚皮踢他。

"他一天比一天壮实了。"詹妮弗自豪地说。

她为肯做了晚饭。

他特意等到吃甜点时才提起那个话题。"瞎打听不是我的本意，"他说，"但那位骄傲的爸爸……不管他是谁，不应该做点什么吗？"

"换个话题。"

"好的。对不起。事务所的同事非常想念你。我们接了一个新客户，他……"

詹妮弗举起一只手。"我不想听。"

詹妮弗不想和肯分别，他们一直聊到肯非离开不可的地步。他是个好人，也是她的挚友。

詹妮弗以各种可能的方式斩断自己与外界的联系。她不再看报纸，也不看电视或听收音机。她的宇宙就在这四壁之内。这儿是她的家，她的母体，是她儿子的降生之地。

她阅读了她所能找到的关于育儿的所有书籍，从斯波克博士到艾姆斯、格塞尔，这些人的著作她是读了又读。

装修完婴儿房后，詹妮弗往里头塞满了玩具。她光顾了一家体育用品商店，看着货架上的橄榄球、棒球棍和接球手用的手套，她不禁取笑起自己来。这太荒谬了。他都还没出生呢。不过，她还是买了棒球棍和接球手用的手套。橄榄球也很有诱惑力，但还是再等一段时间吧，她心想。

五月过去了，六月来了。

工人们完工了，房子变得静谧舒适。詹妮弗每周两次开车到村里的超市购物，每两周去看一次她的产科医生哈维。詹妮弗遵照医嘱，多喝牛奶，摄入维生素，吃各种适宜的健康食品。她的体型越来越粗大了，行动也变得笨拙了，四处走动越来越有难度。

詹妮弗一向好动。她本以为自己会厌恶发胖，厌恶行动笨拙，但不知为何，这次她并不介意。没有理由再急匆匆的了。日子漫长、平静，如梦似幻。她体内的某个生物钟放缓了节奏。那感觉就好像在保存自己的能量，然后将它注入活在她体内的另一个身躯。

一天早上，哈维医生给她做了产检，说："再等两周就行了，帕克夫人。"

已经快到了。詹妮弗曾以为她会害怕，她听说过所有关于分娩之痛、意外和畸形婴儿的吓人传说。而今她并不害怕，她只盼望着分娩时刻早日到来，那样她就能尽快和儿子相见，然后亲手抱抱孩子。

肯·贝利现在几乎每天都往詹妮弗这儿跑，给即将出生的婴儿带来《勇敢的小火车头》《红色小母鸡》《兔子帕特》和十几本苏斯博士的作品。

"他肯定会喜欢这些的。"肯说。

詹妮弗笑了，因为肯用了"他"来指代她腹中的胎儿。这可是个好兆头。

他们在庭院里漫步，又在水滨野餐，然后坐着晒太阳。詹妮弗对自己现在的外形是有自知之明的。她心想：为什么他要在这么一个丑陋的，好似在马戏团打工的胖女人身上浪费时间呢？

而肯看着詹妮弗的时候，心里想的却是：她是我见过的最美的女人。

第一次阵痛发生在凌晨三点。痛感实在太强烈了，詹妮弗都喘不上气了。几分钟后，痛感再次袭来，詹妮弗欢欣鼓舞地想：时候到了！

她开始计算阵痛的间隔时间，到每隔十分钟就痛一次时，她给产科医生打了电话，然后开车前往医院，每次宫缩到来的时候，她都把车停在路边休息一会儿。到达医院时，一位护理人员已站在外头等她。几分钟后，哈维医生便已经在给她做身体检查了。

检查完毕，他让詹妮弗放宽心："好啦，这将是一次轻松的分娩，帕克夫人。你只需尽量放松，然后就自然而然生完了。"

分娩过程并不轻松，但也没有痛到无法忍受的地步。詹妮弗能承受这样的疼痛，因为只有经历过它，美好的事物才会降临。她分娩了将近八个小时，到最后，她的身体已受尽折磨，因痉挛而扭曲得不成样子。正当她以为痛苦会没完没了地继续下去时，她的整个身子突然迅速放松下来，然后一阵空荡荡的感觉袭来，接着就是突如其来的平静和幸福。

她听到一声细细的啼哭，哈维医生抱着孩子说："帕克夫人，你想不想看看你的儿子？"

詹妮弗灿烂的微笑使整个房间都为之一亮。

第29章

男孩的名字叫乔舒亚·亚当·帕克，重八磅六盎司①，从外形上看无可挑剔。詹妮弗知道，刚出生的婴儿一般都并不好看，皱巴巴的，全身发红，像小猴子一样。可乔舒亚·亚当是例外。他很好看。

医院的护士们一个劲地对詹妮弗说，乔舒亚这孩子有多么多么英俊，詹妮弗听得耳朵都要起茧了。他与亚当的相像程度简直惊人。乔舒亚·亚当遗传了他父亲灰蓝色的眼睛和圆圆的精致脑袋。詹妮弗看着他的时候，那感觉就像是在看亚当。那是一种奇怪的感觉，一种悲喜交集的辛酸。如果亚当能够看到自己的英俊儿子，他该有多高兴啊！

乔舒亚只有两天大的时候，他就冲着詹妮弗微笑，詹妮弗立刻兴奋地叫来护士。

"看哪！他在笑！"

"那是胃胀气了，帕克夫人。"

"对其他婴儿来说可能是胃胀气。"詹妮弗固执地说，"但我儿子就是在笑。"

詹妮弗先前不知道孩子会给她带来什么感觉，也很担心自己能否成为一个好妈妈。身边有个婴儿肯定会很无聊，要给他换尿布，喂奶，在他哭闹时给予呵护，哄他睡着，还没办法与他沟通。

---

① 英美制质量或重量单位，1盎司约合28.35克。——编者注

在孩子四五岁大之前，我对他肯定产生不了什么感情，詹妮弗曾经这么想过。然而她错了，大错特错。自打乔舒亚出生的那一刻起，詹妮弗就对他怀有深厚的母爱，连她自己都不知道她心中竟会存在这样一种爱意。那是一种具有强烈保护性质的爱。乔舒亚如此弱小，而世界又如此广大。

当詹妮弗把乔舒亚从医院抱回家时，医生给了她一长串育儿指示，但这些指示没帮上什么忙，反而让她惊慌失措起来。在最初的两周里，有一位专门的护士住在她家。在那之后，詹妮弗就只能靠自己了，而她又很害怕做错事，让孩子有个三长两短。她每时每刻都在担心他会呼吸骤停。

詹妮弗第一次给乔舒亚调制配方奶时，忽然想起自己忘了给橡皮奶头消毒。于是她把配方奶倒进水槽，重新来过。调制完后，她又想起她忘记给奶瓶消毒了，于是又得从头再来。等到终于弄好的时候，乔舒亚已经饿得哇哇大哭了。

有时詹妮弗会认为，自己无论如何都搞不定。在某些毫无准备的时刻，她会被无端的抑郁情绪淹没。她告诉自己，这是正常的产后忧郁，但这一解释并不能宽慰她。她总是精疲力尽，似乎整夜都必须醒着，时刻准备给乔舒亚喂奶。而到了好不容易能入睡时，乔舒亚又开始哭闹，把她吵醒，然后她就会跌跌撞撞地返回婴儿房。

詹妮弗每个小时都要给医生打电话，日夜不停。乔舒亚呼吸太快了……他呼吸太慢了……乔舒亚咳嗽了……他不肯吃晚饭……乔舒亚呕吐了……

为了不至于被詹妮弗烦死，医生索性开车到了她家里，开导了她一番。

"帕克夫人，我从未见过比你儿子更健康的婴儿。他可能看起来很脆弱，但他其实强壮得像头小牛。别担心他了，好好享受和他在一起的时光。你只需记住一件事，他不会走在咱们前头的！"

从此，詹妮弗紧绷的神经稍微放松了一些。她用印花窗帘和蓝底床罩装饰了乔舒亚的卧室，床罩上点缀着白花和黄蝴蝶。屋里有一张婴儿床，一排游戏护栏，一套微型箱柜和桌椅，一匹木马，还有一个装满玩具的箱子。

詹妮弗喜欢抱着乔舒亚，给他洗澡，给他换尿布，还喜欢把他放在闪闪发光的新婴儿车里带他出去兜风。她常常对他说话，在乔舒亚四周大的时候，他居然赏脸冲她微笑。不是胃胀气，是微笑！詹妮弗高兴地想。

肯·贝利第一次看到乔舒亚时时，盯着他看了老半天。詹妮弗心里突然掠过一阵恐慌，心想："他要认出来了。他要发现这是亚当的孩子了。"

但肯只是说："他长得很周正，继承了他母亲的美貌。"

她让肯把乔舒亚抱在怀里，然后取笑他动作笨拙。可她又禁不住想，乔舒亚这辈子是不能让他爸爸抱上一抱了。

六周过去了，是时候回去工作了。詹妮弗一想到要离开儿子就很难过，哪怕一天只是分开几个小时。然而，她又很期待回到自己的事务所。她不问世事已经很长时间了，是时候重新进入她的另一个世界了。

她照了照镜子，断定当务之急是让身材恢复到怀孕前的状态。乔舒亚刚出生不久，她就开始坚持节食和锻炼，眼下她更加努力了，也确实很快就变得跟休假前一样了。

詹妮弗开始面试女管家。她像审视陪审员一样审视他们，她会试探，找出面试者的弱点，看她们是否诚实，能不能胜任工作。她面试了二十多个人，最终选中了一位既让她喜欢，又值得信赖的中年苏格兰妇女——麦基太太。麦基太太曾为一个家庭工作了十五年，直到孩子们一个个长大，到很远的地方上学了才离开。

詹妮弗让肯调查了她的背景。肯保证麦基太太是守法公民，詹妮弗这才雇用了她。

一周后，詹妮弗回到了事务所。

第30章

詹妮弗·帕克的突然失踪在曼哈顿律师界引发了一系列谣言。

当小道消息传出詹妮弗已经返岗时，大家都展现出了极大的兴趣。詹妮弗回归的那天早上，接待人数不断增加，因为其他事务所的律师都顺道来拜访她了。

辛西娅、丹和泰德在办公室里拉了彩带和横幅，横幅上写着"欢迎回来"四个大字。他们还准备了香槟酒和蛋糕。

"大早上的就喝酒？"詹妮弗表示抗议。

但他们坚持仪式感可不能缺。

"你一走，这儿简直成了疯人院。"丹·马丁告诉她，"你不会再来这一出了，对吗？"

詹妮弗看着他说："不，我不会离开你们了。"

未经预约的访客源源不断地到来，想亲眼看到詹妮弗没事，顺便祝她身体健康。

当被问到这几个月去了哪里时，詹妮弗先是笑着搪塞过去，然后说："这是不允许对外透露的。"

她整天都在和员工开会，有数百条电话留言待她处理。

当詹妮弗的办公室就剩下她和肯·贝利二人时，肯说："有个人老嚷着要找你，都快把我们逼疯了，你知道是谁吗？"

詹妮弗的心跳加速了。"谁？"

"迈克尔·莫雷蒂。"

"哦。"

"他这人真奇怪。在问不出你去哪儿了之后，他非要我们发誓说你安然无恙不可。"

"别管这个迈克尔·莫雷蒂了。"

詹妮弗仔细过了一遍事务所正在处理的所有案件。生意很好，他们争取到了许多重要的新客户。一些老客户则谢绝让詹妮弗以外的人接手他们的案子，坚持要等到她回来。

"我会尽快给他们打电话的。"詹妮弗承诺。

她把电话留言都听了一遍。亚当曾打来十几个电话。也许她应该让亚当知道她没事，没有缺胳膊少腿。但她知道，她一听到他的声音，一想到她其实离他很近，却无法和他见面，触摸他，拥抱他，也不能把乔舒亚的事情告诉他，她就会忍不住崩溃。

辛西娅制作了一份新闻报道集子，里面收录了一些她认为詹妮弗会感兴趣的新闻。其中有一个关于迈克尔·莫雷蒂的系列报道，报道称他是全国最重要的黑手党领袖，文字旁边还配有一张他的照片，照片下方的说明文字是"我不过是个卖保险的"。

詹妮弗花了三个月的时间来处理积压的案件。她本可以处理得更快，但她坚持每天四点就离开事务所，无论手头的事情有多重要。乔舒亚在等着她呢。

每天早上，去上班之前，她会亲自为乔舒亚做早餐。在离开之前，她也尽可能多地陪他玩耍。

每天下午回到家，詹妮弗的时间就都用来陪伴乔舒亚了。她坚持把业务问题都留在办公室，并回绝了所有妨碍她陪伴儿子的案件。她周末不工作，也不让任何东西入侵她的私人生活。

她喜欢大声读书给乔舒亚听。

麦基太太反对她的这一做法。"他还是个婴儿，帕克太太。你说的话他一个字都听不懂。"

詹妮弗总会自信地答道："乔舒亚能懂。"

接着，她便继续往下读。

乔舒亚身上接连发生着奇迹。在只有三个月大的时候，他就开始咿咿呀呀地和詹妮弗聊天。他会在婴儿床上玩一个叮当作响的大球和一只肯带来的玩具兔子。等到六个月大的时候，他已经不满足于待在小小的婴儿床里，而是想要爬出去探索世界了。詹妮弗把他抱在怀里，他的两只小手抓住她的手指，两人像模像样地进行了一场长谈。

詹妮弗的上班时间排得满满当当的。一天早上，她接到了一家大型石油公司的总裁菲利普·雷丁打来的电话。

"不知我们能否见上一面，"他说，"我遇到了点麻烦。"

詹妮弗无须发问就知道是什么麻烦了。他们这家公司正面临行贿指控，控方称他们行贿是为了在中东开展业务。受理这个案子能赚到一大笔律师费，但詹妮弗根本没时间。

"对不起，"她说，"我没空，但我可以给你推荐一位优秀律师。"

"有人让我一直坚持到你答应为止。"菲利普·雷丁回复道。

"是谁？"

"我的一个朋友，劳伦斯·沃尔德曼法官。"

听到他说出这个名字，詹妮弗觉得难以置信。"沃尔德曼法官让你给我打电话？"

"他说你是所有律师中最好的，不过，就算他不说我也知道。"

詹妮弗手握听筒，开始回想她以前和沃尔德曼法官打交道的经历，她曾确信沃尔德曼法官很不喜欢她，还打算扳倒她。

"好吧，我们明早一起吃个早饭吧。"詹妮弗说。

挂断电话后，她拨通了沃尔德曼法官的电话。

电话里传来熟悉的声音。"哦，我们已经好长时间没说过话了，年轻的女士。"

"我想感谢您向菲利普·雷丁推荐了我。"

"我是想确保能有个靠谱的人帮他解决难题。"

"我很感激，法官大人。"

"你愿意挑一个晚上和一位老人共进晚餐吗？"

詹妮弗受宠若惊。"当然，十分愿意。"

"好吧。我请你到我的俱乐部来。这里都是一群老古董，平时很少有机会见到年轻漂亮的姑娘，我估计他们的精神会有些振奋。"

劳伦斯·沃尔德曼法官是西四十三号街世纪协会的成员。他们坐下吃晚餐时，詹妮弗发现，他之前说的老古董不过是个玩笑话。餐厅里坐满了作家、艺术家、律师和演员等社会名流。

"这里的传统是从来不互做介绍。"沃尔德曼法官向詹妮弗解释道，"因为大家都是一眼就能认出的名人。"

真的，詹妮弗认出了不同桌上的路易斯·奥金克洛斯、乔治·普林姆顿和约翰·林赛等人。

在社交方面，沃尔德曼与詹妮弗想象中的完全不同。喝鸡尾酒时，他对詹妮弗说："我曾希望看到你被撤销律师资质，因为我认为你玷污了我们这一行。但如今，我肯定我当时的想法是错的。我一直在密切关注你。我认为你给这个行业增添了荣耀。"

詹妮弗很高兴。在她遇到过的法官中，有贪赃枉法的，也有愚蠢无能的。但劳伦斯·沃尔德曼让她十分敬重。他既是一位杰出的法学家，也是一位正直的公民。

"谢谢您，法官大人。"

"法庭之外，我们不妨以劳伦斯和詹妮相称吧？"

她父亲是唯一一个会叫她詹妮的人。

"好的，劳伦斯。"

食物非常美味。这天之后，他们每个月都会聚餐一次，并从中享受到了极大的愉悦。

第31章

光阴似箭，转眼就到了一九七四年的夏天。自乔舒亚·亚当·帕克出生以来，一年已经过去了，真令人难以置信。他已经开始蹒跚学步，也明白了"鼻子""嘴巴"和"头"的意思。

"他是个天才。"詹妮弗直白地告诉麦基太太。

詹妮弗策划了乔舒亚的第一个生日派对。派对场面隆重，就好像是在白宫举办的一样。周六她去商店买礼物。她给乔舒亚买了衣服、书籍和玩具，还有一辆他一两年内都用不上的儿童三轮脚踏车。

她为受邀参加派对的邻居的孩子们买了礼物，然后花了一整个下午挂飘带和气球。她亲自烤制了生日蛋糕，然后把它放在厨房的桌子上。不知怎么，蛋糕被乔舒亚撞见了，他一把又一把地抓起蛋糕塞进自己嘴里，在其他宾客到来之前就把蛋糕弄得面目全非了。

詹妮弗邀请了附近的十几个孩子和他们的母亲。唯一的成年男嘉宾是肯·贝利。他给乔舒亚带来了一辆儿童三轮脚踏车，和詹妮弗买的那辆一模一样。

詹妮弗笑着说："这也太好笑了，肯。乔舒亚还这么小，骑不了。"

虽然派对只持续了两个小时，却很精彩。孩子们胡吃海喝，吐在了地毯上；为了争玩具，他们相互扭打在一起；气球爆炸的时候，他们还吓得哇哇大哭。总的来说，詹妮弗断定这是一次成功的派对。除了偶尔的洋相外，乔舒亚的言行举止基本称得上沉稳端庄，俨然一副好客的小主人形象。

那天晚上，所有客人都走了，乔舒亚也被抱到床上睡下了。詹妮弗坐在他的床边，看着她熟睡的儿子，为这个她和亚当·华纳创造的奇妙生物啧啧称奇。亚当如果能看到乔舒亚今天的表现，他会有多骄傲呀！不知为何，这种快乐被削弱了，因为他不在她身边，她只能一个人体会。

詹妮弗想到了乔舒亚未来的所有生日，两岁，五岁，接着是十岁，二十岁。他会长大成人，然后离开她，自己挣钱养活自己。

快打住！你这不是在后悔生下他吗？詹妮弗责备自己。那天晚上，她躺在床上，没有丝毫睡意，重温着派对的每一个细节。

也许有一天，她可以把这次派对说给亚当听。

第32章

在接下来的几个月里，参议员亚当·华纳成了家喻户晓的人物。他的背景、能力和领袖魅力使他迅速在参议院崭露头角。他在几个重要的委员会中赢得了一席之地，并提出了一条重大的劳动法规，这条法规很快获得了通过，没有遇上什么阻力。亚当·华纳在国会中有雄厚的人脉资源，许多人都认识并敬重他的父亲。人们一致认为，亚当总有一天会成为总统候选人。对此，詹妮弗怀有一种苦乐参半的自豪感。

詹妮弗的客户、同事和朋友常常邀请她一起吃饭、看戏或是出席各种慈善活动。可她几乎拒绝了所有邀请。她有时会和肯一起消磨晚上的时光。她非常喜欢有他在一旁陪伴的状态。他很风趣，又很爱自嘲，但詹妮弗知道，在轻松的外表下，他其实是一个敏感而孤独的人。到了周末，他有时会来詹妮弗家吃午饭或晚饭，然后和乔舒亚玩上几个小时。这一大一小的两个人都很爱对方。

有一次，乔舒亚已经被抱上床睡了，詹妮弗和肯则在餐厅吃饭。肯一直盯着詹妮弗，直到她开口问道："出什么事了吗？"

"上帝啊，我这是怎么啦？"肯叹息着说，"抱歉。这真是个混账世界。"

然后，他就再没多说什么了。

亚当将近九个月没联系过詹妮弗了，但她仍会热切地阅读每一篇关于他的报道和杂志文章。每次他出现在电视上，她都会特意收看。她总是想着他。哪能不想呢？她的儿子就是一个行走的提示牌，时刻提醒她亚当的存在。乔舒亚现在两岁了，长得非常像他的父亲。他们有着同样的蓝眼睛，举手投足也十分相像。他是个缩小版、可爱版的亚当，热情活泼，总是急着提出各种各样的问题。

令詹妮弗惊讶的是，乔舒亚会说的第一个词是"车"，那发生在她第一次开车带他兜风的时候。

他现在能说完整的句子了，还会说"请"和"谢谢"。有一次，他坐在儿童座椅上，詹妮弗试着给他喂饭，他不耐烦地说："妈妈，你去玩玩具吧。"

肯给乔舒亚买了一套颜料，随后他就开始忙着给客厅的墙壁涂上颜色。

麦基太太发现后想打他屁股，詹妮弗说："别打。这些都能洗得掉。乔舒亚只是在表达自己。"

"这正是我要做的事，"麦基太太嗤之以鼻地说，"只是在表达自己！你会把这个男孩宠坏的。"

可乔舒亚并没有被宠坏。他调皮捣蛋，要这要那，但这对一个两岁的孩子来说很正常。他害怕吸尘器，害怕野生动物，害怕火车和黑暗。

乔舒亚是个天生的运动健将。有一次，詹妮弗看着他和朋友一块玩耍，其间她转过身对麦基太太说："尽管我是乔舒亚的母亲，但我还是能保持客观的，麦基太太。我认为，他可能是耶稣再世。"

詹妮弗给自己立下了一条不成文的原则，只要是让她与乔舒亚两地分离的案件她一律不接。但一天早上，她接到了一个名叫彼得·芬顿的当事人的紧急电话。芬顿是一家大型制造公司的老板。

"我要在拉斯维加斯买一家工厂，我想让你飞到那儿去见他们的律师。"

"我派丹·马丁去吧，"詹妮弗提议道，"你知道我不喜欢出城，彼得。"

"詹妮弗，你可以在二十四小时内完成整件事情。我会用本公司的专机载你过去，第二天再送你回来。"

詹妮弗犹豫了一下。"好吧。"

她去过拉斯维加斯，但对那儿没什么特殊的感觉。它不令人讨厌，但也不招人喜欢。人们必须把它视为一种文明，一种拥有自己的语言、法律和道德的外来文明。世界上没有哪座城市像拉斯维加斯这样，巨大的霓虹灯通宵达旦地闪烁，将那些富丽堂皇的娱乐场所点缀得更加引人注目，引得世界各地的游客蜂拥而至，心甘情愿地排起长队花光他们好不容易攒下的积蓄。

詹妮弗给麦基太太留下了一长串关于照顾乔舒亚的详细指示。

"帕克夫人，你要离开多久？"

"我明天就回来。"

"不愧是亲妈！"

第二天一早，彼得·芬顿的利尔号喷气式飞机接上詹妮弗飞往拉斯维加斯。詹妮弗花了一下午和一晚上的时间推敲合同细节。一切都办妥后，彼得·芬顿请詹妮弗和他共进晚餐。

"谢谢你，彼得，但我想待在房间里早点睡觉。我明天早上就要回纽约了。"

詹妮弗一天内和麦基太太通了三次电话，每次麦基太太都会让她放心，告诉她小乔舒亚一切安好，他吃过饭了，没有发烧，看起来很开心……

"他想我了吗？"詹妮弗问。

"他没说呀。"麦基太太叹了口气。

詹妮弗知道麦基太太认为她是个傻瓜，但詹妮弗并不在乎。

"告诉他我明天就回家。"

"我会转达的，帕克夫人。"

詹妮弗本打算在套房里静静地吃顿晚饭。可不知为何，房间突然变得压抑起来，四面墙壁似乎在一步步地逼近她。她无法停止对亚当的思念。

他怎么能和玛丽·贝思同房并让她怀孕呢，他爱的明明是……

詹妮弗用来自我安慰的游戏是这样的：她的亚当刚出差了，很快就会回到她身边……可这次却不起作用。詹妮弗的脑海中不断浮现出玛丽·贝思穿着蕾丝睡衣勾引亚当的画面……

她必须离开，去一个人声嘈杂的地方。詹妮弗想，也许我该去看场演出。她很快洗了澡，穿好衣服，下楼去了。

马蒂·艾伦在主表演厅担任主演。深夜表演厅的入口处排起了长队，詹妮弗当即后悔没有请彼得·芬顿为她预订一个座位。

她走到队伍最前方的领班面前，说："要排多久才能排到一个位置？"

"您这边一共是几位？"

"就我一个人。"

"对不起，小姐，恐怕……"

突然，她旁边的一个声音说："让她来我的位置，亚伯。"

领班微笑着说："当然可以，莫雷蒂先生。请这边走。"

詹妮弗转过身来，看到了迈克尔·莫雷蒂那深邃的黑眼睛。

"不了，谢谢你，"詹妮弗说，"恐怕我……"

"人是铁，饭是钢，你要吃点东西。"迈克尔·莫雷蒂挽起詹妮弗的胳膊。詹妮弗还没缓过神来，就和他并肩走到了一起，跟着领班去了主表演厅中央的一个精选贵宾席。詹妮弗极不乐意和迈克尔·莫雷蒂一起吃饭，但如果她坚持要走，必然会引发一场争执，惹得周围的人侧目。她真希望自己答应了与彼得·芬顿共进晚餐。

他们坐在面向舞台的贵宾席上，领班说："祝二位用餐愉快，莫雷蒂先生，小姐。"

詹妮弗能感觉到迈克尔·莫雷蒂正盯着自己，这让她很别扭。他端坐着，一言不发。迈克尔·莫雷蒂是个沉默寡言的人，一个不相信语言的人，仿佛语言是陷阱而不是交流方式。他的沉默有些令人着迷。其他人用语言来表达自己，而迈克尔·莫雷蒂用的是沉默。

他一张口就说了一句让詹妮弗猝不及防的话。

"我讨厌狗，"迈克尔·莫雷蒂说，"它们会死。"

这就好像他在透露自己的秘密，一个来自某个水井深处的秘密。詹妮弗不知道该如何回应。

饮料上桌了。他们坐在座位上静静地喝着，詹妮弗仿佛在洗耳恭听两人之间并不存在的对话。

她想了想他说的话："我讨厌狗，它们会死。"她很好奇迈克尔·莫雷蒂早年过的是怎样的生活。她发现自己在研究他。他有一种骇人而又刺激的吸引力。他身上弥漫着暴戾的气质，随时可能爆发。

说不上为什么，詹妮弗和他待在一起的时候，会更强烈地意识到自己是个女人。也许是因为他那双乌黑的眼睛会看着她，然后又把目光移开，似乎在害怕暴露自己的秘密。

詹妮弗意识到，从她失去亚当那天开始，她已经很久没有把自己当成女人了。詹妮弗心想，女人要想感受到自己的女性特质，感受到自己的美丽，感受到自己的不可或缺，还是得借助男人才能办得到。

詹妮弗很庆幸莫雷蒂不会读心术。

许多人走近他们的餐桌，向迈克尔·莫雷蒂致敬。这些人中有企业高管，演员，一个法官，还有一个联邦参议员。这是权力在向权力致敬，而詹妮弗也因此开始意识到莫雷蒂的影响力有多大。

"点菜的事交给我，"迈克尔·莫雷蒂说，"他们的菜单是八百个人共用的。这和吃飞机餐有什么区别？"

他举起一只手，领班立刻出现在他面前。"来了，莫雷蒂先生。您今晚想吃点什么？"

"我们要一份烤里脊牛排，要煎出焦壳来，心儿要是粉红色。"

"好的，莫雷蒂先生。"

"还要点苹果蛋奶酥和一份菊苣沙拉。"

"没问题，莫雷蒂先生。"

"我们晚点再要甜点。"

有人送来一瓶香槟，那是经理的心意。

詹妮弗觉得自己逐渐放松下来了。她几乎是在违心地享受着这一切，因为她已经很久没有晚上出门，去和帅气迷人的男人约会了。当"帅气迷人"这个词浮现在詹妮弗脑海中时，她心想，我怎么能认为迈克尔·莫雷蒂迷人呢？他是个杀手，一个既没有感情，也没有道德观念的禽兽。

詹妮弗认识数十个犯下可怕罪行的男人，还担任过他们的辩护律师，但她有一种感觉——他们中谁都没有眼下这个男人危险。他已经成为辛迪加①集团的领袖。要知道，坐上这一位置，仅仅与安东尼奥·格拉内利的女儿成婚远远

---

① 垄断组织的一种。——译者注

不够。

"你不在的时候，我给你打了一两通电话。"迈克尔说。据肯·贝利说，他几乎每天都会打电话到事务所。"你去了哪里？"他装作随便问问的样子。

"外地。"

接着，是长时间的沉默。"还记得我给你开的条件吗？"

詹妮弗喝了一口香槟。"请不要再提这件事了。"

"你可以拥有任何……"

"我告诉过你，我不感兴趣。世界上根本就不存在什么令人无法拒绝的条件。那都是小说乱写的，莫雷蒂先生。我说了我拒绝。"

迈克尔·莫雷蒂想起了几周前发生在岳父家中的那一幕。当时正在举行家族会议，会议进展并不顺利。迈克尔提出的建议都遭到了托马斯·科尔法克斯的反对。

科尔法克斯走后，迈克尔对岳父说："科尔法克斯已经变成一个难伺候的老太婆了。父亲，我想，是时候把他'放生'了。"

"汤姆①是个好人。多年来他为我们解决了很多麻烦。"

"那都是过去的事。他现在跟不上时代了。"

"我们找谁来接替他的位置？"

"詹妮弗·帕克。"

安东尼奥·格拉内利摇了摇头。"我告诉过你，迈克尔，让一个女人知道我们的底细不是什么好事。"

"她不是普通的女人。她是当下最优秀的律师。"

"让我们拭目以待吧，"安东尼奥·格拉内利说，"拭目以待。"

凡是迈克尔·莫雷蒂看中的东西，他都会得到。他已经习惯这一点。詹妮弗越是反抗他，他就越是下决心要得到她。现在，他就坐在詹妮弗身边看着她，心想：总有一天你会属于我，宝贝……完完全全属于我。

---

① 汤姆是托马斯的昵称。——编者注

"你在想什么？"

迈克尔·莫雷蒂静静地对詹妮弗微微一笑，詹妮弗当即对提出这个问题感到很后悔。她是时候回去了。

"谢谢你的丰盛晚餐，莫雷蒂先生。我必须早起，所以……"

灯光开始变暗，乐队开始演奏序曲。

"你可不能这时候走啊。演出这就开始了。你会爱上马蒂·艾伦的表演的。"

这是一种只有拉斯维加斯才办得起的娱乐节目，詹妮弗看得很开心。她告诉自己，演出结束后要立即离开。但真正到了演出结束时，迈克尔·莫雷蒂又邀请詹妮弗跳舞。她觉得要是拒绝就显得太小家子气了，此外她不得不承认自己兴致正浓。

迈克尔·莫雷蒂很会跳舞。詹妮弗发现，被他搂着的时候，她感到很放松。有一次，他们与一对舞者撞上了，迈克尔被撞得靠在了詹妮弗身上。有一瞬间，詹妮弗感觉到了他身为男性的结实体格，随后他立即移开了身子，小心地与她保持着礼貌的距离。

随后，他们走进了赌场，那是一片灯红酒绿的广阔天地，里面挤满了沉迷于各种投机游戏的赌徒，他们仿佛想靠一场胜利跃升为人生赢家。迈克尔把詹妮弗带到一张骰子桌旁，递给她一打筹码。

"讨个好彩头。"他说。

赌场经理和发牌者对迈克尔毕恭毕敬，称他为M先生，给了他一大堆一百美元的筹码，不收他现金，只要他开具本票。迈克尔每次都下很大的赌注，还输得很惨，可他看起来毫不在意。詹妮弗用迈克尔给的筹码赢了三百美元。她坚持要把钱给迈克尔。她可不想欠他什么人情。

当天晚上，前来和迈克尔打招呼的女人络绎不绝。詹妮弗注意到，她们都很年轻，很有魅力。迈克尔对她们彬彬有礼，但显而易见的是，他只对詹妮弗感兴趣。尽管她很不屑，但还是不禁觉得有点受宠若惊。

夜幕刚降临的时候，詹妮弗感受到的是疲惫和沮丧，但遇到迈克尔·莫雷蒂后，她仿佛被他周身散发的活力笼罩住了，那是一种四处飞洒的活力，连周围的空气都好像负载着电荷一般。

迈克尔带她去了一家小酒吧，那儿有一个爵士乐队在演奏。然后他们又去了另一家酒店的休息室，在那儿听一个新人歌唱组合唱歌。他们所到之处，迈克尔都会受到皇室般的待遇。每个人都想引起他的注意，想向他问好，想触碰他，想让他知道他们的存在。

在二人共度的时间里，迈克尔没有说过一句冒犯詹妮弗的话。然而，詹妮弗能感觉到他身上有种强大的欲望，就像接连不断的海浪拍打着她。她的身体仿佛被擦伤，被侵犯。她从未经历过类似的事情。这是一种令人不安的感觉，同时也令人振奋。他身上有一种詹妮弗从未见过的狂野不羁的活力。

迈克尔终于把詹妮弗送回了她的套房，这时已经是凌晨四点了。当他们走到房间门口时，迈克尔拉着詹妮弗的手说："晚安。我只是想让你知道，这是我一生中最美好的夜晚。"

他的话可把詹妮弗吓得不轻。

第33章

在华盛顿，亚当·华纳的声望越来越高了。报纸和杂志越发频繁地报道他的优良事迹。亚当开展了一项针对贫民窟学校的调查，还率领一个参议院委员会前往莫斯科会见异见人士。报纸上刊载了他抵达谢列梅捷沃机场的照片，一批表情严肃的俄罗斯官员接待了他。十天后亚当回国，报纸对他的出访结果给予了热烈的赞扬。

新闻报道的范围不断扩大。公众想了解亚当·华纳的事迹，所以媒体需要满足他们的胃口。亚当成了参议院改革的先锋，他领导了一个调查联邦监狱状况的委员会，还探访了全国各地的监狱。他与囚犯、保安和狱警进行交谈。待委员会将报告提交上去后，广泛的监狱改革就开始了。

除了新闻杂志，女性杂志也刊登了关于他的文章。在《大都会》杂志中，詹妮弗看到了亚当、玛丽·贝思和他们的小女儿萨曼莎的三人合影。詹妮弗坐在卧室的壁炉旁，久久地注视着它。玛丽·贝思对着镜头微笑，散发出甜美、温暖的南方魅力。照片中的女孩长得很像她母亲。

詹妮弗转而看向照片中的亚当。他看起来很累。他的眼睛周围长出了一些此前没有过的小皱纹，他的鬓角开始染上灰色。有一瞬间，詹妮弗产生了一种错觉，仿佛她看到的是长大后的乔舒亚的脸。这种相像程度实在令人难以置信。摄影师让亚当直面镜头，这让詹妮弗觉得他是在看她。她试着去读懂他的眼神，也很想知道他究竟还有没有在想她。

詹妮弗又看了看照片中的玛丽·贝思和她的女儿。接着，她把杂志扔到了壁炉里，看着它被火苗吞没。

亚当·华纳坐在餐桌前，招待斯图尔特·尼达姆和其他六位客人。玛丽·贝思则坐在桌子的另一端，与一位来自俄克拉荷马州的参议员及其全身珠光宝气的妻子闲聊。华盛顿对玛丽·贝思来说就像一剂兴奋剂，在这儿，她的特长得到了充分的发挥。

随着亚当的社会地位越来越高，玛丽·贝思也成了华盛顿各种社交活动的最佳举办人，她对这一地位感到很满意。而正好，亚当觉得华盛顿的社交生活很没意思，巴不得交给玛丽·贝思全权处理。她处理得很好，亚当对此心存感激。

"在华盛顿，"斯图尔特·尼达姆说，"在餐桌上谈成的交易比在神圣的国会大厅里谈成的交易要多。"

亚当环视整张桌子，心想这顿晚宴怎么还不结束。表面上看，一切都好极了。但在他心里，事事都不如意。他和一个女人结婚，却爱上了另一个女人。他陷入了一段无法摆脱的婚姻。如果玛丽·贝思没有怀孕，亚当会毅然决然地离婚。可现在已经太晚了，他对家庭负有责任。玛丽·贝思给他生了一个漂亮的小女儿，他很爱这孩子，但他又不可能忘记詹妮弗。

州长夫人对他说："你真幸运，亚当。一个男人想要的一切你都得到了，不是吗？"

亚当不知该如何应答才好。

第34章

春夏秋冬，四季流转，乔舒亚渐渐长大了。他是詹妮弗世界的中心。她看着他一天天成长，看着他学会走路、说话以及思考，心中总是会感到惊异不已。他的情绪渐渐变化无常，时而好斗，咄咄逼人，时而害羞，富有爱心。在詹妮弗每天夜里不得不离开他的时候，他便会心烦意乱。他还是很怕黑，所以詹妮弗总会给他留一盏小夜灯。

乔舒亚两岁大时，谁都治不住他。人们都说两岁大的孩子是"神兽"，而他就是一个典型例子。他总是搞破坏，脾气顽固，常常损坏东西。他喜欢摸摸这个，"修修"那个。他弄坏过麦基太太的缝纫机，砸坏了家里的两台电视机，还拆开了詹妮弗的手表。他把盐和糖混在一起。当他以为周围没人的时候，他会到处乱摸，为所欲为。肯·贝利送了詹妮弗一只德国牧羊犬幼崽，取名马克斯，乔舒亚竟对它张嘴就是一口。

肯来到家里看他们母子时，乔舒亚对他说："嘿！你有铃铛吗？我能看一下吗？"

那一年，詹妮弗巴不得有人能把乔舒亚带走，谁都行。

三岁时，乔舒亚突然变成了一个天使，温柔，深情，可爱。他继承了他父亲的身体协调能力，也喜欢做手工。他不再乱砸东西了，转而喜欢在户外玩耍：爬山、跑步、骑他的儿童三轮车。

詹妮弗带他去了布朗克斯动物园，还带他去看了木偶戏。他们沿着海滩散步，到曼哈顿看马克思兄弟①主演的影片，然后到邦威特·泰勒大厦的九楼，在老时尚詹宁斯先生那里喝冰激凌汽水。

乔舒亚成了她的同伙。母亲节那天，乔舒亚特意学了詹妮弗父亲最喜欢的一首歌《继续发光吧，丰收的月亮》，然后唱给詹妮弗听，作为母亲节礼物。这是她一生中最感动的时刻。

人们说得没错，世界不是从父母那里继承来的，而是从子孙后代手中借用来的，詹妮弗心想。

乔舒亚开始上幼儿园了，他很喜欢那个地方。晚上詹妮弗回到家，母子二人会坐在壁炉前一起看书。詹妮弗看《审判》和《出庭律师》杂志，乔舒亚看他的绘本。詹妮弗看着乔舒亚摊开手脚趴在地板上，眉头紧锁，边看书边思考，便会想起亚当。那段过去仍是个未愈合的伤口。她很想知道亚当在哪儿，在做什么。

他和玛丽·贝思还有萨曼莎在做什么呢？

詹妮弗基本做到了将家庭和工作分开，而这两者之间的唯一联系是肯·贝利。

他常给乔舒亚买玩具和书，和他一起玩游戏，在某种意义上，他可以说是乔舒亚的代理父亲。

一个周日的下午，詹妮弗和肯站在树屋旁，看着乔舒亚爬上树屋。

"你知道他现在缺的是什么吗？"肯问。

"不知道。"

"一个父亲。"他转向詹妮弗，"他那亲生父亲一定是个大人物。"

"请别说了，肯。"

"对不起，这不关我的事。那都过去了。我所关心的是未来。你总不能这样有违伦常地孤身一人……"

"我不是孤身一人。我有乔舒亚呢。"

---

① 美国喜剧演员。——译者注

"这和我说的是两码事。"他把詹妮弗抱在怀里，轻轻地吻了她，"哦，我真该死，詹妮弗。我很抱歉……"

迈克尔·莫雷蒂给詹妮弗打了十几次电话。她每次都不予理睬。有一次，她好像瞥见他坐在法庭后方，当时她正在法庭上为人辩护，但她再次看过去时，他已经不见了。

第35章

一天，快到傍晚的时候，詹妮弗正准备离开办公室，辛西娅说："电话里有一位叫克拉克·霍尔曼先生的人找你。"

詹妮弗犹豫了一下，然后说："给我接过来。"

克拉克·霍尔曼是法律援助协会的律师。

"很抱歉，打扰了，詹妮弗，"他说，"我们有一个案子，没人想碰，如果你能帮我们一把，我真的会很感激。我知道你是个大忙人，但是……"

"被告是谁？"

"杰克·斯坎伦。"

詹妮弗对这个名字很熟悉。在过去的两天里，它都登上了报纸的头版。杰克·斯坎伦因绑架一名四岁女童并勒索赎金而被捕。警方根据目击者们提供的绑匪特征画出的图像指认他为犯人。

"那为什么偏偏找我呢，克拉克？"

"斯坎伦提出要你当他的律师。"

詹妮弗看了看墙上的钟，她快不能按时回家陪乔舒亚了。"他人现在在哪儿？"

"在大都会惩教中心。"

詹妮弗做了一个迅速的决定。"我会过去和他谈谈，请帮忙安排一下，好吗？"

"好的，非常感谢。这次我欠你一个人情。"

詹妮弗打了电话给麦基太太。"我要晚一点回家了。让乔舒亚先吃晚饭，然后等我回来。"

十分钟后，詹妮弗已经在去市区的路上了。

对詹妮弗来说，绑架是所有犯罪中最可恶的，尤其是绑架没有反抗能力的幼童。然而，无论罪孽如何深重，每个被告都有权获得申辩的机会。毕竟，无论身份贵贱如何，人在正义面前都是平等的，这便是法律的基础。

詹妮弗向前台的警卫表明了自己的身份，然后被带到了律师探视室。

"我去把斯坎伦带过来。"警卫说。

几分钟后，一个身材瘦小，三十多岁，外表十分俊美的男子被带了进来，他留着金色胡子和浅金色头发，长得就像人们描绘的基督像一样。

"感谢你的到来，帕克小姐。"他的声音又轻又柔，"谢谢你的关心。"

"坐吧。"

他坐在詹妮弗对面的椅子上。

"你要求要见我？"

"是的。不过我认为只有上帝才能帮我。我做了一件非常愚蠢的事。"

她厌恶地看着他。"你为钱绑架一个可怜的小女孩，这叫'愚蠢的事情'？"

"我绑架塔米不是为了拿到赎金。"

"哦？那你为什么绑架她？"

杰克·斯坎伦沉默了很久才开口。"我的妻子伊芙琳在分娩时去世了。我爱她胜过爱世上的一切。如果说圣人是真实存在的，那么她肯定是个圣人。伊芙琳的体质很弱。我们的医生建议她不要生孩子，可她不听。"他尴尬地低头看着地板，"你可能很难理解，但她说她无论如何都想生，因为这就相当于又拥有了我的一部分。"

詹妮弗对这一点很能感同身受。

杰克·斯坎伦不再说话了，陷入了沉思之中。

"所以孩子保住了吗？"

杰克·斯坎伦点了点头。"母亲和孩子都死了。"他很难继续再往下说了。"有一段时间，我甚至想……我不想过没有她的人生。我一次又一次地

239

梦到她们两个没死，一家人过着幸福的日子。我一直想让时间倒回到伊芙琳……"他说不下去了，声音因痛苦而哽咽。

"我翻了翻《圣经》，它终于让我找回理智。'看哪，我在你面前给你一个敞开的门，是无人能关的。'接着，几天前，我看到一个女孩在街上玩耍，她看着就好像是伊芙琳转世。她的眼睛、头发和伊芙琳的一模一样。她抬头看着我微微一笑，我……我知道这听起来很疯狂，但那是伊芙琳在对我微笑。我一定是疯了。我心想，伊芙琳当时生下的孩子就该是这样的。这是我们的孩子。"

詹妮弗注意到他的指甲都快把他身上的皮肉抠出血了。

"我知道这样做不对，但我还是带走了她。"他抬头直视詹妮弗的眼睛，"我说什么都不会伤害那个孩子的。"

詹妮弗仔细打量他，想判断他是否在撒谎。没有。他只是一个痛苦的男人。

"那勒索信呢？"詹妮弗问。

"我没有寄勒索信。我最不在乎的就是钱。我只想要小塔米。"

"但有人给她家人寄了一封勒索信。"

"警察一直说是我寄的，但我没有。"

詹妮弗端坐着，尝试把这些零碎信息拼凑在一起。"报纸报道绑架的事是你被警方抓住之前还是之后？"

"之前就有了。我记得当时我还希望他们不要再写了。我想和塔米一起远走高飞，又担心有人会来阻止我们。"

"所以，任何人都可能知道这起绑架案，并借此骗取赎金？"

杰克·斯坎伦无助地扭动双手。"我不知道。我只知道我不想活了。"

他的痛苦是那么明显，詹妮弗发现自己被触动了。如果他说的是实话——他这么真实的表现是装不出来的，那么他的所作所为就罪不至死。他应该受到惩罚，但不应该被处决。

詹妮弗做出了决定。"我会尽力帮助你的。"

他平静地说："谢谢你。我已经不在乎自己的生死了。"

"可我在乎。"

杰克·斯坎伦说："恐怕我没钱给你。"

"别担心。我希望你能说一下你自己的情况。"

"你想知道些什么？"

"从你出世开始。你在哪儿出生？"

"三十五年前我在北达科他州出生。我生在一个农场——应该可以算是农场吧，我想。那是一块贫瘠的土地，能种的作物不多。我们家很穷，我十五岁就离开了那儿。我很爱我的母亲，但我痛恨我的父亲。我知道，《圣经》上说过，讲父母的坏话是不对的，但他的心眼真的很坏，喜欢拿东西抽我。"

詹妮弗可以看出，他越是往下说，身体就绷得越紧。

"我的意思是，他是真的'乐在其中'。只要他觉得我犯了错，哪怕是再小的错，他都会用一条带有铜扣的皮带抽我。抽完之后，他会让我跪下，向上帝祈求宽恕。很长一段时间以来，我都很憎恨上帝，就像憎恨我父亲一样。"他停下来不说了，太多回忆涌上心头，让他一时不知该如何说下去。

"所以你离家出走了？"

"是的。我搭便车到了芝加哥。我没上过多少学，但我经常在家里看书。父亲每次发现，都会用皮带抽我。在芝加哥，我在一家工厂找了份工作。就是在那儿，我遇到了伊芙琳。有一次，我在一台铣床上伤到了手，他们把我带到诊疗室，而她就在那儿上班，是个有经验的护士。"

他对詹妮弗笑了笑。"她是我见过的最漂亮的女人。大约过了两周，我的手才痊愈，我每天都去她那儿接受治疗。之后，我们就在一起了。到了谈婚论嫁的时候，公司丢了一笔大订单，我和我部门的其他人都被解雇了。伊芙琳对这件事并不在意，我们还是结婚了，由她来养活我。这是我们唯一有过争执的地方。我从小就坚信，男人应该赚钱养活女人。我找了一份开卡车的工作，工资挺高。唯一不好的地方是我和她不能经常在一起了，有时一次要分开一周。除此之外，我相当满意。我和她都很幸福。然后，伊芙琳就怀孕了。"

一个寒战传遍全身，他的手开始颤抖。

"可伊芙琳和孩子都没保住。"泪水顺着他的脸颊流下，"我不知道上帝为什么这么做。他一定有他的原因，但我不知道为什么。"他在椅子上前后摇摆，但自己丝毫没有发觉。他将双手紧紧抱在胸前，沉浸在悲痛之中。"我要

241

教导你，指示你当行的路；我要定睛在你身上劝戒你。"

詹妮弗心想，不能让这人坐上电椅！

"我明天再来见你。"詹妮弗向他保证。

保释金定为二十万美元。杰克·斯坎伦没有这笔钱，是詹妮弗替他出的。斯坎伦从惩教中心获释后，詹妮弗为他在西城找了家汽车旅馆，让他搬进去住，还给了他一百美元帮他渡过难关。

"我不知道该怎么做，"杰克·斯坎伦说，"但我肯定会把这笔钱都还给你的。我要开始找工作了。什么脏活累活我都能干，都愿意干。"

詹妮弗离开他的时候，他已经在搜索招聘广告了。

联邦检察官厄尔·奥斯本是个又胖又壮的高个子，长着一张光滑的圆脸，举止看似温和。令詹妮弗惊讶的是，罗伯特·迪·席尔瓦也在奥斯本的办公室。

"听说你接了这个案子，"迪·席尔瓦说，"你还真是不挑啊，什么肮脏的案子都接，不是吗？"

詹妮弗转向厄尔·奥斯本。"他在这里干什么？这是一起联邦案件。"

奥斯本回答说："杰克·斯坎伦是用女孩家人的车把女孩带走的。"

"汽车盗窃，大型盗窃案。"迪·席尔瓦说。

詹妮弗颇为怀疑，如果她不参与此案，迪·席尔瓦还会不会出现在这里。她转向厄尔·奥斯本。

"我想做笔交易，"詹妮弗说，"我的当事人……"

厄尔·奥斯本举起了一只手。"没什么可商量的。我们会力争把他判得越重越好。"

"有些情况……"

"请你到预审那天再告诉我们。"

迪·席尔瓦冲她笑了。

"好吧，"詹妮弗说，"法庭上见。"

杰克·斯坎伦在汽车旅馆附近的汽车加油站找到了工作。那天，詹妮弗顺道去看望他。

"预审将在后天进行。"詹妮弗通知他说，"我会试着让联邦政府同意进行庭外和解，然后为你争取较轻的量刑。杰克，你必须服刑一段时间，但我会尽量缩短刑期。"

他脸上的感激就是对詹妮弗最好的报答。

在詹妮弗的建议下，杰克·斯坎专门为预审听证会买了一套体面的西装，剪短了头发，修了胡子。詹妮弗对他的新外表很满意。

他们先是把法庭程序走了一遍。地区检察官迪·席尔瓦也出席了听证会。厄尔·奥斯本出示证据并要求起诉后，巴纳德法官转向詹妮弗。

"帕克小姐，你有什么想说的吗？"

"是的，法官大人。我想为联邦政府节省一笔开庭费用。本案有一些可以让我的当事人减轻处罚的情况尚未被提起。我想为我的当事人争取较轻的量刑。"

"不可能，"厄尔·奥斯本说，"联邦政府不会同意。"

詹妮弗转向巴纳德法官。"我们能在法官大人的议事室里讨论一下吗？"

"很好。我会在听完律师的申诉后确定开庭日期。"

詹妮弗转向站在远处不知所措的杰克·斯坎伦。"你可以回去工作了，"詹妮弗告诉他。"我会顺道过去找你，然后把事情一五一十地告诉你。"

他点点头，平静地说："谢谢你，帕克小姐。"

詹妮弗看着他转身离开法庭。

詹妮弗、厄尔·奥斯本、罗伯特·迪·席尔瓦和巴纳德法官在法官议事室坐定，讨论开始了。

奥斯本对詹妮弗说："我不知道你为什么会要求我庭外和解。绑架勒索是死罪。你的当事人是罪有应得，他要为自己的所作所为付出代价。"

"报纸上写的不一定都是真的，厄尔。杰克·斯坎伦与那封勒索信毫无关系。"

"你这是想骗谁？如果不是为了赎金，那还能是为了什么？"

"我这就跟你们说明。"詹妮弗说。

她把事情的来龙去脉对他们讲了一遍，从杰克·斯坎伦在农场的成长经历，尤其是遭受过的鞭打，到他爱上伊芙琳并与她结为夫妇，再到他的爱妻难产，他因此痛失妻女。

他们静静地听着。待詹妮弗说完，罗伯特·迪·席尔瓦说道："所以杰克·斯坎伦绑架了这个女孩，是因为她让他想起了自己夭折的孩子？而且杰克·斯坎伦还有一个死于难产的妻子？"

"没错。"詹妮弗转向巴纳德法官，"法官大人，我不认为你会忍心判这样的人死刑。"

迪·席尔瓦出人意料地说："我同意你的观点。"

詹妮弗惊讶地看着他。

迪·席尔瓦从公文包里拿出一些文件。"我问你一件事，"他说，"你觉得这种人应该被处决吗？"他开始念一份档案上的文字："弗兰克·杰克逊，三十八岁。出生于旧金山诺布山。父亲是医生，母亲是社会名流。十四岁时，杰克逊染上毒品，离家出走，在海特-阿什伯里被捕，然后回到父母身边。三个月后，杰克逊闯入父亲的诊疗所，偷走了他能拿到的所有毒品，然后潜逃。在西雅图，他又因持有和贩卖毒品被捕，在少管所待到十八岁才获释，一个月后又被指控持枪抢劫杀人……"

詹妮弗听着，心里十分难受。"这和杰克·斯坎伦有什么关系？"

厄尔·奥斯本冷冷地笑了笑。"杰克·斯坎伦就是弗兰克·杰克逊。"

"我不相信！"

迪·席尔瓦说："一小时前，联邦调查局送来了这张黄纸。杰克逊是个谎话连篇、心理变态的演员。过去十年里，他连连被警察逮到，罪名包括拉皮条、纵火和持械抢劫，等等。他在乔利特监狱服过刑，从未有过稳定的工作，也没结过婚。五年前，他被联邦调查局以绑架罪逮捕。他绑架了一个三岁女孩，还寄了一封勒索信。两个月后，小女孩的尸体在一片树林中被发现。根据尸检报告，尸体已部分腐烂，但全身可见明显的刀伤。她死前还曾遭到奸污。"

244

詹妮弗突然感觉自己整个人都恶心坏了。

"杰克逊被判无罪，是因为某个挺有能耐的律师出谋划策，钻了法律的空子。"迪·席尔瓦继续往下说，声音里充满了轻蔑，"你想放任这种人在大街上走？"

"能让我看看这份材料吗？"

迪·席尔瓦一言不发地把材料递给詹妮弗。詹妮弗一看，毫无疑问，材料上的人确是杰克·斯坎伦。黄纸上贴着一张警方拍摄的他的大头照。照片上的他看起来比现在年轻，没有蓄胡子，但确实是他本人。杰克·斯坎伦，也就是弗兰克·杰克逊，对她说的没有一句是实话。这个男人的凄惨身世全靠编，詹妮弗却丝毫没有怀疑。他装得实在太像了，詹妮弗连让肯·贝利调查他这一步骤都省了。

巴纳德法官说："能让我看看吗？"

詹妮弗把材料递了过去。法官瞥了一眼，然后看着詹妮弗。"那？"

"我不替他辩护了。"

迪·席尔瓦扬起眉毛，装作诧异的样子。"我感到很震惊，帕克小姐。你不是一直强调，每个人都有权请律师辩护吗？"

"确实人人都有这个权利，"詹妮弗平静地回答，"但我有一条简单的硬性原则：凡是对我撒谎的人，我决不为他们辩护。杰克逊先生只能另请律师了。"

巴纳德法官点了点头。"法庭会安排的。"

奥斯本说："法官大人，我希望立即撤回他的保释。我认为这人太危险了，不能任由他在外头随意走动。"

巴纳德法官转向詹妮弗。"截至目前，你仍然是他的辩护律师，帕克小姐，你对此有异议吗？"

"没有，"詹妮弗坚决地说，"我没有异议。"

巴纳德法官说："我这就下令撤回他的保释。"

当晚，劳伦斯·沃尔德曼法官邀请詹妮弗参加一场慈善晚宴。经历了下午的事，她已经精疲力尽，只想回家和乔舒亚共度安静的夜晚，可她又不愿让法官失望，因此还是在办公室换好衣服，然后在晚宴举办地——华尔道夫-阿斯托里亚酒店——与沃尔德曼法官碰面。

这是一场盛宴级别的活动，有六位好莱坞明星上台表演，但詹妮弗就是开心不起来。别的事情正搅得她心神不宁。沃尔德曼法官一直在一旁留意着她。

"出什么事了吗，詹妮？"

她勉强挤出一个微笑。"没有，我只是在想工作上的事，劳伦斯。"

我做的到底是什么样的工作呢？詹妮弗陷入了自我怀疑。与人类的渣滓、强奸犯、杀手和绑匪打交道？她断定，今夜适合用酒精来麻痹自己。

领班走到他们桌边，在詹妮弗耳边低语。"对不起，帕克小姐，有您的电话。"

詹妮弗立刻感到一阵惊慌。只有麦基太太知道她人在这儿。她打电话过来肯定是有坏事发生了。

"失陪一下。"詹妮弗说。

她跟着领班来到大厅旁的一间小办公室。

詹妮弗拿起听筒，一个男人低沉的声音传了过来："你这个臭婊子，竟然出卖我！"

詹妮弗感到不寒而栗。"你是谁？"她问。

但其实她心里清楚。

"你让警察来抓我。"

"不是的！我……"

"你答应过要帮我。"

"我会帮你的。你现在在哪儿？"

"你撒谎！死贱人！"他把声音压得很低，詹妮弗差点没听明白，"我是不会善罢甘休的。哦，我要让你付出代价！"

"等一下……"

电话挂断了。詹妮弗愣愣地站着，浑身颤抖。出大事了。化名为杰克·斯坎伦的弗兰克·杰克逊不知怎么，竟逃脱了警察的追捕，还把发生的一切都归咎于詹妮弗身上。他怎么会知道她人在这儿？他一定是在跟踪她，说不定现在就在外头等着她呢。

詹妮弗拼命想止住颤抖，冷静思考，推断出整个事情的原委。他一定是看到警察要抓他，就先跑了。或者他先被逮捕了，然后又设法逃跑了。无论他是如何逃脱的，都已经不重要了，重要的是他认为这一切都是拜她所赐。

弗兰克·杰克逊以前杀过人，再杀一个对他来说也没什么大不了的。詹妮弗走进洗手间，直到心情平复后才出来。稍微克服心中的恐惧后，她又回到了座位上。

沃尔德曼法官看了她一眼。"到底发生了什么事？"

詹妮弗长话短说地把事情告诉了他，引得他也受到了不小的惊吓。

"我的上帝！需要我开车送你回家吗？"

"我会没事的，劳伦斯。如果有人能送我回到我的车里，我就安全了。"

他们悄悄离开了宽敞的舞厅，沃尔德曼法官一直陪着詹妮弗，直到服务员把她的车开了过来。

"你确定不需要我送你到家吗？"

"不用，谢谢。我相信天亮之前警察肯定能抓到他。他这个长相的人可不多见。晚安。"

詹妮弗一边注意是否有人跟踪她，一边开车离去。当她确认四下无人时，她拐上了长岛高速公路，朝家中驶去。

她不住地盯着后视镜，留意是否有车尾随，甚至还特意在路边停车一次，让后面的车辆先走，直到后方一辆车都没有后才继续上路。她稍稍有了一些安全感。警方抓住弗兰克·杰克逊估计也就是几个小时的事。事已至此，他在逃的消息应该已经被全城通报了。

詹妮弗驶入了家门前的车道。原本应该灯火通明的庭院和房子此时却一片漆黑。她坐在车里，难以置信地看着这情景，脑中开始响起尖锐的警报声。她发疯似的甩开车门，朝正门冲去。那道门竟是半开着的。詹妮弗惊恐万状地站住了。片刻之后，她走进了客厅。这时，她踹到了一个热乎乎、软绵绵的东西，不禁倒抽一口凉气。她打开灯，看到马克斯正躺在浸满了血的地毯上。这只狗的喉咙被划了一道长长的口子，一直延伸到双耳处。

"乔舒亚！"她尖声叫道，"麦基太太！"

詹妮弗从一个房间跑到另一个房间，打开了所有的灯，大声呼喊两人的名字。她的心怦怦直跳，几乎连气都喘不上来。她疾步上楼，跑进乔舒亚的卧室。他的被子是铺开的，明显有人睡过，但现在人已不见踪影。

詹妮弗搜遍了楼上的房间，然后冲下楼去，脑子一片空白。弗兰克·杰克逊肯定早就知道她住这儿了。准是某个晚上，她下班后，或是在她离开加油站后，他尾随她到了这里。他掳走了乔舒亚，目的是将他杀死，以此报复詹妮弗。

正当她路过洗衣房时，壁橱里传来了轻微的刮擦声。詹妮弗慢慢走向那扇紧闭的门，将其拉开。里面黑乎乎的，什么也瞧不见。

一个声音呜咽着说："请不要再伤害我了。"

詹妮弗打开灯，看到麦基太太躺在地板上，双手和双脚都被铁丝绑得紧紧的，神志有些不清醒。

詹妮弗迅速跪到她身边。"麦基太太！"

这位年事稍长的妇人抬起头望着詹妮弗，涣散的眼神终于聚焦起来。

"他带走了乔舒亚。"说着，她抽抽搭搭地哭了。

詹妮弗尽可能轻柔地解开麦基太太胳膊上和腿上的铁丝，只见铁丝已嵌入皮肉，所勒之处红得发肿，流血不止。移除铁丝后，詹妮弗把麦基太太扶了起来。

麦基太太歇斯底里地哭喊着说："我没……没法阻止他。我试……试过了。我……"

一阵电话铃声响彻整栋房子，两个女人顿时沉默了。电话铃响了一遍又一遍，不知怎么，它听起来像是前来夺魂的恶鬼。詹妮弗走到电话前，提起了听筒。

电话里的声音说："我就想知道你有没有安全到家。"

"我儿子在哪儿？"

"他长得还怪好看的，不是吗？"那声音问道。

"求你了！你让我做什么都行。随你喜欢！"

"你已经把该做的和不该做的都做完了，帕克夫人。"

"不，我求你发发慈悲！"她无助地抽泣着。

"我喜欢听你哭，"那声音低声说道，"你会找到你儿子的，帕克夫人。看明天的报纸就知道了。"

接着，电话就断了线。

詹妮弗站在那儿，差点没晕过去，可她不能晕。她还要思考。弗兰克·杰克逊刚才说："他长得还怪好看的，不是吗？"他用的是现在时态，这可能意味着乔舒亚还活着。否则，他不是该说"他生前长得还怪好看的"吗？她知道自己只是在咬文嚼字，尽量往好的方面想，才不至于疯掉。她必须迅速采取行动。

她的第一个念头是给亚当打电话寻求帮助。被绑架的是他的儿子，他儿子的性命危在旦夕。但她知道亚当也只能干着急，毕竟他远在二百三十五英里之外。

她现在只有两个选择。一是打电话给罗伯特·迪·席尔瓦，把事情一五一十地告诉他，请他展开全城拉网式搜捕，将弗兰克·杰克逊捉拿归案。哦，天哪，这样太费时间了！

第二个选择是找联邦调查局。对于调查绑架案，他们接受过专业训练。问题是，这与其他绑架案不同，不会有勒索信这一线索，也无法依靠赎金诱捕弗兰克·杰克逊，从而挽救乔舒亚的生命。再说，联邦调查局自有一套严格的行事程序，在这种火烧眉毛的情况下根本帮不上忙。

趁乔舒亚还没有遇害，她必须迅速做出决定……要从罗伯特·迪·席尔瓦和联邦调查局之中选一个。这简直太难了。

詹妮弗深吸一口气，做出了决定。她先是在电话簿上找到了一个号码，然后拨打过去。她的手指颤抖得厉害，不得不拨了三次才拨通。

接电话的是一个男人。詹妮弗对他说："我找迈克尔·莫雷蒂。"

第36章

"对不起，女士。这里是托尼家。我不认识什么迈克尔·莫雷蒂。"

"等等！"詹妮弗尖声叫道，"别挂电话！"她竭力让自己听起来镇定些。"这事十万火急。我是他朋友，我叫詹妮弗·帕克。我需要立刻和他通电话。"

"听着，女士，我说过……"

"把我的名字连同这个电话号码一起报给他。"

她给了他一串号码，然后开始结巴得厉害，几乎说不出话来。"告……告诉他……"

电话那头挂断了。

詹妮弗呆呆地将听筒放回原位。现在可供她选择的就只剩最初那两个选择了。她也可以两个都选。罗伯特·迪·席尔瓦和联邦调查局没有理由不联手寻找乔舒亚。真正让她急得发狂的是，他们找到弗兰克·杰克逊的机会微乎其微。这一点她心知肚明。时间不等人。"看明天的报纸就知道了。"他最后这句话态度坚决，足以让詹妮弗确信他不会再打来电话了，也不会让任何人有机会追踪到他。可她不能坐以待毙。还是先联系迪·席尔瓦看看吧。她又伸手去拿电话，可刚碰到电话，它就铃声大作，把她吓了一跳。

"我是迈克尔·莫雷蒂。"

"迈克尔！噢，迈克尔，帮帮我吧！我……"她止不住地抽泣起来，一个不小心，听筒从她手中滑落，她飞快地将它拾起，生怕对方挂断了电话。"迈克尔？"

"我在。"他的声音很平静，"振作起来，告诉我发生了什么事。"

"我……我会……"她迅速深呼吸了几下，好让自己别再发抖，"是我儿子乔舒亚。他……他被绑架了。他们要……置他于死地。"

"你知道是谁把他绑走的吗？"

"知道。他的名字是弗……弗兰克·杰克逊。"她的心怦怦直跳。

"告诉我事情为什么会发展到这一步。"他的声音平静而自信。

詹妮弗好不容易才将发生的事情交代清楚。

"你能描述一下杰克逊的长相吗？"

詹妮弗脑海中浮现出杰克逊的样子，接着用语言将之描述出来。迈克尔说："很好。你知道他之前在哪里服刑吗？"

"在乔利特监狱。他说过他要杀了……"

"他工作过的加油站在哪里？"

她将地址报给了迈克尔。

"你知道他之前住的那家汽车旅馆叫什么名字吗？"

"知道。不，不知道。"她记不起来了，只能一边使劲思考，一边用指甲尖抠自己的前额，直到鲜血从额头上渗了出来。他则在电话那头耐心地等待着。

突然间，她想起来了。"是顺游汽车旅馆，在第十大道。可我确定他现在已经不住那儿了。"

"我们会弄清楚的。"

"我要我儿子活着回来。"

迈克尔·莫雷蒂没有回应，原因詹妮弗自然心知肚明。

"如果我们找到杰克逊……"

詹妮弗颤抖着深吸一口气："杀了他！"

"守在电话边等我消息。"

通话已挂断，詹妮弗将听筒放回原位。不知为何，她感到安心多了，仿佛终于办成了什么事似的。她竟对迈克尔·莫雷蒂如此有信心，这太不合情理了。从逻辑角度来看，她刚才的所作所为既盲目又危险；但这时候哪还顾得上什么逻辑呢？她儿子的生命危在旦夕。她现在特地请了一个杀手去追捕另一个杀手。如果最终失败了……她想到了那个惨遭奸污的小女孩的尸首。

詹妮弗走过去照顾麦基太太，为她上药，包扎伤口，还照顾她睡下。詹妮弗提出要给她来点镇静剂，但她拒绝了。

"我不能睡，"她哭了出来，"噢，帕克夫人！他给那孩子喂了安眠药。"

詹妮弗惊恐万状地盯着她看。

迈克尔·莫雷蒂坐在办公桌前，面对着七个被他唤来的手下。他已经给先到的三个人下达了命令。

他转向托马斯·科尔法克斯。"汤姆，我要你发挥你的人脉优势，去找诺塔拉斯警长，让他调取弗兰克·杰克逊的信息。我要他们掌握的一切相关资料。"

"我们不能为一点小事就动用这么好的人脉，迈克尔。我认为——"

"不许争辩！你只管去做。"

科尔法克斯生硬地说："那行吧。"

迈克尔转向尼克·维托。"你去查杰克逊工作过的加油站，看看他会不会在附近泡吧，有没有什么朋友。"

接着，他对萨尔瓦多·菲奥雷和约瑟夫·科莱拉说："你们去杰克逊住过的汽车旅馆。他可能已经走了，但还是查查看他有没有和谁厮混。我想知道他都结交了什么人。"他看了看手表。"现在是午夜。我给你们八个小时的时间，必须找到杰克逊。"

于是，几个男人都出门办事去了。

迈克尔在他们身后喊道："我不想让那孩子出什么事。随时给我打电话汇报情况。我在这儿等着。"

迈克尔·莫雷蒂看着他们离开，然后拿起桌上的一部电话开始拨号。

凌晨一点。

汽车旅馆的房间不大，但很整洁。弗兰克·杰克逊就喜欢井井有条的东西。他觉得这部分是源于自己的良好教养。百叶窗是拉下的，叶片倾斜着，外头的人休想看到里头的东西。他锁上门，拴好防盗链，用一把椅子抵住门，然后走到乔舒亚躺着的那张床前。先前，他强行将三粒安眠药灌入这个男孩的喉咙，所以这孩子到现在仍睡得很香。

杰克逊做事向来滴水不漏，也对自己的这种办事风格引以为傲，所以他紧紧捆住了乔舒亚的双手双脚，用的是他当时捆房子里那位老太太的那种铁丝。杰克逊低头看着这个熟睡的男孩，不禁悲从中来。

人们究竟为什么要逼着他去做这些可怕的事情呢？他明明是一个温良平和的人，但偏偏所有人都和他对着干，所有人都对他不利，他只能不择手段地保护自己。世人最大的问题是总是低估他的能耐，总要在事情无可挽回之后才意识到他比他们所有人都聪明。

距离警察赶到还有半小时的时候，他就料到他们要来抓他了。当时他在给一辆雪佛兰轿车加油，然后看到老板走进办公室接了一通电话。杰克逊没听到对话内容，他也没必要听，因为老板在电话里一边小声说话，一边偷偷摸摸地朝他看了又看。

弗兰克·杰克逊当即便明白过来，警察要来逮捕他了。帕克那个贱人出卖了他，是她对警察说要把他关起来的。她和其他人是蛇鼠一窝。弗兰克·杰克逊一把抓起自己的夹克衫，瞬间逃之夭夭。而这时，他老板还没打完电话呢。他花了不到三分钟的时间在大街上找了一辆未上锁的汽车，然后用热线发动，过程挺顺利。不一会儿，他就开着车朝詹妮弗·帕克家进发。

杰克逊真的不得不佩服自己的聪明才智。有谁能想到要跟踪她，找到她的住所呢？早在被她保释出狱那天，他就这么做了。当时，他把车停在詹妮弗家对面的马路边，亲眼看到一个小男孩在门口迎接她，这一点让他很是意外。

虽然当时他和詹妮弗还没撕破脸，但是，看着他们母子二人在一起的画面，他当即觉得这孩子哪天可能会派上用场。这可是个意外的收获，用诗人的语言来说，就是"命运的人质"。

一看到女管家那个老贱人被吓得魂不附体的样子，杰克逊就暗自发笑。他愉快地把铁丝捆在她的手腕和脚踝上。不，称不上愉快。他只是对自己要求严格，在完成一个必不可少的程序。那女管家还以为他要强奸她，其实她令他作呕。除了他那圣洁的亲妈，所有女人都让他作呕。女人是肮脏的，不洁的，连他那放荡的亲妹妹也不例外。只有孩子们是纯洁的。

他想起了自己最近一次绑架的那个小女孩。她长得很漂亮，留着长长的金色鬈发，但她不得不为她母亲的罪过付出代价。是她母亲让杰克逊丢了工作。人们就是不让你踏踏实实挣钱谋生，然后，在你违反他们制定的愚蠢法律时，他们又要惩罚你。虽然男人不是什么好东西，但女人更坏。她们就是一群猪猡，玷污你神圣的身体。

就比如那个女服务员克拉拉，他准备带她去加拿大。克拉拉对他情根深种，以为他是个正人君子，就因为他从未对她动手动脚。其实他心里一万个不乐意和她发生关系，可惜他无法对她摊牌！他打算和她双双离开这个国家，因为警方的追捕对象是个形单影只的男人。他要剃掉胡子，理一理头发，一旦成功穿越边境，他就立刻摆脱克拉拉。他可要好好享受除掉她的过程。

弗兰克·杰克逊走到行李架上一个破旧的纸板行李箱前，打开箱子，拿出一个工具包，从中取出了钉子和锤子，把它们放在床边的桌子上，紧挨着那个熟睡的男孩。然后他走进浴室，从浴缸里拿出一个两加仑①的汽油罐，把它带进卧室，放在地板上。乔舒亚将被活活烧死，但在那之前，他要先被钉在十字架上。

凌晨两点。

一则消息正悄然传遍纽约，乃至全国。它最初像一股涓涓细流，在酒吧和廉价旅馆中流传。偶然有人谨慎地提了一嘴，又被有心人听了去，然后一传十，十传百，散布到了低端餐馆、喧闹的夜总会和通宵营业的报摊。出租车司机、卡车司机和夜里站街的女孩们都知道了这一信息。这不啻一块鹅卵石掉进了一个黑暗深邃的湖里，在水面激起了一道道不断扩大的涟漪。

不出几个小时，迈克尔·莫雷蒂急需情报这件事就传遍了大街小巷。要知道，有机会为迈克尔·莫雷蒂效力的人可不多。这可是个千载难逢的机会，因为莫雷蒂从不亏待帮他的人。这则消息的内容是他正在寻找一个长得像耶稣的

---

① 英美制容量单位，美制1加仑等于3.785升。——编者注

金发瘦子。人们纷纷开始搜索脑海中的记忆。

凌晨两点十五分。

睡梦中的乔舒亚·亚当·帕克动弹了一下，引得弗兰克·杰克逊走到他的身边。男孩的睡衣还没有被脱掉。杰克逊检查了一下锤子和钉子，确保它们已经备齐，随时可以使用。这些事情可容不得半点马虎。他打算在放火烧房之前把男孩的手脚钉在地板上。

杰克逊本可以在男孩睡着时做这件事，但那是错误的做法，因为男孩必须清醒地认识到周遭正在发生的一切，这一点很重要。他必须知道，他这是在为他母亲犯下的过错受罚。弗兰克·杰克逊看了看手表。克拉拉七点半要来汽车旅馆接他。还剩五小时十五分钟。时间还很充裕。

弗兰克·杰克逊坐下来仔细打量乔舒亚，有一次他还温柔地摸了摸男孩的一绺乱发。

凌晨三点。

第一批电话汇报开始打进来了。

迈克尔·莫雷蒂的桌上有两部电话，似乎每次他刚拿起其中一部的听筒，另一部便会开始铃声大作。

"我发现了一条线索，迈克。几年前，他在堪萨斯城与大个子乔·齐格勒和梅尔·科恩一同诈骗过。"

"见鬼！我管他几年前做过什么事。他现在人在哪儿？"

"大个子乔·齐格勒说自己已经六个月没有他的消息了。我正在设法联系梅尔·科恩。"

"那就快去！"

下一个电话也没多大价值。

"我去了杰克逊待过的汽车旅馆。他退房了，随身还带着一个棕色行李箱和一个两加仑的罐子，里面可能有汽油。店员不知道他去了哪里。"

"附近的酒吧呢？"

"一个酒保记得见过那家伙，可他并不是常客，只是下班后去过两三次。"

"独自一人？"

"酒保说是。他好像对酒吧里的女孩不感兴趣。"

"那就去同性恋酒吧问问。"

迈克尔刚挂断电话，电话铃就又响了，是萨尔瓦多·菲奥雷打来的。

"科尔法克斯和诺塔拉斯警长谈过了。警方的资产管理员查看了记录，发现弗兰克·杰克逊的私人物品中有一张当票。我拿到了当票的编号和当铺名。那家店是一个叫古斯·斯塔夫罗斯的希腊人开的，他专门买卖一些偷来、抢来的宝石。"

"你们去那儿查过了吗？"

"现在查不了，迈克。那儿已经关门了。我……"

迈克尔·莫雷蒂大发雷霆。"早上就来不及了！现在就给我滚去查！"

乔利特监狱也打来了电话。迈克尔要费好大劲才能听懂对方的话，因为打电话的人做过喉切除术，声音听起来就像是从一个箱子下面传来的。

"杰克逊有一个狱友叫米奇·尼古拉，他们是铁哥们儿。"

"知道尼古拉现在在哪里吗？"

"上次我听说他在东部某个地方。他是杰克逊姐姐的朋友。我们没有她的地址。"

"尼古拉坐牢是犯了什么事？"

"他是因为抢劫珠宝被抓的。"

凌晨三点三十分。

当铺位于哈林区的拉美族裔聚居地，坐落于第二大道和第一百二十四号大街交界处。那是一栋没人会想多看一眼的双层建筑，楼下用来开店，楼上用来住人。

古斯·斯塔夫罗斯被一道照在脸上的手电筒光唤醒了。出于本能，他准备伸手去按床边的报警按钮。

"如果我是你，我可不会这么做。"一个声音说。

手电筒光移开了，古斯·斯塔夫罗斯坐起身来。他看着站在他左右的两个人，心里明白自己最好还是听从对方的建议。来者一个像巨人，一个像侏儒。斯塔夫罗斯觉得自己的哮喘快要发作了。

"到楼下去，看上什么就拿走，"他喘息着说，"我不会背着你们搞小动作的。"

块头巨大的约瑟夫·科莱拉说："起床，动作要慢。"

古斯·斯塔夫罗斯小心翼翼地从床上爬起来，一个突兀的动作都不敢有。

小个子萨尔瓦多·菲奥雷把一张纸举到他的鼻子下方。"这是一张当票的号码。我们想看这样东西。"

"遵命，先生。"

古斯·斯塔夫罗斯走下楼，那两个人尾随其后。六个月前，斯塔夫罗斯刚安装了一套精密的报警系统。他稍微拉一下铃铛，或者踩一下地板上的机关，就会有人赶来救援。可他啥也没做，因为直觉告诉他，在帮手赶到之前，他早就翘辫子了。他知道，自己活下去的唯一机会就是对这两个人有求必应。他需要祈求上苍的是，在这两个人走之前，自己可别先被该死的哮喘发作弄死了。

他打开楼下的灯，三人一同向店铺前端走去。古斯·斯塔夫罗斯不知道他们在打什么主意，但他知道，最糟糕的情况并没发生。如果这些人单纯是来劫财的，那么他们应该会把当铺搬空，然后消失得无影无踪。可他们似乎只对一样东西感兴趣。他很好奇这两人是如何避开门窗上精心设置的新警报器的，但他觉得还是不问为妙。

"赶紧的。"约瑟夫·科莱拉说。

古斯又看了看当票号码，然后开始翻档案。他找到了要找的东西，满意地点了点头，然后走到一个巨大的步入式保险库跟前，打开了它，另外两人则站在他身后。斯塔夫罗斯沿着一个架子搜寻，直到找到一个小信封。他转向那两个人，打开信封，拿出一枚在头顶灯光照耀下闪闪发光的大钻戒。

"就是这个，"古斯·斯塔夫罗斯说，"我给了他五百美元。"这枚戒指至少值两万美元。

"你给了谁五百美元？"小个子萨尔瓦多·菲奥雷问。

古斯·斯塔夫罗斯耸了耸肩。"我每天有上百号顾客呢。信封上写的名字是无名氏。"

菲奥雷不知从哪里拔出一根铅管，对着古斯·斯塔夫罗斯的鼻子狠狠地砸了一下。斯塔夫罗斯痛得大叫，跌倒在血泊中。

菲奥雷轻声问道："你刚才说是谁把它带来的？"

古斯·斯塔夫罗斯气喘吁吁。"我不知道他的名字。他没告诉我。我向上帝发誓！"

"他长什么样？"

鲜血涌进古斯·斯塔夫罗斯的喉咙，速度之快让他几乎说不出话来。他眼看就要晕过去了，可他知道，如果他不交代点什么就昏过去，那他就再也醒不过来了。

"让我想想。"他哀求道。

斯塔夫罗斯试着集中注意力，可他正疼得眼冒金星，很是力不从心。他迫使自己记起那位顾客走进店里，从一个盒子里取出那枚戒指，展示给他看的过程。记忆中的图像逐渐清晰起来。

"他算是金发碧眼，瘦骨嶙峋……"正说着，他被鲜血呛到了，"扶我起来。"

萨尔瓦多·菲奥雷朝他的肋骨踹了一脚。"继续说。"

"他留着胡子，金色的胡子…"

"说说那枚钻石，它是从哪儿来的？"

即使自己正在被极度的疼痛所支配，古斯·斯塔夫罗斯还是犹豫了一下。如果他和盘托出了，那他稍后肯定会被灭口。可如果他不这样做，现在就是他的死期。他决定尽可能让死亡晚些到来。

"是从蒂芙尼店里抢来的。"

"他的同伙是谁？"

古斯·斯塔夫罗斯觉得呼吸越发困难了。"米奇·尼古拉。"

"去哪儿才能找到尼古拉？"

"我不知道。他和布鲁克林的某个女孩住在一起。"

菲奥雷抬起一只脚，轻轻推了推斯塔夫罗斯的鼻子。古斯·斯塔夫罗斯痛得直叫唤。

约瑟夫·科莱拉问："那婆娘叫什么名字？"

"杰克逊，布兰奇·杰克逊。"

凌晨四点三十分。

这是一栋远离街道的房子，四周围着一圈小小的白色尖桩篱笆，房子前方是一个精心打理的花园。萨尔瓦多·菲奥雷和约瑟夫·科莱拉穿过花丛，向后门走去。在五秒钟不到的时间里，他们就撬开了前门。接着，二人踏入房子里，向楼梯走去。他们能听到楼上的卧室里传出来的床铺吱吱作响的声音，以及一男一女的呻吟声。两人拔出枪，开始悄悄地走上楼梯。

卧室的床上，一对男女正全身赤裸地纠缠在一起。突然，女方一抬头，看到了两个不速之客，不禁尖叫起来。男方转身一看，当即就想去拿枕头下的武器，但又觉得还是不要轻举妄动为好。

"好吧，"他说，"我的钱包在椅子上的裤子里。拿了就赶紧走吧。我很忙。"

萨尔瓦多·菲奥雷说："我们不要你的钱包，米奇。"

米奇·尼古拉的一脸怒容发生了改变。他坐在床上，一边小心翼翼地移动，一边试图弄清楚状况。那女人则把床单扯到胸前，表情既愤怒又害怕。

尼古拉小心翼翼地把双脚放到床的侧面，在床边保持坐姿，随时准备一跃而起。他盯着那两个人，等待着适当的时机。

"你们想要什么？"

"你平时和弗兰克·杰克逊一起行动？"

"去你娘的。"

约瑟夫·科莱拉转向他的同伴。"朝他的下体开枪。"

萨尔瓦多·菲奥雷当即举枪瞄准。

米奇·尼古拉急忙大叫："等一下！你们这是疯了吗！"他意会了一下小个子男人的眼神，忙不迭地说："是的。我和杰克逊曾经一起行动。"

女人在一旁愤怒地喊道："米奇！"

他蛮横地呵斥她说："闭嘴！你觉得我会愿意当个太监？"

萨尔瓦多·菲奥雷转身对那个女人说："你是杰克逊的姐姐，对吗？"

她的脸上充满了愤怒。"我听都没听过这个名字。"

菲奥雷举起枪，朝床的方向走了几步。"两秒钟之内，你们必须开口交代，否则你们的血肉会溅满整面墙。"

菲奥雷声音中透露出的冷酷让女人不寒而栗。看到他举起枪，女人的脸唰地一下变白了。

"快老实回答他们的问题。"米奇·尼古拉喊道。

枪口向上移动，压在女人的前胸上。

"不要开枪！没错！弗兰克·杰克逊是我弟弟。"

"我们去哪儿才能找到他？"

"我不知道。我平时不跟他见面。我向上帝发誓，我不知道！我……"

扣着扳机的手指正在发力。

她尖叫道："克拉拉！克拉拉一定知道！去问克拉拉！"

约瑟夫·科莱拉说："谁是克拉拉？"

"她是……她是与弗兰克相识的一个女服务员。"

"我们去哪儿才能找到这个克拉拉？"

这回她倒是毫不犹豫地脱口而出。"她在皇后区的谢克斯酒吧上班。"说罢，她开始浑身颤抖。

萨尔瓦多·菲奥雷看着这对男女的脸，礼貌地说："你们可以继续办事了。祝你们度过愉快的一天。"

接着，两个男人继续执行任务去了。

清晨五点三十分。

克拉拉·托马斯（真名尼尔·托马切夫斯）的毕生梦想即将变为现实。她一边开心地哼着歌，一边用纸板箱打包好要带去加拿大穿的衣服。虽说她以前也和一些作风正派的男性朋友一起旅行过，但这次不同了。它会是一次蜜月旅行。弗兰克·杰克逊和她认识的其他男人都不一样。那些跑来酒吧喝酒，顺便占她便宜的男人不过是一群被本能支配的动物罢了。

弗兰克·杰克逊则不一样。他是一位真正的绅士。克拉拉暂停打包，仔细想了想英语中"绅士"这个词——它是由"温柔"和"男人"两个单词合成而来。她还是第一次从这一角度看待这个单词，谁叫对方是弗兰克·杰克逊呢！

260

她至今只见过他四面，可她却无可救药地爱上了他。她看得出来，从一开始，他就对她有意，因为他总是坐在她负责的那个座位上。他来酒吧的第二次便在她下班后送她回了家。

克拉拉沾沾自喜地想，我的魅力肯定不减当年，毕竟我还能迷住一个这么英俊的年轻小伙子。她停下打包的活，走到壁橱的镜子前打量自己。也许她有点超重了，发色也有点太红了，但她大可以减肥，然后下次染发时再走心点。总之，她对镜中的自己算不上太失望。她对自己说："我这个老婊子还是风韵犹存的。"

她知道弗兰克·杰克逊肯定想得到她——尽管他还从来没碰过她。他可真特别。他有一种——克拉拉皱起眉头，试着找到一个恰当的词——神性的特质。克拉拉从小接受天主教教育，是一个虔诚的天主教徒，她知道自己不该有这样的想法，否则就是亵渎神明，但弗兰克·杰克逊确确实实让她微微联想到耶稣。

她心想，他会有充满欲望的一面吗？他会羞于表达吗？嗯，如果他害羞，那她可以主动一点。他说过，等到了加拿大，两人就马上结婚，她的梦想也就实现了。克拉拉看了看手表，发现自己最好再快些打包。她答应过弗兰克，七点半要到他所在的汽车旅馆接他。

克拉拉在镜中看到两个男人，她愣愣地望着这两个凭空冒充出来的一高一矮的男人就这么直冲冲地进了她的卧室，朝她走来。

小个子男人看着她的手提箱。"你要去哪儿，克拉拉？"

"不关你们的事。你们想要什么就拿走，然后离开这儿。这儿要是有什么东西价值超过十美元，我就吃了它。"

"你要吃的，我可以给你。"大个子科莱拉说。

"可去你的吧，"克拉拉厉声说道，"如果你们是想劫色，我可要告诉你们，我的淋病还没治好呢。"

萨尔瓦多·菲奥雷说："我们不会伤害你的。我们只是想知道弗兰克·杰克逊在哪里。"

他们可以察觉到她瞬间的变化。她的身体突然又僵又木，脸上的表情也凝固了。

"弗兰克·杰克逊？"她的声音中带着深深的困惑，"我不认识叫弗兰克·杰克逊的人。"

萨尔瓦多·菲奥雷从口袋里抽出一根铅管，朝她走近了一步。

"你吓不到我，"克拉拉说，"我……"

他的手臂甩过她的脸颊，她顿时疼得头晕目眩，好几颗牙齿像沙砾似的在嘴里互相碰撞着。她一开口说话，鲜血便喷涌而出。大个子男人再次举起了铅管。

"不，请住手！"她吐着血说。

约瑟夫·科莱拉礼貌地说："我们去哪儿才能找到弗兰克·杰克逊？"

"弗兰克在……在……"

克拉拉想了想她的温柔甜心落到这两个魔鬼手中的场景。他们肯定会伤害他的，而且她的直觉告诉她，弗兰克根本无法承受这种痛苦。他太敏感了。如果她能想出救他的办法，他会永远对她感恩戴德的。

"我不知道。"

萨尔瓦多·菲奥雷走上前去，克拉拉听到了她的一条腿断裂的声音，同时也感受到了钻心的疼痛。她摔倒在地板上，由于嘴里有血，想叫也叫不出来。

约瑟夫·科莱拉从高处看着她，笑着说："也许你还不明白。我们不会杀你的。我们只会不停地伤害你。等到我们收手后，你整个人会和猫扔在路上的一块垃圾没什么两样。你信我吗？"

克拉拉相信他会说到做到，到时弗兰克·杰克逊肯定不会再看她一眼了。这两个混蛋害她失去了杰克逊。没有什么梦想成真，也没能结成婚。小个子男人又拿着铅管走上前来。

克拉拉呻吟道："别。拜托，别打了。弗兰克在……在展望大道的布鲁克赛德汽车旅馆。他……"

她晕了过去。

约瑟夫·科莱拉走到电话前，拨了一个号码。

接听的是迈克尔·莫雷蒂。"什么事？"

"人在展望大道的布鲁克赛德汽车旅馆。要我们去抓他吗？"

"不，我在那里和你们碰头。注意别让他跑了。"

"他肯定逃不掉。"

清晨六点三十分。

那个男孩又开始动弹了。弗朗克·杰克逊就这么看着乔舒亚睁开双眼。男孩低头看了看手腕和脚上的铁丝，然后抬头看到弗兰克·杰克逊，一下就记起发生了什么事。这就是那个把药片塞进他喉咙里，然后绑架他的男人。乔舒亚看过电视，知道绑架案是怎么一回事。警察会来救他的，这个男人会被抓去蹲大狱。乔舒亚决心装出不害怕的样子，因为这样一来，他就能告诉母亲，他是一个多么勇敢的孩子。

"我妈妈会带着钱来的，"乔舒亚向那人保证，"所以，你没必要伤害我。"

弗兰克·杰克逊走到床边，低头冲着男孩微笑。他确实是个漂亮的孩子。如果是和这个男孩而不是克拉拉一起去加拿大就好了，弗兰克·杰克逊心想。他不情愿地看了看手表。是时候该开始动手了。

那男孩举起他被捆住的手腕，上面的血已经结痂变干了。

"请你把这个解下来好吗？"他礼貌地问道，"我不会逃跑的。"

弗兰克·杰克逊很喜欢男孩说的"请"这个字，它展现出了应有的礼貌。在当今这个世道，大多数小孩都刁蛮无礼，他们像群野兽一样在街上乱跑。

弗兰克·杰克逊走进浴室。他刚刚又把汽油罐放回浴缸里了，因为他不想弄脏客厅的地毯。他为自己注重细节感到自豪。

弗兰克·杰克逊把罐子提进卧室，放了下来，然后走到手脚被捆住的男孩身边，将他提起，把他放在地板上，接着拿起锤子和两个大钉子，跪在男孩旁边。

乔舒亚·帕克睁大眼睛看着他。"你准备用这些东西做什么？"

"一件会让你很开心的事情。你听说过耶稣基督吗？"乔舒亚点点头。"你知道他是怎么死的吗？"

"在十字架上被钉死的。"

"太好了。你是个聪明的孩子。我们这里没有十字架，所以我们必须尽最大努力做出一个来。"

恐惧开始在男孩的眼睛里扩散开来。

弗兰克·杰克逊说："这没什么可怕的。耶稣当时都不害怕，你也不许害怕。"

"我不想当耶稣，"乔舒亚低声说道，"我想回家。"

"我就是要送你回家，"弗兰克·杰克逊答应道，"我要送你回家见耶稣。"

弗兰克·杰克逊从后兜掏出一块手帕，要堵住男孩的嘴。乔舒亚见状连忙咬紧牙关。

"别惹我生气。"

弗兰克·杰克逊用拇指和食指按住乔舒亚的脸颊，迫使他张开嘴，然后把手帕塞进他的嘴里，再用一层胶带把他的嘴封住，好固定住手帕。随着乔舒亚的挣扎，捆在他手腕和脚上的铁丝又开始勒得他流出血来。弗兰克·杰克逊用手摸了摸那一道道新的伤口。

"基督的血。"他轻声说道。

他抓起男孩的一只手，把它掌心朝上地翻过来，压在地板上，然后拿起一颗钉子。弗兰克·杰克逊一只手将钉子压在乔舒亚的掌心，另一只手拿起锤子，锤子砸了下去，钉子戳穿了男孩的手掌，被深深地敲进地板。

清晨七点十五分。

迈克尔·莫雷蒂乘坐的黑色豪华轿车被堵在早高峰的布鲁克林–皇后区高速公路上，误事的是一辆运蔬菜的卡车，它翻车了，还将货物洒了一地。交通完全处于停滞状态。

"把车开到路的另一边，从他旁边绕过去。"迈克尔·莫雷蒂给尼克·维托下了命令。

"前面有辆警车，迈克。"

"去找负责人，就说我想和他谈谈。"

"是，头儿。"

尼克·维托从车上下来，匆匆走向警车。几分钟后，他带着一名警官回来了。迈克尔·莫雷蒂打开车窗，伸出手，手中有五张一百美元的钞票。

"我赶时间，警官。"

两分钟后，这辆警车便闪着红灯，引导豪华轿车穿过那一片狼藉的路段。

当他们来到畅通的地段后，警官从警车上下来，再次走向豪华轿车。

"莫雷蒂先生，需要我护送你去什么地方吗？"

"不用，谢谢，"迈克尔说，"周一过来找我一下。"接着，他又对尼克·维托说："快点！"

清晨七点三十四分。

前方的霓虹灯招牌上写着：

布鲁克赛德汽车旅馆

单人房　双人房

特价

约瑟夫·科莱拉和萨尔瓦多·菲奥雷把车停在七号房对面。几分钟前，他们听到了里面传来的砰砰声，所以他们知道弗兰克·杰克逊还在里头。

我们应该冲进去干掉他，菲奥雷想。可是迈克尔·莫雷蒂已经下了别的命令。

于是，他们静下心来等待。

清晨七点四十五分。

七号房内，弗兰克·杰克逊在做最后的准备。这男孩可真会扫兴，因为他晕了过去。

杰克逊本想等到乔舒亚恢复知觉后再钉上其他钉子，可时候不早了。他拿起汽油罐，给男孩全身浇满汽油，小心翼翼地避免浇到那张漂亮的脸。他想象着男孩睡衣之下的裸体，希望自己有时间蹂躏——但是，不行，那太愚蠢了。克拉拉随时会过来。等她一到，他必须立即和她一起出发。他把手伸进口袋，拿出一盒火柴，整齐地放在汽油罐、锤子和钉子旁边。这世上没几个人明白整洁是多么重要。

弗兰克·杰克逊又看了看手表，疑惑地想克拉拉怎么还没来。

清晨七点五十分。

在七号房外头，豪华轿车悄然刹车，迈克尔·莫雷蒂跳下车。路边另一辆轿车里的两个人急忙跑过去和他会合。

约瑟夫·科莱拉指着七号房。"他在里面。"

"那孩子呢？"

大个子耸耸肩。"不知道，杰克逊拉上了窗帘。"

"我们现在要进去把他做掉吗？"萨尔瓦多·菲奥雷问道。

"你们就待在这儿。"

两人惊讶地看着他。他可是家族的第二把手，有一批手下为他冲锋陷阵，他只需安全地坐在后方。可他现在竟要自己冲进去。这可如何是好？

约瑟夫·科莱拉说："头儿，让我和萨尔……"

可迈克尔·莫雷蒂已经走到七号房门口，手中握着一把装有消音器的枪。他停了一秒钟，以探听房内的动静，然后退后一步，猛地一脚踹开了门。

莫雷蒂用片刻时间便看清了现场的状况：留胡子的男人跪在男孩旁边的地板上；男孩一只手的手掌被钉在地上，整个屋子散发着刺鼻的汽油味。

留胡子的男人转向门口，盯着迈克尔，说出了死前的最后几个字："你不是克拉……"

迈克尔的第一发子弹击中了他前额的正中央，第二发子弹打爆了他的喉咙，第三发子弹击中了他的心脏，不过这时他已经什么都感觉不到了。

迈克尔·莫雷蒂走到门口，向外头的两个人挥了挥手。他们连忙跑进屋里。迈克尔·莫雷蒂跪在男孩身侧，摸了摸他的脉搏。它很微弱，时有时无，但人的确还活着。他转向约瑟夫·科莱拉。

"打电话给佩特龙医生，告诉他我们现在要过去。"

上午九点三十分。

电话响了，詹妮弗一把抓住听筒，将它紧紧握在手中。"喂！"

迈克尔·莫雷蒂的声音在说："我把你儿子带回家了。"

乔舒亚还在睡梦中呜咽。詹妮弗俯下身，双手环绕在他周围，温柔地抱着他。迈克尔把他抱进家时，他还没醒过来。詹妮弗眼见乔舒亚毫无知觉，手腕和脚踝缠着厚厚的绷带，身体被纱布裹着，差点没发疯。迈克尔把医生也带来了，医生费了半小时的唇舌，好说歹说才让詹妮弗相信乔舒亚并无大碍。

"他的手会痊愈的。"医生向她保证，"只不过会留下一个小疤痕，但幸运的是没有伤及神经和肌腱。汽油的腐蚀只是表层的。我用矿物油给他清洗了身体。接下来的几天里，我会过来查看他的情况的。相信我，他会没事的。"

医生离开之前，詹妮弗还让他医治了麦基太太。

乔舒亚被放到床上，詹妮弗在一旁守着他，等着在他醒来后安抚他。这时，他动了动，睁开了眼睛。

看到母亲就在眼前，他疲惫地说："我知道你会来救我的，妈妈。你把赎金给那个人了吗？"

詹妮弗点了点头，生怕一开口就哭出来。

乔舒亚笑了。"我希望他用这笔钱买许许多多的糖，吃完后闹肚子。那一定很好笑，对吧？"

她低声说："好笑极了，宝贝。你知道我们下周要做什么吗？我要带你去……"

乔舒亚又睡着了。

几个小时后，詹妮弗才走进客厅。令她惊讶的是，迈克尔·莫雷蒂竟然还没走。这让她想起了第一次见到亚当·华纳的场景，当时他也在她的小公寓里等着她。

"迈克尔……"她找不到语言来表达自己此刻的心情，"我……我无法形容我有多么……多么感激你。"

他看着她，点了点头。

她铆足了劲才问出这个问题。"弗兰克·杰克逊怎么样了？"

"他不可能再害人了。"

那么事情就这么结束了。乔舒亚很安全。其他的都不是事。

詹妮弗看着迈克尔·莫雷蒂，心想："我欠了他这么多，这辈子如何才能还清？"

迈克尔看着詹妮弗，沉默不语。

下部

第37章

詹妮弗·帕克赤着身子，站在俯瞰丹吉尔湾的落地窗前极目远眺。这一天秋高气爽、风和日丽，海湾里挤满了快速掠过的白帆和汽艇。六艘大型游艇停泊在港口，随着海浪上下浮动。詹妮弗感觉到有人在走向她，于是转过身来。

"喜欢这样的景色吗？"

"非常喜欢。"

"我也是。"他看着她的胴体，"咱们再回去睡会儿吧。"

"嗯，迈克尔。"

他们走回卧室，在那儿，有那么一瞬间，詹妮弗想起了亚当·华纳，接着她就专注于当下，把过去的事情统统抛在脑后了。

詹妮弗从未见过像迈克尔·莫雷蒂这样的人。他似乎从不满足。他体格强壮，身材十分结实，没有一点赘肉。他在让詹妮弗感到兴奋的同时，也让她感到羞耻——她竟是如此迷恋迈克尔·莫雷蒂这个人的肉体。

詹妮弗回忆起第一次是如何发生的。

那是迈克尔·莫雷蒂把乔舒亚安全带回家那天的早晨。詹妮弗得知弗兰克·杰克逊已死，是迈克尔·莫雷蒂杀的。为了她，站在她面前的这个人出手拯救了她的儿子，他是为了她才杀人。这让詹妮弗深深感觉到一种原始的触动。

"我该怎么感谢你？"詹妮弗问。

听到这句话，迈克尔·莫雷蒂走向她，抱住她，亲吻她。詹妮弗的潜意识中还残存着对亚当的忠诚与爱意，所以她假装宽慰自己，这不过是个吻，他们会点到为止。可恰恰相反，这个吻只是开始。她知道迈克尔·莫雷蒂是什么人物，但所有这些都不如他为她做过的事情重要。她停止了思考，跟着自己的情感走。

他们上楼去了她的卧室。詹妮弗告诉自己，她这是在回报迈克尔对她的恩情，接着他们就双双滚到了床上，后来发生的事对詹妮弗来说是一种超越幻想的体验。她不是在为报恩而付出色相，而是被一种全新的体验所征服。她和迈克尔共度了四个小时，当他离开时，詹妮弗知道，她的人生轨迹将就此发生改变。

她躺在床上，试着去思考和理解刚刚发生的一切。她怎么会在如此深爱亚当的同时，又无法抗拒迈克尔·莫雷蒂的魅力？托马斯·阿奎那①曾说过，当你到达邪恶的核心时，你会发现那儿空无一物。詹妮弗想知道爱情是不是也适用于这句话。

她认识到自己之所以这样做，部分是因为自己内心深处十分孤独。她长期生活在自己的幻梦中，对一个她看不见也摸不着的男人想入非非，然而，她知道自己对亚当的那份爱永远不会消失。也许，那仅仅是自己对那段爱情的记忆吧！

詹妮弗不确定她对迈克尔怀有怎样一种感觉。感激？那是肯定的。但那只是其中的一小部分。还有很多别的。比感激要多得多。她很清楚迈克尔·莫雷蒂是谁，也知道他是怎样的一个人。他为她杀过人，可他同样也为别人杀过人。他曾经为了钱，为了权力，为了复仇而杀人。她怎么能对这样的男人如此动心呢？她怎么能与他同床共枕，而且还享受他的陪伴呢？她一时羞愧难当，心想："我现在成什么人了？"

她找不到答案。

那天下午的报纸报道了一起发生在皇后区一家汽车旅馆的火灾。人们在现

---

① 中世纪哲学家、神学家。——译者注

271

场的废墟中发现了一具身份不明的男性死尸，警方怀疑有人故意纵火。

乔舒亚回来后，詹妮弗很担心前一晚的经历会给他留下创伤，所以尽量让他感到一切如常。待他苏醒后，詹妮弗准备了一顿饭，送到他的床前。这顿饭一看就很搞笑，由他爱吃的所有垃圾食品组成：热狗，花生酱三明治，玉米脆片，奶油馅的海绵蛋糕，还有根汁汽水。

"你真应该看看他当时什么样，妈妈，"乔舒亚在吃东西的间隙说道，"他疯了！"他举起缠着绷带的手，"你说，他真的以为我是耶稣基督吗？"

詹妮弗克制住了颤抖。"我……我也不知道，亲爱的。"

"为什么会有人想杀害其他人？"

"嗯……"詹妮弗的思绪突然回到了迈克尔·莫雷蒂身上。她有权评判他吗？她并不知道是何种可怕的力量逼他走上了这条路，把他变成了现在这个样子。她必须更多地去了解他，认识他，理解他。

此时，乔舒亚问道："我明天还要上学吗？"

詹妮弗搂住了他。"不，亲爱的。咱们要待在家里，旷一周的课。我们……"

电话铃响了。

是迈克尔。"乔舒亚怎么样了？"

"他状态很好……谢谢你。"

"那你呢？你感觉怎么样？"

詹妮弗尴尬得嗓音都变粗了。"我……我觉得还可以。"

他咯咯地笑了起来。"很好。我们明天一起吃午饭吧。十二点半，在桑树街的多纳托餐厅。"

"好的，迈克尔。十二点半。"

詹妮弗话已说出口，没有反悔的余地了。

多纳托餐厅的领班认识迈克尔，还为他预留了餐厅里最好的位置。不断有人专程过来打招呼，詹妮弗再次对人们向他俯首称臣的样子感到惊讶。奇怪的是，迈克尔·莫雷蒂多次让她想起了亚当·华纳，因为他们都手握大权，只不过形式不同罢了。

詹妮弗问起了迈克尔的背景，想知道他为何变成了现在的样子。

他打断了她的提问。"你觉得是我的家人，或是别的什么人逼我走上这条路？"

"嗯……是的，迈克尔。那是自然。"

他大笑起来。"我拼了命才获得今天的地位。我就爱这样的生活。我很爱钱，也很爱权力。我是个国王啊，宝贝，我就喜欢当国王。"

詹妮弗难以理解地看着他。"但你怎么能喜欢……"

"听着！"他一向的沉默变成了倾诉，一涌而出，仿佛这些话已经在他的内心堆积了多年，等待着有人来与他分享。"我父亲就是个可口可乐的瓶子。"

"可口可乐的瓶子？"

"对。像他这样的，全世界有好几十亿个，一放到人堆里就认不出来了。他是个鞋匠，每天忙得手指头都磨烂了，才能勉强养活一家人。我们身无长物。贫穷只有在书里才浪漫得起来，而在现实生活中，它就是蜗居在臭烘烘的房间里，与老鼠和蟑螂为伴，吃怎么也吃不饱的劣质食品。

"在我年少无知的时候，为了赚到一美元，我能干的活都干。我为大人物跑腿，帮他们买咖啡和雪茄，我还帮他们找女人——只要能赚钱供自己活下去，什么都可以。嗯，有一个夏天我去了墨西哥城。当时我身无分文，什么都没有，穷得叮当响。

"一天晚上，我结识的一个女孩邀请我去一家高档餐厅参加一个大型晚宴。到了吃甜点的时候，他们端上来一个特制墨西哥蛋糕，里面藏着一个陶土制成的娃娃。桌上有人解释说，这儿的习俗是，谁分到了藏有陶土娃娃的那块蛋糕，谁就要为整个晚宴买单。分到那块蛋糕的人是我。"他顿了顿，继续说，"我直接把它吞了。"

詹妮弗把手放在他的手上。"迈克尔，家境贫寒的人大有人在……"

"不要把我和别人混为一谈。"他的语气很强硬，不肯有半点让步，"我是我，别人是别人。我很清楚自己是什么样的人，宝贝。可我不确定你是否知道你是什么样的人。"

"我认为我知道。"

273

"你那天为什么愿意和我睡？"

詹妮弗犹豫了。"呃，我……我是因为感激和……"

"屁话！你是想得到我。"

"迈克尔，我……"

"我不费吹灰之力就能得到我想要的女人。不靠花钱，也不靠送人情。"

詹妮弗暗地里承认他是对的。她当时确实想得到他，就像他想得到她一样。可这个人设计害过我一次，差点没整死我，我怎么能忘记呢？詹妮弗心想。

迈克尔身体前倾，握住詹妮弗的一只手，将它掌心向上翻过来。他抚摸着她的每一根手指，每一处肉墩墩，同时含情脉脉地看着她。

"不要和我玩花样。一次也不要，詹妮弗。"

她觉得自己无力去记恨他了。他们过去的隔阂都不再存在了。

在他们吃甜点的时候，迈克尔说："顺便提一句，我有个案子要交给你。"

她感觉就像是被扇了一耳光。

詹妮弗盯着他问："什么样的案子？"

"我的一个手下，巴斯克·甘布蒂，因为杀了一个警察现在被逮捕了。我想让你为他辩护。"

詹妮弗感到既难受又愤怒，原来他还是想利用她。

她淡淡地说："我很抱歉，迈克尔。我以前告诉过你。我不能涉足你……你朋友的事情。"

他冲她慵懒一笑。"你听过非洲小狮子的故事吗？有一天，它第一次离开母亲，去河边喝水，一只大猩猩把他打翻在地，正要爬起来的时候，一只巨大的豹子又把它撞飞了。一群大象路过，差点把它踩死。小狮子大惊失色地跑回家说：'你知道吗？妈妈，外头是一片丛林啊，丛林！'"

他们之间沉默了很长时间。詹妮弗心想，这个社会的确是一片弱肉强食的残酷丛林，可她迄今为止只在它的边缘落脚，没有进入其中。如果她愿意，她随时可以扭头就跑。她制定了自己的规则，她的当事人必须遵守这些规则。但现在，迈克尔·莫雷蒂改变了所有这一切。他是这片丛林的主人。詹妮弗对此感到害怕，害怕被卷入其中。然而，当她想到迈克尔对她的大恩大德时，她断定他的这一要求只不过是小事一桩。

她只帮迈克尔这一次。下不为例。

第38章

"我们要受理巴斯克·甘布蒂一案。"詹妮弗通知肯·贝利。

肯难以置信地看着詹妮弗。"他是黑手党啊！迈克尔·莫雷蒂的杀手之一。我们向来不接这种案子的！"

"这一个我们接了。"

"詹妮弗，和这些暴徒打交道，后果不堪设想啊。"

"和其他人一样，甘布蒂有权获得公正的审判。"她的话听起来是如此空洞，连她自己都无法认同。

"我不能让你……"

"只要这儿还是我的事务所，所有事务就都由我说了算。"她能看到他眼中流露出的惊讶与痛心。

肯点了点头，转身走出了她的办公室。

詹妮弗很想把他叫回来，把一切都向他解释清楚，但是她要怎么解释呢？毕竟，她可能连向自己解释清楚都做不到呢。

第一次与巴斯克·甘布蒂会面时，詹妮弗尝试将他视为一个普通的当事人。这也不是她头一次为身负谋杀指控的当事人辩护了，但不知怎么，这次就是哪儿都不对头。这个男人是一个庞大的犯罪组织的成员。他们暗地里榨取了这个国家不知多少亿美元，在必要时还会谋人性命，以保全自己，是个十足的阴谋集团。

甘布蒂罪证凿凿。他在抢劫一家皮草店时被捕，其间杀害了一名凑巧在非当班时间路过并试图阻止他的警察。早间报纸纷纷发布了詹妮弗·帕克将担任其辩护律师的新闻。

劳伦斯·沃尔德曼法官打来了电话。"这是真的吗，詹妮？"

詹妮弗当即就明白了他的意思。"是真的，劳伦斯。"

两人沉默了一会儿。"我很惊讶。你肯定知道他是谁吧。"

"是的，我知道。"

"你这是在进入一个危险领域。"

"算不上是。我只是在帮一个朋友的忙。"

"我明白了。你要小心呀。"

"我会的。"詹妮弗答应道。

到了后来，詹妮弗才意识到，他没有再提两人一起吃晚饭的事情了。

在检阅了助手们搜集的材料后，詹妮弗断定，她根本就没有什么正当的辩护理由。

巴斯克·甘布蒂在一次抢劫杀人案中当场被捕，也不具备任何可以减轻处罚的条件。此外，当受害者是警察时，陪审员们往往都是义愤填膺的。

她打电话给肯·贝利，给他下了指示。

他听后什么也没说，但詹妮弗能够觉察到他的失望以及不敢苟同的态度。她对自己保证，处理完这件事之后，她就不再为迈克尔做事了。

她的私人电话响了。她提起听筒，是迈克尔打来的。"你好呀，宝贝。我对你的相思病犯了。半小时之内过来见我。"

她坐在椅子上听着他的声音，感觉自己已经被他紧紧拥入怀里了。

"我这就来。"詹妮弗说。

她把对自己的承诺忘得一干二净了。

对甘布蒂的审讯持续了十天。媒体出动了全部力量，迫不及待地想再次观看地区检察官迪·席尔瓦和詹妮弗·帕克的公开对决。迪·席尔瓦对这个案子做足了准备，在陈述自己的论据时，他故意陈词低调，运用了较多的留白，让陪审团通过他的启发，自行加以想象，从而使他们认识到，这一事件比他所描述的要恶劣得多。

在对方证人出庭作证的时候，詹妮弗平静地坐着，很少提出异议。

到了审判的最后一天，她才采取行动。

法律界有这么一句格言：如果你实在找不出多少理由为己方辩护，你就应该转而批判自己的对手。由于詹妮弗没有什么可为巴斯克·甘布蒂辩解的，所以她决定将矛头指向那个被杀的警察，他的名字是斯科特·诺曼。

肯·贝利已经把斯科特·诺曼的一切调查得一清二楚。他的职业记录并不好，但詹妮弗在呈现方式上大做文章，使它看起来比实际情况要坏上十倍。

诺曼当了二十年的警察，在此期间，他因动用不必要的暴力被停职三次。一次他枪击了一个手无寸铁的嫌疑人，对方差点当场死亡。一次他在一间酒吧里殴打了一个醉汉。还有一次在处理家庭纠纷案件时，他把一个涉事男子打进了医院。

虽说这些事件是在二十年的漫长跨度中发生的，但经詹妮弗一描述，死者仿佛就成了一个生前不断犯下种种不堪罪行的人。詹妮弗让一系列证人出庭发言，证明这个死去的警察品行不端，罗伯特·迪·席尔瓦对此也是无计可施。

迪·席尔瓦在他的总结发言中说："陪审团的女士们，先生们，请记住，斯科特·诺曼警官不是本案的被告。斯科特·诺曼警官是本案的受害者。他是被……"他用手一指，"本案的被告巴斯克·甘布蒂杀害的。"

但即使说出了这句话，地区检察官也知道它改变不了什么。詹妮弗已经让斯科特·诺曼看起来像烂人一个，和巴斯克·甘布蒂这样的人半斤八两。他不是那个为了逮捕罪犯而献出生命的崇高警察了。詹妮弗·帕克扭曲了这幅画面，使受害者看起来和杀死他的被告一样罪无可恕。

陪审团裁决巴斯克·甘布蒂的蓄意谋杀罪罪名不成立，并将其罪行定性为过失杀人。地区检察官迪·席尔瓦一败涂地，很快，媒体就宣布詹妮弗·帕克再次获胜。

"穿上你的雪纺裙，我们要去庆功。"迈克尔告诉她。

他们在格林威治村的一家海鲜餐厅共进晚餐。餐厅老板送来一瓶稀有的香槟酒，迈克尔和詹妮弗碰了碰杯。

"我很高兴。"

这句话从迈克尔口中说出来就意味着赞扬。

他把一个裹着红白双色包装纸的小盒子放在她手里。"打开它。"

他看着她解开金丝带并揭开盖子。盒子里放着一枚祖母绿戒指，周围是一圈钻石。

詹妮弗盯着它嗔怪道："噢，迈克尔！"她看到他脸上满是骄傲和喜悦。

"迈克尔……我该拿你怎么办才好？"

紧接着她心想：噢，詹妮弗，我该拿你怎么办才好？

"这是用来配你那条裙子的。"他把戒指套在她的左手无名指上。

"我……我不知道该说什么了。我……十分感谢。这可真是一场不折不扣的庆功宴啊，对吧？"

迈克尔露齿一笑。"正式的庆祝都还没开始呢，这只是前奏罢了。"

他们乘着豪华轿车前往迈克尔在市郊购置的一套公寓。迈克尔按下一个按钮，一块玻璃就升了上来，将司机与后方的座位隔开。

我们被锁在一个专属的小世界里了，詹妮弗心想。

迈克尔近在咫尺，这令她颇为兴奋。她扭头看着他的黑眼睛，他则向她靠过来，一只手顺着她的大腿向上抚摸，詹妮弗顿时全身火烧火燎一般。

他们开始投入地亲吻、拥抱，甚至滑到了座位下方……

正式的庆祝开始了。

詹妮弗躺在丹吉尔①一家酒店房间的床上，思考着过去，浴室里传来迈克尔正在淋浴的声音。她感到既满足又快乐，唯一美中不足的是她的幼子不在身边。她考虑过时不时带上乔舒亚一块旅行，但又本能地想让他和迈克尔·莫雷蒂毫无交集。乔舒亚绝不能接触她人生中的那一部分。在詹妮弗看来，她的人生似乎是由一系列互不相连的部分构成，其中包括亚当、她的儿子还有迈克尔·莫雷蒂。每个部分都必须与其他部分隔离开来。

---

① 摩洛哥的一座旅游城市。——译者注

迈克尔走出浴室，身上仅围着一条浴巾。他身上的毛发沾了水，一闪一闪的。他可真是一只激动人心的迷人动物。

"穿好衣服。我们有事情要办。"

第39章

事情是一点一点发生变化的，几乎令人无法觉察。它始于巴斯克·甘布蒂一案，不久迈克尔又委托詹妮弗处理另一个案件，然后是再一个案件，直到后来，案子源源不断地被送上门来，而且维持着稳定上升的趋势。

迈克尔总会打电话给詹妮弗说："我需要你的帮助，宝贝。我的一个小伙子出事了。"

詹妮弗想到了瑞安神父的惯用开场白，"我的一个朋友遇到了点麻烦……"这二者之间真的有什么不同吗？"教父"[1]在美国已被接纳。詹妮弗告诉自己，她现在做的事情并没有偏离她一直以来的追求。可事实是，偏差是存在的——而且还是巨大的偏差。

她正处在世界上最强大的组织的中心。

迈克尔邀请詹妮弗造访新泽西州的庄园，她在那儿第一次见到了安东尼奥·格拉内利，以及黑手党组织的其他一些人。

尼克·维托、诨名"肥仔阿蒂"的亚瑟·斯科托、萨尔瓦多·菲奥雷和约瑟夫·科莱拉坐在老式餐厅里的一张大桌子前。

詹妮弗和迈克尔走进餐厅时，里头的人们正在说话。詹妮弗站在门边听了好一阵子，发现他们的话中夹杂着许多"你知道后来谁成了卖糖果的[2]吗"等

---

[1] 指黑手党头目。——译者注
[2] 指毒贩。——译者注

诸如此类的黑手党行话，她几乎一句也听不懂。

迈克尔看着詹妮弗一脸不解的表情，乐呵呵地说："来吧……我要把你引见给爸爸。"

看到安东尼奥·格拉内利，詹妮弗大吃一惊。他坐在轮椅上，瘦弱得像具骷髅，很难让人联想到他曾经的样子。

一个身材丰满的褐发美女走了进来。迈克尔对詹妮弗说："这是罗莎，我的妻子。"

詹妮弗曾经很害怕这一刻的到来。有好几个晚上，在迈克尔离开之后，她虽然感受到了极大的满足，却不得不和一种强烈的罪恶感做斗争：我不想伤害另一个女人。我这么做实属偷窃。我必须结束这一切！必须！然后，她无一例外地输掉了每一场战斗。

罗莎用一双精明的眼睛看着詹妮弗。她准是知道了，詹妮弗心想。

气氛稍微有点尴尬，于是罗莎温柔地说："帕克夫人，我很高兴见到你。迈克尔和我说过你智慧超群。"

安东尼奥·格拉内利不满地咕哝着："女人太聪明不好。需要动脑子的事最好都留给男人。"

迈克尔听罢拉长了脸："我是把帕克夫人当男人看待的，爸爸。"

他们在宽敞的老式餐厅用晚餐。

"你坐我旁边。"安东尼奥·格拉内利用命令的口吻对詹妮弗说。

迈克尔坐在罗莎旁边。家族军师托马斯·科尔法克斯坐在詹妮弗对面。她可以感受到他对自己充满敌意。

晚餐极其丰盛。先上桌的是一大盘开胃菜，接着是意面豆子汤。有一碟沙拉，里面放有鹰嘴豆、酿蘑菇、嫩煎小牛肉片、扁形意大利面和烤鸡肉。菜接二连三地被端上来，似乎总也上不完。

房子里看不到仆人，罗莎时不时候地站起身去清理空盘子，然后又从厨房里端出一道道新菜色。

"我的罗莎厨艺了得。"安东尼奥·格拉内利对詹妮弗讲道，"她的水平几乎可以和她母亲相媲美。对吧，迈克？"

282

"是的。"迈克尔礼貌地说。

"他的罗莎是个很棒的妻子。"安东尼奥·格拉内利继续说道。詹妮弗想知道他是在拉家常还是在对她提出警告。

迈克尔说："你还没吃完你的小牛肉片呢。"

"我这辈子从来没吃过这么多东西。"詹妮弗咕哝道。

可这顿饭还没有结束。

后来还上了一碗新鲜水果和一盘奶酪，外加热软糖冰激凌，以及糖果和薄荷糖。

詹妮弗觉得迈克尔能保持这么好的身材可真是个奇迹。

餐桌谈话轻松愉快，与千千万万个普通意大利家庭的聊天内容并无二致，詹妮弗很难相信这个家庭与其他家庭有什么不同。

直到安东尼奥·格拉内利问她："你对西西里联盟有什么了解吗？"

詹妮弗说："不了解。"

"让我来告诉你吧，女士。"

"爸……她的名字是詹妮弗。"

"那不是意大利名，迈克。我根本记不住。我就叫你女士吧，成吗，女士？"

詹妮弗回答说："成。"

"西西里联盟始于西西里岛，为的是保护穷人免于受到不公正的待遇。你想啊，掌权的人，他们会剥削穷人，穷人也就一无所有——没有钱，没有工作，得不到公平正义。于是，联盟就成立了。每次遇到不公平的事情，人们就会向秘密兄弟会的成员寻求帮助，然后成功复仇。很快，联盟就凌驾于法律之上了，因为它就是人民的法律。我们相信《圣经》中说的，女士。"他看着詹妮弗的眼睛，"如果有人胆敢背叛我们，我们必定会报复。"

这句话想要传达的内容再清楚不过了。

从很早开始，詹妮弗就自然而然地意识到，只要为这个组织工作过一次，就不再有退却的余地，但像大多数局外人一样，她对该组织存在误解。在一般人眼中，黑手党无非一群暴徒，每天闲着没事干，命令手下去杀人，再就是数数放高利贷和开妓院挣到的钱。

可这并非事情的全貌。詹妮弗参加的各种会议让她领教到了其余的部分：这些人还是一群生意人，他们运营的业务之庞大令人瞠目结舌。他们拥有酒店、银行、餐厅、赌场、保险公司、工厂、建筑公司和连锁医院。他们控制着工会和航运。他们涉足唱片行业，还销售自动贩卖机。此外，他们还开殡仪馆、面包店和建筑公司。他们的年收入高达数十亿美元。詹妮弗不需要关心他们是如何获得这些利益的，她只需要为他们中那些被卷入法律纠纷的人辩护。

罗伯特·迪·席尔瓦派人对迈克尔·莫雷蒂的三个手下提起了公诉，控告他们翻倒了好几辆午餐车，密谋通过敲诈勒索破坏商业活动，具体有七条罪状。然而，唯一愿意指证这三个人的只有一个摊位的女摊主。

"她足以让我们败诉。"迈克尔对詹妮弗说，"我们必须把她摆平了。"

"你有一家杂志出版公司，对吗？"詹妮弗问道。

"对。这和午餐车有什么关系？"

"你会明白的。"

詹妮弗暗地里安排这家杂志出版公司出高价买下那个证人准备在法庭上作证的内容。那个女人接受了。在法庭上，詹妮弗利用这一点来质疑证人的动机，于是指控被驳回。

詹妮弗与同事的关系发生了变化。在事务所开始受理一系列黑手党案件时，肯·贝利曾走进詹妮弗的办公室说："究竟发生了什么事？你不能没完没了地为这些流氓辩护。他们会葬送我们的前程的。"

"别担心，肯。该付的钱他们一分都不会少付。"

"你怎么会有这种天真的想法，詹妮弗。你才是要付出代价的人。他们会把你套牢的。"

詹妮弗知道他是对的，无可反驳，所以她生气地说道："这事无须再提，肯。"

他盯着她看了很长时间，然后说："是。你是老板你说了算。"

刑事法庭的事不是密不透风的，消息散布得很快。詹妮弗的圈内好友听说她正担任黑手党成员的辩护律师时，都一片好心地去找她，一次次向她提了劳伦斯·沃尔德曼法官和肯·贝利对她说过的那些话。

　　"你若是与这些暴徒混在一起，非染上一身的污泥不可。"

　　"每个人都有权得到辩护。"詹妮弗用这句话把他们全都打发走了。

　　她感谢他们好言相劝，但又觉得那些警告并不适用于她。她并非那个组织的成员，只是为其中的一些成员辩护罢了。她与父亲一样，都是一名律师；她不可能做出任何让父亲蒙羞的事情来。丛林就在那里，但她并未步入其中。

　　瑞安神父也来看她了，可这次，他并不是过来请她帮某个朋友的忙。

　　"我很担心你，詹妮弗。我听说你在帮一些……嗯……错误的人打官司。"

　　"什么叫'错误的人'？您是在充当法官，审判向您求助的人吗？您会因为一个人犯了罪，而不让他面见上帝吗？"

　　瑞安神父摇了摇头。"当然不会。但是，一个人犯错与有组织地腐败堕落是两回事。你帮助他们就等于是纵容他们。你也就成了他们的一分子。"

　　"不。我是一名律师，神父。谁遇到麻烦事我就帮谁。"

　　渐渐地，詹妮弗变得比任何人都更了解迈克尔·莫雷蒂。他向她吐露了自己之前从未对人说过的感受。大体上，他是一个孤独寂寞的人，詹妮弗是第一个能够到达他内心深处的人。

　　詹妮弗能感觉到迈克尔需要她。和亚当在一起的时候，她从未有过这种感觉。迈克尔还非让她承认，她也很需要他。她压抑着的原始而狂野的激情也被他释放出来，而她曾经很害怕放飞这种激情。和迈克尔在一起没有任何禁忌，只有快乐，一种詹妮弗从未梦想过的快乐。

　　迈克尔向詹妮弗透露，他并不爱罗莎，但明眼人都知道，罗莎把迈克尔当成男神一样崇拜。她对他有求必应，总想着照顾他的各种需求。

285

詹妮弗结识了其他黑手党成员的妻子，她发现她们过着颇为迷幻的生活。她们的丈夫带着情妇出入餐厅、酒吧和赛马场，而她们这些做妻子的则待在家里等他们回家。

黑手党成员的妻子总能获得可观的零花钱，可她们花钱必须低调，否则会引起国税局的注意。

从最下等的普通党徒到万人之上的"教父"，都要遵守一套内部的尊卑秩序，包括黑手党成员的妻子，她们购置的外套或汽车绝不能比她们丈夫直接上级的妻子的更昂贵。

这些妻子会为丈夫的同党们举办晚宴，但她们必须小心，宴会的排场要跟她们的地位相称，不得出格。

在必须赠送礼物的场合，例如婚礼或洗礼等仪式，这些妻子赠送的礼物绝不能比自己丈夫上级的妻子赠送的更昂贵。

此类条条框框的严格程度完全不输美国钢铁公司，抑或任何其他大型企业内部的礼仪规定。

黑手党是一台令人难以置信的赚钱机器，但詹妮弗渐渐意识到，它的内部还有一个同样重要的元素，那就是权力。

"这个组织比世界上大多数国家的政府都大。"迈克尔告诉詹妮弗，"我们的总收入比美国最大的六家公司的总收入还多。"

"那可不一样，"詹妮弗指出，"他们是合法的，而且……"

迈克尔笑了。"他们只是暂时还没被抓罢了。美国数十家最大的公司都曾官司缠身，因为它们违反了这条或那条法律。别自欺欺人地相信真有什么英雄了，詹妮弗。你要问今天的美国人，有哪两名宇航员曾经到过太空，普通人根本答不上来，可是，他们一定听说过阿尔·卡彭和勒基·卢西亚诺[①]的大名。"

詹妮弗意识到，迈克尔以特有的方式对自己的事业投入了很大的热情。这一点和亚当很像，不同的是，两人的人生前进方向完全相反。

在生意场上，迈克尔毫无同情心。这是他的强项。对组织是否有利是他决

---

① 二人均为黑手党曾经的领袖。——译者注

策的唯一依据。

在过去，迈克尔心无旁骛，一心只想实现他的野心。女人在他的人生中根本不占据任何情感空间。无论是罗莎，还是他那群女友，对他来说都是可有可无的。

詹妮弗则不一样。他需要她，那是其他女人都达不到的程度。他从未见过像她这样的人。虽说他确实馋她的身子，可他同时还馋好几十个女人的身子。真正让詹妮弗如此特别的是她的智慧，她的独立。罗莎服从于他，其他女人则害怕他，而詹妮弗却敢于挑战他。他们势均力敌。他可以和她对话，与她讨论正事。她可不仅仅是聪明，而且还很识时务。

他知道自己绝不能放走这样的人才。

詹妮弗偶尔会和迈克尔一起出差，可她尽量能不去就不去，只因她想尽可能多地陪伴乔舒亚。他现在六岁了，越长越高了。詹妮弗把他送进了附近的一所私立学校，乔舒亚很爱上学。

他有一辆双轮自行车，还有足以组建一个车队的玩具赛车，他甚至会一本正经地与詹妮弗和麦基太太进行长谈。

因为詹妮弗希望乔舒亚能成长为强大而独立的人，所以她力求在关心与放手之间达到一种平衡。她让乔舒亚知道自己很爱他，让他意识到，无论是在什么时候，他都可以找她帮忙，她会一直在，但是同时，她也会让他感觉到自己是一个独立的个体。

她教他爱上读书，享受音乐。她带他去剧院，不过会避开首演日，因为那时人多，容易撞上熟人，难免被缠着问这问那。周末是他们尽情欣赏电影的时候。周六下午他们会先看一部电影，然后找一家餐厅吃晚饭，接着看第二部电影。周日，他们会一起去划船或骑自行车。

詹妮弗对儿子倾注了自己所有的爱，但又小心翼翼地避免宠坏他。她对乔舒亚的培养是经过精心策划的，比她对待任何庭审案件都更上心，更仔细，她也决心不让自己和孩子落入单亲家庭的困境。

詹妮弗花了这么多时间陪伴乔舒亚，却从未觉得这是一种牺牲，因为乔舒亚是个很有趣的孩子。他们会一起玩单词游戏、模仿游戏或"二十题"智力游戏，詹妮弗欣喜地发现儿子的思维很敏捷。他担任班长，运动细胞发达，可他并没有因此自以为是，而是喜欢开玩笑，具有惊人的幽默感。

在不影响儿子课业的情况下，詹妮弗会带乔舒亚去旅行。乔舒亚放寒假期间，詹妮弗特意请了假，和他一起去波科诺斯山脉滑雪。夏天她去伦敦出差时带上了乔舒亚，母子二人花了两周的时间畅游英国乡间。乔舒亚十分热爱英国。

"我能在这儿上学吗？"他问。

詹妮弗突然感到一阵痛楚。很快，他就会离开她，去上学，去挣钱，去结婚，另立门户，组建新的家庭。那不正是她对他的期望吗？当然是。待乔舒亚准备好的时候，她会放开双手，让他展翅高飞，但她知道自己很难面对那一天的到来。

乔舒亚正看着她，等待她的回答。"行吗，妈妈？"他问，"也许是去牛津大学？"

詹妮弗一把搂住了他。"当然可以。能招到你这样的学生，他们可真幸运。"

一个周日的早上，麦基太太请假了，詹妮弗不得不去曼哈顿取一份证人陈述笔录，乔舒亚则上朋友家去了。詹妮弗回到家后开始为两人准备晚餐。她打开冰箱的那一刻，当场就愣住了。冰箱里有一张字条，就夹在两瓶牛奶之间。亚当也会像这样给她留字条。詹妮弗出神地望着那张字条，根本不敢去碰。慢慢地，她终于朝它伸出手，并将它打开。字条上写着：惊不惊喜，意不意外！艾伦能和我们一起吃晚饭吗？

半小时后，詹妮弗的心情才平静下来。

乔舒亚时不时会问詹妮弗关于父亲的事。

"他在越南牺牲了，乔舒亚，他是一个非常勇敢的人。"

"我们就没有一张他的照片吗？"

"没有，我很抱歉，亲爱的。我们……我们刚结婚不久他就去世了。"

她讨厌对儿子撒谎，可她别无选择。

关于乔舒亚的父亲是谁，迈克尔·莫雷蒂只问过一次。

"我不在乎你过去的事情，反正你现在属于我……我仅仅是好奇。"

詹妮弗想到一旦迈克尔知道真相，他将会对参议员亚当·华纳施加的种种压力，便赶紧说道："他在越南牺牲了，他叫什么名字不重要。"

第40章

在华盛顿，由亚当·华纳领导的参议院调查委员会正在对新型XK-1轰炸机进行最后一天的深入调查，以决定是否批准空军使用这款轰炸机。几周以来，不断有专家证人到国会山来游行，其中一半人作证说，这款新型轰炸机会成为造价昂贵的大麻烦，它会破坏国防预算，还会摧毁国家；另一半人则作证说，除非参议院批准空军使用这种轰炸机，否则美国的国防实力就会大大削弱，苏联人将会在下周日入侵美国。

亚当自愿提出试飞这款轰炸机的样机，他的同事们正求之不得。亚当是他们中的一员，是俱乐部的成员，他一定能为他们找出正确方案。

一个周日的早晨，亚当带着一批精干人员，驾驶轰炸机飞上天空，并对这款飞机进行了一系列严格的测试。这次飞行取得了前所未有的成功，他向参议院调查委员会报告说，新的XK-1轰炸机是航空业的重要进步。他建议立即将这款飞机投入生产。参议院批准了所需资金。

媒体热情地对此事大书特书。他们将亚当描述为新一代的爱做调查研究的参议员，一个不辞辛劳、实地探访的立法者，自己搜集事实而不是只会听取说客和其他从自身利益出发的人的意见。

《新闻周刊》和《时代周刊》都报道了关于亚当的故事。《新闻周刊》的结尾这样写道："参议院找到了一位真诚能干的新护卫，他能够调查研究困扰这个国家的一些重要问题，为它指出一条明路，而不是将它引向深渊之中。政界元老们越发觉得，亚当·华纳的高贵品质配得上总统这一职位。"

詹妮弗如饥似渴地阅读了关于亚当的新闻报道。她满心自豪，但也很痛苦。她仍然爱着亚当，可她也爱迈克尔·莫雷蒂，她不明白世上怎么会有这种事，也不明白自己变成了什么样的女人。亚当给她的人生带来了孤独，迈克尔又消除了这种孤独。

从墨西哥走私毒品的活动大幅增加，很明显背后是有组织的犯罪集团。亚当被派去牵头调查此事。他协调、动用了六个美国执法机构的力量，然后飞往墨西哥，争取到了墨西哥政府的合作。三个月内，此类毒品交易几乎绝迹了。

在新泽西州的庄园里，迈克尔·莫雷蒂说："我们遇到麻烦了。"

詹妮弗、安东尼奥·格拉内利和托马斯·科尔法克斯坐在宽敞舒适的书房里。安东尼奥·格拉内利最近中风过，一夜之间仿佛老了二十岁。他看起来像一个干瘪的漫画人物。他的右半边脸瘫痪了，所以每次一说话，口水都会从嘴角流下来。他年纪大了，脑子不灵光了，也就越来越依靠迈克尔拿主意，他甚至还勉为其难地逐渐接受了詹妮弗。

不过托马斯·科尔法克斯就没那么好说话了。迈克尔和科尔法克斯之间的冲突愈演愈烈。科尔法克斯知道迈克尔打算让这个女人取代他的位置。他承认，詹妮弗·帕克是聪明的律师，但是她能懂这个家族的传统吗？她知道是什么让兄弟会的事务多年来得以顺利运作吗？迈克尔怎么能把一个陌生人——更糟糕的是，还是个陌生女人带进来——将事关他们生死存亡的秘密告诉她？

这局面简直令人无法容忍。科尔法克斯轮番找来组织中的上尉、中尉和士兵谈话，表达了他的忧虑，试图说服他们支持他，可他们都不敢与迈克尔起正面冲突。如果迈克尔信任这个女人，那么，他们便认为自己也必须信任她。

托马斯·科尔法克斯只好暗中等待时机，他会找到办法除掉她的。

詹妮弗很清楚他的感受。她取代了他的位置，出于强烈的自尊心，他绝不可能原谅她。他对黑手党的忠诚会让他按规矩办事，不至于打击报复她，可一旦他对她的仇恨超越了这种忠诚……

迈克尔转向詹妮弗。"你听说过亚当·华纳吗？"

詹妮弗的心跳瞬间停止了。她突然感到呼吸困难。迈克尔一直看着她，等待她作答。

"你是说那个参议员吗？"詹妮弗好不容易回了一句。

"嗯，哼！我们得让这个狗娘养的消停下来。"

詹妮弗能感觉到自己的脸色唰地变白了。"为什么，迈克尔？"

"他妨碍到我们的生意了。都是因为他，墨西哥政府现在要关闭我们盟友的工厂。眼看所有事情都要垮掉，我想立刻除掉这颗眼中钉。他非走人不可。"

詹妮弗的脑子飞快运转。"如果你动了参议员华纳，"她小心地斟酌自己的用词，"那你自己也会混不下去的。"

"我不会让……"

"听我说，迈克尔。如果你把他除掉，他们就会安排十个这样的人，甚至一百个来顶替他的位置。全国各地的报纸都会密切留意你。与华纳参议员受到伤害的后果相比，眼下的调查根本不算什么。"

迈克尔愤怒地说："我说了，我们被击中痛点了！"

詹妮弗改变了语气。"迈克尔，动动脑筋。你也不是没见识过这种调查。它们能持续多久呢？参议员觉得完事后，不出五分钟，他就会转身去调查其他事情了，这事就这么过去了。被关掉的工厂又可以重新开门了，你又能重新做你的生意了，这样也不会产生什么不利后果。可如果你非要一意孤行，这事可就没完没了了。"

"我不同意，"托马斯·科尔法克斯说，"在我看来……"

迈克尔·莫雷蒂咆哮道："现在没人征求你的意见。"

托马斯·科尔法克斯猝然一动，像是被扇了一巴掌似的。迈克尔没有搭理他。科尔法克斯转身向安东尼奥·格拉内利寻求支持。可老家伙已经睡着了。

迈克尔对詹妮弗说："好吧，律师，我们暂时放过这个华纳。"

詹妮弗意识到她一直在屏住呼吸，这时她终于可以慢慢地呼出一口气了。"还有别的事吗？"

"嗯。"迈克尔拿起一个很沉的金色打火机，点燃了一支香烟，"我们的一个朋友马可·洛伦佐被指控犯了敲诈勒索和抢劫罪。"

詹妮弗在报纸上读到过这个案子。据报道，洛伦佐是个惯犯，曾因暴力犯罪被多次逮捕。

"你想让我提出申诉吗？"

"不，我想让你把他送进大牢。"

詹妮弗惊讶地看着他。

迈克尔把打火机放回了桌子上。"我得到消息，迪·席尔瓦想把他遣送回西西里岛。马可在那儿有不少仇家。如果他们把他送回去，他肯定活不过二十四小时。对他来说最安全的地方是辛辛监狱。等一两年后风头过去了，我们再把他弄出来。你能做到吗？"

詹妮弗犹豫了。"如果是在别的司法管辖区，我或许能做到。可在这儿，迪·席尔瓦不会和我进行辩诉交易的。"

托马斯·科尔法克斯很快说道："也许我们应该让其他人来处理这件事情。"

"如果我想让别人来处理的话，"迈克尔厉声说道，"我会提出来的。"他转过身来，面对詹妮弗。"我想让你来处理。"

迈克尔·莫雷蒂和尼克·维托在窗内看着托马斯·科尔法克斯上了他的轿车离开。

迈克尔说："尼克，我想让你把他除掉。"

"科尔法克斯？"

"我没法再相信他了。他觉得现在还是那老头子说了算，不肯向前看。"

"都听你的，迈克。你想让我什么时候动手？"

"快了。等我通知你。"

詹妮弗正坐在劳伦斯·沃尔德曼法官的议事室里。这是她一年多来第一次见到他。他们之间的友好通话和晚宴邀约早已中断。好吧，那也没办法，詹妮弗心想。虽然她很喜欢劳伦斯·沃尔德曼，也很遗憾自己失去了和他的友谊，但那毕竟是自己的选择。

他们在等候罗伯特·迪·席尔瓦。只见二人静静地坐着，气氛很尴尬，彼此都不想寒暄。地区检察官走进来就座后，会议开始了。

沃尔德曼法官对詹妮弗说："博比说，在我给洛伦佐判刑之前，你想谈一次辩诉交易。"

"没错。"詹妮弗转向地区检察官迪·席尔瓦，"我认为把马可·洛伦佐送到辛辛监狱是一个错误。他不属于这儿。他是个非法入境的外国人。我觉得他应该被遣送回西西里岛。"

迪·席尔瓦惊讶地看着她。他原本打算建议将洛伦佐驱逐出境，但如果这正中詹妮弗·帕克下怀，那他就必须重新评估自己的决定。

"你为什么建议这么做？"迪·席尔瓦问道。

"原因有几个。首先，他将无法在这儿继续犯罪，而且……"

"可是，把他关进辛辛监狱也能做到这一点。"

"洛伦佐年事已高，没法忍受被监禁的生活。如果你把他关进监狱，他准会发疯。他所有的朋友都在西西里岛。在那儿，他可以生活在阳光下，然后在家人的关怀中平静地死去。"

迪·席尔瓦气得咬牙切齿。"我们现在说的是一个无恶不作的暴徒，他这辈子都在抢劫、强奸、杀人，你竟然担心这样一个人不能和朋友们在阳光下愉快地团聚？"他转向沃尔德曼法官，"她是要当圣母吗?!"

"马可·洛伦佐有权……"

迪·席尔瓦用拳头猛捶桌子。"他没有任何权利！他犯了敲诈勒索和持械抢劫罪。"

"在西西里岛，当一个人……"

"他不在西西里岛，该死！"迪·席尔瓦喊道，"他在这里！他在这里犯下了罪行，所以他要在这里付出代价。"他站了起来。"法官大人，我们是在浪费您的时间。我们州拒绝在此案中进行任何辩诉交易。我们要求把马可·洛伦佐判去辛辛监狱服刑。"

沃尔德曼法官转向詹妮弗。"你还有什么要说的吗？"

她愤怒地看着罗伯特·迪·席尔瓦。"没了，法官大人。"

沃尔德曼法官说："明天上午开庭宣判。你们两个可以走了。"

迪·席尔瓦和詹妮弗起身离开了议事室。

在外头的走廊里，地区检察官转向詹妮弗，笑了。"你的技艺略显生疏呀，律师。"

詹妮弗耸了耸肩。"没有谁是战无不胜的。"

五分钟后，詹妮弗找了个电话亭打电话给迈克尔·莫雷蒂。

"你可以放心了。马可·洛伦佐是要进辛辛监狱的。"

第41章

岁月是一条无边无际、湍急向前的河流。四季似乎并非春夏秋冬的更迭，而是由生辰的欢娱、生活的乐趣、莫名的烦恼和内心的痛苦交织而成。它们由法庭上的胜败、真实可感的迈克尔与回忆中的亚当构成，但最主要的部分是乔舒亚。他就像是一本日历，提醒着人们岁月正在飞速流逝。

令人难以置信的是，他一转眼就七岁了。似乎一夜之间，他便从蜡笔和图画书跨越到了飞机模型和体育运动。乔舒亚的个子长了不少，也一天比一天更像他父亲了，而且不仅仅是外表层面。他性格敏感，彬彬有礼，很注重公平竞争。每次他犯了错，詹妮弗惩罚他时，他都会固执地说："我虽然只有四英尺高，可我的权利也是要受保护的。"

他就是一个缩小版的亚当。他的运动细胞发达，亚当也是。他心目中的英雄是佩彼尔兄弟和卡尔·斯托兹。

"从没听说过这些人。"詹妮弗说。

"妈妈，你怎么能没听说过呢？他们创建了少年棒球联盟。"

"哦，原来是那个佩彼尔兄弟和卡尔·斯托兹啊。"

周末，乔舒亚会在电视上观看每一场体育赛事——橄榄球、棒球、篮球——什么都看。一开始，詹妮弗让乔舒亚一个人看比赛，可乔舒亚看完后会和她讨论比赛赛况，詹妮弗完全一头雾水，所以她觉得还是应该陪他一起看。于是，母子二人就坐在电视机前，一边大口吃爆米花，一边为球员欢呼。

有一天，乔舒亚打完球回家，脸上带着担忧的表情，他说："妈妈，我们能进行一次男人之间的谈话吗？"

"当然可以，乔舒亚。"

他们坐在餐厅的桌子旁，詹妮弗给他做了一个花生酱三明治，倒了一杯牛奶。

"怎么了？"

他的声音很理智，充满了担忧。"嗯，我听到一些男人的对话，于是我很疑惑——你觉得我长大以后，这个世界上还会存在性生活吗？"

詹妮弗买了一艘纽波特的小帆船，周末她会和乔舒亚到海湾去扬帆泛舟。在他掌舵时，詹妮弗很喜欢盯着他的脸看，那上面会露出激动的微笑，詹妮弗管它叫"红发埃里克①之笑"。乔舒亚和他的父亲一样，天生就对航海很在行，这个想法使詹妮弗不由一怔。她怀疑自己是不是想通过乔舒亚，间接地感受一种拥有亚当的人生。她和儿子一起做的所有事情——驾驶帆船、观看体育赛事——都是她和他父亲一起做过的事情。

詹妮弗告诉自己，她之所以做这些事，是因为乔舒亚喜欢做这些事，但她不确定自己是否有所隐瞒。看着乔舒亚裹起三角帆，脸颊经过风吹日晒后变得黝黑，一副眉开眼笑的样子，詹妮弗意识到，其中的原因并不重要，重要的是，她的儿子喜欢有她参与的生活。他并不是他父亲的替代品。他就是他自己，是詹妮弗在这个世界上最爱的人。

---

① 著名探险家，他发现了格陵兰，并在那里建立了一个斯堪的纳维亚人的定居点。——译者注

第42章

安东尼奥·格拉内利去世了，迈克尔接管了他的帝国的全部控制权。葬礼十分隆重，对得起一个"教父"级人物的派头。来自全国各地的家族负责人和成员前来向他们逝去的朋友致敬，并向他们的新头目表示忠心和支持。联邦调查局和其他六个政府机构的人也在现场拍照。

罗莎悲痛万分，因为她非常爱她的父亲，同时她又为丈夫取代父亲成为家族之首而感到欣慰和自豪。

詹妮弗对迈克尔的重要程度与日俱增。每次一有什么问题出现，迈克尔咨询的总是詹妮弗。托马斯·科尔法克斯则越发显得像个烦人的累赘了。

"别顾虑他，"迈克尔告诉詹妮弗，"他很快就要退休了。"

柔和的电话铃声叫醒了詹妮弗。她躺在床上，听了一会儿，然后坐起来看了看床头柜上的数字时钟，才凌晨三点。

她拿起听筒。"喂？"

是迈克尔。"你能马上换好衣服吗？"

詹妮弗坐得更直了，并使劲眨眼让自己清醒起来。"发生了什么事？"

"艾迪·桑蒂尼就在刚才被指控持械抢劫。他已经两次被判入狱了。如果这次又被判有罪，他们就不会再放过他了。"

"有目击者吗？"

"三个，他们都看得很清楚。"

"他现在在哪里？"

"第十七警区。"

"我这就过去，迈克尔。"

詹妮弗穿上长袍，走到厨房，给自己煮了一壶热气腾腾的咖啡。她坐在早餐室里喝着，凝视着窗外的夜晚，若有所思。三个目击者，他们都看得一清二楚。

她拿起电话拨了个号码。"帮我转新闻编辑室。"

詹妮弗语速很快。"我有消息要告诉你们。一个叫艾迪·桑蒂尼的人刚刚因持械抢劫罪被捕了。他的律师是詹妮弗·帕克。她会试着让警方把他放出来的。"

她挂断了电话，又给另外两家报纸和一家电视台打电话。打完电话后，詹妮弗看了看手表，悠闲地喝了一杯咖啡。她想确保摄影师们有足够的时间到达位于五十一号街的那个警方辖区。随后，她上楼换好衣服。

离家之前，詹妮弗走进了乔舒亚的卧室。他的小夜灯亮着，而他还在熟睡，毯子缠绕着他那时不时动弹的身体。詹妮弗轻轻地整理好毯子，吻了吻他的额头，然后踮起脚尖走出了房间。

"你要去哪儿？"

她转过身来说："我要去上班。继续睡吧。"

"现在几点了？"

"现在是凌晨四点。"

乔舒亚咯咯笑了。"作为一位女士，你工作的时间着实让人发笑。"

她回到他的床边。"作为一位男士，你睡觉的时间也着实让人发笑。"

"我们今晚要看梅茨队的比赛吗？"

"没错。重回梦乡去吧。"

"好吧，妈妈。祝你办案顺利。"

"谢了，小家伙。"

几分钟后，詹妮弗开着自己的车，向曼哈顿进发。

詹妮弗到达时，《每日新闻》的一个摄影师已就位。他盯着詹妮弗说："这居然是真的！你真的会受理桑蒂尼的案子吗？"

"你怎么知道的？"詹妮弗问道。

"小道消息，律师。"

"你这是在浪费时间。这儿不能拍照。"

她走进去，磨磨蹭蹭地为艾迪·桑蒂尼办理保释事宜，直到她确定电视台的摄像师和《纽约时报》的记者兼摄影师已经赶到才停下。她决定不等《华盛顿邮报》的人了。

值班的警长说："前方有一些记者和电视台的人，帕克小姐。如果你愿意，你可以从后方出去。"

"没关系，"詹妮弗说，"我能处理。"

她把艾迪·桑蒂尼带到前方的走廊，摄影师和记者都在那里等着。

她说："听我说，先生们，请不要拍照。"

然后，詹妮弗走到一边，报社记者和电视台摄像师纷纷围了上来。

一个记者问道："这个案子有什么重大之处吗，居然劳您亲自出马？"

"明天你就会明白的。同时，我建议你不要使用这些照片。"

一个记者喊道："不是吧，詹妮弗！你没听说过新闻自由吗？"

中午，詹妮弗接到了迈克尔·莫雷蒂的电话。他怒气冲冲地说："你看过新出的报纸没有？"

"没有。"

"哼，艾迪·桑蒂尼的照片登上了报纸头版和电视新闻。我可没让你为这件该死的事情博眼球！"

"我知道你没有。这是我自己的主意。"

"天哪！这有什么意义？"

"意义就在于，迈克尔，那三个目击者。"

"他们怎么了？"

"你说他们很清楚地看到了艾迪·桑蒂尼。好吧，到了出庭指认的时候，他们就必须拿出证据，证明他们不是因为在报纸和电视上看到了他的照片才指认的他。"

沉默了很长一段时间之后，迈克尔用钦佩的声音说道："我可真是个大

300

混账！"

詹妮弗不由得笑出声来。

那天下午，詹妮弗走进办公室时，肯·贝利正在那儿等着她，从他脸上的表情中，她立刻知道出了点事。

"你为什么不告诉我？"肯问道。

"告诉你什么？"

"你和迈克尔·莫雷蒂的事。"

反驳的话已到嘴边，詹妮弗又把它憋了回去。说这不关你的事就太不近人情了。肯是她的朋友。他关心她。在某种程度上，这确实关他的事。詹妮弗可一点也没忘记他们共用小办公室的日子，也没忘记当时他是如何帮助她的。他问过她："我有个律师朋友一直在烦我，让我给他送传票，我没有时间。你每送一张传票，他就付你十二美元五十美分，还会给你交通补贴。你能帮帮忙吗？"

"肯，我们别讨论这个了。"

他的声音中充满了冷峻的愤怒。"为什么不呢？其他人都在讨论这个问题。传闻说你是莫雷蒂的情妇。"说完，他脸色苍白。"天哪！"

"我的私生活……"

"他生活在臭水沟里，而你把臭水沟带进了事务所！你让我们为莫雷蒂和他的那些暴徒工作。"

"住口！"

"我会住口的。我就是要来跟你说这件事。我要离职了。"

他的话宛如晴天霹雳。"你不能走。你对迈克尔的看法是错误的。如果你见到他，你会明白……"

话音刚落，詹妮弗就知道自己犯了一个错误。

他悲伤地看着她说："你确实被他迷住了，对吧？我还记得那个没有迷失自我的你。那才是我想要记住的女孩。替我向乔舒亚道别。"

于是，肯·贝利走了。

詹妮弗感觉到泪水涌上了眼眶，喉咙被什么东西堵得几乎让她无法呼吸。

她把头垂在桌子上，闭上眼睛，试图抑制住心里的阵阵痛楚。

当她睁开眼睛时，夜幕已经降临。办公室里一片黑暗，能看到的仅有外头的街灯散发出的诡异红光。她走到窗前，凝视着下方的城市。在晚上，这儿看起来就像是一片丛林，只有一堆奄奄一息的篝火在抵御不断蔓延的恐怖。

这儿是迈克尔的丛林，根本无路可逃。

第43章

旧金山的牛宫乱得像座疯人院，里头挤满了来自全国各地的代表，他们不停地吵吵嚷嚷，高呼着各种口号。有三个人在竞争总统候选人提名，他们的初选表现都很出色。可是，他们中呼声最高的是亚当·华纳。在第五轮投票中，他击败了另外两个候选人，而且是全票获胜。他终于正式成为全党骄傲的总统候选人了。

现任总统是反对党的领袖，他的可信度评级很低，大多数人认为他缺乏作为。

斯图尔特·尼达姆告诉亚当："除非你在六点钟的新闻中对着摄像头撒尿，否则下一任美国总统非你莫属。"

成为总统候选人后，亚当飞往纽约，在帝豪酒店与尼达姆和党内几个有影响力的成员会面。布莱尔·罗曼，美国第二大广告公司的负责人也出席了会议。

斯图尔特·尼达姆说："亚当，布莱尔将负责你竞选活动的宣传工作。"

"能够参与进来，我高兴得简直无法形容。"布莱尔·罗曼咧嘴笑了，"你将成为我助力的第三任总统。"

"真的吗？"亚当对这个人印象不佳。

"让我告诉你一些竞争计划吧。"布莱尔·罗曼开始在房间里踱步，一边走一边挥舞着一根想象出来的高尔夫球杆，"我们将在全国范围内播放电视广告，为你打造一个美国问题解决者的形象。一个父母官，一个年轻英俊的父母官。明白了吗，总统先生？"

"罗曼先生……"

"怎么？"

"你可否不要叫我'总统先生'？"

布莱尔·罗曼笑了。"对不起。失言了，A.W.[1]。在我看来，你已经入主白宫了。相信我，我知道你是这份工作的不二人选，否则我就不会负责这场竞选了。我这么有钱，怎会为了钱而工作呢？"

务必小心那些说自己太有钱，无须为钱而工作的人，亚当心想。

"我们已经知道你是这份工作的不二人选，现在我们必须让所有人都知道这一点。请看看我准备的这些图表，我已经把这个国家的不同地区根据不同种族做了划分。我们会把你送到关键的地方，你可以在那些地方和选民握手致意。"

他凑近亚当的脸，语重心长地说："你的妻子将成为一张王牌。女性杂志会疯狂刊载有关你家庭生活的文章。我们会把你推销出去的，A.W.。"

亚当突然有些恼了。"你们打算怎么做？"

"很简单。你是一款产品，A.W.。我们会像推销其他产品一样推销你。我们……"

亚当转向斯图尔特·尼达姆。"斯图尔特，我能单独和你谈谈吗？"

"当然可以。"尼达姆转向其他人说："我们休息一下，吃个晚饭，九点回到这里见面。到时我们继续讨论。"

两个人单独在一起时，亚当说："天哪，斯图尔特！他打算把这件事弄成一场表演秀！'你是一款产品，A.W.。我们会像推销其他产品一样推销你。'他太恶心了！"

"我理解你的感受，亚当，"斯图尔特·尼达姆安慰地说，"但布莱尔能够保证结果。当他说你是他助力的第三任总统时，他可不是瞎说的。自艾森豪威尔以来，每一任总统都有广告公司负责策划竞选活动。你喜欢也罢，不喜欢也罢，竞选活动都需要推销技巧。布莱尔·罗曼了解公众心理。尽管这可能

---

[1] 亚当·华纳姓名的缩写。——译者注

令人反感，但现实是，如果你想当选公职，你就要将自己推销出去——也就是说，你必须被商品化。"

"我讨厌这样。"

"这是你必须付出的部分代价。"他走到亚当身边，用一只胳膊搂住他的肩膀。"你所要做的就是牢记目标。你想要白宫吗？可以。我们会用尽一切办法把你带到那里。但你必须也付出一定努力，如果作秀是其中的一部分内容，那就忍着办好它。"

"我们真的需要布莱尔·罗曼吗？"

"我们需要布莱尔·罗曼这样的人。布莱尔是眼下最好的一个。让我来处理他。我会尽可能让他远离你。"

"感激不尽。"

竞选活动开始了。它一开始是一些电视节目和个人露面，后来逐渐变得越来越大型，直到遍布全国。无论走到哪里，都能看到参议员亚当·华纳的动态彩色影像。在这个国家的每一个地方，人们都能在电视和广告牌上看到他的形象，在广播中听到他的声音。法律与秩序历来是竞选活动的关键问题，因此，亚当的犯罪调查委员会受到了高度的强调。

亚当录制了一分钟、三分钟和五分钟的电视插播广告，根据需要在全国的不同地区播放。在西弗吉尼亚州播放的电视广告中，亚当谈论的主要是失业问题和大量有利于该地区繁荣的地下煤炭资源；在底特律播放的电视广告中，亚当则谈到了城市衰败的原因；在纽约的广告中，亚当谈论的主题则是犯罪率的攀升。

布莱尔·罗曼悄悄告诉亚当："A.W.，你所要做的就是抓住重点，不必深入讨论关键问题。我们正在推销产品，也就是你。"

亚当说："罗曼先生，我不在乎你那该死的统计数据怎么说。我不是早餐食品，也不打算被当作早餐食品推销。我会深入讨论这些问题，因为我认为美国人民足够聪明，他们会想了解这些问题。"

"我只是……"

"我想让你们设法安排我和现任总统进行一场辩论，讨论基本问题。"

布莱尔·罗曼说："好的。我马上和总统的团队联系，A.W.。"

"还有一件事，"亚当说。

"噢？什么事？"

"别再叫我A.W.了。"

第44章

邮件中有一封美国律师协会的通知，通知宣布将在阿卡普尔科举行年度大会。詹妮弗现在手头有六起案件，通常她会忽略邀请，但大会将在乔舒亚的学校放假期间举行。詹妮弗想，乔舒亚会在阿卡普尔科玩得很开心。

她对辛西娅说："接受邀请。给我订三张票。"

她会带麦基太太一起去。

在那天吃晚饭时，詹妮弗把消息告诉了乔舒亚。"你想怎么去阿卡普尔科？"

"那是在墨西哥，"他说，"位于西海岸。"

"没错。"

"我们可以去允许上半身裸露的海滩吗？"

"乔舒亚！"

"呃，他们那边有的，裸着才接近自然。"

"我会考虑的。"

"我们能去深海捕鱼吗？"

詹妮弗脑海中浮现出乔舒亚试图把一条大马林鱼拖上船的场景，忍着笑说："看情况吧，有些鱼长得很大的。"

"这就是它令人兴奋的地方，"乔舒亚严肃地解释道，"如果做起来简单，那就不好玩，没了乐趣了。"

亚当可能也会说同样的话。

"我同意。"

"我们还能在那里做什么？"

"嗯，骑马、徒步旅行、观光……"

"我们不要尽去些老教堂，好吗？它们看起来都一个样。"

亚当说过："只要看过一座教堂，就等于看过了所有的教堂。"

大会在周一开幕。詹妮弗、乔舒亚和麦基太太于周五上午乘坐一架布兰尼夫喷气式飞机飞往阿卡普尔科。乔舒亚已经坐过很多次飞机，但他仍然一想到飞机就兴奋。麦基太太则被飞行吓得目瞪口呆。

乔舒亚安慰她："你就从这个角度想，即使飞机失事了，人也就疼上个一秒钟。"

麦基太太脸色顿时变得煞白。

飞机于下午四点降落在贝尼托华雷斯机场，一个小时后，他们三人抵达微风酒店。这里离阿卡普尔科仅八英里，由一系列漂亮的粉红色平房组成。这些平房建在一座小山上，每一栋都带有私人露台。

詹妮弗下榻的平房和其他平房一样，带有游泳池。旅馆很不好找，因为还有六个会议也在这里召开。阿卡普尔科人满为患，詹妮弗给她的一位企业客户打了电话，一小时后，她被告知拉斯布里塞斯旅馆正等着她呢。

他们打开行李箱后，乔舒亚说："我们能进城听他们聊天吗？我还从来没有去过不讲英语的国家。"他想了一会儿，补充道："除非你算上英国。"

他们走进市里，沿着市中心热闹的中央广场漫步，但令乔舒亚失望的是，唯一能听到的语言就是英语。阿卡普尔科挤满了美国游客。

他们沿着老城区桑伯恩百货公司对面主码头上色彩缤纷的市场漫步，那里有数百个摊位，出售各种令人眼花缭乱的商品。

下午晚些时候，他们乘坐一辆马车前往派德拉库耶斯塔海滩，观看日落，然后返回旅馆。

他们在阿曼多俱乐部吃了晚饭，那里的菜味道非常棒。

"我喜欢墨西哥菜。"乔舒亚宣称。

"很高兴你喜欢，"詹妮弗说，"不过这是法国菜。"

"好吧，它有墨西哥特色。"

周六被安排得满满当当。他们早上去奎布雷达大街购物，那里的商店更好些，然后在科尤卡二十二号停下来吃了一顿墨西哥式午餐。乔舒亚说："我猜，你该不会是要告诉我，这也是法国菜吧。"

"不，这是正宗墨西哥菜，美国佬。"

"美国佬是什么？"

"就是你，朋友。"

饭后，他们走过卡莱塔广场附近的回力球场大楼，乔舒亚看到广告牌正在宣传回力球比赛。

他站在那里，睁大眼睛。詹妮弗问道："你想看回力球比赛吗？"

乔舒亚点了点头。"不是太贵的话我们可以看看。因为如果我们没钱了，我们就回不了家了。"

"我想我们的钱能应付。"

他们入场观看了球队之间激烈的比赛。詹妮弗为乔舒亚下了注。他押的球队赢了。

詹妮弗提议回旅馆时，乔舒亚说道："天哪，妈妈，我们就不能先去看看跳水吗？"

那天早上旅馆经理提到了跳水表演。

"乔舒亚，你确定你不想休息吗？"

"嗯，如果你太累了，当然可以休息。我一直忘了你都这个岁数了。"

这句话产生了奇效。"别在意我的年龄。"詹妮弗转向麦基太太，"您还能走吗？"

"当然可以。"麦基太太哼哼道。

跳水表演是在拉克夫拉达悬崖上进行的。詹妮弗、乔舒亚和麦基太太站在一个公共观景台上，此时，跳水表演者们手持熊熊燃烧的火把，跳入一百五十英尺之下的狭窄海湾中，海湾的边缘布满了岩石。他们要找准下落的时机，才能正好坠到拍案的白浪上，稍有误判就会当场死亡。

表演结束后，一个男孩过来向观众讨赏钱。

"行行好，给我一比索①吧。"

詹妮弗给了他五比索。

那天晚上，她梦到了那些跳水表演者。

拉斯布里塞斯旅馆有自己的海滩，叫贝壳湾。周日早晨，詹妮弗、乔舒亚和麦基太太开着旅馆为客人提供的粉色敞篷吉普车过去。天气正好，港口就像一块闪闪发光的蓝色画布，上面点缀着快艇和帆船。

乔舒亚站在露台的边缘，看着水橇运动员们从身旁掠过。

"你知道水橇是在阿卡普尔科发明的吗，妈妈？"

"不知道。你从哪儿听说的？"

"我要么是从书上读到的，要么是自己瞎编的。"

"我投'瞎编的'一票。"

"这是不是意味着我不能玩水橇了？"

"那些快艇很快的。你不害怕吗？"

乔舒亚望向踏着水橇板滑行的人。"那个人曾说：'我要送你回家见耶稣。'然后他往我手上钉了一颗钉子。"

这是乔舒亚第一次提到他那次可怕的经历。

詹妮弗跪下来，搂着儿子。"你怎么联想到这件事了，乔舒亚？"

他耸耸肩。"我不知道。我想是因为耶稣在水上行走，而外面的每个人也都在水上行走。"他看到母亲一副惊骇的表情。"对不起，妈妈。老实说，我不怎么会想起这件事。"

她紧紧地抱着他说："没关系，亲爱的。你当然可以去玩水橇。我们先吃午饭吧。"

贝壳湾的户外餐厅摆着铁艺餐桌，桌上铺着粉红色的亚麻布，上方是粉白

---

① 墨西哥货币单位。——编者注

相间的条纹遮阳伞。午餐是自助餐，长长的餐桌上摆满了各种各样的菜肴，有新鲜的龙虾、螃蟹和三文鱼，各种冷的或热的肉类，沙拉，各色生的或熟的蔬菜，奶酪和水果。有一张单独的桌子，上头摆着一系列新鲜出炉的甜点。两个女人看着乔舒亚把餐盘装满，然后一扫而空，重复了三次，最后才满意地靠在椅背上。

"这是一家非常好的餐厅，"他说，"不管它供应的是哪儿的菜。"他站了起来，"我去看看水橇的情况。"

麦基太太几乎一粒米都没吃。

"您感觉还好吗？"詹妮弗问道，"自从我们到这儿后，您还什么都没吃。"

麦基太太靠过来，低声说道："我可不想拉肚子！"

"我认为在这样的地方，您不必担心。"

"我对外国食物不耐受。"麦基太太不以为然地说。

乔舒亚跑回餐桌说："我弄到了一艘船。妈妈，我现在可以去了吗？"

"你不用再等一会儿吗？"

"等什么？"

"乔舒亚，你刚才吃了这么多，会沉下去的。"

"我要试试才知道！"他恳求道。

麦基太太在岸上好生看着，詹妮弗和乔舒亚则上了快艇。乔舒亚就这么学习了他的第一堂水橇课。在开始的五分钟里，他不住地摔倒，而在那之后，他表现得就像生来就会玩水橇一样。下午还没结束，乔舒亚就会用一块水橇板滑出许多花样了，最后，他还能不借助水橇板，纯粹用脚后跟滑水。

他们整个下午要么是懒洋洋地躺在沙滩上，要么就是下海游泳。

在乘坐吉普车返回旅馆的路上，乔舒亚依偎在詹妮弗身上说："妈妈，你知道吗，我想这可能是我一生中最美好的一天。"

迈克尔的话在她的脑海中闪现："我只是想让你知道，这是我一生中最美好的夜晚。"

周一早上，詹妮弗早早起了床，穿戴完毕，准备动身出席会议。她上半身

311

穿着一件绣有大红玫瑰的露肩上衣，正好露出那被晒得黑得发亮的皮肤，下半身穿着一条飘逸的深绿色裙子。她对着镜子端详自己，很是满意。尽管她儿子认为她已经人老珠黄了，但她明白自己看起来就像乔舒亚三十四岁的漂亮姐姐。她冲着镜中的自己发笑，心想这次休假可真是休对了。

詹妮弗对麦基太太说："我现在得去工作了。好好照顾乔舒亚。别让他晒太多太阳。"

这个巨大的会议中心由五栋大楼组成，建筑之间由带屋顶的环绕式露台连接在一起。露台上绿植遍布，一片郁郁葱葱，面积超过三十五英亩。精心维护过的草坪上点缀着哥伦布时期以前的雕像。

律师协会大会在特奥蒂瓦坎古城遗址举行，主厅容纳了七千五百名观众。

詹妮弗走到登记处，签到后进入大厅。里头挤得满满当当，全都是人。在人群中，她发现了几十个朋友和熟人。几乎所有人都一改平日保守的商务着装，换上了色彩鲜艳的运动衬衫和裤子，就好像每个人都在度假一样。詹妮弗认为，选择在阿卡普尔科这样的地方召开大会，而不是选择芝加哥或底特律，是有充分理由的。他们可以摆脱硬邦邦的衣领和色彩暗淡的领带，让自己沐浴在热带的阳光下。

虽然詹妮弗在门口拿到了一份会议日程表，但由于忙着和朋友交谈，她还一眼都没看过。

扬声器里响起低沉的声音："请注意！请大家就座，好吗？请注意！会议马上要开始了。请大家坐下，好吗！"

三五成群的人们不情愿地分开，去找各自的座位。詹妮弗抬头一看，台上已站着六个人。

中间那人是亚当·华纳。

詹妮弗站在那儿一动也不动，看着亚当走到麦克风旁边的椅子上坐下。她感到自己的心开始砰砰作响。她最后一次见亚当是在一家意大利小餐厅里，那天，他告诉她玛丽·贝思怀孕了。

詹妮弗当即有逃跑的冲动。她没料到亚当会来，与他面对面这种事她想都不敢想。亚当和他的儿子在同一个城市，这让她恐慌不已。詹妮弗知道她必须尽快离开这里。

她转身正要离去，会议主席就对着话筒宣布："请尚未就座的女士们、先生们尽快就座，大会要开始了。"

随着周围的人开始坐下，詹妮弗发现自己站着很显眼，便顺势找到一个座位坐下，决心一有机会就溜走。

主席说："今天上午，我们很荣幸邀请到一位美国总统候选人作为我们的特邀发言人。他是纽约律师协会的一员，也是美国参议院最杰出的议员之一。请容许我无比自豪地向你们介绍参议员亚当·华纳。"

詹妮弗看着亚当站起身，接受热烈的掌声。他走到麦克风前，环视整个大厅。"谢谢主席先生，谢谢女士们、先生们。"

亚当的声音洪亮有力，有一种权威感，使人不由得沉迷其中。大厅中顿时鸦雀无声。

"我们今天之所以聚集在这儿，原因是多方面的。"他停顿了一下，"我们之中，有些人喜欢游泳，有些人喜欢潜水……"台下发出了一片赞赏的笑声。"但我们来这儿的最主要原因是交流思想和知识，讨论新观念。如今，律师这一职业遭受的非议比以往任何时候都多，甚至最高法院的首席法官也对我们的职业提出了尖锐的批评。"

詹妮弗很喜欢他在讲话中用"我们"这个说法，因为这说明他认同自己是他们中的一员。她尽情感受着他的话语，仅仅是望着他的脸，看着他的一举一动，聆听他的声音，就觉得心满意足。

有一次，亚当停下演说，又开手指理了理自己的头发，这个动作给了詹妮弗内心沉痛一击。那是乔舒亚的习惯动作。亚当离自己的儿子只有几英里远，可他永远不会知道这一点。

亚当的声音越来越大，越来越有力。"在座的有些人是刑事律师。我必须承认，我一直认为，它是我们这一行最激动人心的一个分支。刑事律师经常要处理一些事关生死的案件。它是一个非常光荣的职业，是我们所有人都可以引以为荣的职业。然而——"他的语气变得严厉起来，"有那么一些人——"现在詹妮弗注意到，亚当的说法不再把他自己包括在内，"有辱他们曾经的誓言。美国的司法体系建立在每个公民都有权获得公平审判的基础之上。这一权利不可被剥夺。但是，当法律被当成笑柄时，当律师们花费时间、精力、想象力和技能，去寻找对抗法律的方法，寻找推翻正义的手段时，我认为是时候采取一定行动了。"

会议厅里的所有眼睛都盯着台上站着的亚当。亚当目光如炬，继续说道："女士们，先生们，我是出于个人经验，以及对我所看到的一些事情的深恶痛绝才这样说的。我目前正带领一个参议院委员会，对美国的有组织犯罪展开调查。令人沮丧的是，我们的行动遭到一次又一次的阻挠和挫败，因为那些人认为，他们的权力高于国家的最高执法机构。我见过法官被收买，证人家属受到威胁，关键证人人间蒸发。我们国家的有组织犯罪就像一条致命的蟒蛇，压榨着我们的经济，吞噬着我们的法院，威胁着我们的生命。绝大多数律师都是堂堂正正的人，从事着可敬的事业，但是我想警告少数的一些人，不要认为你们的律法能够凌驾于国家的法律之上。你们正在犯下严重的错误，并将为此付出代价。谢谢。"

亚当在一阵雷鸣般的掌声中坐了下来，然后，鼓掌发展成了起立鼓掌。詹妮弗也不由得站起来，与其他人一起热烈鼓掌，可她的思绪都集中在亚当刚才的最后几句话上。那几句话就像是专门对她说的。詹妮弗转身朝出口走去，穿行在密密层层的人群之中。

在她好不容易快挤到门口时，一位墨西哥律师却上前和她打招呼。一年前她曾与这位律师共事。

他很绅士地吻了吻她的手，说："詹妮弗，很荣幸你能再次来到我们国家。今晚请务必和我一同吃个晚饭。"

詹妮弗和乔舒亚已经计划好了，今晚要去玛丽亚·埃琳娜剧院观看当地舞者跳舞。"对不起，路易斯。我已经有约了。"

他那双清澈的大眼睛显露出失望的神色。"那么明天呢？"

詹妮弗还没来得及回答，一位来自纽约的助理地区检察官就凑到了她身边。

"噢，嘿，"他说，"你干吗要跑去当地的陋巷，和普通民众混在一起？不如今晚和我一起吃饭吧？有一家墨西哥迪厅名叫'猪笼草'，地板全是玻璃做的，灯光是从玻璃底下照上来，头顶上方还有一面大镜子。"

"听起来很有意思，谢谢，但我今晚很忙。"

几分钟后，詹妮弗发现自己周围尽是她在全国各地联手过或是对阵过的律师。她很有名气，所以他们都想和她说上话。过了半个小时，詹妮弗才得以脱身。她匆匆走向前厅，朝出口奔去，没想到亚当正朝她的方向走来，周围簇拥着记者和特勤人员。詹妮弗想要回避，但为时已晚。亚当已经看到她了。

"詹妮弗！"

有一瞬间，她想假装没听到他的声音，可又不忍心在别人面前让他尴尬。她还是迅速打个招呼然后走人吧。

她看着亚当一边走向她，一边对媒体说："女士们，先生们，我已经把想说的话都说完了。"

不一会儿，亚当就握住了她的手，直视她的双眼，就好像他们从未分开过一样。他们站在前厅，周围都是人，但二人都感觉不到其他人的存在。詹妮弗不知道他们站在那里到底对视了多久。

终于，亚当说道："我……我想我们最好还是去喝一杯吧。"

"还是不喝比较明智。"她真的非走不可了。

亚当摇了摇头。"反对无效。"

他挽着她的胳膊，领她走进拥挤的酒吧。他们在酒吧后方找了一张桌子。

"我给你打过电话，也写过信。"亚当说，"但你从来没有给我回过电话，信也全都被退回了。"

他注视着她，眼中充满了疑问。"这些日子我没有一天不在想你。你为什么消失了呢？"

"我在变魔术呢。"詹妮弗轻松地说。

一个服务员过来帮他们点菜。亚当转向詹妮弗。"你想点些什么？"

"不用了。我真的得走了，亚当。"

"你现在不能走。现在正是举行庆典的时候。革命纪念日。"

"他们的还是我们的？"

"有什么区别吗？"他转向服务员，"两杯玛格丽塔。"

"不，我……"好吧，就喝一杯，她想。"我的那份要双料的。"詹妮弗莽撞地说。

服务员点点头，走了。

"我总能在报纸上看到你。"詹妮弗说，"我为你感到骄傲，亚当。"

"谢谢。"亚当犹豫了一下，"我也一直在报纸上看关于你的文章。"

她根据他的语气做了回应："但你并不为我感到骄傲。"

"你似乎有很多辛迪加的客户。"

詹妮弗发现自己渐渐增强了警惕。"你刚才演讲还没讲够？"

"詹妮弗，我不是在对你说教。我很担心你。我的委员会正在追查迈克尔·莫雷蒂，而且我们会抓到他的。"

詹妮弗环视了一下这间挤满了律师的酒吧。"看在上帝的分儿上，亚当，我们不应该进行这种讨论，尤其不该在这里。"

"那在哪里？"

"哪儿都不行。迈克尔·莫雷蒂是我的客户。我不能和你讨论他。"

"我想和你聊聊。说个地点吧。"

她摇了摇头。"我告诉过你，我……"

"我需要聊聊咱们的事。"

"咱们之间没什么事。"詹妮弗开始站起身。

亚当把手放在她的手臂上。"请不要走。我不让你走，现在还不能。"

詹妮弗很不情愿地坐了下来。

亚当的眼睛紧紧盯着她的面孔。"你有没有想过我？"

詹妮弗抬头看着他，不知道该笑还是该哭。还问她有没有想过他！他就住在她家里。她每天早上都会给他一个早安吻，为他做早餐，和他一起出海，爱他。"有的，"詹妮弗终于说道，"我想过。"

"我很高兴。你过得幸福吗？"

"当然。"她知道自己回复得太急了点，连忙把语气调整得更随意一些，"我是一个成功的律师，经济状况很好，经常旅行，还能见到很多迷人的男子。你的妻子怎么样？"

"她很好。"他低声说。

"你女儿呢？"

他点了点头，脸上露出了自豪的神色。"萨曼莎太棒了，就是长得太快了。"

她和乔舒亚同岁。

"你还没结婚？"

"没有。"

两人沉默了好一阵子。詹妮弗想继续说点什么，但她犹豫得太久，已经来不及了。亚当看着她的眼睛，立刻什么都明白了。

他把她的手紧紧地握在手中。"噢，詹妮弗。噢，亲爱的！"

詹妮弗能感觉到鲜血在涌上自己的脸颊。她早就知道这会酿成大错。

"我得走了，亚当。我有个约会。"

"爽约吧。"他强烈要求道。

"对不起，我做不到。"她只想离开这儿，带上儿子，逃回家。

亚当说："我要坐下午的飞机飞回华盛顿。如果你今晚能见我，我可以晚点走。"

"不，不要这样！"

"詹妮弗，我不能再让你离开了。至少不能就这样走掉。我们必须谈一谈。你就和我一块吃顿晚饭吧。"

他把她的手攥得更紧了。她望着他，用尽全力想挣脱，却越来越没力气。

"请别这样，亚当，"她恳求道，"我们单独见面，要是被人看到就不好了。如果你在追查迈克尔·莫雷蒂……"

"这与莫雷蒂无关。我的一个朋友借了我一艘船，'白鸽'号。它就停靠在游艇俱乐部。晚上八点见。"

"我不会去的。"

"可我会。我会等你来。"

此刻，就在这间拥挤的酒吧，尼克·维托正坐在另一头，和两个墨西哥妓女打得火热。这两个妓女是一个朋友为他招来的，她们面容姣好，举止粗俗，而且尚未成年，完全是尼克·维托中意的类型。

他那个朋友承诺说，这两个人非同凡响。事实果真如此。她们不停地往他身上蹭，在他耳边低声说着动听的海誓山盟，但尼克·维托没听进去。他出神

317

地望着屋子另一头詹妮弗·帕克和亚当·华纳正坐着的座位。

"我们现在为什么不到你的卧室去呢，亲爱的？"其中一个女孩向尼克提议道。

尼克·维托很想走到詹妮弗和她身边的陌生人面前打个招呼，但两个女孩都把手放在他的两腿之间，抚摸着他。他这是要被双面夹击啊。

"好，我们上楼吧。"尼克·维托说。

第45章

"白鸽"号是一艘机动帆船，在月光的照耀下显得光洁明亮，微微泛着白光。詹妮弗一边慢慢走近它，一边四下张望，生怕有人注意到自己。亚当跟她说过，他会避开特勤人员。很显然，他做到了。詹妮弗把乔舒亚和麦基太太送到玛丽亚·埃琳娜剧院就座后，自己叫了一辆出租车，让司机在距离码头还有两个街区的位置放她下车。

詹妮弗给亚当打了六通电话，说自己不会去见他。她甚至开始写起了字条，可是没写完就撕了。自打她抛下亚当，离开酒吧的那一刻起，詹妮弗就一直处于优柔寡断的痛苦之中。

她想尽了各种理由，告诉自己不该见亚当——见面不但不能带来任何好处，而且可能会坏了大事。亚当的前程可能会岌岌可危。眼下，他正处于公众声望的顶峰，是这个玩世不恭时代的理想主义者，是国家未来的希望。他是媒体的宠儿，可他一旦背弃了自己在媒体报道中的形象，那些曾经帮他塑造形象的媒体就会迫不及待地把他推向深渊。

于是，詹妮弗下定决心不去见他。她已经不再是过去那个她了，她开启了另一种人生，现在的她属于迈克尔……

亚当在跳板上等着她。

"我很怕你真的不来了。"他说。

接着，她被他抱在怀里。两人开始热吻。

"亚当，船员们都上哪儿去了？"詹妮弗终于问道。

"我把他们打发走了。你还记得怎么驾船吗？"

"我还记得。"

他们升起船帆，向右逆风行驶，十分钟后，"白鸽"号穿过港口，驶向公海。在最初的半个小时里，他们忙于航行，但他们每一刻都敏锐地感觉到彼此的存在。气氛越来越紧张，他们都知道即将发生的事情已不可避免了。

当他们终于越过港口，驶向月光下的太平洋时，亚当走到詹妮弗身边，搂住了她。

他们缠绵在星空下的甲板上，芬芳柔和的微风吹拂着他们赤裸的身体。

过去和未来都被抛到了九霄云外，只有现在将他们两人紧紧地联系在一起。然而，属于他们的时光正飞速流逝，因为詹妮弗知道，在亚当怀里度过的这个夜晚并不是一个开始，而是一个结局。他们之间仿佛隔着整个世界，无论如何也无法跨越。两人已经各自走得太远太远了，也不存在什么回头路。现在没有，以后也永远不会有。不过，在乔舒亚身上，她总能拥有亚当的一部分，这对她来说已经足够了，也必须足够了。

她的余生就指着今天这个夜晚度过了。

他们一起躺着，听着海水轻轻地拍打船舷发出的声音。

亚当说："明天……"

"别说话，"詹妮弗低声说道，"爱我就好，亚当。"

第46章

"那个混蛋一直在用毒眼①诅咒我，"萨尔瓦多·菲奥雷抱怨道，"所以我最后不得不烧了他。"

尼克·维托笑了，因为居然有人愚蠢到要与"小花"胡搞，他怕不是个疯子吧。尼克·维托正在庄园的餐厅里，开心地享受着萨尔瓦多·菲奥雷和约瑟夫·科莱拉的陪伴，谈论着过去的时光，同时也在等待着客厅里的会议结束。这小个子和大个子是他最好的朋友。他们一同出生入死多年。尼克·维托看着这两个人，高兴地想，他们就像我的亲弟兄一样。

"你的表弟皮特怎么样了？"尼克问大个子科莱拉。

"他得了癌症，现在正处于危险中，但他会好起来的。"

"他为人挺仗义。"

"是的。皮特人很好，只是有点运气不佳。有次抢银行，他过去增援，主犯并不是他，可那些该死的警察却对他穷追不舍，把他关了起来。他坐了好久的牢。狱警们想让他弃暗投明，但那纯属白费工夫。"

"见鬼，是的。皮特干得漂亮。"

"是啊，他这人只对挣大钱、泡性感婆娘、开豪车感兴趣。"

客厅里传来几句愤怒的骂声。他们静下来听了一会儿。

"听起来，科尔法克斯像是被逼急了。"

---

① 一种迷信。——译者注

托马斯·科尔法克斯和迈克尔·莫雷蒂正在客厅私下讨论家族即将在巴哈马群岛开展的一场大型赌博活动。迈克尔让詹妮弗负责做业务安排。

"这怎么行，迈克？"科尔法克斯抗议道，"我认识那边所有的弟兄。她可不认识。这事必须我来处理。"他知道自己不该讲话这么大声，可他控制不住自己。

"太迟了。"迈克尔说。

"我不信任那个女孩。托尼也不信任她。"

"托尼已经不在了。"迈克尔的语气平静得可怕。

托马斯·科尔法克斯意识到是时候该收敛收敛了。"当然了，迈克。我想说的只是，我认为不该用这个女孩。我承认她很聪明，但我警告你，到头来，她可能会把我们都送走。"

其实托马斯·科尔法克斯自己才是迈克尔的心头大患。华纳领导的犯罪调查委员会正全面展开行动。待他们查到科尔法克斯时，这个老家伙面对审问能坚持多久？他对这个家族的了解比詹妮弗·帕克多得多。科尔法克斯才是那个能让他们彻底垮台的人，再说了，迈克尔并不信任他。

托马斯·科尔法克斯继续说："把她送到别处去，暂时别让她管事了，一直到调查平息。她是个女人。一旦他们开始对她施加压力，她肯定会招供的。"

迈克尔仔细打量着他，然后做出了决定。"好吧，汤姆。也许你说得有道理。詹妮弗或许构不成什么威胁，但是，如果她不是百分之百地忠诚于我们，我们为何要冒不必要的险呢？"

"迈克，我的建议正是这样。"托马斯·科尔法克斯从椅子上站了起来，松了口气。"你这样做很明智。"

"我知道。"迈克尔转向餐厅喊道："尼克！"

过了一会儿，尼克·维托出现了。

"开车送军师回纽约，好吗，尼克？"

"当然可以，头儿。"

"噢。我想让你顺路帮我送个包裹。"他转向托马斯·科尔法克斯。"你不介意吧？"

"当然不介意，迈克。"他正因刚才的胜利而喜形于色。

迈克尔·莫雷蒂对尼克·维托说："来吧，在楼上。"

尼克跟着迈克尔来到他的卧室。他们一进到房间，迈克尔就关上了门。

"我想让你在开车开出新泽西之前先帮我做点事。"

"当然可以，头儿。"

"我想让你处理掉一个垃圾。"尼克·维托看起来很困惑。"我是指军师。"迈克尔解释道。

"噢，行，我一定照办。"

"把他弄到垃圾场去。晚上那个地方附近不会有人的。"

十五分钟后，开往纽约的豪华轿车出发了。尼克·维托坐在驾驶座上开车，托马斯·科尔法克斯则坐在他旁边的座位上。

托马斯·科尔法克斯说："我很高兴迈克决定让那个婊子靠边站。"

尼克侧视了一眼坐在他旁边毫无戒心的律师。"嗯。"

托马斯·科尔法克斯看了看自己手腕上的名士金表。已是凌晨三点了，早已过了他的就寝时间。这一天可真漫长，把他累坏了。"我年纪太大，吃不消这些明争暗斗了。"他心想。

"我们还要开多远？"

"不远了。"尼克喃喃自语。

尼克·维托此时脑中一片混乱。杀人是他分内的工作，他也从中获得乐趣，因为杀戮使他感到强大。在杀人时，尼克会觉得自己像是无所不能的神。但今晚，他感到很是纠结。

他不明白迈克尔为什么要让他除掉托马斯·科尔法克斯。科尔法克斯是军师，大家遇到麻烦都得找他帮忙。在黑手党组织中，军师是仅次于教父的重要人物。他曾十几次让尼克免于蹲大狱。

"该死！科尔法克斯是对的。迈克不该让一个女人插手家族生意。男人用大脑思考。女人只会感情用事。嗯，要是能搞到詹妮弗·帕克就好了，他一定会尽情蹂躏她直到她跪地求饶，然后……"尼克心想。

"快看路！你都要开出路面了！"

"抱歉。"尼克迅速将车驶回车道。

垃圾场就在前面不远的地方。尼克能感觉到腋下正沁出汗珠。他又朝托马斯·科尔法克斯瞥了一眼。

"把他勒死是轻而易举的事,就像哄婴儿睡觉一样,但是,该死的!为什么偏偏是这个婴儿!准是有人在怂恿迈克。这可是天理难容的罪过,跟谋杀生父没什么两样。"尼克心想。

他希望自己能和萨尔瓦多还有约瑟夫好好商量一下。他们一定能为他指条明路。

尼克已经看得到高速公路右前方的垃圾场了。他的神经开始紧绷,每次他在暗杀之前都会如此。他将左臂抵在身侧,感觉到了那把点三八口径的史密斯-威森手枪,这让他放下心来。

"我需要睡个好觉。"托马斯·科尔法克斯打了个哈欠。

"嗯。"他将长睡不起了,尼克一边答应着一边想。

车子正靠近垃圾场。尼克看了看后视镜,扫视了一下前方的道路。视野之内看不到其他汽车。

他突然把脚踩在刹车上,说:"该死,车胎好像爆了一个。"

他把车停下来,打开车门,走到路上。他把枪从枪套里拿出来,放在身侧。接着,他走到乘客座那一边,说:"你能出来帮我一把吗?"

托马斯·科尔法克斯打开门走了出来。"我不太擅长……"他看到尼克手中举起的枪,顿时一动也不敢动。"怎么了,尼克?"他用力咽着口水,哑着声音问道,"我做了什么?"

这是尼克·维托整晚百思不得其解的问题。有人正把迈克尔耍得团团转。科尔法克斯是他们这一边的,是自己人。当尼克的弟弟与联邦调查局发生冲突时,是科尔法克斯介入并解救了那个男孩,甚至还给他找了份工作。"我还欠他人情,该死的。"尼克心想。

他放下了枪。"老实说,我不知道,科尔法克斯先生。这事不对头。"

托马斯·科尔法克斯看了他一会儿,叹了口气。"动手吧,做你必须做的事情,尼克。"

"天哪,我做不到。你是我们的好军师。"

“如果你放我走，迈克会杀了你的。”

尼克知道科尔法克斯说得没错。迈克尔·莫雷蒂对违抗命令的人可是零容忍的。尼克想起了汤米·安杰洛。安杰洛在一次皮草抢劫案中负责驾驶车辆。迈克尔命令他把用过的车带走，然后在新泽西州一家家族名下的垃圾场里用夯土机压碎。

可汤米·安杰洛急于赴约，所以他把车扔在了东城的一条街道上，调查人员在那里发现了那辆车。安杰洛第二天就失踪了，据说他的尸首被压成了肉泥，放在一辆旧雪佛兰的后备厢里。惹毛迈克尔·莫雷蒂的人全都丢了性命。办法总会有的，尼克心想。

“不必让迈克知道。”尼克说。他素来迟缓的大脑正高速运转，思路清晰到了反常的程度。“你想啊，”他说，“只要你立马逃出国去就没事了。我会告诉迈克，我把你埋进垃圾堆里了，这样他们还上哪儿找你去？你可以躲在南美或者其他地方。你一定有个秘密小金库吧。”

托马斯·科尔法克斯想让自己的语气听起来不那么求之不得。“我有很多钱，尼克。你要什么我都会……”

尼克用力地摇了摇头。“我这么做不是为了钱。我这么做是因为——”他该怎么用语言表达呢？“我很敬重你。唯一的问题是，你必须确保我没事。你能赶上早晨飞往南美的飞机吗？”

托马斯·科尔法克斯说：“没问题，尼克。把我送到家就行了。我的护照在那儿。”

两个小时后，托马斯·科尔法克斯坐上了一架东方航空公司的喷气式飞机。它是开往华盛顿的。

第47章

这是他们在阿卡普尔科的最后一天，早晨的天气完美无瑕，温暖柔和的微风把一棵棵棕榈树当成乐器，弹奏出阵阵迷人的旋律。贝壳湾上挤满了游客，他们要在返岗工作之前，尽情地享受日光浴。

乔舒亚穿着泳衣跑向早餐桌，他那健美的小身板被晒成了棕褐色。麦基太太拖着沉重的脚步跟在他身后。

乔舒亚说："妈妈，我胃里的食物已经消化得差不多了。我现在可以去玩水橇了吗？"

"乔舒亚，你刚刚才吃过饭。"

"我新陈代谢速度很快，"他一本正经地解释道，"消化能力极强。"

詹妮弗笑了。"好吧。玩得开心。"

"我会的。你会看着我玩吗？"

詹妮弗看着乔舒亚沿码头冲向一艘等在岸边的快艇。她看着他和驾驶员认真地交谈，然后他们都转过身来看着詹妮弗。她打了个表示同意的手势，于是驾驶员点了点头，乔舒亚开始系上水橇板。

快艇呼啸着启动了，詹妮弗抬头看到乔舒亚正要站到水橇板上。

麦基太太自豪地说："他是个运动的好苗子，不是吗？"

就在这时，乔舒亚转身向詹妮弗挥手，却失去了平衡，摔倒在木桩上。詹妮弗一跃而起，向码头飞奔而去。过了一会儿，乔舒亚的头露出水面，正望着她咧嘴笑。

詹妮弗站在那儿，心跳得飞快。她看着乔舒亚重新系上水橇板。快艇转了个圈，开始再次向前移动，它获得了足够的动力，乔舒亚乘势站了起来。他转了一次身，向詹妮弗挥手，然后乘着浪尖飞奔而去。

她就这么站着看他，心仍然因为害怕而怦怦直跳。如果他出了什么事……她想知道，别的母亲是否像她爱儿子一样爱自己的孩子，但这似乎不太可能。她可以为乔舒亚而死，可以为他杀人。我已经为他杀过人了，是借迈克尔·莫雷蒂之手杀的，她心想。

麦基太太说："刚才那一摔搞不好会很严重的。"

"谢天谢地，没有很严重。"

乔舒亚在水上玩了一个小时。当快艇回到泊位时，他松开牵引绳，优雅地跳上了沙滩。

他兴奋地跑向詹妮弗。"你真应该看看那场事故，妈妈。太不可思议了！一艘大帆船翻了，我们停下救了那些人的命。"

"太棒了，儿子。你救了多少人的命？"

"他们一共有六个人。"

"是你们把他们从水里拉上来的？"

乔舒亚愣了一下。"好吧，算不上是我们把他们从水里救上来的。他们当时大概是坐在船的一侧。但如果我们不过去，他们可能会饿死的。"

詹妮弗抿着嘴不让自己笑出声来。"我明白了。能遇到你们，他们真是太走运了，不是吗？"

"我觉得是。"

"宝贝，你摔倒时伤到自己了吗？"

"当然没有。"他摸了摸后脑勺，"起了一个包。"

"让我摸摸。"

"摸它干吗？你自己又不是没起过包。"

詹妮弗伸出手，轻轻顺着乔舒亚的后脑勺摸索。

她摸到了一个大肿块。"乔舒亚，它有鸡蛋那么大呢。"

"那不算什么。"

詹妮弗站了起来。"我想我们最好回酒店吧。"

"我们不能多待一会儿吗？"

"恐怕不行。我们必须收拾行李。你不想错过周六的球赛，对吧？"

他叹了口气。"没错，老特里·沃特斯正等着接替我的位置呢。"

"不可能。他投球像个小丫头似的。"

乔舒亚沾沾自喜地点了点头。"确实像，对吧？"

一回到拉斯布里塞斯旅馆，詹妮弗就打电话给经理，让他请一名医生过来。三十分钟后，医生赶到了，他是个胖乎乎的中年墨西哥人，穿着一套老式的白色西装。詹妮弗请他进到屋里。

"我能帮您什么忙吗？"劳尔·门多萨医生问道。

"我儿子今天早上摔倒了。他头上起了好大一个肿块。我想确保他没什么事。"

詹妮弗领着他走进乔舒亚的卧室，乔舒亚正在那儿往行李箱里放东西。

"乔舒亚，这是门多萨医生。"

乔舒亚抬起头问道："有人生病了吗？"

"没有。没有人生病，我的孩子。我只是想让医生检查一下你的头。"

"噢，看在上帝的分儿上，妈妈！我的头有什么不对吗？"

"没什么。只是如果让门多萨医生检查一下，我会安心一点。你就依了我吧，好吗？"

"女人就爱大惊小怪！"乔舒亚说。他怀疑地看着医生。"你该不会要在我身上扎针之类的吧？"

"不会的，先生，我都是无痛行医。"

"我就喜欢这种医生。"

"请坐下。"

乔舒亚坐在床边，门多萨医生用手指摸了一下乔舒亚的后脑勺。乔舒亚痛得蜷起身子，但他没有哭出来。医生打开他的医药箱，拿出一副检眼镜。"请睁大眼睛。"

乔舒亚照做了。门多萨医生凝视着那台仪器。

"这里头能看到裸体跳舞的女孩吗？"

"乔舒亚！"

"我只是问问。"

接着，门多萨医生检查了乔舒亚的另一只眼睛。"你健康得像把小提琴。这是美国俚语，对吗？"他站起身，合上医药箱。"我给肿块冰敷一下，"他告诉詹妮弗，"明天这孩子就好了。"

詹妮弗仿佛卸下了一个沉重的担子。"谢谢你。"她说。

"我会把账单交给旅馆出纳员的，太太。再见了，小伙子。"

"再见，门多萨医生。"

医生走后，乔舒亚转向他的母亲。"妈妈，你可真会乱花钱。"

"我知道。我喜欢把钱花在食物和你的健康上……"

"我是我们这伙人中最健康的了。"

"那你要一直保持这样。"

他咧嘴笑了。"我保证。"

他们在六点登上了飞往纽约的飞机，当天深夜回到了沙点县。回程的路上，乔舒亚全程都在睡觉。

第48章

房间里仿佛挤满了鬼魅。亚当·华纳正在书房准备一场重要的电视竞选演讲，但他无法集中注意力，因为他满脑子都是詹妮弗。自打他从阿卡普尔科回来后，脑子里就再也容不下别的事情了。此次见到她，验证了一件亚当从一开始就知道的事情。他做了错误的选择。他不该放弃詹妮弗。此次与她重逢，亚当回想起了自己曾经拥有，然后又抛弃的一切。每念及此，他就感到无法忍受。

他正处于一种无解的境地。用布莱尔·罗曼的话来说，这种情况怎么做都是输。

有人敲了一下门。只见亚当的首席助理查克·莫里森带着一盘磁带走了进来。"亚当，我能和你谈谈吗？只需一分钟。"

"能等一下吗，查克？我正在……"

"这事不能等。"查克·莫里森的语气中充满了兴奋。

"好吧。是什么急事吗？"

查克·莫里森走近书桌。"我刚接到一通电话。可能是某个疯子打来的，但如果那人没疯，那我们就等于提前过圣诞节了。你听听这个。"

他把一盘磁带放在亚当书桌上的机器里，按下开关，磁带开始播放。

你刚才说你叫什么名字？

这不重要。除了华纳参议员，我不会对任何人开口的。

参议员现在很忙。你为什么不给他留张字条呢，我会确保……

不！听我说。这至关重要。告诉华纳参议员，我可以把迈克尔·莫雷蒂交到他手上。我是冒着生命危险打这通电话的。你只需把信息转达给华纳参议员就行。

好吧，你人在哪儿？

我在三十二号街国会大厦汽车旅馆十四号房。告诉他天黑之前不要来，并确保他没有被跟踪。我知道你在给电话录音。如果你为除了他以外的任何人播放这段录音，我就没命了。

咔嗒一声，磁带播放完了。

查克·莫里森说："你怎么看？"

亚当皱起眉头。"这城里尽是些怪人。不过，我们要抓的这位还真会引人上钩啊，不是吗？迈克尔……上帝啊……莫雷蒂！"

当晚十点，亚当·华纳在四名特勤人员的陪同下，小心翼翼地敲了敲国会大厦汽车旅馆十四号房的门。门被打开了一条缝。

亚当一看到里头那人的脸，就转向他的陪同人员，说道："在外面待着。不要让任何人靠近这个地方。"

门开得更大了，亚当走进了房间。

"晚上好，华纳参议员。"

"晚上好，科尔法克斯先生。"

两人站在那儿相互审视着对方。

托马斯·科尔法克斯看起来比亚当最后一次见到他时更老了，但还有一个难以名状的区别。接着，亚当认出了这种区别。恐惧。托马斯·科尔法克斯被吓坏了。以前的他，自信到近乎傲慢，而现在，这种自信已不复存在。

"谢谢你的光临，参议员。"科尔法克斯的声音听起来很紧张。

"我了解到，你想和我谈谈迈克尔·莫雷蒂的事。"

"我可以帮你把他绳之以法。"

"你是莫雷蒂的律师，为什么要帮我？"

"我有自己的理由。"

"假如说，我决定采纳你的计划。你希望得到什么回报？"

"首先，彻底的豁免权。其次，我想离开这个国家。我需要护照和通关文件——以全新身份申请的护照和文件。"

所以，迈克尔·莫雷蒂在雇人刺杀托马斯·科尔法克斯。这是对眼下发生事情的唯一解释。亚当简直不敢相信自己的好运。这是他所能获得的最好机会。

"如果我为你争取到豁免权，"亚当说，"我现在还不能对你做出任何保证——你明白，我会希望你能毫无保留地出庭作证。我想要你知道的一切内幕。"

"我一定知无不言。"

"莫雷蒂知道你现在在哪里吗？"

"他以为我死了。"托马斯·科尔法克斯紧张地笑了笑，"如果他找到我，我必死无疑。"

"他找不到你的。如果我们达成协议，他就找不到。"

"我这是要把自己的生命交给你，参议员。"

"坦率地说，"亚当告诉他，"我不在乎你是死是活。我想捉住的是莫雷蒂。我们先约定一些条件吧。如果我们达成协议，你将得到政府所能给予的一切保护。如果我对你的证词感到满意，我们将为你提供足够的钱，让你任选一个国家，以假身份生活。作为回报，你必须同意以下内容：关于莫雷蒂的活动，我要拿到最充分的证词。你还必须在大陪审团面前作证。当我们把莫雷蒂带到审判现场时，我希望你能成为政府证人。能同意吗？"

托马斯·科尔法克斯避开了他的目光，最后说道："托尼·格拉内利的棺材板要压不住了。现在的人怎么这样？都置忠义于不顾？"

亚当没有接话。这人钻法律空子不下一百次了，他让职业杀手逍遥法外，他帮文明世界有史以来最邪恶的犯罪组织策划行动，而他居然还有脸提"忠义"这个词。

托马斯·科尔法克斯转向亚当。"就这么成交了。我要白纸黑字的协议，还要司法部部长在协议上签字。"

"可以。"亚当环视了一下这间破旧的汽车旅馆客房，"让我们离开这个地方吧。"

"我不会去酒店的。到处都是莫雷蒂的耳目。"

"我要你去的地方没有。"

午夜过十分,一辆军用卡车和两辆吉普车载着武装海军陆战队士兵停在了国会大厦汽车旅馆前面。四名军警进入十四号房,几分钟后他们严密护送托马斯·科尔法克斯进入卡车后部。按照一辆吉普车在前,一辆卡车紧随其后,后面跟着第二辆吉普车的阵列,他们开车驶离汽车旅馆,一同前往华盛顿以南三十五英里的弗吉尼亚州匡蒂科镇。这个由三辆车组成的车队高速前进,四十分钟后抵达了位于匡蒂科的美国海军陆战队基地。

基地指挥官罗伊·华莱士少将和一批武装海军陆战队士兵正在门口等候。车队抵达时,华莱士将军对负责具体执行的上尉说:"囚犯将被直接押送到拘留营。任何人不得与他交谈。"

华莱士少将看着阵列进入大院。如果让他知道卡车上这个男人的身份,他愿意付出一个月的工资。这位少将的指挥部由占地三百一十英亩的海军陆战队航空站和联邦调查局所属的一所军事学院分院构成,是美国海军陆战队军官的主要培训中心。以前,还从来没人让他用这里关押过平民囚犯。这完全不符合规定。

两小时前,他接到了海军陆战队司令亲自打来的电话。"罗伊,有个人正在被押送到你的基地。我想让你清空拘留营,把他关在里头,直到有进一步的命令为止。"

华莱士少将以为他听错了。"先生,您是说清空拘留营吗?"

"没错。我想让这个人单独待在里面。任何人都不许靠近他。我要你把拘留营的看守力量加倍。明白了吗?"

"是,司令。"

"还有一件事,罗伊。如果那个人在被你羁押期间出了什么事,我绝饶不了你。"

司令挂断了电话。

华莱士少将看着卡车驶向拘留营,然后回到办公室,给他的助手阿尔文·贾尔斯上尉打了电话。

华莱士少将说："关于那个要被关进我们拘留营的人……"

"怎么啦，少将？"

"我们的首要目标是保证他的安全。我希望你亲自挑选警卫。其他人不能靠近他。不能接待访客，不能收发邮件，不能接收包裹。明白吗？"

"好的，先生。"

"厨房在准备他的伙食时，我要你亲自到场监督。"

"好的，少将。"

"如果有人对他表露出任何不应有的关注，你要立即向我报告。有什么要问的吗？"

"没有，先生。"

"很好，阿尔文。保持警惕。如果出了什么状况，我绝饶不了你。"

第49章

詹妮弗被清晨的雨声吵醒了，她躺在床上听着雨滴轻轻敲打房屋的滴答声。
她瞥了一眼闹钟，是时候开始新的一天了。

半小时后，詹妮弗走到楼下的饭厅，和乔舒亚一起吃早饭。他不在那儿。

麦基太太从厨房走进来。"早上好，帕克夫人。"

"早上好。乔舒亚在哪里？"

"他看起来太累了，我想让他多睡一会儿。他明天才开学呢。"

詹妮弗点点头。"好主意。"

她吃完早饭，走上楼去向乔舒亚道别。他躺在床上，睡得很熟。

詹妮弗坐在床边，轻声说道："嘿，瞌睡虫，你要和妈妈告别吗？"

他慢吞吞地睁开一只眼睛。"当然啦，朋友。再见。"他睡意正浓，声音低沉，"我现在要起床吗？"

"不用。我有个主意，你今天为什么不好好偷个懒呢？你可以待在家里玩些好玩的。雨下得太大了，不要去户外。"

他昏昏欲睡地点了点头。"好的，妈妈。"

他眼睛一合，又睡着了。

詹妮弗在法庭度过了整个下午，当她收工回到家时，已经七点多了。这场下了一天的毛毛雨此时竟发展成瓢泼大雨倾泻而下。当詹妮弗驶入家门前的车道时，整栋房子看起来就像一座被围住的城堡，周围是一条灰色的、翻腾着的护城河。

麦基太太打开正门，帮助詹妮弗脱去滴水的雨衣。

詹妮弗抖掉头发上的水珠，问道："乔舒亚在哪里？"

"他睡着了。"

詹妮弗一脸不安地看着麦基太太。"他睡了一整天吗？"

"天哪，没有。他白天起床了，还到处转。我给他做了晚饭，但当我上楼叫他时，他又打起了瞌睡，所以我想还是随他睡去吧。"

"我明白了。"

詹妮弗走上楼梯，悄无声息地走进乔舒亚的房间。乔舒亚正在睡觉。詹妮弗弯下腰，摸了摸他的额头。他没有发烧，脸色也很正常。她又摸了摸他的脉搏。除了她的胡思乱想之外，没有什么不对劲的地方。她还是别多心了吧。乔舒亚可能是白天贪玩过头了，觉得累是正常的。詹妮弗又悄悄走出房间，回到楼下。

"麦基太太，给他做一些三明治，好吗？把它们放在床边。他醒来后就能吃到。"

詹妮弗在书桌前吃了晚饭，做了案情摘要，准备了第二天要用的庭审证词。她曾想过打电话给迈克尔，把自己已回家的事告诉他，但她不久前才与亚当幽会，所以很犹豫到底要不要这么快就同迈克尔说话……他的洞察力太敏锐了。

午夜过后她才读完材料。她站起来伸展身体，试图缓解背部和颈部的疲劳。她把文件放到公文包里，关灯上楼。经过乔舒亚的房间时，她往里一看，他还在睡觉。

床头柜上的三明治没有动过。

第二天早晨，詹妮弗下楼吃早饭，乔舒亚也在那儿，他已经穿好衣服，准备上学了。

"早上好，妈妈。"

"早上好，宝贝。你感觉怎么样？"

"感觉太好了。我之前真的很累。一定是给墨西哥的太阳晒的。"

"一定是这样。"

"阿卡普尔科真了不得。我们下次度假能再去那里吗？"

"为什么不呢？要开学了，你高兴吗？"

"我拒绝回答，因为人们可能会把我当坏小孩关起来。"

下午三点左右，詹妮弗正在准备证词，内线电话响了。

辛西娅说道："很抱歉打扰了，斯托特夫人找您，而且……"

是乔舒亚的班主任。"我来接。"

詹妮弗拿起了电话。"您好，斯托特夫人。出什么事了吗？"

"哦，不，一切都很好，帕克夫人。我不想惊扰到您。我只是想向您提个建议，如果您平时能让乔舒亚多睡一会儿会更好。"

"您的意思是？"

"他今天课上大部分时间都在睡觉。威廉斯小姐和托博科夫人都提到了这一点。也许您可以注意让他每天早点上床睡觉。"

詹妮弗怔怔地盯着电话。"我……好的，我会这么做的。"

慢慢地，她放好听筒，转向办公室里的人们。他们都在看着她。

"我……我真抱歉，"她说，"我要失陪一下。"

她匆匆忙忙地走到接待室。"辛西娅，去找丹。让他帮我写完剩下的证词。我现在遇上了点事。"

"全部……"詹妮弗已经走出门外了。

她发疯般地开车回家，超速行驶和闯红灯全都不在话下。她脑中充满了乔舒亚遭遇各种不测的画面。回家的路似乎漫长得没有尽头。当詹妮弗终于能够远远望见自己的家时，她还预想车道上会停满救护车和警车。可是车道上空无一人。詹妮弗把车停在正门一侧，匆匆走进房子。

"乔舒亚！"

他正在书房看棒球比赛的电视转播。

"嘿，妈妈。你回来早了。你是被解雇了吗？"

詹妮弗站在门口看着他，如释重负。她觉得自己像个白痴。

"你真应该看看最后一局。克雷格·斯旺太棒了！"

"孩子，你感觉怎么样？"

"很好啊。"

詹妮弗把手放在他的额头上。他没有发烧。

"你确定你没事吗？"

"我当然没事。你为什么看起来这么滑稽？你是在担心什么吗？你想进行一场男人之间的对话吗？"

她笑了。"不，亲爱的，我只是……你有没有被什么东西伤到？"

他叹了口气。"可不是嘛。梅茨队现在六比五落后了。你知道第一局发生了什么吗？"

他开始兴奋地讲述他最喜欢的球队的战绩。詹妮弗站在那儿看着他，一脸赞许，心想：我这该死的胡思乱想！他当然没什么事。

"你继续看剩下的比赛。我来看看晚饭的情况。"

詹妮弗轻松地走进厨房。她决定做一个香蕉蛋糕，这是乔舒亚最喜欢的甜点。

三十分钟后，詹妮弗回到书房时，乔舒亚正躺在地板上，不省人事。

赶往布林德曼纪念医院的路似乎没有尽头。詹妮弗坐在救护车后面，紧紧握着乔舒亚的手。一名护士用手扶着乔舒亚脸上的氧气面罩。他还没有恢复意识。救护车警笛长鸣，但路上车很多，救护车开得很慢，好奇的人们透过车窗，瞠目结舌地看着救护车里面色惨白的女人和昏迷的男孩。在詹妮弗看来，这是对他人隐私的一种侵犯，简直令人厌恶。

"为什么他们不在救护车上使用单面透明玻璃？"詹妮弗问道。

护士抬起头来，吓了一跳。"什么？"

"没事……没事。"

似乎过了很久，救护车才到医院后方的紧急入口。两名实习医生在门口等着。詹妮弗无助地站在那里，看着乔舒亚被人从救护车上抬下来，然后转移到轮床上。

一个护士问："你是这个男孩的妈妈吗？"

"是的。"

"这边请。"

随之而来的是一连串手忙脚乱的动作，嘈杂的声音，和忽闪忽闪的光线，混在一起就像模糊不清的万花筒。詹妮弗看着乔舒亚被推进一条长长的白色走廊，来到X光透视室。

她正要跟过去，但护士说："您得先为他办理住院手续。"

前台的一个瘦女人对詹妮弗说："您打算如何支付？您有蓝十字保险或其他形式的保险吗？"

詹妮弗想冲那个女人尖叫，想回到乔舒亚身边，但她还是强迫自己回答问题。问题问完了，该填的几张表格也填完后，那个女人才允许詹妮弗离开。

她匆匆忙忙地奔向X光透视室室，冲进屋里。屋里是空的。乔舒亚不在那儿。詹妮弗跑回走廊，疯狂地环顾四周。一名护士从旁边经过。

詹妮弗紧紧抓住她的胳膊。"我儿子在哪里？"

护士说："我不知道。他叫什么名字？"

"乔舒亚。乔舒亚·帕克。"

"您是在哪儿跟他分开的？"

"他……他当时正要拍X光片……"詹妮弗开始语无伦次了，"他们对他做了什么？告诉我！"

护士仔细看了詹妮弗一眼，说："请在这里等一会儿，帕克夫人。我看看能不能找到。"

几分钟后她回来了。"莫里斯医生想见您。请这边走。"

詹妮弗双腿发抖，几乎走不动路。

"您还好吗？"护士盯着她。

她无比恐惧，只觉得口干舌燥。"我要我儿子平安无事。"

她们来到一个房间，房间里摆满了奇形怪状的设备。"请在这里等一下。"

不一会儿，莫里斯医生走了进来。他身材肥胖，面色发红，手指上满是尼古丁渍。"帕克夫人？"

"乔舒亚在哪里？"

"请进来一下。"他领着詹妮弗走进房间对面的小办公室，办公室里也摆着奇形怪状的设备。"请坐下。"

詹妮弗坐了下来。"乔舒亚……他……他应该不要紧吧，是吗，医生？"

"我们还不清楚。"他虽然很高大，声音却出奇地柔和，"我需要了解一些信息。您儿子多大了？"

339

"他只有七岁。"

"只有"这个词是脱口而出的，暗含着对上帝的谴责。

"他最近出过事故吗？"

詹妮弗脑海中闪现出一个画面——乔舒亚转身挥手，失去平衡，撞上了木桩。"他在玩水橇时出了意外，当时他撞到了头。"

医生低头做笔记。"那是多久以前的事了？"

"我……几……几天前，在阿卡普尔科。"詹妮弗很难保持思路清晰。

"事故发生后，他看起来还好吗？"

"是的。他的后脑勺起了一个肿块，但除此之外，他……他看起来没事。"

"有失忆情况吗？"

"没有。"

"有性格变化吗？"

"没有。"

"没有抽搐、脖子僵硬或头痛吗？"

"没有。"

医生停下笔，抬头看着詹妮弗。"我已经做了X光检查，但这还不够。我还要做一次CAT扫描。"

"一次什么？"

"这是一种来自英国的新型计算机控制的机器，可以拍摄大脑内部组织的照片。之后我可能还得做一些测试。您同意吗？"

"如，如，如果……"她结结巴巴地说，"有必要的话就做吧。那……那些测试不会造成损伤的，是吗？"

"不会的。我可能还需要做脊椎穿刺。"

他可把她吓坏了。

她艰难地提出这个问题："您觉得是什么病？我儿子怎么了？"她简直认不出自己的声音了。

"我不想做任何猜测，帕克夫人。一两个小时后我们就知道了。他现在醒了，您要不要见见他？"

"噢，快带我去！"

一名护士把她带到乔舒亚的病房。他正躺在床上，脸色苍白，看上去个头很小。詹妮弗进来时，他抬起了头。

"嘿，妈妈。"

"嘿，"她坐在他的床边，"你感觉怎么样？"

"感觉有点好笑。就好像我不是真的在这儿似的。"

詹妮弗伸出手来握住他的手。"宝贝，你在这里。我就在你身边。"

"我现在看什么物体都能看到两个。"

"你……你告诉医生了吗？"

"嗯。我还看到了两个他。我希望他不要给你寄两张账单。"

詹妮弗伸出双臂，把他搂在怀里。他的身体似乎既羸弱又瘦小。

"妈妈。"

"怎么了，宝贝？"

"你是不会让我死的，对不对？"

她突然感到一阵刺痛，眼里噙满了泪水。"对，乔舒亚，我不会让你死的。医生会治好你，然后我就带你回家。"

"好的。你还答应过我，我们以后可以再去阿卡普尔科的。"

"是的。尽快……"

他睡过去了。

莫里斯医生领着两个身穿白大褂的人走进来了。

"我们想现在就开始测试，帕克夫人。不会花很长时间的。您为什么不在这里等着，尽量放轻松呢？"

詹妮弗看着他们把乔舒亚带出病房。她坐在床边，感觉自己好像刚遭到一顿毒打似的，所有精力都被耗光了，只能一动不动，神情恍惚地盯着白色墙壁。

过了一会儿，一个声音说："帕克夫人……"

詹妮弗抬头一看，原来是莫里斯医生。

詹妮弗说："请开始做测试吧。"

他用奇怪的眼神看着她。"我们已经测试完了。"

詹妮弗看了看墙上的时钟。她已经在这儿坐了两个小时了。时间都到哪里去了？她直勾勾地盯着医生的脸，想读懂他的表情，寻找蛛丝马迹，以判断他带来的究竟是好消息还是坏消息。

这样的事她做过多少次了？之前她曾通过陪审员脸上的表情，读懂他们的心，提前知道他们会做出什么样的裁决。有一百次吗？五百次？而现在，詹妮弗心慌意乱，什么也判断不出来。她的身体开始止不住地颤抖。

莫里斯医生说："您儿子的病是硬膜下血肿。用通俗的话说，就是他的大脑受到了严重的损伤。"

她的喉咙突然变得干巴巴的，说不出话来。

"那……"她吞了口口水，又试着开口，"那是什么……"她没法说下去了。

"我想马上进行手术。我需要得到您的许可。"

这一定是个残酷的恶作剧，詹妮弗想。过一会儿，他就会微笑着告诉她："乔舒亚没事。我只是在惩罚您，帕克夫人，因为您浪费了我的时间。您儿子除了需要睡觉之外没有什么问题。他只是在长身体。我们有真正生病的人要照顾，您不能占用我们的时间。"他会微笑着对她说："您现在可以带您儿子回家了。"

莫里斯医生继续说道："他很年轻，身体看起来很健壮。我们完全有理由对手术的成功抱有希望。"

他要切开她孩子的头颅，用锋利的工具撬开它，也许会摧毁乔舒亚的灵魂。也许还会——夺去他的性命。

"不！"她愤怒地喊了出来。

"您不允许我们动手术吗？"

"我……"她思绪混乱，无法思考，"如果你们不动手术，会发生什么事情？"

莫里斯医生简单地说："那样，您儿子会丧命的。孩子的父亲在这儿吗？"

亚当！啊，她多么希望亚当在这儿，多么希望他能搂着她，安慰她。她想听他告诉自己，一切都会好起来的，乔舒亚会好起来的。

"不在，"詹妮弗终于答道，"他不在。我……我同意了。你们去做手术吧。"

莫里斯医生填了一张表格，然后递给她。"请您在这上面签个字好吗？"

詹妮弗看也没看就在纸上签了字。"要多长时间？"

"直到我打开……"他看到了她脸上的表情，"我要手术开始后才知道。您愿意在这里等候吗？"

"不！"四面的墙壁仿佛都在向她逼近，压得她透不过气来，快要窒息了。"有什么地方可以让我祈祷吗？"

那是一个小教堂，祭坛上方是耶稣的画像。詹妮弗进去之前，里面空无一人。她跪了下来，但没办法祈祷。她不是一个信教的人；所以，上帝现在凭什么听她说话呢？她试着让自己平静下来，以便与上帝交谈，可她完全被恐惧支配了，毫无招架之力。

她止不住无情地责备自己。如果我没有带乔舒亚去阿卡普尔科，她想……如果我没有让他去玩水橇……如果我当时没轻信那个墨西哥医生……如果……如果……如果……她和上帝讨价还价：只要他能恢复健康，让我做什么都行。

不一会儿，她又不承认存在上帝。如果上帝真的存在，他会这样对待一个从未伤害过任何人的孩子吗？让无辜孩子死去的上帝算什么上帝？

最后，由于极度疲惫，詹妮弗的思绪变迟钝了，她想起了莫里斯医生所说的话："他很年轻，身体看起来很健壮。我们完全有理由对手术的成功抱有希望。"

一切都会好起来的。肯定会的。当这一切结束后，她会带乔舒亚去一个适合他休养的地方。阿卡普尔科——如果他愿意的话。他们会一起读书、玩游戏、聊天……

最终，詹妮弗精疲力尽，脑子里一片茫然，无法再思考，瘫坐在了一个座位上。忽然间，有人在摇她的胳膊。她抬起头来，看到莫里斯医生正站在她身边。詹妮弗看着他的脸，知道自己没必要发问了。

就这样，她失去了知觉。

第50章

乔舒亚躺在一张狭窄的金属台上，永远地睡着了。看上去，他好像是安然入睡的，年轻俊俏的脸上洋溢着邈远而又不为人知的梦想。詹妮弗曾不止一千次看到过这样的表情。那是在乔舒亚蜷伏在温暖的床上，詹妮弗坐在他身边看着他的脸出神的时候。那时的她对自己的孩子充满了母爱，强烈到几乎让她感到窒息。此外，她还无数次轻轻地帮他盖好被子，以免他在夜里着凉。

现在，寒冷是从乔舒亚的体内透出来的，他再也暖和不起来了。那双明亮的眼睛再也不会睁开看她，她再也看不到他唇角的笑意，听不到他的声音，也感觉不到用那双又小又结实的胳膊搂着她了。他正一丝不挂地躺在床单下面。

詹妮弗对医生说："我想请你给他盖条毯子。他这样会着凉的。"

"他不会……"莫里斯医生看着詹妮弗的眼睛，不由得改口，"好的，当然需要，帕克夫人。"然后他转身对护士说："拿条毯子过来。"

房间里有六个人，大多都穿着白大褂，他们似乎都在对詹妮弗讲话，但她听不到他们在说什么。就好像她被关在一个钟罩里，与其他人隔绝了。她可以看到他们的嘴唇在动，但没有声音。她想大声叫他们走开，但又害怕吓到乔舒亚。有人摇晃她的手臂，咒语被打破了，屋子里的声音呼啸着涌向她，每个人似乎都在张嘴说话。

莫里斯医生说，"进行尸检是必要的。"

詹妮弗平静地说："如果你敢再碰我儿子，我就杀了你。"

接着，她冲周围的每个人微笑，因为她不想让他们迁怒于乔舒亚。

一名护士试图说服詹妮弗离开这间屋子，但她摇了摇头。"我不能丢下他不管。有人可能会过来关灯。乔舒亚怕黑。"

有人捏了捏她的手臂，詹妮弗感觉被针扎了一下，片刻之后，一种温暖与平静的感觉吞没了她，她睡着了。

詹妮弗醒来时，已经是傍晚了。她在医院的一个小房间里，她原来的衣服已被人脱下，换上了医院的长袍。她站起来，穿好衣服，去找莫里斯医生，表现得异常冷静。

莫里斯医生说："我们会为您安排葬礼上的一切，帕克夫人。您不必……"

"我来安排就好。"

"好吧。"他不好意思地犹豫了一下，"关于尸检，我知道您今天早上说的不是那个意思。我……"

"你错了。"

在接下来的两天里，詹妮弗全程参与了孩子的后事。她去了当地的一家殡仪馆联系葬礼事宜，挑选了一个带有缎面衬里的白色棺材。她全程镇定，没有流泪，可后来，在试图回想这件事时，她却什么也不记得了。就好像当时有别的什么人接管了她的身心，代她行动一般。

对她来说，天已经塌了。她必须龟缩在一个无形的保护壳后面，才不至于发疯。

殡葬师对正要离开他办公室的詹妮弗说道："帕克夫人，如果您有特别想让您儿子穿着下葬的服装，可以带过来，我们会给他穿上的。"

"我要亲自给乔舒亚穿衣服。"

他惊讶地看着她。"如果您愿意的话，当然可以，但是……"他看着她转身离去，怀疑她是否知道给尸体穿衣服是怎样一种体验。

詹妮弗开车回家，把车停在车道上，然后进到屋里。

麦基太太在厨房里，眼睛发红，面孔因悲伤而扭曲。"噢，帕克夫人！我简直不敢相信……"

詹妮弗既没看见也没听见。她从麦基太太身边走过，上楼走进乔舒亚的房间。房间还是老样子。除了没人之外，什么都没有改变。乔舒亚的书、游戏、棒球和滑雪装备都在这儿等着他。詹妮弗站在门口，凝视着房间，试图回忆她为什么来上这儿来。噢，对了，要为乔舒亚挑衣服。她走向壁橱。

在他的上一个生日，她给他买了一套深蓝色西装。他们一同去卢泰斯餐厅吃饭的那晚，乔舒亚穿的就是这套。那天晚上的一切仍历历在目。乔舒亚看起来像个大人，而詹妮弗突然悲从中来，总有一天他会和他要娶的女孩坐在这儿。可那一天永远不会到来了。不会再长大。不会有女孩。也不会再有生命。

蓝色西装旁边是几条蓝色牛仔裤、休闲裤和T恤，其中一条上面写着乔舒亚所在棒球队的名字。詹妮弗站在那里，双手漫无目的地在衣服上滑过来滑过去，完全忘记了时间。

麦基太太出现在她身边。"你还好吗，帕克夫人？"

詹妮弗礼貌地说："我很好，谢谢你，麦基太太。"

"我能帮你做点什么吗？"

"不用了，谢谢。我要给乔舒亚穿衣服。你觉得他想穿什么？"她的声音清脆响亮，可她的双眼了无生机。

麦基太太看到了她的眼睛，感到不寒而栗。"亲爱的，你为什么不躺一会儿呢？我要去叫医生。"

詹妮弗的手在壁橱里悬挂着的衣服上移动。她从衣架上扯下棒球服。"我想乔舒亚会喜欢穿这个。好了，他还需要别的什么吗？"

麦基太太无助地看着詹妮弗走向梳妆台，拿出内衣、袜子和一件衬衫。乔舒亚需要这些东西，因为他要去度假了。一个很长很长的假期。

"你觉得他穿这么多够暖和吗？"

麦基太太顿时泪如泉涌。"别这样，"她恳求道，"把那些东西放下吧。我来处理就好。"

但詹妮弗已经把它们带下楼了。

尸体被放置在殡仪馆的灵堂里。他们把乔舒亚放在一张长桌上，将他的身形衬托得更小了。

当詹妮弗带着乔舒亚的衣服返回时，殡葬师又试着说服她。"我和莫里斯医生谈过了。我们都同意，如果您让我们处理这个事情，情况会好得多，帕克夫人。我们已习惯了，而且……"

詹妮弗冲他微微一笑。"出去。"

他吞了吞口水说："好的，帕克夫人。"

詹妮弗等他离开房间后才转向她的儿子。

她看着他熟睡的脸庞说："我的乖宝贝，妈妈照顾你来了。这就给你穿上你的棒球服。你一定会喜欢的，不是吗？"

她拉开床单，看着他赤裸、萎缩的躯体，开始给他穿衣服。她先是为他套上短裤，却被他冰冷的身体吓了一跳。那触感就像大理石一样又硬又僵。詹妮弗试着告诉自己，这具又冰又冷、毫无生气的肉身不是她的儿子，乔舒亚是在别处的某个地方，温暖而舒适。可她没法欺骗自己。这张桌子上放着的确实是乔舒亚。詹妮弗开始浑身颤抖。就好像乔舒亚体内的寒冷业已侵入她的体内，深入骨髓。她发狂般地对自己说："别抖了！快停下！快停下！快停下！快停下！"

她哆哆嗦嗦地深呼吸，好不容易稍微平静了一点。她再次给儿子穿衣服，嘴里一直对他说个不停。她先为他穿上短裤衩，然后为他套上长裤。当她把他扶起来，为他穿衬衣时，他的头部一滑，磕到了桌子上，詹妮弗瞬间大叫："对不起，乔舒亚，原谅我！"接着，她便开始哭泣。

詹妮弗花了将近三个小时才给乔舒亚穿戴妥当。他穿着棒球队队服，内搭他最喜欢的T恤，脚上是白袜子和运动鞋。由于棒球帽会遮住他的脸，所以詹妮弗最后将它放在了他的胸口。"亲爱的宝贝，你就拿着它上路吧。"

当殡葬师走过来，往房间里看时，詹妮弗正站在穿好衣服的尸体旁边，握着乔舒亚的手，和他说话。

那个男人走过来，温柔地说："现在把他交给我们吧。"

詹妮弗最后看了她儿子一眼。"请小心对待他。你知道的，他的头受伤了。"

葬礼很简单。当白色小棺材被放入新挖的墓穴时，詹妮弗和麦基太太是仅有的两个到场观看的人。詹妮弗曾想过通知肯·贝利，因为肯和乔舒亚曾经是如此友爱，但是肯已经从母子二人的生命中消失了。

当第一铲泥土被抛洒到棺材板上时，麦基太太说："跟我来，亲爱的。我带你回家。"

詹妮弗礼貌地说："我没事。乔舒亚和我不再需要你了，麦基太太。我会给你多发一年的工资，再为你写封推荐信。乔舒亚和我很感激你所做的一切。"

麦基太太站在那里，目送詹妮弗转身走开。她迈着小心翼翼的步子，站得笔直，仿佛要沿一条永恒的长廊走下去，仿佛这条长廊的宽度只能容纳一个人。

房子里静悄悄的。她走到乔舒亚的房间，关上身后的门，躺在他的床上，看着所有属于他的东西，所有他的心爱之物。她的整个世界都在这个房间里。现在她已经无事可做，无处可去了。她有的只是乔舒亚。詹妮弗像回忆电影一般，从他出生的那一天开始，重温了关于他的所有回忆。

乔舒亚迈出了他的第一步……乔舒亚张口说"车车""妈妈，你去玩玩具吧"……乔舒亚第一次独自去上学——那个小小的、勇敢的身影……乔舒亚染上了麻疹，浑身难受，卧床不起……乔舒亚打出了一记全垒打，为他的球队赢得了比赛……乔舒亚在海上航行……乔舒亚在动物园喂大象……乔舒亚在母亲节那天唱《继续发光吧，丰收的月亮》……记忆在她的脑海中流动，就像在播放一盘家庭生活录影带。然而，到了詹妮弗和乔舒亚出发去阿卡普尔科那天，回忆戛然而止。

阿卡普尔科……她在那里遇见了亚当，还与他偷情。她受到了惩罚，因为她满脑子只考虑自己。肯定的，这就是我受到的惩罚，这就是我的地狱，詹妮弗心想。

于是，她重新开始，倒回乔舒亚出生的那一天……乔舒亚迈出了他的第一步……乔舒亚张口说"车车""妈妈，你去玩玩具吧"……

时间悄无声息地溜走了。有时，詹妮弗会听到电话在屋里某个遥远的角落响起，有一次，她还听到前门传来敲门声，但这些声音对她来说毫无意义。她不允许任何事情打扰他们母子二人。她就待在这房间里，什么也不吃，什么也不喝，沉浸在自己和乔舒亚的小世界里。她对时间毫无概念，全然不知自己在那儿躺了多久。

五天后，詹妮弗再次听到前门传来门铃声和用力的敲门声，可她并未留意。不管来者是谁，最终都会离开，放任她一个人待着。她隐约听到玻璃破碎的声音，几分钟后，乔舒亚房间的门猛地被打开，迈克尔·莫雷蒂出现在门口。

他看了眼前这个瘦削的人一眼，而她则躺在床上，用空洞的眼睛看着他。他终于吐出一句："上帝啊！"

迈克尔·莫雷蒂用尽浑身解数才把詹妮弗从房间里拽了出来。她歇斯底里地与他搏斗，拳打脚踢，抓他的眼睛。尼克·维托在楼下等着，他们二人联手，才把詹妮弗押入车内。詹妮弗根本不知道他们是谁，也不知道他们为什么会在这儿。她只知道他们要把她从儿子身边带走。她想要告诉他们，如果他们真要这么做，她宁可死掉，可她终究还是耗光了全身力气，无法再反抗了。就这样，她昏睡过去了。

醒来时，詹妮弗正躺在一间明亮干净的房间里，房间里有一扇落地窗，可以看到远处的山和蓝色的湖。一位身穿制服的护士坐在床边的椅子上看杂志。詹妮弗睁开眼睛时，她抬起头来。

"我这是在哪儿？"她一说话就喉咙痛。

"你和朋友们在一块，帕克小姐。是莫雷蒂先生把你带到这里的。他一直很担心你。知道你醒了，他会很高兴的。"

护士匆匆忙忙走出房间。詹妮弗则躺在那儿，脑子一片空白，刻意不去思考。但记忆像不速之客，还是跟了上来，教人无处可躲，无处可藏。詹妮弗意识到，自己之前一直有自杀的想法，却一直没勇气实施。她躺着不动，就是单纯在等死。是迈克尔救了她。多么具有讽刺意味啊！救她的人不是亚当，而是迈克尔。她认为责怪亚当是不公平的。是她对他隐瞒了真相，他并不知道自己曾经有个儿子，而那个儿子现已不在人世。

乔舒亚死了。詹妮弗接受了这个现实。而且她深知，这种钻心剜骨一般的痛苦将伴随她一生。但她可以忍受，她也必须忍受，只因她是罪有应得。她必须付出代价。

詹妮弗听到脚步声，抬起头来，只见迈克尔已经走进房间。他站在那儿，惊奇地看着她。詹妮弗失踪后，他就像个野人似的，近乎发狂，生怕她出了什么事。

他走到她的床前，低头看着她。"你为什么不告诉我？"迈克尔坐到床边，"我真为你难过。"

她握住了他的手。"谢谢你把我带到这里。我……我觉得我当时有点疯了。"

"有点。"

"我在这里多久了？"

"四天了。医生一直在给你做静脉输液。"

詹妮弗点了点头，即便是小小的一个动作也费了她很大的力气。她感觉极度疲倦。

"早餐马上到。医生让我把你养胖。"

"我不饿。我可能再也不想吃东西了。"

"你会吃的。"

令詹妮弗惊讶的是，迈克尔说对了。就在护士把煮软的鸡蛋、烤面包和茶放在托盘上时，詹妮弗感觉自己饿极了。

迈克尔待在一旁看着詹妮弗吃完，然后说："我得回纽约处理一些事情，过几天就回来。"

他俯身轻轻吻了她。"周五见。"他慢慢地用手指滑过她的脸颊，"我要你赶快好起来。听明白了吗？"

詹妮弗看着他说："听明白了。"

第51章

美国海军陆战队基地的大型会议厅座无虚席。在大厅外面，一队武装警卫处于戒备状态。大厅里面，一次非同寻常的集会即将开始。一个专项大陪审团坐在靠墙的椅子上。一张长桌的一侧坐着亚当·华纳、罗伯特·迪·席尔瓦和联邦调查局助理局长。托马斯·科尔法克斯坐在他们的对面。

把大陪审团带到基地是亚当的主意。

"这是我们唯一能够确保科尔法克斯安全的方法。"

大陪审团同意了亚当的建议，秘密审讯即将开始。

亚当对托马斯·科尔法克斯说："请你表明身份好吗？"

"我叫托马斯·科尔法克斯。"

"科尔法克斯先生，你的职业是什么？"

"我是律师，持有在纽约州以及美国其他许多州从业的执照。"

"你从事律师工作多久了？"

"超过三十五年了。"

"你是为一般大众提供服务吗？"

"不是，先生。我有单一的当事人。"

"谁是你的当事人？"

"在过去三十五年的大部分时间里，我的当事人是已故的安东尼奥·格拉内利。后来，迈克尔·莫雷蒂接替了他的位置，我就代表迈克尔·莫雷蒂和他的组织。"

"你指的是有组织的犯罪吗？"

"是的，先生。"

"由于这么多年来，你一直担任这样一个职务，那么我们是否可以认为，你是助我们了解这个所谓'组织'内部运作的不二人选？"

"那里头发生的事情我几乎无所不知。"

"涉及犯罪活动吗？"

"涉及，参议员。"

"你能描述一下其中一些活动的性质吗？"

接下来的两个小时是托马斯·科尔法克斯的发言时间。他的声音听起来既沉稳又很有把握。他能够清楚地交代出具体的姓名、地点和日期。有时，他的口述情节非常吸引人，让听者仿佛身临其境，深陷在他讲述的恐怖故事中。

他讲到了买凶杀人，讲到了谋害证人，以达到死无对证的目的；讲到了纵火、暴力伤害、贩卖妇女为娼——囊括了耶罗尼米斯·博斯①描绘过的所有画面。世界上最大犯罪集团的内部运作被前所未有地揭露出来，暴露在众目睽睽之下。

亚当或罗伯特·迪·席尔瓦时不时会问一个问题，以便引导托马斯·科尔法克斯，同时也让他补上一些遗漏的必要信息。

审讯的顺利程度大大超出了亚当的预期，然而，就在离结束只剩下几分钟的时候，灾难发生了。

大陪审团的一名成员问了一个关于洗钱活动的问题。

"那发生在大约两年前。迈克尔不让我插手后来的一些事情。处理这件事的是詹妮弗·帕克。"

亚当僵住了。

罗伯特·迪·席尔瓦急切地说："詹妮弗·帕克？"

"是的，先生。"托马斯·科尔法克斯的话充满复仇的意味，"她现在是这个组织的法律顾问。"

———————

① 一位十五至十六世纪的多产尼德兰画家，其画作多描绘罪恶与人类道德的沉沦。——译者注

352

亚当恨不得让他立即住嘴，不让人记下他刚刚说的话，但为时已晚。迪·席尔瓦铁了心要让自己的死对头一招毙命，根本没有什么能阻止他。

"告诉我们关于她的情况。"迪·席尔瓦穷追不舍地说。

托马斯·科尔法克斯继续说道："詹妮弗·帕克参与了建立皮包公司、洗钱……"

亚当试着打断。"我不认为……"

"……谋杀。"

这个词一出口，整间屋子顿时鸦雀无声。

亚当打破了沉默。"我们……我们必须实事求是，科尔法克斯先生。你该不会是想告诉我们，詹妮弗·帕克参与了一起谋杀案吧？"

"这正是我要告诉诸位的。有人绑架了她的儿子，所以她雇人去杀那个绑架犯。那个绑架犯叫弗兰克·杰克逊。她让莫雷蒂杀了他，而莫雷蒂真这么做了。"

周围的人发出阵阵激动的议论声。

她的儿子！亚当心想：肯定是哪儿搞错了。

他结结巴巴地说："我想……我想，即使没有这些道听途说，我们的证据也已经足够了。我们……"

"这不是道听途说，"托马斯·科尔法克斯向他保证道，"她打电话给莫雷蒂的时候，我正巧就在莫雷蒂旁边。"

桌子下面，亚当的双手紧紧地握在一起，一点血色都没有。"证人看起来好像累了。我想此次审讯到这儿就足够了。"

罗伯特·迪·席尔瓦对专项大陪审团说："我想就审讯议程提出建议……"

亚当没有听进去。他想知道詹妮弗此刻在哪儿。她又消失了。亚当曾一次又一次地寻找她。可他现在再也等不下去了。他必须马上找到她。

第52章

美国执法部门有史以来最大规模的秘密行动开始推进了。

配合联邦政府打击有组织犯罪及敲诈勒索活动的单位有联邦调查局、邮政及海关总局、全国税务总署、联邦反毒品局和其他六个机构。

调查范围包括谋杀、敲诈勒索、偷税漏税、合伙欺诈、纵火、高利贷和贩卖毒品等。

托马斯·科尔法克斯提供了打开潘多拉魔盒的钥匙，盒子里装着和黑手党犯罪有关的全部情况。这将有助于扫除主要的有组织犯罪活动。

迈克尔·莫雷蒂的家族将受到毁灭性的打击，全国数十个其他黑手党家族也将受到波及。

在美国各地和美国境外，政府特工们正照着一份名单盘问相关人员的朋友和商业伙伴。驻土耳其、墨西哥、圣萨尔瓦多、马赛和洪都拉斯的特工们联络了当地同行，向他们提供了这些国家正在发生的非法活动的情报。

黑手党有不少喽啰都落网了。这些人如果愿意交代，他们便可以通过指证有关面人物来换取自由。为避免打草惊蛇，这些事情处理得十分低调，主要猎物根本不知道一场巨大的风暴即将在他们头顶爆发。

作为参议院调查委员会主席，亚当·华纳在乔治敦的家中接待了源源不断的来访者，他在书房举行的听证会经常持续到凌晨。毫无疑问，待这一切结束，迈克尔·莫雷蒂的组织土崩瓦解后，亚当将轻而易举地赢得总统竞选。

如今的他本应沐浴在幸福之中。可事实是，他的日子过得苦不堪言，原因是他正面临着自己一生中最大的道德危机。詹妮弗·帕克是其中的关键人物，亚当不得不给她提个醒，让她趁着还有机会的时候赶紧逃跑。然而，他还肩负着另一项责任，这项责任是他对以他名字命名的委员会负有的责任，亦是对美国参议院负有的责任。

他是詹妮弗的公诉人。他怎么能够包庇她呢？如果有人发现他偷偷给她报了信，那么，他领导的调查委员会的信誉，以及委员会所取得的一切成绩将毁于一旦。他的前途，他的家庭也将被摧毁。

科尔法克斯当时提到詹妮弗有个孩子。亚当着实大吃一惊。

他知道他必须和詹妮弗谈谈。

亚当拨通了她的办公室电话，一个秘书说："对不起，亚当斯先生，帕克小姐不在。"

"这件事很重要。你知道我去哪儿能够找到她吗？"

"不知道，先生。有其他什么人能帮您吗？"

没有人能帮他。

在接下来的一周里，亚当每天都试图联系詹妮弗。可她的秘书只会说："对不起，亚当斯先生，帕克小姐不在办公室。"

那天，亚当正坐在书房里，准备第三次给詹妮弗打电话，突然，玛丽·贝思走进房间，亚当装作没事似的放下了听筒。

玛丽·贝思走到他面前，用手指理了理他的头发。"亲爱的，你看起来很累。"

"我还好。"

她走到亚当桌子对面的一把山羊皮扶手椅前坐下。"一切马上就要水落石出了，不是吗，亚当？"

"看起来是的。"

"为了你的健康着想，我真希望它快些结束。这根弦肯定绷得可紧啦。"

"我能承受，玛丽·贝思。不必担心我。"

"但我真的很担心。詹妮弗·帕克的名字也在名单上，不是吗？"

亚当严厉地看着她。"你怎么知道的？"

她笑了。"我的小天使，你都把这个家当成公共会议室啦。我是不小心听到了一些事情的进展。一听说要捉拿迈克尔·莫雷蒂和他的女友，大家好像都非常兴奋。"她看着亚当的脸，可他没有做出任何反应。

　　玛丽·贝思深情地看着丈夫，心想："男人真天真。"她比亚当更了解詹妮弗·帕克。玛丽·贝思惊讶地发现，一个在商业和政治方面绝顶聪明的男人，遇到女人竟变得如此愚蠢。看看有多少真正伟大的男人娶了下三烂的荡妇吧。

　　玛丽·贝思能理解她丈夫与詹妮弗·帕克有染。毕竟，亚当是个非常有魅力的男人，令所有女人都十分向往。和所有男人一样，他也很难抵挡诱惑。对此，她的哲学是"宽恕，但永不忘记"。

　　玛丽·贝思知道什么事情对丈夫有利。她所做的一切都是为亚当好。好吧，等这一切都结束后，她就会带亚当去远游。他看起来确实很累。他们会把萨曼莎留给管家照顾，然后到一个浪漫的地方去，也许是去塔希提岛。

　　玛丽·贝思瞥了一眼窗外，看到两名特勤人员在交谈。她对他们的存在是又爱又恨。一方面，玛丽·贝思不喜欢自己的隐私被侵犯，但与此同时，他们的存在又提醒着人们，她的丈夫是美国总统候选人。

　　不，她真傻。她的丈夫将成为下一任美国总统。每个人都这么说。住在白宫这一想法是那么真实可感，让她每次一想到心里就暖洋洋的。在亚当忙着开会时，她最大的乐趣就是计划重新装点白宫。她会在自己的房间里独自坐上好几个小时，在脑海中更换家具，筹划她当上第一夫人后要做的一切激动人心的事情。

　　她已经参观过那些大多数游客不准入内的房间：有着近三千本藏书的图书室，瓷器室，外交人员接待室，以及二楼的家庭住房和供贵宾留宿的七间客房。

　　她和亚当将入住白宫，成为它历史的一部分。一想到亚当差点因为帕克那个女人而放弃他们的机会，玛丽·贝思就不寒而栗。好吧，一切都结束了，感谢上帝。

　　她看着亚当坐在办公桌前，看起来既疲惫又憔悴。

　　"亲爱的，我为你煮杯咖啡好吗？"

亚当刚想拒绝，但又改变了主意。"那真是太好了。"

"只需一会儿工夫就好。"

玛丽·贝丝一离开房间，亚当便又拿起电话开始拨号。当时是晚上，他知道詹妮弗的事务所关门了，但电话接线员应该还在上班。不知过了多久，接线员终于接起了电话。

"我有要紧事，"亚当说，"几天来，我一直试着联系詹妮弗·帕克。我是亚当斯先生。"

"请稍等。"电话里传来声音，"对不起，亚当斯先生。我不知道帕克小姐在哪里。您需要留言吗？"

"不了。"亚当使劲把听筒撂下，心中很是沮丧，他知道即使他给詹妮弗留言，她也不可能回他电话。

他坐在书房里，望着窗外的夜色，想到即将草拟的数十份逮捕令很快就要发布了，而其中一份是关于一起谋杀案的。

上面会有詹妮弗的名字。

过了五天，迈克尔·莫雷蒂才回到詹妮弗住的山间小屋。这些日子里，她一直在休息，吃饭，沿小径长时间散步。看到迈克尔的车开过来时，詹妮弗特意上前迎接了他。

迈克尔看了她一眼，说："你看起来好多了。"

"确实感觉好多了。谢谢你。"

他们沿着通往湖边的小路走着。

迈克尔说："我有件事需要你去做。"

"什么事？"

"我想让你明天去新加坡。"

"新加坡？"

"一个航空公司乘务员在那边的机场因携带大量可卡因被抓了。他叫斯特凡·比约克，现在在监狱里。我希望你在他开始交代之前把他保释出来。"

"好的。"

"尽快回来。我会想你的。"

他把她拉到自己身旁，轻轻地吻了吻她的嘴唇，然后低声说："我爱你，詹妮弗。"

她知道他以前从未对任何人说过这种话。

但为时已晚。一切都结束了。她灵魂中的一部分已经永远地死去，只剩下内疚和孤独。她已下定决心告诉迈克尔她要走了，到一个没有亚当，也没有迈克尔的地方去。她必须远离这儿，独自一人去别的地方，重新开始。她有一笔债要偿。她会为迈克尔做这最后一件事，回来后再把自己以后的计划告诉他。

第二天早上她出发去了新加坡。

第53章

尼克·维托、托尼·桑托、萨尔瓦多·菲奥雷和约瑟夫·科莱拉正在托尼家餐厅吃午饭。他们坐在靠前的一个卡座上，每次门一开，他们都会自动抬头看一眼刚刚进来的人。迈克尔·莫雷蒂在后面的房间里，虽然目前家族内部没有冲突，但最好还是谨慎行事。

"吉米出什么事了？"大个子约瑟夫·科莱拉问道。

"死了，"尼克·维托告诉他，"这个愚蠢的狗杂种爱上了一个侦探的妹妹。我得承认，那个婆娘确实丰满漂亮。她和她的混蛋弟弟策反了吉米。吉米说想和迈克尔坐下聊聊，他还在裤腿里藏着一根电线。"

"后来发生了什么？"菲奥雷问道。

"后来发生的事就是吉米非常紧张，要撒尿。他把裤子拉链拉开时，那根鬼电线居然露出来了。"

"噢，该死！"

"这就是吉米干的事。迈克尔把他交给吉诺。吉诺用他的电线把他勒死了。他走之前受尽了折磨。"

门开了，四个人抬起头来，是来兜售下午版《纽约邮报》的小贩。

约瑟夫·科莱拉喊道："嘿，过来。"他转向其他人。"我想看看希利亚赛马场的阵容。我有一匹马是今天的夺冠热门。"

小贩是个饱经风霜的七旬老人，他递给约瑟夫·科莱拉一张报纸，科莱拉给了他一美元。"不用找了。"

迈克尔·莫雷蒂也会这么说的。科莱拉刚要打开报纸，尼克·维托的眼睛就被头版的一张照片吸引住了。

"嘿！"他说，"我以前见过这个家伙！"

托尼·桑托越过维托的肩膀看了一眼。"你当然见过，笨蛋。这是亚当·华纳。他正在竞选总统。"

"不，"维托坚持说，"我是说我见过他本人。"他皱着眉头，试图记起来。突然他想起来了。

"我想起来了！他就是和詹妮弗·帕克出现在阿卡普尔科的酒吧里的人。"

"你在说什么？"

"还记得上个月我去那儿送包裹吗？我看到这个家伙和詹妮弗在一起。他们在一块喝酒。"

萨尔瓦多·菲奥雷盯着他看。"你确定吗？"

"确定。怎么了？"

菲奥雷慢条斯理地说："我想，你最好把这事告诉迈克。"

迈克尔·莫雷蒂看着尼克·维托说："你他妈的疯了。詹妮弗·帕克和参议员华纳在一块能干什么？"

"我哪知道，头儿。我只知道他们坐在酒吧里喝了一杯。"

"就只有他们两个？"

"是的。"

萨尔瓦多·菲奥雷说："迈克，我想你应该听说这件事。华纳这个混蛋正在调查我们。詹妮弗为什么要和他一起喝酒？"

这正是迈克尔想知道的。詹妮弗提到过阿卡普尔科和那次律师协会会议，提到过她遇到的六个人，但她对亚当·华纳只字未提。

他转向托尼·桑托。"现在谁是门房工会的业务经理？"

"查理·科雷利。"

五分钟后，迈克尔与查尔斯·科雷利通了电话。

"……贝尔蒙特大厦，"迈克尔说，"我的一个朋友九年前住在那里。我想和当时在那儿任职的门房谈谈。"迈克尔听了一会儿对方的回复。"我很感激，朋友。我欠你一个人情。"他挂断了电话。

尼克·维托、桑托、菲奥雷和科莱拉都看着他。

"你们这些混蛋没什么可做的吗？滚出去。"四人赶忙离开了。

迈克尔坐在那里，想象着詹妮弗和亚当·华纳在一起的情景。为什么她从来没有提到过他？还有乔舒亚的父亲，他死于越南战争，为什么詹妮弗从来不聊这个人呢？

迈克尔·莫雷蒂开始在办公室里踱步。

三个小时后，托尼·桑托领进来一个六十多岁的男人。这人衣着很不得体，一副畏畏缩缩的样子，显然被吓坏了。

"这是沃利·卡沃尔斯基。"托尼说。

迈克尔站起身来，和卡沃尔斯基握手。"谢谢你上这儿来，沃利。我很感激。请坐。要喝点什么吗？"

"不，不用了，谢谢你，莫雷蒂先生。我很好，先生。非常感谢。"他一副毕恭毕敬的样子，就差没鞠躬了。

"别紧张。我只是想问你几个问题，沃利。"

"当然可以，莫雷蒂先生。任何您想知道的事情尽管问，尽管问。"

"你还在贝尔蒙特大厦工作吗？"

"我？不在了，先生。我大约五年前离开了那里。我岳母患有严重的关节炎，而且……"

"你还记得那里的租户吗？"

"记得，先生。我认为，大部分都记得。他们有点……"

"你还记得一个叫詹妮弗·帕克的租户吗？"

沃利·卡瓦尔斯基的表情豁然开朗。"噢，当然了。她是一位很好的女士。我甚至记得她的公寓号码。一九二九。市场崩溃的那一年正好也是这个数字，您知道的吧？我挺喜欢她的。"

"当时有很多人拜访过帕克女士吗，沃利？"

沃利慢慢地挠了挠头。"好吧，这很难说，莫雷蒂先生。我只看到过她出入公寓。"

"有男人在她的公寓过过夜吗？"

沃利·卡沃尔斯基摇了摇头。"嗯，没有，先生。"

所以这一切都是虚惊一场。他如释重负。他始终相信詹妮弗不会……

"她的男朋友可能在她那里住过。"

迈克尔以为他听错了。"她的男朋友？"

"是的。帕克小姐留宿的那个人。"

这些话就像一把大锤，重重地锤在迈克尔的五脏六腑上。他顿时失控，一把抓住沃利·卡沃尔斯基的衣领，猛地把他提得双脚离地。"你这个蠢货！我刚才不是问过你……他叫什么名字？"

这个小老头被吓得魂不附体。"我不知道，莫雷蒂先生。我向上帝发誓，我不知道！"

迈克尔一把将他推开。他拿起报纸，把它放到沃利·卡沃尔斯基的鼻子底下。

卡沃尔斯基看着亚当·华纳的照片，兴奋地说："是他！这个就是她的男朋友。"

迈克尔觉得周围的一切正在坍塌。詹妮弗一直在对他撒谎。为了亚当·华纳，她背叛了他！他们两个一直背着他偷偷交往，密谋对付他，愚弄他。她给他戴了绿帽子。

祖祖辈辈流传下来的复仇之血在迈克尔·莫雷蒂体内剧烈翻腾，他暗暗发誓一定要把这两个人送进地狱。

第54章

詹妮弗从纽约飞往伦敦再飞往新加坡，中途在巴林岛停留了两个小时。这个石油王国尚且很新的机场已经成为贫民窟了，到处都是穿着当地服饰的男人、女人和孩子，他们无家可归，睡在地板和长椅上。机场的酒类商店门前印有一则警告：在公共场合饮酒者一律处以监禁惩罚。这儿气氛很不友好。一听说自己的航班就要起飞了，詹妮弗感到很高兴。

这架747喷气式飞机于下午四点四十分降落在新加坡樟宜机场。这是个全新的机场，距离市中心十四英里，将取代旧的国际机场。当飞机沿着跑道滑行时，詹妮弗看到有些地方仍在施工中。

海关大楼很宽敞，通风良好，风格现代，有一排排行李车，为旅客提供便利。海关官员礼貌高效，詹妮弗只花了十五分钟就完成通关，向出租车站走去。

在入口处，一个身材魁梧的男性中年华人走近她。"詹妮弗·帕克小姐？"

"我是。"

"我是周岭。"这个莫雷蒂在新加坡的联系人自我介绍说，"有一辆豪华轿车在等您。"

周岭看着手下将詹妮弗的行李放入豪华轿车的行李箱中，几分钟后，他们向城里进发了。

"飞行愉快吗？"周岭问道。

"不错，谢谢。"可詹妮弗的心思都在斯特凡·比约克身上。

周岭似乎读懂了她的心思，朝他们前面的一栋楼点了点头。"那是樟宜监狱，比约克就在里面。"

詹妮弗转过身朝那儿望去。樟宜监狱是一座远离高速公路的大型建筑，周围是绿色围栏和带电的铁丝网。每个角落都有瞭望塔，由武装警卫把守，入口被第二道铁丝网封锁。除此之外，大门处还有很多警卫。

"战争期间，"周岭告诉詹妮弗，"岛上所有的英国人都被关押在那里。"

"我什么时候才能见到比约克？"

周岭婉转地回答说："帕克小姐，情况十分棘手。政府对吸毒的态度十分强硬。即使是初犯也会受到无情的处理。贩毒的人……"周岭耸耸肩。"新加坡由几个有权势的家族控制。邵氏家族、董俊竞、陈振传和总理李光耀……这些家族控制着新加坡的金融业和商业。他们不希望这里有毒品。"

"我们在这里一定有一些有影响力的朋友吧。"

"有一个督察，叫陶大卫，他是一个非常通情达理的人。"

詹妮弗想知道，让这个人"通情达理"得花多少钱，但她没有问。以后会有足够的时间问。她往后靠，开始欣赏四周风景。他们正经过新加坡的郊区，大片大片的绿色植物和鲜花扑面而来。

麦克弗森路两侧是现代化的购物中心，与一旁的古老的神殿和佛塔交相辉映。走在街上的人，有些穿着古装，戴着头巾，有些则穿着最新潮的洋装。这座城市似乎是古代文化和现代大都市的混合体。购物中心看起来焕然一新，一尘不染。詹妮弗指出了这一点。

周岭笑了。"对此有一个简单的解释。乱扔垃圾会被罚款五百美元，这一规定是严格执行的。"

汽车转向史蒂文斯路，詹妮弗在他们上方的小山上看到了一栋漂亮的白色建筑，周围全是树木和鲜花。

"那是香格里拉，你要住的酒店。"

酒店大堂很整洁，一尘不染，到处都是大理石柱子和玻璃。

詹妮弗办理入住手续时，周岭说："陶督察会和你联系的。"他递给詹妮弗一张卡片。"你可以随时用这个号码联系我。"

一个面带微笑的门房接过詹妮弗的行李，领她穿过中庭来到电梯处。这里有一个瀑布，瀑布下是一个巨大的花园和游泳池。香格里拉是詹妮弗见过的最令人叹为观止的酒店。她在二楼的套房由一个大客厅和卧室组成，还有一个露台，可以俯瞰由红白相间的花烛、紫色的九重葛和椰子树组成的色彩缤纷的海洋。让人仿佛置身于高更的画作之中，詹妮弗心想。

　　一阵微风吹过。乔舒亚最喜欢这种天气了。"妈妈，我们今天下午可以去航海吗？"别再想这些了，詹妮弗告诫自己。

　　她朝电话机走去。"我想打电话到美国。纽约市。个人对个人。给迈克尔·莫雷蒂先生。"她报出了电话号码。

　　接线员说："很抱歉。现在所有线路都被占用了。请稍后再试。"

　　"谢谢。"

　　楼下，接线员向站在总机旁的一个男子寻求肯定。

　　那人点了点头。"做得很好，"他说，"非常好。"

　　詹妮弗入住酒店一小时后，陶督察打来了电话。

　　"詹妮弗·帕克小姐？"

　　"我是。"

　　"我是督察陶大卫。"他的口音听不出是哪儿的，不过听起来倒是很柔和。

　　"您好，督察。我一直在等您的电话。我急着安排……"

　　督察打断了她的话。"我想知道我今晚能否有幸与您共进晚餐？"

　　这是一个警告。他可能是害怕电话被窃听。

　　"我很乐意。"

　　巨大的"大上海"餐厅里满是大吃大喝、高声说话的本地人，热闹非凡。台上有一支三人乐队，穿着旗袍的漂亮女主唱正在演唱美国流行歌曲。

　　领班对詹妮弗说："要单人座吗？"

　　"我约了一个人。就是陶督察。"

　　领班的脸上露出了笑容。"督察在等你。请这边走。"他把詹妮弗带到餐厅前端挨着舞台的一张桌子旁。

督察陶大卫四十岁出头，又高又瘦，有着精致的五官和水汪汪的深色眼睛，帅气逼人。他穿着一套深色西装，一副衣冠楚楚的样子。

他替詹妮弗扶住椅子，待她入座后自己才坐下。乐队正在演奏震耳欲聋的摇滚歌曲。

陶督察探过身来对詹妮弗说："我可以为你点杯饮料吗？"

"好的，谢谢。"

"你一定要尝尝煎蕊。"

"尝什么？"

"一种用椰奶、椰子糖和小块明胶做成的甜点。你会喜欢的。"

督察眼睛向上一瞥，一名女服务员立刻来到了他的身边。督察点了两杯饮料和一些作为开胃菜的中国式点心。"我希望你不介意我为你点餐。"

"一点也不。我很乐意。"

"我知道，在你们国家，女性发号施令已是稀松平常的事。但是在这儿，仍然是男人在掌权。"

原来是个性别歧视者，詹妮弗心想，但她没心思与他争论。这个男人现在对她有用。由于周围环境十分嘈杂，音乐声又大，两人根本不可能进行对话。詹妮弗往后靠了靠，环视了一下餐厅。她以前去过别的东方国家，可新加坡人看起来就是格外标致，无论男女。

女服务员把詹妮弗的饮料放到她面前。它长得就像巧克力苏打水，里面放着滑溜溜的小疙瘩。

陶督察读懂了她的表情。"你要先搅拌一下才能喝。"

"我听不见你说话。"

他喊道："你要先搅拌一下！"

詹妮弗顺从地搅拌着她的饮料，接着尝了一口。

真难喝，太甜了，詹妮弗心想，但她还是点点头说："还……还真是别具风味。"

桌上出现了六盘点心，其中一些形状十分奇特，是詹妮弗从未见过的食物，她决定还是不考究它们都是些什么点心了。这些东西其实都很美味。

366

陶督察在一片嘈杂声中喊着解释道："这家餐厅是有名的南洋菜馆。南洋菜是用中国食材和马来香料混合做成的食物。可惜还没有人用文字把食谱记录下来。"

詹妮弗说："我想和你谈谈斯特凡·比约克的事。"

"我听不见你说话。"乐队的声音震耳欲聋。

詹妮弗靠得更近了。"我想知道什么时候能见到斯特凡·比约克。"

陶督察耸耸肩，演哑剧般地说他听不见。詹妮弗心生疑惑：他选择这张桌子，到底是为了安全交谈，还是根本不想和她谈事？

点心之后是无穷无尽的菜肴。毫无疑问，这是一次丰盛的晚宴。唯一让詹妮弗不安的是，她一次也无法向对方提起斯特凡·比约克的事。

待他们吃完饭走到街上，陶督察说："我的车就在这儿。"他打了个响指，路旁整齐停放的车中驶出一辆黑色奔驰，开到他们跟前停下。督察为詹妮弗打开了后车门。一个身穿制服的大个子警察正执掌方向盘。不对劲，如果陶督察想和我讨论机密问题，他会安排我们单独待着，詹妮弗心想。

她坐上了汽车的后座，督察坐上了她旁边的座位。"你是第一次来新加坡，是吗？"

"是的。"

"啊，那样的话，有许多东西值得一看的。"

"我不是来这里观光的，督察，我必须尽快回去。"

陶督察叹了口气。"你们这些白人总是那么着急。你听说过布吉斯街吗？"

"没有。"

詹妮弗换了个姿势，以便好好打量陶督察。他的表情很灵动，肢体语言也很丰富。他看起来很外向，善于交际，但整整一个晚上他居然一件正事也没说。

汽车中途停下给一辆三轮车让道，那是一种当地人骑的传统人力三轮车。陶督察轻蔑地看着那辆三轮车载着两名游客沿街行驶。

"总有一天我们会取缔这些骑三轮的。"

詹妮弗和陶督察在离布吉斯街一个街区的地方下了车。

"那儿不允许机动车驶入。"陶督察解释道。

他挽着詹妮弗的胳膊，二人开始沿着繁忙的步行街散步。几分钟后，路上行人多得教人无法动弹。布吉斯街很窄，两边都是摊位——水果摊和蔬菜摊，还有卖鱼和肉的摊位。另外还有一些户外餐厅，一张张小桌子周围摆放着椅子。詹妮弗站在那儿，被眼前的热闹景象、气味、声音及各色铭牌所淹没。陶督察挽着她的胳膊，奋力用肩膀在人群中开路。

他们来到一家饭馆，饭馆前有三张桌子，已经全部被人占了。督察抓住一个路过的服务员的手臂，不一会儿，店主就来到了他们身边。督察用中文对他说了些什么，接着店主走到一张桌子前与客人交谈。客人看了看督察，迅速起身离开。督察和詹妮弗得以坐到桌前。

"我能为你点些吃的或喝的吗？"

"不了，谢谢。"詹妮弗看着潮水般的人群说道。换作别的时候，她可能会很乐意。新加坡很迷人，适合与亲朋好友同游。

陶督察说："快看，现在都快凌晨了。"

詹妮弗抬起头来。起初她什么也没注意到。然后，她看到所有店主同时开始打烊了。在不到十分钟的时间里，每个摊位都变得大门紧闭，还上了锁，店主也全都不见了。

"发生了什么事？"詹妮弗问道。

"你会看到的。"

街道尽头发出了喃喃的低语声，人们开始向路的两侧移动，中间让出了一条路。一个穿着紧身礼服的华裔女孩走在街道中央。她是詹妮弗见过的最漂亮的女人。她骄傲而缓慢地走着，在不同的桌子边停下，和人们打招呼，然后继续前行。

当女孩走近詹妮弗和督察坐的桌子时，詹妮弗得以看清楚她的长相。近距离看，她甚至更漂亮了。她五官柔美精致，身材非常苗条。她的白色丝绸礼服在两腿边开衩，露出了大腿的精致曲线以及小巧可爱的胸脯。

詹妮弗正要转过身和督察说话，这时，另一个女孩出现了。第一个女孩长相已近乎完美，而这第二个甚至比第一个还漂亮。紧接着又有两个女孩出现了，不一会儿，布吉斯街上挤满了漂亮的年轻女孩。她们中有马来西亚人，印度人，以及中国人。

"她们是妓女吧。"詹妮弗猜测道。

"嗯。变性人。"

詹妮弗盯着他。这不可能！她转过身，又看了看女孩们。她完全看不出她们中的任何一个有半点男性特征。

"你在开玩笑吧。"

"她们被称为比利男孩。"

詹妮弗非常困惑。"但她们……"

"她们都做过手术。她们认为自己是女人。"他耸耸肩，"所以，为什么不呢？她们又不会危害社会。你懂的，"他补充道，"卖淫在这里是非法的。但比利男孩有利于旅游业，只要他们不打扰游客，警方就会睁一只眼闭一只眼。"

詹妮弗看向街上那些精致的年轻人，她们有的正在餐桌前停下来与顾客做交易。

"她们生意很好，收费高达二百美元。到了年纪太大不能工作时，她们就会当妈妈级管理人。"

大多数女孩现在都坐到了男人身边，为她们的服务讨价还价，然后又一个接一个地起身和客人一起离开。

"她们一晚上会有两三笔交易，"督察解释道，"午夜的布吉斯街是她们的地盘，她们必须在早上六点前离开，这样摊主们才能重新开门营业。你要是准备好了，我们现在可以随时离开了。"

"我准备好了。"

当他们沿街道前行时，詹妮弗脑海中突然闪现出肯·贝利的形象。我希望你幸福，她心想。

在开车回酒店的路上，詹妮弗下定决心，不管司机在不在场，她都要提起比约克的名字。

当汽车转入乌节路时，詹妮弗坚定地说："关于斯特凡·比约克……"

"啊，是的。我已经帮你安排好了，明天上午十点去见他。"

第55章

华盛顿特区，正在开会的亚当·华纳被叫去接一个纽约打来的紧急电话。

打来电话的是地区检察官罗伯特·迪·席尔瓦。他兴高采烈地说："专项大陪审团刚刚批准了我们的起诉书，每一份都批了！我们可以行动了。"电话那头没有回应。"参议员，你在听吗？"

"我在听。"亚当强装热情地说，"这是个好消息。"

"我们应该在二十四小时内就可以开始抓人了。如果你能飞来纽约，我认为我们明早应该与所有机构一起最后开一次会，以统筹协调各方行动。参议员，你能做到吗？"

"可以。"亚当说。

"我来安排。明天上午十点。"

"我一定到。"亚当挂了电话。

"专项大陪审团刚刚批准了我们的起诉书，每一份都批了！"

亚当又拿起电话开始拨号。

第56章

樟宜监狱的访客室很小，空荡荡的，墙壁用灰泥粉刷过，一张长桌两边放着硬木椅。詹妮弗坐在其中一把椅子上等着。门开了，她抬头一看，斯特凡·比约克被一个身着制服的警卫押送着走了进来。

比约克三十多岁，身材高大，面色阴沉，眼球凸出。他患有甲状腺疾病，詹妮弗心想。他的脸颊和前额上有明显的淤青。他在詹妮弗对面坐了下来。

"我是詹妮弗·帕克，你的律师。我会尽力让你离开这里。"

他看着她说："你最好办快一点。"

这句话可能是威胁，也可能是恳求。詹妮弗想起了迈克尔的话："我希望你在他开始交代之前把他保释出来。"

"他们对你还好吗？"

他偷偷看了一眼站在门口附近的警卫。"是的，还好吧。"

"我已经为你申请了保释。"

"机会有多大？"比约克难掩期待地问道。

"我认为机会很大。最多两三天就能申请下来。"

"我必须离开这个地方。"

詹妮弗站了起来。"我们很快会再见面的。"

"谢谢。"斯特凡说着伸出了手。

警卫厉声说道："不行！"

他们都转过身来。

"禁止触碰。"

斯特凡·比约克看了詹妮弗一眼，然后嘶哑地说："快些！"

詹妮弗回到酒店，有人递了一张记下陶警官来电记录的字条给她。她正读着字条，电话铃响了，是督察打来的。

"在等待的这段时间里，帕克小姐，我想你可能会想稍微游览一下我们的城市。"

詹妮弗的第一反应是拒绝，但她知道在比约克安全乘坐飞机离开这儿之前，她也无事可做。在那之前，和陶督察搞好关系很重要。

詹妮弗说："谢谢你。我很乐意。"

他们在坎巴奇餐厅停车吃午饭，然后向乡村驶去。汽车沿着武吉知马路向北往马来西亚驶去，一路上穿过了一系列五颜六色的村庄，以及各种各样的食品摊和商店。当地居民看上去衣着讲究，十分富裕。

詹妮弗和陶督察在克兰芝公墓和战争纪念馆下了车，他们走上台阶，穿过敞开的蓝色大门。展现在他们面前的是一副巨大的大理石十字架，后面是一根巨大的柱子。整个墓地就是一片白十字架的海洋。

"战争可把我们害惨了，"陶督察说，"我们都失去了许多朋友和家人。"

詹妮弗什么也没说。她的脑海中浮现出沙点县的一座坟墓。但她不能让自己去想那座小土堆下面埋着什么。

曼哈顿哈德逊街的警察情报局，一场执法机构会议正在召开。拥挤的房间里洋溢着欢腾的气氛。许多人原本是带着玩世不恭的态度参加这次调查的，因为他们以前也经历过这种情况。在过去的几年里，他们成功地收集到针对暴徒、杀人犯和勒索者的压倒性证据，然而，在一个又一个案件中，收取了高额律师费的法律人才为他们的罪犯当事人赢得了无罪释放。

不过，这次情况有所不同。他们有"军师"托马斯·科尔法克斯的证词，而且没人能驳倒他。三十五年以来，他一直是这些暴徒中的关键人物。他会出庭作证，给出具体的人名、日期、事实和数字。现在，他们已经可以出击了。

为了这一刻的到来，亚当付出了比房间里任何人都多的努力。它本应像一辆凯旋的马车，将他带到白宫。可如今它真的来了，却是一团灰烬的模样。亚当面前摆着一份专项大陪审团的起诉名单。名单上的第四个名字是詹妮弗·帕克，她要面临的指控是谋杀和进行阴谋活动，触犯了六条联邦法律。

亚当·华纳环视了一下房间，强迫自己说点什么。"你们……你们都值得祝贺。"

他想多说点什么，可就是什么话也说不出来。他内心满是对自己的嫌恶，这种嫌恶甚至发展成了一种躯体上的疼痛。

"西班牙人是对的。"迈克尔·莫雷蒂想。复仇这道菜最好冷着吃。詹妮弗·帕克还活着的唯一原因是他现在够不着她。可她很快就会回来。与此同时，迈克尔可以细细品味她到时的下场。一个女人所能做出的所有背叛男人之事都被她做尽了。而他，就是那个大冤种。就冲这一点，他非得特殊"关照"她不可。

新加坡，詹妮弗再次尝试给迈克尔打电话。

"对不起，"总机接线员告诉她，"通往美国的线路占线中。"

"请你继续试试好吗？"

"当然，帕克小姐。"

接线员抬头看向守在总机旁的那个男人，他对她露出了一个心照不宣的微笑。

罗伯特·迪·席尔瓦在他位于闹市区的办公室看着刚刚送达的批捕令。上面有詹妮弗·帕克的名字。

我终于要扳倒她了，他想。他内心的凶残一面得到了满足。

电话接线员通知说："陶督察正在大厅等你。"

詹妮弗很惊讶，因为她没想到他会来。一定是有斯特凡·比约克的消息了。

詹妮弗乘电梯来到大厅。

"原谅我没有提前打电话，"陶督察道歉道，"我觉得最好亲自和你谈谈。"

"是有什么情报吗？"

"我们可以在车里聊。我想给你看一些东西。"

他们沿着杨厝港路行驶。

"有什么问题吗？"詹妮弗问道。

"完全没有。保释将安排在后天。"

那他要带她去哪里？

他们驶过贾兰瓜特巴路上的建筑群，司机将车停了下来。

陶督察转向詹妮弗。"你肯定会对这个感兴趣的，我确定。"

"什么东西？"

"来吧。你会看到的。"

建筑内部看起来又老又旧，而给人带来窒息感觉的是它的气味——原始而野蛮，夹杂着一股麝香味。这是詹妮弗以前从未闻过的味道。

一个年轻女孩匆匆走上前，说："你们需要陪同吗？我……"

陶督察挥手让她靠边站。"我们不需要。"

他挽着詹妮弗的胳膊，和她一起走到外面的院子里。这里有六个巨大的凹槽，从中传来阵阵奇怪的撕裂声。詹妮弗和陶督察走到第一个围栏前。这里有个标志：勿把手放入池中，危险。詹妮弗往下看，只见凹槽里装满了鳄鱼，有好几十只，全都在不停地移动，在彼此身上滑来滑去。

詹妮弗不寒而栗。"这是什么？"

"这是一个鳄鱼养殖场。"他低头看着这群爬行动物，"等它们到三至六岁时，它们就会被剥皮，变成钱包、皮带和鞋子。你可以看到，它们大多数都张着嘴。这是他们的放松方式。只有在它们闭上嘴的时候，你才必须小心。"

他们走到一个装有两只巨大短吻鳄的凹槽旁。

"这两只已经十五岁大了。它们只用于繁殖。"

詹妮弗瑟瑟发抖。"它们太丑了。我都不知道它们怎么能忍受对方的存在。"

陶督察说："它们忍不了。事实上，它们并不经常交配。"

"它们是远古生物。"

"没错。它们可以被追溯到数百万年前，而且它们的身体构造从远古时期开始到现在都没有任何变化。"

詹妮弗想知道他为什么把她带到这里。如果督察认为，这些长相可怕的野兽会引起她的兴趣，那他就错了。"我们现在可以走了吗？"詹妮弗问道。

"快了。"督察抬头看向在里头的一个年轻女孩，她拿着一个托盘正走向第一个凹槽。

"今天是喂食日，"督察说，"快看。"

他和詹妮弗一起走向第一个凹槽。"他们每三天就给它们喂一次鱼和猪肺。"

女孩开始往围栏里扔食物，围栏内立刻翻腾出一个个漩涡。鳄鱼们冲向这些带血的生肉，用它们恐龙般的獠牙撕咬。詹妮弗清楚地看到两只鳄鱼冲向同一块肉，紧接着转向对方，野蛮地攻击和撕咬，直到血液逐渐溅满整个围栏。

其中一只的眼球被打得脱离了眼眶，但它的牙却死死咬住攻击者的上下颌，死不松口。血液开始大量涌出，混着鲜血的水变得越来越黏稠。这时，其他鳄鱼也加入进来，凶狠地攻击两个受了伤的同类，撕咬它们的头部，直到它们的皮被撕掉一层。两只鳄鱼开始遭到群鳄的生吞活剥。

詹妮弗一阵头晕。"说真的，让我们离开这里吧。"

陶督察把手放在她的手臂上。"再等一下。"

他站在那里看了一会儿才把詹妮弗领走。

那天夜里，詹妮弗梦见一群鳄鱼两两厮杀，相互用利爪把对方撕成碎片，其中两只突然变成了迈克尔和亚当。詹妮弗从噩梦中惊醒过来，浑身发抖，再也无法入睡。

突击搜捕行动开始了。在精心安排下，联邦和地方执法人员同时在十几个不同的州和六个境外国家重拳出击。

在俄亥俄州，一个参议员在一家妇女俱乐部发表关于政府诚信的演讲时被捕。

在新奥尔良州，一家非法的全国性博彩公司遭查封。

在阿姆斯特丹市，一次钻石走私行动被破坏。

在印第安纳州加里市，一个银行经理因涉嫌为黑手党洗钱而被捕。

在堪萨斯城，一家堆满赃物的大型折扣店遭到突击搜查。

在亚利桑那州菲尼克斯市，一支警察缉捕队的六个警探被捕。

在那不勒斯市，一家生产可卡因的工厂被查封。

在底特律市，一个全国性的汽车盗窃团伙被捣毁。

由于无法通过电话联系到詹妮弗，亚当·华纳去了她的事务所。

辛西娅立刻认出了他。

"很抱歉，华纳参议员，帕克小姐不在美国。"

"她在哪里？"

"新加坡的香格里拉酒店。"

亚当精神为之一振。他可以给她打电话，警告她不要回来。

詹妮弗刚洗完澡，酒店的清洁人员就走了进来。

"很抱歉。您今天什么时候退房？"

"我今天不退房。我是明天才走。"

清洁人员看起来很困惑。"上面叫我收拾好这间套房，以便今晚举办一个深夜派对。"

"谁让你这么做的？"

"经理。"

楼下的总机接到一个海外电话。今天换了一个接线员值班，而站在她旁边的也换成了另一个人。

接线员对着话筒说："是纽约打来的电话，要找詹妮弗·帕克小姐吗？"

她看了看站在她旁边的男人。他摇了摇头。

"对不起，帕克小姐已经退房了。"

扫荡仍在继续。洪都拉斯、圣萨尔瓦多、土耳其和墨西哥都有人被捕。这张网将毒贩、杀手、银行劫匪和纵火犯一网打尽。劳德代尔堡、大西洋城和棕榈泉等地都有镇压犯罪的行动。

而且，行动还在继续着。

纽约，罗伯特·迪·席尔瓦正密切关注行动的进展。一想到詹妮弗·帕克和迈克尔·莫雷蒂即将落网，他的心跳顿时加快了。

迈克尔·莫雷蒂侥幸逃过了警方的追捕。那天是他岳父逝世的周年纪念日，他和罗莎去了墓地祭拜她的父亲。

他们刚离开五分钟，一车联邦调查局特工就到了他家门口，另一车人则去了他的办公室。得知他并不在这两个地方后，特工们便埋伏在原地等待。

詹妮弗发现她忘了给斯特凡·比约克订飞回美国的机票，于是便打电话给新加坡航空公司。

"我是詹妮弗·帕克。我预订了明天下午飞往伦敦的112号班机。我想再订一张机票。"

"谢谢。请稍等。"

詹妮弗等了一会儿，过了几分钟，电话里又传来了声音。"是帕克小姐吗？"

"是的。"

"您的机票已经取消了，帕克小姐。"

詹妮弗感到有些震惊。"取消了？谁取消的？"

"我不知道。您已经不在我们的乘客名单上了。"

"一定是哪里出了差错。我希望你能把我重新列入名单。"

"对不起，帕克小姐，112号班机已经客满了。"

陶督察一定能搞定所有事，詹妮弗断定。她已经同意和他共进晚餐。到时候她就知道这一切都是怎么回事了。

他很早就过来接她。

詹妮弗把酒店和飞机的混乱情况告诉了督察。

他耸了耸肩。"恐怕是由于我们效率太低。这也是名声在外的。我会调查的。"

"斯特凡·比约克呢？"

"一切都安排好了。他明天早上就会被释放。"

陶督察用中文对司机说了几句话，车就掉头了。

"你还没看过加冷路。你会觉得它很有趣的。"

车子向左拐到拉文德街，一个街区后右转到加冷路。这里有大型花商和棺材公司的广告牌。过了几个街区，汽车又转弯了。

"我们现在在哪里？"

陶督察转向詹妮弗，平静地说："我们在无名街上。"

汽车开始缓慢行驶。街道两边全是殡仪馆，一排接着一排：唐开生殡仪馆、金林诺殡仪馆、安永龙殡仪馆、高顺殡仪馆。前方正在举行葬礼。所有哀悼者都穿着白色衣服，一支三人乐队正在演奏，一人吹大号，一人吹萨克斯，一人打鼓。一具尸体被放在一张桌子上，周围环绕着花圈，死者的巨幅照片面朝前方。哀悼者们围坐在一起吃饭。

詹妮弗转向督察。"这是什么？"

"这些是死亡之屋。当地人称为'the die houses'。因为'death'这个词的发音对他们来说太难了，所以用'die'代替。"他看着詹妮弗说，"但死亡是生命的一部分，不是吗？"

詹妮弗看着他冰冷的双眼，突然心生恐惧。

他们去了金凤饭店，直到坐定后，詹妮弗才找到机会质问他。

"陶督察，你带我去鳄鱼养殖场和死亡之屋有什么原因吗？"

他看着她，平静地说："当然了。我以为你会对它们感兴趣。尤其是你来这儿是为了解救你的当事人比约克先生。帕克小姐，我国有许多年轻人死于境外走私进来的毒品。我本可以带你去那些专门救治吸毒者的医院，但我认为，

378

让你看看他们的结局，你可能会了解得更多。"

"这一切与我无关。"

"这就见仁见智了。"他声音中的友善全都消失了。

詹妮弗说："陶督察，我相信你得到了丰厚的报酬……"

"用上全世界的钱都不够。"

他站起身，向某个人点了点头。詹妮弗转过身。两个穿着灰色西装的男人走了过来。

"詹妮弗·帕克小姐？"

"我是。"

他们没有必要拿出联邦调查局的证件。在他们张口说话之前，詹妮弗就知道了。"我们是联邦调查局的。我们有引渡文件和逮捕令。我们将乘坐午夜的飞机你带回纽约。"

第57章

就在迈克尔·莫雷蒂离开岳父墓地的时候，他已经来不及赶赴下一个约会了。他决定打电话到办公室，更改约会时间。他在高速公路旁的电话亭停车，拨了办公室的电话号码。电话响了一声，一个声音应答道："艾克米·比尔德斯。"

迈克尔说："我是迈克。告诉……"

"莫雷蒂先生不在。请稍后打过来。"

迈克尔浑身一颤，只说了一句："转托尼家。"

他挂断电话，匆匆回到车上。罗莎看着他的脸问道："迈克尔，一切都还好吗？"

"我不知道。我要把你送去你表弟家。你待在那儿别离开，等我的消息。"

托尼跟着迈克尔走进餐厅后方的办公室。

"我听说，你家和市中心办公室现在净是些联邦调查局的人，迈克。"

"谢谢，"迈克尔说，"我不想被人打扰。"

"在这儿不会有人打扰你的。"

等托尼走出房间，关上身后的门，迈克尔便拿起电话，怒气冲冲地开始拨号。

不到二十分钟，克迈尔·莫雷蒂就清楚地知道自己正面临一场大劫难。随着突击搜查、逮捕的报道流出，迈克尔愈发觉得难以置信。他所有的"士兵"

和"中尉"都被抓走了。藏匿的非法之物遭到突击搜查，博彩场所被取缔，机密账本和记录被收缴……正在发生的事情简直就是噩梦。警方一定是从他组织里的某个人那里获取了情报。

迈克尔给全国各地的其他家族打了电话，他们全都要求迈克尔给他们一个交代。他们都受到了重创，而且全然不知是谁出卖了他们。他们都怀疑告密者来自莫雷蒂家族。

拉斯维加斯的吉米·瓜迪诺给了他最后通牒。"迈克尔，我这个电话是代表委员会打的。"全国委员会是黑手党的最高权力机构，在出现大麻烦的时候，它的权力高于所有家族。"警察正在围捕所有家族。准是有个重要人物出卖了我们。我们得到的消息是，那人是你的手下。我们给你二十四小时的时间找出这个人，然后将他解决掉。"

在过去，警方的突击行动只能抓到些无名小卒，他们折损了也随时会有新人补上。如今，高层人物也被捕了，这还是头一回。一定是有黑手党内的大人物在告密。"我们得到的消息是，那人是你的手下。"这话说得确实没错。迈克尔的家族受到了致命性的打击，而且警方正在搜捕他。有人给了他们确凿的证据，否则他们无法发起这么大的行动。但会是谁呢？迈克尔坐下来，陷入了深思。

无论是谁在给当局通风报信，这个人都掌握了只有迈克尔和他的两个高级副手萨尔瓦多·菲奥雷和约瑟夫·科莱拉才知道的内幕信息。只有他们三个知道账本藏在哪里，而联邦调查局已经找到了账本。要说还有别的什么人知道这些信息，那就只有托马斯·科尔法克斯了，但他如今已被埋在新泽西州的垃圾堆下。

迈克尔困惑地坐着，思绪集中在萨尔瓦多·菲奥雷和约瑟夫·科莱拉身上。很难相信他们中有谁会违背誓言，向警方告密。他们打一开始就追随他，是他亲自挑选的亲信。他允许他们有自己的高利贷业务，还允许他们经营小型卖淫团伙。他们为什么要背叛他？答案当然很简单：他的王座。他们想夺走他的王座。一旦他出局了，他们就可以取而代之。他们是形影不离的好搭档，这事肯定两人都有份。

迈克尔勃然大怒。这两个愚蠢的混蛋想把他整垮，可惜啊，他们活得不够长，看不到那一天了！他需要一个靠得住的律师——科尔法克斯已经死了，而詹妮弗——詹妮弗！迈克尔再次感到寒意在他心头蔓延。在他的脑海中，他能听到自己在说："尽快回来。我会想你的。我爱你，詹妮弗。"是的，他说过这样的话。可她竟背叛了他。她必将为此付出代价。

迈克尔打了个电话，然后靠在椅背上静静等待。十五分钟后，尼克·维托匆匆走进办公室。

"发生了什么事？"迈克尔问道。

"到处都是联邦调查局的人，迈克。我开车在街区周围转了几圈，但还是照你说的做了，没有进屋去。"

"尼克，我有件事需要你去办。"

"当然，头儿。我要做些什么？"

"解决萨尔和乔。"

尼克·维托睁大眼睛望着他。"我不明白。你是说，解决他们，你该不会是想……"

迈克尔大喊："我的意思是把他们那该死的脑袋都崩了！你还要我给你制作行动方案吗？"

"不……不是，"尼克·维托结结巴巴地说，"只是，我……我……我的意思是……萨尔和乔是你最得力的助手！"

迈克尔·莫雷蒂站起身来，眼放凶光。"你是想教我如何做事吗，尼克？"

"不，迈克。我……好的。我会帮你解决他们的。什么时候？"

"现在。马上。我不想让他们活着看到今晚的月亮。你明白吗？"

"是的。我明白。"

迈克尔双手紧握。"假如我有时间，我非亲自解决他们不可。我要让他们痛苦地死去，尼克。把他们慢慢地折磨死，你听懂了吗？慢慢地。"

"是，好的。"

门开了，托尼匆匆走了进来，脸色苍白。"两个联邦调查局特工拿着逮捕令要逮捕你。我向上帝发誓，我不知道他们是怎么知道你在这里的。他们……"

迈克尔·莫雷蒂转向尼克·维托，厉声说道："从后门出去。快！"接着，他又转向托尼。"告诉他们我在厕所里，一会儿就出来。"

迈克尔拿起电话，拨了一个号码。一分钟后，他就与纽约高等法院的一个法官通上话了。

"有两个联邦调查局的拿着一张逮捕令要抓我。"

"什么指控，迈克？"

"我不知道，我也丝毫不关心。我打电话来是想让你安排好我的保释事宜。我可不能进监狱。我还有事要做。"

对方先是一阵沉默，接着小心翼翼地说："迈克尔，恐怕这次我帮不了你了。现在风声很紧，如果我试图干预的话……"

迈克尔·莫雷蒂的声音中充满愤怒。"听我说，你这个混蛋，给我听好了。如果我被关进监狱一小时，我就让你余生都在监狱里度过。长期以来，我一直关照你。你想让我告诉地区检察官你为我处理了多少案子吗？你想让我把你瑞士银行的账号报给全国税务总署吗？你想……"

"看在上帝的分儿上，别这样，迈克尔！"

"那就赶紧去做！"

"我会看看我能做些什么，"法官劳伦斯·沃尔德曼说，"我会尽力……"

"什么叫'你会看看'，该死！必须做到！听到了吗，劳伦斯？必须做到！"迈克尔猛地放下听筒。

此刻，他思维敏捷，头脑冷静。他并不担心会被送进监狱。他知道沃尔德曼法官会按照他的指示行事，而且他相信尼克·维托会解决掉菲奥雷和科莱拉。如果没有他们二人的证词，政府就无法证明任何对他不利的事情。

迈克尔照了照墙上的小镜子，向后梳了梳头发，拉直了领带，然后出去见那两个联邦调查局特工。

劳伦斯·沃尔德曼法官果然办成了，迈克尔知道他一定会办成的。在预备听证会上，沃尔德曼法官挑选的一个律师要求保释迈克尔，保释金为五十万美元。

当迈克尔·莫雷蒂走出法庭时，迪·席尔瓦气得牙痒痒，一脸沮丧。

第58章

尼克·维托脑子并不好使。对黑手党来说，他的价值就在于他执行起任务来干净利落，从不问这问那。曾经有好几十次，尼克·维托不是被人拿枪指着，就是被人举刀相向，可他一次也没害怕过。他现在害怕了。一些他怎么也想不通的事情发生了，而且他隐约觉得自己对此负有责任。

整整一天，他听到的都是有关眼下突击搜捕行动的消息，大批大批的弟兄都被逮捕了。坊间流传的说法是，有人叛变了，而且是黑手党中的高层人物。即使再不聪明，尼克·维托也能发觉，他放走托马斯·科尔法克斯和不久后有人叛变把家族秘密出卖给当局这两件事之间存在关联。

尼克·维托知道不可能是萨尔瓦多·菲奥雷或约瑟夫·科莱拉。这两个人与他情同手足，和他一样，都对迈克尔·莫雷蒂忠心不二。可他无法向迈克尔解释这一点，除非他活腻了；因为除了他们，唯一可能掀起这等风浪的是托马斯·科尔法克斯，而科尔法克斯理应早已命丧他手。

尼克·维托陷入了进退两难的境地。他很珍爱"小花"和大个子乔。菲奥雷和科莱拉曾帮过他好几十次忙，托马斯·科尔法克斯也一样；可他不过是出手救了科尔法克斯一命，如今居然害他落到这步田地。所以尼克·维托决定再也不能心软了。他现在要保住的是自己的身家性命。只要他杀死菲奥雷和科莱拉，他就没有嫌疑了。可他们毕竟与他情同手足，他必须确保他们痛痛快快地死去。

尼克·维托很容易就猜到了两人身在何处，因为他们总是处于随时待命的状态，好在迈克尔需要的时候及时出现。小个子萨尔瓦多·菲奥雷正在情妇家中做客，那女人的公寓位于八十八号街自然历史博物馆附近。

尼克知道萨尔瓦多总会在五点时离开那儿，回家和老婆团聚。现在是三点。尼克心里做了一番盘算。他可以在公寓楼前晃悠到五点，也可以上楼，在公寓中把萨尔瓦多干掉。他觉得自己太紧张了，还是别等了。可他越是想到这一点，心里就越紧张。整件事情让他心烦意乱。

"这一切结束后，我要向迈克请假，也许我会带几个年轻的妞儿去巴哈马群岛。"一想到这一点，他就感觉轻松多了。

尼克·维托把车停在公寓楼的拐角处，然后步行到楼前。他用一块赛璐珞撬开了前门，进门后，他不乘电梯，直接走上楼梯来到三楼。他向走廊尽头的门走去，走到门口时，他重重地敲了敲门。

"开门！警察！"

他听到门后传来急促的声音，几分钟后，被一根粗粗的防盗链拴着的门打开了。他看到了萨尔瓦多·菲奥雷的情妇玛丽娜的脸和部分裸体。

"尼克！"她说，"你这傻瓜在发什么疯，这是要活活把我吓死。"

她将门上的防盗链取下，打开门。"萨尔，是尼克！"

小个子萨尔瓦多·菲奥雷一丝不挂地从卧室走了出来。"嘿，尼克老弟！你这小子跑来这里干什么？"

"萨尔，迈克让我传个口信给你。"

尼克·维托举起一把加了消音器的点二二口径自动手枪，扣动扳机。撞针被击进点二二口径的弹药筒里，使子弹以每秒一千英尺的速度射出枪口。第一颗子弹击碎了萨尔瓦多·菲奥雷的鼻梁。第二颗子弹击穿了他的左眼。

在玛丽娜开口尖叫时，尼克·维托转过身来，朝她的脑袋开了一枪。为了稳妥起见，她一摔倒在地，他就朝她的胸部又开了一枪。真是无辜的妞儿，但若是让目击者活下来，迈克可是会不高兴的，尼克心想。

大个子约瑟夫·科莱拉有一匹正在长岛贝尔蒙特公园赛马场参加第八场比赛的赛马。贝尔蒙特赛马场的跑道长一点五英里，对大个子的小雌马来说，这个长度十分完美。科莱拉曾建议尼克把钱押在这匹马上。

在过去，尼克靠科莱拉的指点赢了很多钱。每次自己的马出场比赛的时候，科莱拉总会为尼克押上一点钱。当尼克走向科莱拉的包厢时，他遗憾地想，以后赌马再也没有内行人指点了。第八场比赛刚刚开始。科莱拉站在他的包厢里为他的马加油。这次赛马押的赌注数目可观，当马匹转过第一个弯道时，人群中爆发出阵阵尖叫声与呐喊声。

尼克·维多走进包厢，在科莱拉身后问道："最近好吗，朋友？"

"嘿，尼克！你来得正好。我的'选美皇后'会赢的。我还为你下了点赌注。"

"这真是太棒了，乔。"

尼克·维托用点二二口径的枪抵住约瑟夫·科莱拉的脊椎，隔着他的外套开了三枪。欢呼的人群中压根没人注意到这手枪发出的闷哑声。尼克看着科莱拉重重地倒在地上。对于是否要从科莱拉的口袋里拿出派利分成彩票这件事，他纠结了一会儿，最后还是决定不了。毕竟，这匹马可能会输。

尼克·维托转过身，不慌不忙地走向出口，他不过是千千万万观众中最不起眼的一个。

迈克尔·莫雷蒂的私人电话响了。

"莫雷蒂先生？"

"你是哪位？"

"我是坦纳督察。"

迈克尔花了一秒钟记起了这个人。皇后区的一个现任督察。

"我就是莫雷蒂。"

"我刚获取了一些信息，我想您可能会感兴趣。"

"你是从哪里打来的？"

"一个公共电话亭。"

"说吧。"

"我知道这一切都是因谁而起的。"

"你晚了一步。他们已经被我解决了。"

"他们？噢，我听说是托马斯·科尔法克斯。"

"你知不知道自己在说什么。科尔法克斯已经死了。"

这下轮到坦纳督察纳闷了。"您在说什么？托马斯·科尔法克斯现在在匡蒂科的海军陆战队基地里，正坐着恨不得把他知道的所有秘密昭告天下。"

"你疯了，"迈克尔厉声说道，"我可知道……"他戛然而止，他到底知道些什么？他让尼克·维托杀掉科尔法克斯，而维托说他照办了。迈克尔颓然地坐着，陷入了沉思。"你对此事有多确定，坦纳？"

"莫雷蒂先生，如果我不确定的话，我会给您打电话吗？"

"我会调查的。如果你所言不虚，我欠你一个人情。"

"谢谢你，莫雷蒂先生。"

坦纳督察挂了电话，自我感觉非常不错。他早就知道，迈克尔·莫雷蒂回报他人的时候很是慷慨。这回他肯定能赚个盆满钵满，说不定还能让他下半辈子衣食无忧。他走出电话亭，步入十月寒冷的空气中。

两个人站在电话亭外，当督察正要绕过他们时，其中一个人挡住了他的去路，举起了身份证。

"坦纳督察？我是国内安全部的韦斯特警督。警察局长想和你谈谈。"

迈克尔·莫雷蒂慢慢放下了听筒。他本能地意识到尼克·维托没对他说实话。托马斯·科尔法克斯还活着。这样一切就都说得通了。科尔法克斯才是叛变的那个人。而迈克尔竟派尼克·维托去杀菲奥雷和科莱拉。天哪，他怎么做出这等蠢事来！一个自己手下的没脑子的枪手竟骗过了他，还让他折损了两个最得力的助手！他浑身被一股冰冷的恨意填满了。

他先是拨了一个号码，对着电话简短地说了几句，又拨了第二个号码，然后仰面坐在椅子上等待。

当听到电话中传来尼克·维托的声音时，迈克尔强迫自己不要表露出怒气。"事情办得怎么样，尼克？"

"挺好的，头儿。按你的吩咐做了。他们都死得很惨。"

"尼克，我可以永远相信你，不是吗？"

"没错，头儿。"

"尼克，我想让你帮我最后一个忙。我们有个'小孩儿'把一辆车停在约克大街和九十五号街的拐角处。是一辆棕褐色的科迈罗。钥匙在遮阳板后面。我们今晚有个行动要用到它。你把它开过来好吗？"

　　"当然可以，老板。你什么时候要？我本来打算……"

　　"我现在就要用。马上去，尼克。"

　　"我这就去。"

　　"再见，尼克。"

　　迈克尔把听筒放回原位。他希望自己能亲眼看到尼克·维托把自己炸飞，但他还有一件紧迫的事要做。

　　詹妮弗·帕克很快就要回来了，他得为她准备好一切！

第59章

这是在拍摄什么该死的好莱坞大片吗？罗伊·华莱士少将心想，而且主角还是我关押的犯人。

美国海军陆战队基地的大会议厅里挤满了信号队的技术人员，他们一边忙上忙下地安装摄像机、音响和照明设备，一边说着只有内行人才能听懂的行话："把那个笨重的东西关了，打开小功率钨丝灯，换一个小宝贝过来。"

他们正准备将托马斯·科尔法克斯的口供拍摄下来。

"这是在给我们多上一道保险，"地区检察官迪·席尔瓦争辩说，"我们知道没人能把手伸到这儿来，但无论如何，把事情记录下来总是有好处的。"于是，其他人都纷纷表示同意。

托马斯·科尔法克斯还未到场。他会在最后一刻登场，那时一切都为他准备就绪了。

就像一个该死的电影明星。

此时，托马斯·科尔法克斯正在牢房与司法部的大卫·特里会面，后者负责为希望销声匿迹的证人提供新的身份证。

"我解释一下联邦证人安全条例，"特里说，"审判结束后，我们会把你送出国，去哪个国家随你挑。你的家具和其他物品将被赋予编号，然后运到华盛顿的一个仓库。我们以后会转寄给你。没有人能追踪到你的下落。我们会为你提供新的身份和背景，还有，如果你愿意的话，我们还可以帮你整形。"

"这个我自己来就好。"他信不过任何人，所以也不想让人知道他整形后的样子。

"通常，我们在给人办理新身份证时，还会帮他们找合适的工作，并为他们提供一些资金。就你而言，科尔法克斯先生，我认为钱是不成问题的。"

不知大卫·特里知道托马斯·科尔法克斯在德国、瑞士和中国香港的银行账户中的存款数目会做何反应。事实上，就连他本人记得也不是很清楚，但保守估计的话，应该有九百到一千万美元。

"对，"科尔法克斯说，"我想钱不成问题。"

"好吧。首先要决定的是你想去哪里，你有什么特别想去的地方吗？"

这个问题如此之简单，然而背后的意思又如此丰富。这个男人其实是在问，你想在哪里度过余生？因为科尔法克斯知道，一旦到达他选择的目的地，他就再也无法离开了。他将在那儿扎根，受到保护。而除了那儿，世界的其他角落对他来说都不安全。

"巴西。"

选择那儿是情理之中。他注册了一家巴拿马公司，并以公司的名义在那儿买下了一个二十万英亩的种植园，而且没人能查出这家公司与他有关。种植园本身就像一座堡垒。他可以花钱布置足够的保护措施，这样即使迈克尔·莫雷蒂哪天知道了他的下落，也动不了他分毫。

他可以买下一切，包括他想要的女人。托马斯·科尔法克斯喜欢拉丁女人。一般来说，当一个男人到了六十五岁时，他就不会再热衷于男欢女爱了，但科尔法克斯发现，随着年龄增长，他这方面的欲望反而越来越强，恨不得同时有两到三个漂亮的年轻女人出现在他的床上。

"去巴西不难安排，"大卫·特里说，"政府会在那里给你买一栋小房子，然后……"

"那没必要。"科尔法克斯想到他们竟要让自己蜗居在一栋小房子里，就差点大笑起来，"你们只需给我提供新的身份证，并保证我途中安全就行。我会处理其余的一切。"

"如你所愿，科尔法克斯先生。"大卫·特里站了起来，"我想我们已经把所有事情都谈到了。"他露出一个令人安心的笑容，"这事一定会很顺利。我会开始启动程序。你完成作证后，我们第一时间让你乘坐飞机前往南美。"

"谢谢。"托马斯·科尔法克斯目送这位来访者离开，心中一阵狂喜。他做到了！迈克尔·莫雷蒂错就错在低估了他，而这将是莫雷蒂这辈子犯的最后一个错误。科尔法克斯要亲手葬送他，让他再也无法东山再起。

他的口供会被拍摄下来。那会很有趣的。他想知道他们会不会给他化妆。他对着墙上的小镜子端详自己，心想：对我这个年纪的人来说，还不错，保持着英俊的模样。那些年轻的南美女孩喜欢头发花白的年长男人。

他听到牢房门打开的声音，然后转过身来。一名海军陆战队中士送来了科尔法克斯的午餐。在拍摄开始之前，他有充足的时间吃东西。

托马斯·科尔法克斯曾在初来那一天投诉他的伙食太差，打那之后，华莱士少将便会亲自确保菜肴是照着科尔法克斯的喜好烹饪的。在科尔法克斯被关在基地的几周时间里，他的每个小意见都会被人们当作严肃的命令来执行。他们想尽一切办法取悦他，而科尔法克斯也没跟他们客气。他让人给他配了舒适的家具和电视机，每天都能收到报纸和时事杂志。

中士将托盘里的食物放在桌上，说了一句他每天都会说的话。

"看起来还能凑合着吃，先生。"

科尔法克斯礼貌地笑了笑，然后在桌旁坐下。一分熟的烤牛肉，是他喜欢的口味，还有土豆泥和约克郡布丁。他等着海军陆战队中士拉过来一把椅子，在他对面坐下。中士拿起刀叉，切下一块肉，开始嚼起来。这是华莱士少将的主意。托马斯·科尔法克斯有了专门的试食侍从。就像古代的国王一样，他心想。他看着海军陆战队中士试吃烤牛肉、土豆和约克郡布丁。

"怎么样？"

"说实话，先生，我更喜欢熟透的牛肉。"

科尔法克斯拿起自己的刀叉，也开动了。中士错了。肉熟得恰到好处，土豆又滑又热，约克郡布丁也烹调得恰到火候。

科尔法克斯伸手去拿辣根酱，把它轻轻地撒在牛肉上。在吃第二口的时候，科尔法克斯发现大事不妙了。他的嘴里突然生起一阵灼烧感，而且似乎很快传遍了全身。他感觉身体好像着了火，咽喉紧闭，全身动弹不得。接着，他开始大口大口地喘气。坐在他对面的海军陆战队中士只是盯着他看。

托马斯·科尔法克斯掐住喉咙，试图告诉中士自己出事了，但什么也说不出来。眼下，他体内的火势蔓延得更快了，痛得他无法忍受。在一阵可怕的痉挛后，他的身体变得僵硬，向后倒在了地板上。

中士看了托马斯·科尔法克斯一会儿，然后弯下腰，抬起他的眼睑，确认他已经死亡。

接着，中士才大声求助。

第60章

新加坡航空公司246号航班于上午七点三十分降落在伦敦希思罗机场。其他乘客被要求坐着不动，直到詹妮弗和两个联邦调查局特工离开飞机，进入机场安保办公室为止。

詹妮弗急切地想看份报纸，好了解国内发生的事情，但那两个一言不发的陪同者拒绝了她的请求，也拒绝与她交谈。

两个小时后，他们三人登上了环球航空公司飞往纽约的飞机。

福莱广场上的美国法院大楼里正召开一次紧急会议，出席会议的有亚当·华纳、罗伯特·迪·席尔瓦、罗伊·华莱士少将，以及来自联邦调查局、司法部和财政部的六名代表。

"怎么会发生这种事？"罗伯特·迪·席尔瓦气急败坏地说。接着，他转向华莱士少将。"我们没告诉你托马斯·科尔法克斯对我们有多么重要吗？"

少将无可奈何地摊开双手。"我们采取了一切可能的预防措施，先生。我们正在调查他们是如何将氢氰酸偷偷带进……"

"我一点也不在乎他们是怎么做到的！科尔法克斯死了！"

财政部的代表发声了。"科尔法克斯的死对我们的伤害有多大？"

"太大了，"迪·席尔瓦回答，"让一个人出庭作证是一回事。出示大量账本和账目是另一回事。你基本可以肯定，某个精明的律师会质疑这些账目的真实性。"

"事已至此，我们该怎么办？"财政部的代表又问。

地区检察官回答说："继续按计划进行。詹妮弗·帕克正在从新加坡回来的路上。我们有足够的证据把她永远关起来。她垮台的同时，我们会让她把迈克尔·莫雷蒂也一起拉下水。"他转向亚当。"参议员，您没意见吧？"

亚当感到十分不适。"失陪一下。"

他迅速离开了会议室。

第61章

地面上的信号员戴着特大号耳罩，挥舞着两个信号灯，引导这架波音747客机驶向停机坪。飞机减速后停在一个固定的圆圈里，接到信号后，飞行员熄掉了普拉特·惠特尼公司制造的四个涡扇发动机。

在这架巨型飞机内，扬声器里传来乘务员的声音："女士们，先生们，我们刚刚降落在纽约肯尼迪机场。感谢您乘坐环球航空公司的航班。请所有乘客先不要离开座椅，直到收到进一步通知。谢谢。"

很多乘客都发出了不满的低语。过了一会儿，停机坪上的工作人员打开了机舱门。与詹妮弗一同坐在飞机前排的两个联邦调查局特工站了起来，其中一个转向詹妮弗说："我们走吧。"

乘客们好奇地看着这三个人离开飞机。几分钟后，乘务员的声音再次从扬声器里传出。"女士们，先生们，感谢您的耐心等待。现在各位可以有序地离开本次航班了。"

一辆官方轿车正在机场的侧门等候。第一站是位于公园街一百五十号的大都会惩教中心，这里与福莱广场上的美国法院大楼相连。

给詹妮弗登记后，一个联邦调查局特工说："对不起，我们不能把你留在这里。我们接到命令要带你去里克斯岛。"

三人在前往里克斯岛的途中一路沉默。詹妮弗坐在汽车后座，联邦调查局特工坐在她旁边。她一言不发，但她在忙着想事情。在整个漂洋过海的过程中，这两个人一直保持沉默，所以詹妮弗无从知道自己到底遇到了多大的麻烦。但她知道一定很严重，因为引渡令是不会轻易下发的。

她一旦进了监狱就无法自救了。因此，她的当务之急是争取被保释出狱。

他们正在穿越通往里克斯岛的大桥。詹妮弗望着外面熟悉的景色，那是她在去与当事人交谈的路上见过不下一百次的景色。而如今，她才是那个罪犯。

但很快就不是了，迈克尔会把我救出来的，詹妮弗心想。

两个联邦调查局特工护送詹妮弗进入接待楼，其中一个向警卫递交了引渡令。

"詹妮弗·帕克。"

警卫瞥了一眼。"我们一直在等你，帕克小姐。第三拘留室是为你而留的。"

"我有权打一个电话。"

警卫朝桌子上的电话点了点头。"那是当然。"

詹妮弗拿起听筒，默默地祈祷迈克尔·莫雷蒂在家。她开始拨号。

迈克尔·莫雷蒂一直在等詹妮弗的电话。在过去的二十四小时里，他根本顾不上去想其他事情。詹妮弗何时降落在伦敦，她的飞机何时离开希思罗机场，以及她何时返回纽约，都有人事先通知他。

他虽然身在办公室，大脑却不住地追踪着詹妮弗的里克斯岛之行。他想象着她进入那座监狱。在被关进牢房之前，她会要求狱警让她先打个电话。她会打给他。那就足够了。他会在一个小时内保她出狱，接着她会动身去见他。迈克尔·莫雷蒂此刻最大的盼头就是詹妮弗·帕克跨进他的房门。

詹妮弗做了不可原谅的事情。她把自己委身于那个企图摧毁他的人。她还给了他什么？她告诉了他什么秘密？

亚当·华纳是詹妮弗儿子的父亲。迈克尔现在确定了这一点。詹妮弗从一开始就对他撒谎，告诉他乔舒亚的父亲已经死了。好吧，这是一个很快就会实现的预言，迈克尔告诉自己。

他陷入了一种具有讽刺意味的矛盾中。一方面，他手握一个强大的武器，可以用来抹黑并摧毁亚当·华纳。他可以威胁着说，他要曝光华纳与詹妮弗的关系，以此威胁华纳。可他如果这么做，就会暴露自己。一旦家族的人得知——他们肯定会知道——迈克尔的女人是参议院调查委员会主席的情妇，他就会沦为笑柄。他就再也抬不起头来，也难以让手下臣服于他。一个被戴了绿帽的人可配不上黑手党领袖的地位。因此，威胁华纳是一把双刃剑，尽管很诱人，但迈克尔知道自己不能轻易使用它。他必须用另一种方式摧毁他的敌人。

迈克尔看着自己桌面上那张画得很潦草的小地图。这是当天晚上亚当·华纳即将前往一个私人筹款晚宴的路线图。迈克尔·莫雷蒂为这张地图付了五千美元，而亚当·华纳要付出的则是自己的生命。

桌上的电话突然响了，迈克尔不禁吓了一跳。他拿起听筒，听到了电话另一端詹妮弗的声音，那个曾在他耳边低声说着情话的声音，那个曾经向他求欢的声音……

"迈克尔……你在吗？"

"我在。你在哪里？"

"他们把我带到了里克斯岛，以谋杀罪的名义羁押我。保释金还没有定下来。你什么时候可以……"

"我马上就让你出去。你就乖乖等着，好吗？"

"好的，迈克尔。"他能感觉到她的如释重负。

"我会让吉诺来接你。"

过了一会儿，迈克尔拿起电话，拨了一个号码。他对着电话讲了几分钟。

"我不在乎保释金有多高。我想让她即刻被释放。"

他挂了电话，按下桌子上的一个按钮。吉诺·加洛走了进来。

"詹妮弗·帕克在里克斯岛。她应该在一两小时内就会被放出来。去把她接到这里来。"

"好的，头儿。"

迈克尔向后靠在椅子上。"告诉她，今天之后，我们再也不用顾忌亚当·华纳了。"

吉诺·加洛两眼放光。"不用了？"

"不用了。他正在去发表演讲的路上，但他永远到不了那里了。他会在新迦南的桥上发生事故。"

吉诺·加洛笑了。"太好了，头儿。"

迈克尔朝门口做了个手势。"快去。"

地区检察官迪·席尔瓦绞尽脑汁，竭力阻止詹妮弗的保释。他和代表詹妮弗的律师一起来到最高法院法官威廉·贝内特面前。

"法官大人，"罗伯特·迪·席尔瓦说，"被告身负十几项重罪指控。我们好不容易才从新加坡将她引渡回国。如果她获准保释，她将逃到我们无法引渡的地方。我要求法官大人拒绝保释。"

詹妮弗的代理律师约翰·莱斯特曾担任过法官。他说："法官大人，地区检察官严重歪曲了事实。我的当事人没有逃到任何地方。她是在新加坡出差。如果当时政府要求她回来，她会自愿回来的。她是一位声誉良好的律师，在本地有一家大型律师事务所，简直无法想象她会逃跑。"

争论持续了三十多分钟。

末了，贝内特法官说："保释金总额为五十万美元。"

"谢谢你，法官大人，"詹妮弗的律师说，"我们会支付保释金。"

十五分钟后，吉诺·加洛扶着詹妮弗坐上了一辆梅赛德斯豪车的后座。

"总共也没花多长时间。"他说。

詹妮弗没有回答。她一心想着正在发生的事情。她在新加坡时完全与国内脱节了，不知道国内发生了什么，但她确信她被捕绝不是单一事件。他们要抓的肯定不止她一个。她迫切需要和迈克尔谈谈，了解事情的来龙去脉。迪·席尔瓦肯定手握铁证，才能以谋杀罪将她带回来。他……

忽然，吉诺·加洛说的两个词引起了詹妮弗的注意。

"亚当·华纳……"

詹妮弗从沉思中回过神来。

"你刚才说什么？"

"我说我们再也不用顾忌亚当·华纳了。迈克正派人去干掉他呢。"

詹妮弗感到自己的心脏开始怦怦直跳。"真的吗？什么时候？"

吉诺·加洛抬起方向盘上的一只手，看了看手腕上的表。"大约五十分钟

398

后。整件事看起来会像是一场意外。"

詹妮弗忽然觉得口干舌燥。"是要在哪里……"她艰难地问出口，"要在哪里动手？"

"新迦南的桥上。"

他们正在穿越皇后区。前方是购物中心，里头有一家药店。

"吉诺，你能在药店前停一下吗？我要买点东西。"

"当然。"他熟练地转动方向盘，将车拐进购物中心的入口。"需要我帮你吗？"

"不，不，我……我只要一分钟就好。"

詹妮弗下了车，匆匆忙忙地走了进去，她的每一根神经仿佛都在紧张地跳动。商店后方有一个电话亭。詹妮弗把手伸进钱包。除了一些新加坡硬币之外，她没有零钱。她赶紧走到收银台，拿出一美元。

"请给我换些零钱，好吗？"

不甚热情的收银员拿走了詹妮弗的钱，又给了她一把硬币。詹妮弗匆匆忙忙地回到电话亭旁。一个胖墩墩的女人正拿起听筒拨号。

詹妮弗说："我有急事。我想知道我是否可以……"

那个女人瞪了她一眼，继续拨号。

"喂，黑泽尔！"女人喊道，"我的星座运势太准了。今天是我最倒霉的日子！你知道我要去德尔曼商店买的那款鞋吗？仅剩的适合我码数的一双被卖掉了，你能相信吗？"

詹妮弗摸了摸这女人的胳膊，恳求道："求你了！"

"找别的电话去。"女人凶巴巴地说道。接着，她转向听筒。"还记得我们一起去看的那双羊皮鞋的吗？卖掉了！所以你知道我刚才做了什么吗？我对那个店员说……"

詹妮弗闭上眼睛站在那里，除了内心的痛苦，她什么都感受不到。绝不能让迈克尔杀死亚当。她要不顾一切地挽救亚当的生命。

那女人终于挂断电话，转身对詹妮弗说："我就该再打一个电话，好给你一个教训。"

她带着胜利的微笑走开了。詹妮弗一把抓起电话，打给亚当的办公室。

"对不起，"他的秘书说，"华纳参议员不在。您有什么需要转达的吗？"

"这事很紧急，"詹妮弗说，"你知道在哪里可以找到他吗？"

"不知道，对不起。如果您愿意的话……"

詹妮弗挂断了电话。她站在那里思考了一会儿，然后迅速拨打了另一个号码。"请接罗伯特·迪·席尔瓦。"

不知等了多久，终于有人应答："地区检察官办公室。"

"我必须和迪·席尔瓦先生通话。我是詹妮弗·帕克。"

"对不起。迪·席尔瓦先生正在开会。他不能中断……"

"你去把他叫来。这是紧急情况。快点！"詹妮弗颤抖着说。

迪·席尔瓦的秘书迟疑了一下。"请稍等。"

一分钟后，罗伯特·迪·席尔瓦过来听电话。"什么事？"他的声音很不友好。

"你仔细听好了，"詹妮弗说。"有人要杀亚当·华纳。他们在接下来的十到五十分钟内就会在新迦南的桥上动手。"

她挂断了电话。之后的事她无能为力了。亚当支离破碎的身体在她脑海中闪现，让她不由得打了个寒战。她看了看手表，默默地祈祷迪·席尔瓦能及时安排救援。

罗伯特·迪·席尔瓦放下听筒，看着办公室里的六个人。"好奇怪的一通电话。"

"是谁打来的？"

"詹妮弗·帕克，她说他们要刺杀华纳参议员。"

"她为什么给你打电话？"

"谁知道呢？"

"你认为她的话可信吗？"

地区检察官迪·席尔瓦说："见鬼，可信才怪。"

詹妮弗一走进办公室的门，迈克尔就情不自禁地被她的美貌吸引住了。每次见到她，他都有同样的感受。从外表上看，她是他见过的最美丽的女人；但从心灵上看，她则心如蛇蝎，背信弃义。他紧紧盯着那两片亲吻过亚当·华纳的红唇，以及曾被亚当·华纳搂在怀里的婀娜身段。

她边走进来边说："迈克尔，见到你我真高兴。谢谢你这么快就帮我打点好了。"

"没事。我一直在等你，詹妮弗。"她永远猜不到他这话的真实含义。

她坐到一把扶手椅上。"迈克尔，看在上帝的分儿上，到底发生了什么事？"

他有些佩服地打量着她。他的帝国节节溃败全是拜她所赐，而她竟能一脸无辜地坐在那儿，问他发生了什么事！

"你知道他们为什么把我带回来吗？"

当然了，这样你才能交代出更多的事情，他心想。他想起了那只被折断脖子的黄毛小金丝雀。詹妮弗很快也会变成那样了。

詹妮弗凝视着他的黑眼睛。"你还好吗？"

"好得不得了。"他向后靠在椅背上，"几分钟后，我们的一切问题都会迎刃而解。"

"什么意思？"

"华纳参议员马上要出一场车祸。这势必会让调查委员会的人败兴而归。"他看了看墙上的时钟，"现在随时可能有人打电话来向我汇报。"

迈克尔的举止有些奇怪，直教人心里发毛。詹妮弗突然预感到了危险。她知道她必须先走为妙。

她站起身来。"我还没来得及把东西从行李箱中取出来。我要去……"

"坐下。"迈克尔的弦外之音让她不寒而栗。

"迈克尔……"

"坐下。"

她朝门口瞥了一眼。吉诺·加洛正站在那儿，用身子抵住门，看着詹妮弗，脸上没有丝毫表情。

"你哪儿也不能去。"迈克尔对她说。

"我不明……"

"别说话。一个字都不准说。"

他们就这么坐着，盯着彼此，房间里唯一的声音是墙上时钟的嘀嗒声。詹妮弗试着从迈克尔的眼神中推测出点什么，但他的眼中一片空白，没有透露任何信息。

电话铃声突然响了，打破了房间里的寂静。迈克尔拿起听筒。"喂？你确定吗？好的。快离开那里。"他把听筒放回原位，抬头看向詹妮弗。"新迦南的桥上挤满了警察。"

詹妮弗感到如释重负，精神也渐渐振奋起来。迈克尔正盯着她看，她努力不让自己的情绪流露出来。

詹妮弗问道："这意味着什么？"

迈克尔不紧不慢地说："没什么。因为亚当·华纳即将出事的地点本来就不在那儿。"

第62章

花园州立公园大道的双桥在地图上无法找到。这条大道在横跨分隔珀斯安博伊和南安博伊的拉里坦河时一分为二，成了两座分别通往南北方向的大桥。

一辆轿车位于珀斯安博伊以西，正朝通往南边的大桥驶去。亚当·华纳坐在后排的座位上，身旁有一个秘密警察，前面有两个秘密警察。

六个月前，克莱·雷丁探员被分配到亚当·华纳的特遣护卫队，随后逐渐与这位参议员熟识起来。他一直认为亚当是个开诚布公、平易近人的人，但这位参议员今天却出奇地沉默寡言。如果要用一个词来形容，雷丁探员所能想到的是"深感不安"。

毫无疑问，华纳参议员将成为下一任美国总统，雷丁有责任确保他的安全。雷丁反复核对了确保参议员安全的防卫措施，发现现阶段没有任何漏洞，心中十分满意。

雷丁探员瞥了一眼这位下任美国总统的热门人选，不禁对他的所思所想产生了好奇。

亚当·华纳眼下正饱受精神上的煎熬。迪·席尔瓦已经将詹妮弗·帕克被捕的消息告诉了他。一想到人们把她像只动物一样关了起来，他就痛心疾首。他的思绪不断地飘回他们共同度过的美好时刻。他深爱着詹妮弗，这辈子他还从未如此爱过一个女人。

坐在前排座位上的一个秘密警察说："总统先生，我们预计会准时到达大西洋城。"

总统先生。又是这个词。根据最新的民意调查，他处于遥遥领先的地位。

他是这个国家新的民族英雄。亚当知道，这在很大程度上要归功于由他牵头的犯罪调查活动，可调查活动将会毁掉詹妮弗·帕克。

亚当抬头一看，发现他们正在向双桥靠近。桥前有一条小路，一辆巨大的半挂卡车正停在路对面的进桥口。当轿车靠近大桥时，卡车也开始驶出。这样，两辆车同时到达桥上。

秘密警察司机踩下刹车，然后减速。"快看啊，好一个白痴。"

短波无线电开始咔咔作响。"灯塔一号！快回话，灯塔一号"

坐在驾驶员旁边前排座椅上的秘密警察拿起对讲机。"我是灯塔一号。"

大卡车正与轿车并驾齐驱，一同过桥。它是个庞然大物，完全挡住了驾驶员一侧的视线。轿车司机开始加速，想超到卡车前面，但卡车也加快了速度。

"他到底是想干什么？"司机喃喃自语。

"我们接到了地区检察官办公室的紧急电话。狐狸一号有危险！我的话你听明白了吗？"

在没有任何警告的情况下，卡车向右一拐，与轿车的侧面相撞，迫使其撞上了大桥的栏杆。几秒钟后，车里的三个秘密警察把枪掏了出来。

"快趴下！"

亚当发现自己被推倒在车底板上，而雷丁探员则用自己的身体当盾牌保护着亚当。秘密警察一边举枪瞄准，一边摇下轿车左侧的车窗，并没有发现要射击的目标。那辆巨型半挂车的车身将所有东西都遮住了，而它的司机位于车头，根本看不到人。

卡车再次把轿车往栏杆上撞，造成了又一次的剧烈颠簸。轿车司机向左转动方向盘，努力不让车滑下桥，但卡车又一个劲地把它往桥边逼。冰冷的拉里坦河就在他们脚下二百英尺的地方，波涛澎湃，形成一个个骇人的漩涡。

司机旁边的秘密警察抓起无线电话筒，对着它狂喊道："我是灯塔一号！请求救援！请求救援！全体出动！"

但轿车里的每个人都知道，等救援赶到就太迟了。司机试图停车，但卡车巨大的挡泥板卡住了轿车车身，顶着轿车一直向前。几秒钟后，这辆巨大的卡车就把他们推到了桥边。

开车的秘密警察想躲开卡车，一会儿踩刹车，一会儿踩油门，减速，加速，但还是被卡车残忍地压制在大桥栏杆上，根本没有回旋的余地。卡车挡住了左侧的所有逃生通道，而右侧则是被压得嘎嘎作响的大桥栏杆。当卡车再次狠狠地撞向轿车时，秘密警察拼命转动方向盘，车里的人都能感觉到栏杆在开始变形，向外倾斜。

卡车撞得更厉害了，一心要把轿车撞下桥。当轿车前轮撞破栏杆，越过大桥边缘时，全车人都感觉到身子猛然一倾。轿车摇摇欲坠，每个人都在以自己的方式迎接死亡。

亚当的心里没有恐惧，只有难以言喻的悲伤。他在为自己失去的东西，以及虚度的人生而悲伤。他本该和詹妮弗一起过日子，生儿育女……突然，亚当幡然醒悟，他们曾经有过一个孩子！

轿车再次摇晃了一下，亚当顺势大喊一声，作为对过去和现在发生的一切不公正事情的抗议。

两架警用直升机从头顶呼啸而下，片刻后传来机枪的突突声。半挂卡车突然发生摇晃，接着停止了对轿车的挤压。亚当他们可以听到直升机在头顶盘旋的声音。全车人一动不动，因为他们知道，最轻微的移动都可能使轿车翻下大桥，坠入下方的河水中。

远处传来刺耳的警笛声，声音越来越近，几分钟后又传来了有人下达命令的喊声。卡车的发动机再次轰鸣起来。它在缓慢而小心地向外移动，一点点驶离被挤压的轿车。在一个可怕的瞬间，轿车倾斜了一下，然后又稳稳当当地停住了。过了一会儿，亚当他们从左侧车窗看到，卡车已经倒车离开，将道路让了出来。

桥上停着六辆警车，身穿制服的警察拔出枪，成群地在桥上来回奔走。

一名督察站在那辆被撞得变了形的轿车旁边。

"车门是没法打开了，"他说，"我们会帮你们从车窗出来，简单得很。"

亚当率先被抬出车窗。施救过程必须缓慢而谨慎，因为一个不小心就会破坏平衡，使轿车翻下桥去。接着出来的是三个秘密警察。

在所有人都成功撤离轿车后，督察转向亚当问道："亚当先生，你还好吗？"

亚当转过身来，看了看桥边上悬着的轿车，又看了看远处黑暗的河水。

"是的，"他说，"我很好。"

迈克尔·莫雷蒂抬头看了一眼墙上的时钟。"一切都结束了。"他转过身来面对詹妮弗。"你男朋友现在已经葬身河底了。"

她看着他，脸色苍白。"你不会……"

"别担心。你会得到公正审判的。"他转向吉诺·加洛，"你有没有告诉她，亚当·华纳会在新迦南被炸飞？"

"原原本本按您交代的说了，头儿。"

迈克尔看着詹妮弗。"审判结束了。"

他站起身，走到詹妮弗坐着的地方，一把抓住她的上衣，将她拽得站了起来。

"我爱过你。"他低声说着，重重地扇了她一耳光。詹妮弗没有退缩。他又狠狠地扇了一次，接着扇了第三次，她倒在了地板上。

"起来。我们现在要出门了。"

詹妮弗被打得发晕，躺在地上，努力使自己清醒过来。迈克尔粗暴地把她拖了起来。

"你想让我解决她吗？"吉诺·加洛问道。

"不，把车开到后面。"

"好的，头儿。"吉诺·加洛匆匆走出房间。

此刻，只剩下詹妮弗和迈克尔两个人。

"为什么？"他问，"这个世界曾是我们两个人的，可你竟然说扔掉就扔掉了。为什么？"

她没有回答。

"看在往日的情分上，你想让我跟你再来一次吗？"迈克尔走向她，抓住她的手臂。"你想吗？"詹妮弗没有回应。"这可是你生前最后一次机会了，听见没有？我要把你抛进淹死你情人的那条河里！这样你们就可以永远待在一起了。"

吉诺·加洛回到房间，脸色苍白。"头儿！有个……"

外面传来一阵撞击声。迈克尔扑向书桌去掏抽屉里的枪。门被打开的那一刻，他刚好把枪拿到手。两个联邦调查局特工举着枪冲进房门。

"站住！"

在那一瞬间，迈克尔做出了决定。他举起枪，转身向詹妮弗射击。在特工开枪的前一秒，他看到子弹射入了她体内。他看着血从她的胸口喷涌而出，然后感觉到一颗子弹射穿了他的身体，接着又是一颗。他看到詹妮弗躺在地板上，他不知道是自己的死还是詹妮弗的死使他更痛苦。又一发子弹狠狠地击中了他，然后他就彻底没了知觉。

第63章

两名实习医生用手推车将詹妮弗推出手术室,进入重症监护室。一名身穿制服的警察跟在詹妮弗身侧。医院走廊上挤满了警察、侦探和记者。

一个人走到前台说:"我想见詹妮弗·帕克。"

"你是她的家人吗?"

"不,我是她朋友。"

"很抱歉。不允许探视。她现在在重症监护室。"

"那我就等。"

"那你可能要等很长一段时间。"

"没关系。"肯·贝利说。

一道侧门开了,一脸憔悴的亚当·华纳走了进来,左右跟着一大群秘密警察。

一位医生正等着迎接他。"这边请,华纳参议员。"他领着亚当走进一间小办公室。

"她怎么样?"亚当问道。

"我觉得不太乐观。我们从她身上取出了三颗子弹。"

门开了,地区检察官罗伯特·迪·席尔瓦匆匆走了进来。他看着亚当·华纳说:"我很高兴你平安无事。"

亚当说:"我知道这一切都是多亏了你。你是怎么得到相关情报的?"

"詹妮弗·帕克给我打过电话。她跟我说,他们要在新迦南刺杀你。我猜想，这可能是某种骗人转移注意力的计谋，但我可冒不起这个险，所以我在那儿布下了防备。与此同时，我掌握了你此次出行的路线，便派了一些直升机来保护你。我的想法是，帕克想暗算你。"

"不，"亚当说，"不是这样的。"

罗伯特·迪·席尔瓦耸耸肩。"你怎么想都行，参议员。重要的是，你还活着。"接着，他像是想起了什么似的转向医生。"她能活下来吗？"

"机会不大。"

地区检察官注意到亚当·华纳一脸忧虑的表情，对它产生了误解。"别担心。就算她活过来也不打紧，现在证据确凿，她翻不了身的。"

他更仔细地看了看亚当。"你看起来状态很糟。要不回家休息一下吧？"

"我想先见詹妮弗·帕克。"

医生说："她处于昏迷状态，可能无法苏醒过来。"

"请让我看看她吧。"

"当然可以，参议员。这边走。"

医生带路走出房间，亚当跟在医生身后，而迪·席尔瓦则跟在亚当身后。他们沿着走廊走了几英尺，一直走到一块牌子前，上面写着"重症监护室——闲人免进"。

医生打开门后又为二人扶住门。"她在第一间病房。"

门前有一个警察守卫。他一看到地区检察官，马上摆出立正姿势。

"没有我的书面授权，任何人都不能靠近这间病房。你明白了吗？"迪·席尔瓦问道。

"明白，先生。"

亚当和迪·席尔瓦走进病房。这里有三张床，其中两张是空的。詹妮弗躺在第三张病床上，鼻孔和手腕都插着输液管。亚当走到床边，低头看着她。詹妮弗双目闭合，脸庞在白色枕头的衬托下显得很苍白。

睡眠中的她看起来更加年轻温婉，一如亚当多年前遇到的那个天真无邪的女孩。当时，那个女孩对他说："如果我有钱，你认为我会住在这样的地方吗？我……我不管你们如何处理。我只想一个人待着。请你马上离开！"

他想起了她的勇气，她的理想和她面对现实的无助。她一直站在天使那一边，心中有正义，也愿意为正义而战。到底是哪里出了错呢？他爱过她，现在也仍然爱她，但他做了一个错误的选择，这个选择毁掉了他们的一生。他也知道，只要自己还活着，就永远摆脱不了心中的愧疚。

他转向医生。"如果她醒……"他把已到嘴边的话又咽了回去。"如果她发生了什么事，第一时间告诉我。"

"那是当然。"医生说。

亚当·华纳最后看了詹妮弗一眼，默默地说了声"再见"。然后他转过身，走出门去面对等着的记者。

詹妮弗在迷迷糊糊的半昏迷状态中，听到身旁的人们离去的声音。她没能理解他们在说些什么，因为她正被疼痛裹挟，听什么都是一片模糊。她以为自己听到了亚当的声音，但她知道那是不可能的。他明明已经死了。她试着睁开眼睛，但用尽全力也没能成功。

詹妮弗的思绪飘远了……亚伯拉罕·威尔逊拿着一个盒子跑进房间。他跌跌撞撞地把盒子撞翻了，一只黄色的金丝雀飞了出来……罗伯特·迪·席尔瓦尖叫着说：抓住它！别让它跑了！……接着，迈克尔·莫雷蒂把它握在手中，哈哈大笑。瑞安神父说："大家看啊！这真是个奇迹！"康妮·加勒特在房间里跳舞，每个人都在为她鼓掌……库珀太太：我要给你怀俄明州……怀俄明州……怀俄明州。亚当拿着几十朵红玫瑰走了进来。然后迈克尔说："这些是我送的花。"詹妮弗说："我会把它们放在装着水的花瓶里。可它们枯死了，水溅到地板上，形成了一个湖。"她和亚当在湖中航行。迈克尔站在水橇上追来，然后他变成了乔舒亚的模样。他对着詹妮弗微笑，挥手，身体开始失去平衡。詹妮弗尖叫起来："不要摔跤，不要摔跤！"一个巨大的波浪将乔舒亚卷到空中，他像耶稣一样伸出双臂，然后消失不见了。

詹妮弗一下清醒了过来。

乔舒亚不在了。

亚当不在了。

迈克尔不在了。

只剩她独自一人。到头来，每个人都是孤独的。每个人都要只身赴死。现在死的话，应该很简单吧。

幸福的平静开始涌上她的身体，很快她就不再有痛楚了。

第64章

那是一月中寒冷的一天，亚当·华纳在国会大厦宣誓就任美国总统。他的妻子戴着一顶貂皮帽子，穿着一件深色的貂皮外套，这身装束很衬她那白皙的肤色，还几乎完美地掩盖了她的孕肚。她站在女儿旁边，母女二人骄傲地看着亚当宣誓就职，整个国家都为他们一家三口感到高兴。他们是全美国最出色的家庭：正派、诚实、善良，他们入住白宫当之无愧。

在华盛顿州凯尔索的一间小型律师事务所里，詹妮弗·帕克独自坐着观看电视上的就职典礼。她全程观看，直到典礼的最后一幕，亚当、玛丽·贝思和萨曼莎在秘密警察的簇拥下离开主席台。

随后，詹妮弗关掉电视，看着屏幕上的画面逐渐消失。这种感觉就像关掉了过去发生在她身上的一切：爱情、死亡、欢乐和痛苦……所有的一切都没能摧毁她。她是一个幸存者。

她戴上帽子，穿上外套，走到室外，停下来看了一下自家事务所的铭牌，上面写着：詹妮弗·帕克，律师。有那么一刹那，她想起了那个宣判自己无罪的陪审团。她仍是一名律师，正如她父亲生前也是一名律师一样。她会继续追寻那个被唤作"正义"的令人难以捉摸的东西。她转身朝法院的方向走去。

詹妮弗沿着狂风大作的荒凉街道缓步徐行。一场小雪开始飘落，给世界披上了一块薄绸似的纱巾。忽然，附近的一栋公寓楼里传来一阵嬉笑声，她就像从没听过这种声音似的，停下来听了一会儿。她裹紧身上的外套，沿着街道继续前行，凝视着前方的雪幔，仿佛在努力展望未来。

可她其实是在回顾过去，试着去想明白，所有的欢声笑语究竟是从哪一刻开始消失殆尽的。

后记

这部小说中的人物和事件纯属虚构。然而，故事背景却是真实的，承蒙许多人的慷慨帮助，我才能将背景补充完整。在个别情况下，我在自认为合理的范围内进行了一些必要的夸张和渲染。如果出现任何法律上或事实上的错误，责任全部在我。

我非常感谢F.李·贝利、梅尔文·贝利、保罗·卡鲁索、威廉·亨德利、卢克·麦基萨克、路易斯·奈泽、杰罗姆·谢斯塔克和彼得·塔夫特与我分享他们的律政生活和工作经历。

在加利福尼亚，美国地方法院的威廉·马修·伯恩法官给予了我极大的帮助。

在纽约，我要特别感谢纽约市惩教局前公共事务助理干事菲尔·莱辛和里克斯岛助理典狱长帕特·佩里陪同我参观里克斯岛。

巴里·达斯廷在法律方面为我提供的指导和建议是非常宝贵的。

感谢爱丽丝·费舍尔在本书的研究方面给予的帮助。

最后，感谢凯瑟琳·芒罗，她耐心而愉快地誊写并录入了本书的手稿。本书的稿件最初长达一千页，在近三年的时间里，她一共录入了十几次，才有了本书最终的样子。